甯
肯

著

中關村筆記

U0103575

開明書店

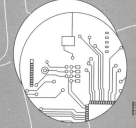

目 錄

序

「為什麼要登山？」「因為山在那兒。」這是著名的馬諾里的回答，一個登山家的回答，之所以著名是因為聽上去像句廢話，什麼也沒回答。為什麼要寫中關村？想來想去，我發現我的回答也類似，因為它在那兒。

很多年了，中關村對我來說既熟悉又陌生，當我不思考的時候我覺得非常熟悉它，一旦思考又是那麼陌生。它存在於北京的西北部，天氣好時，特別是在一場大風之後，當我看到中關村或上地，也會同時看到西山。看到落日，火燒雲，雲蒸霞蔚的下面遠山與建築峰起，玻璃幕牆反光，自身也在發光，有種科幻性質。遠看如此，走近更是如此。

2015 年我開始頻繁走近它，穿越它。這之前，我清楚地記得那個日子，我在一本書的邊上寫道：「再次走出文學，像又上一次大學，在飛往武夷山的飛機上開始了。」那是 2015 年 4 月 21 日，我在飛機上讀黛博拉·佩里·皮肖內一本寫矽谷的書。這本書的名字叫《這裏改變世界——矽谷成功創新之謎》，這樣的書從來不會出現在我的書單上，特別是對於長年閱讀現代主義小說的我，這樣的閱讀簡直如天壤之別。卡夫卡或卡爾維諾與

矽谷有什麼關係？（其實或許真的有些關係。）但是，2015年，我突然想改變自己。一個人在某種盡頭待的時間久了，就想在另一種盡頭解脫。快20年了我一直浸潤在文學裏，浸潤得太深了，都浸透了，渾身都是敏感。我需要另外一種東西，一種類似巖石的東西。20世紀90年代初我曾經走出文學，由一個詩人變成了廣告人。五年之後返回文壇我曾寫下《一個傳統文人的消失》一文，談及「跳出文學，從外部看文學，讓我獲益匪淺」。此後我連續寫了五部長篇小說，又變成了一個傳統的文人。

我在飛機上寫道：「當你進入一個新的世界，如矽谷世界，你再次發現文學的邊界，你站在界外看文學，又彷彿看到當年的自己。」因為山在那兒，中關村在那兒，我要讀一種完全不同的書，讀黛博拉·佩里·皮肖內，讀《這裏改變世界》。這本書在最後竟然談到了中關村，那時我開了一個關於中關村的書單還沒讀，黛博拉·佩里·皮肖內拿中關村與矽谷做了比較，當然也談到了以色列的高新技術區，對以色列無條件地進行了讚揚，對中關村則多有質疑。黛博拉·佩里·皮肖內寫道：「對於正在崛起的東方巨人能否成為新的世界創新中心，國際輿論的觀點並不一致……中關村自身的一些短板，比如這裏的移民人才較少，限制了它與矽谷競爭的實力……聯想超過惠普成為全球最大個人電腦廠商，這是幾個世紀來中國首次在科技產業中登上全球第一的寶座，在某種意義上，也是中關村生力軍對陣矽谷老牌明星的一次勝利，不過矽谷的領先優勢已轉向搜尋引擎、社交媒體和大數據、人工智慧領域，中國企業戰勝的只是過去的矽谷，並非未來的矽谷。」讀這些話與我過去的閱讀實在完全不同，完全是兩個語

境，但也在重構著我，我要的就是這樣。當我讀到「在矽谷的創業者中，中老年人遠遠多於年輕人」，更為驚訝，黛博拉‧佩里‧皮肖內說：「創業最活躍的人羣是在 55 至 64 歲之間。」2015 年我正好 56 歲。

其實，很多時候，質疑比肯定往往更有意味，更能看出某種東西，比如中關村在世界上的分量。黛博拉‧佩里‧皮肖內對中關村的評價說實話比我高，那時我還不知道世界上在爭論中關村是否已成為新的世界創新中心，中關村已是世界三大科技創新中心之一。那時我只是覺得中關村作為北京的一部分，在很大程度上改變了北京，改變了中國，它在那兒，像山對登山家一樣，對我構成了挑戰。如果我要改變自己，跳出文學，中關村再合適不過。連帶著我也必然先要了解矽谷，了解矽谷的雅虎、谷歌、思科、蘋果、甲骨文，從更遠的地方看文學，看小說，看文學和世界的關係。

年中《小說月報》有個採訪，問我最近在讀什麼書，我說正在同時或交叉讀一些文學之外的書，一本是黛博拉‧佩里‧皮肖內的《這裏改變世界》，一本是凌志軍的《中國的新革命——1980-2006 年，從中關村到中國社會》，還有吳曉波的《激蕩三十年》，它們讓我找回了文學之外的感覺。

閱讀之後我開始頻繁出入中關村，來到陌生世界——如果這個世界內部是陌生的，外部也一樣陌生，哪怕你到過多少次它的外部。或開車，或坐地鐵，或騎電動自行車，我成為中關村的一部分，中關村也成為我的一部分，我穿過中科院棕色的物理所大樓來到數學與系統科學研究院，國家重點實驗室，瞻仰已故的數學家馮康的銅像，聽馮康的同事、弟子談馮康，談許多年前的往事，許多人都是院士，我從沒見過那麼多院士。在方正大

廈見到王選的秘書，參觀紀念館，聽王選的一生。在融科資訊十八層見到柳傳志，在創意大街見到吳甘沙，在車庫咖啡見到蘇菂，在數字山谷見到程維⋯⋯見的人太多了，以前一年也去不了一次中關村，現在一週就要去兩次，甚至三次。中關村的「內部」就是中關村的人，每個人都是時間的深井，歷史的窗戶，哪怕「80後」的年輕人也像時間的隧道一樣。當然，柳傳志、王洪德、王緝志⋯⋯這些老人，更是時間的寶藏。

　　我已徹底忘掉了小說，成了一個記錄者，沉思者。當然，我會再次回到小說上來，也希望再有一種不一樣的回來，那是另一回事。而這部筆記我願是一次對太史公的致敬，一個小小的微不足道的致敬。

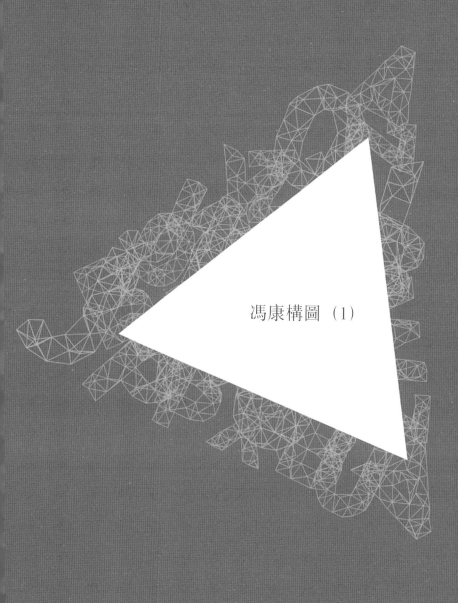

馮康構圖（1）

馮康是誰

1960 年 3 月，春寒料峭，北方的雪尚未消融，一天早晨，一隊解放軍士兵穿着厚厚的冬裝，來到中關村南街中國科學院計算所。不久前這裏還是莊稼地，現在是中科院辦公區，連片的灰色辦公樓在更廣闊的田野構成獨立的超現實的街道，有點「天空之城」的味道。此前，中科院諸多院所分散在老城，計算所原來一直在西苑大旅社辦公，租了四層一層，1958 年成為「天空之城」的一部分。辦公樓很新，但因為是深灰色，不顯新，很低調，彷彿科學本身。

士兵沒帶武器，倒是帶着挎包、文件包，有的帽子下邊還戴着白邊眼鏡。儘管沒帶武器、文質彬彬，但這小隊士兵看上去仍不尋常。這是科學重地，灰調，安靜，士兵的到來又平添了一種神秘的類似基地的氣氛。如果是一兩個士兵，只是顏色有點跳，構不成什麼，但如果是七八個，一隊，就是武裝力量。

士兵到了三樓，見到了同樣神秘的馮康。馮康個子不高，甚至有些駝背，但是目光平靜，淡然，帶着士兵上到五樓。門衞對士兵重新一一核驗證件、相片、介紹信，比進樓門時還要嚴格，馮康耐心等待，有時看一眼窗外。履行完所有程序，馮康帶着士兵到五樓自己專用的辦公室。

是的，這是馮康在五樓的辦公室，在三樓還有一個。這個辦公室的不

同在於沒有任何標識，只有編號，803，沒人知道這數字是怎麼回事。這層樓所有房間都只有編號，如果你想按標識尋找辦公室根本不可能。辦公室的裏面也沒有任何特色，甚至看不出這個辦公室到底是幹什麼的。

這是「絕密123」特別任務組（簡稱「123」任務組）辦公室，絕密，整個五層都是絕密。士兵們像在基地一樣站得筆直，甚至更筆直，沒有坐下，一直站着，排成了弧形。馮康坐在辦公桌前，如同將軍一樣，問了「21基地」的生活情況，比如吃什麼，事實上已超出了範圍。馮康當然不是將軍，是數學家，但他的眼中卻有類似的東西。

馮康是三室業務指導，指導着下面七個任務組，後來又增加了「123」任務組，單列，沒進入任務組序列。七個任務組都分佈在三樓，有十幾個房間。單列的「123」任務組在五層，這樣馮康就有了兩個辦公室，三樓一個，五樓一個。這個任務組的人可以隨便到三樓來，三樓的人卻不能隨便到五樓去，除了馮康。馮康任何時候都不需要接受檢查，倒是他有時檢查一下門口的士兵。

「123」任務組下面又分三個小組，分別是流體力學、空氣動力學與衝擊波數值計算小組。此外，五層是機房重地，有兩台計算機——103機、104機，佔了兩個很大的房間，這也是五層戒備森嚴的主要原因之一。

當時，整個中國就這兩台計算機。

馮康帶着士兵看了機房，將七個士兵分到了三個小組。三個小組分別與導彈、原子彈、衛星相關。來自「21基地」的士兵也不是普通士兵，脫了軍裝與五層剛分配來的大學生也沒什麼不同，他們也都是畢業不久的大

學生，都來自一流學校，北大的，清華的，哈軍工的。

但既穿了軍裝，又來自遙遠的基地，他們就是純粹的軍人，他們一絲不苟，臉帶着風霜，大自然的作用非常明顯，即便戴着眼鏡。不過因為年輕，他們的臉色不是黑而是紅，紅撲撲的。蘇聯專家撤走了，他們來到中國最高的數學殿堂，求助這裏的數學家。他們站得筆直，動作乾淨利落，不時條件反射地敬禮，每見一位老師都畢恭畢敬，軍容畢現。他們來這兒工作，學習，完成肩負的任務。他們代表的不僅僅是個人，也是「21 基地」。

「21 基地」，世界上最神秘的基地之一。類似的基地，美國有「51 區」，蘇聯有「塞米巴拉金斯克 -21」，英國有「馬加林」，法國有「穆魯羅瓦」。「21 基地」下轄羅布泊原子彈試驗場，建在馬蘭，一個在當時中國地圖上找不到的地方。馬蘭位於新疆中部巴音郭楞蒙古自治州和碩縣烏什塔拉鎮南五公里，北臨天山山麓，西鄰博斯騰湖，東托羅布泊——中國核試驗場，係戈壁大漠的邊沿地帶。事情開始於兩年前，1958 年 8 月，張蘊鈺被中央軍委任命為中國核試驗部隊主任，翌年 1 月張蘊鈺陪同總參總裝備部部長方毅、工程兵設計院院長唐凱，由北京飛往新疆戈壁大漠，在已確定的羅布泊場區進行空中視察，回來後形成在此建核基地的報告。國防部批准了報告，並通知新疆軍區，由 0673 部隊進駐新疆。部隊走着走着，在和碩縣烏什塔拉以南一塊白地停下來。這裏雖無可耕地、無草木，但地下水源十分豐富，位置也大體合適，東距試驗場區 250 公里，北靠天山，西 20 公里

處有博斯騰湖；處於戈壁大漠，這裏有很少一點馬蘭草，那就叫馬蘭吧，馬蘭從此得名。不到兩年，這裏有了醫院、學校、招待所、辦公樓、宿舍、禮堂、廣場、軍人服務社、汽車修理廠、軍用機場，筆直的馬路兩旁白楊樹高大挺拔。從此，世界多了一個神秘地區。

基地與1957年中國和蘇聯簽訂的《國防新技術協定》有關，根據協定，蘇聯明確承諾向中國提供原子彈數學模型與圖紙資料。翌年中國負責核武器研製的第二機械工業部（二機部）第九研究所（九所）在北京成立。「21基地」正是在這樣的背景下誕生的。但是剛剛起步不到兩年，1959年蘇聯方面致函中國，拒絕向中國提供原子彈的數學模型和技術資料。隨後又照會中國政府：決定撤走在華的核工業系統的全部專家，停止供應一切技術設備和資料。中國的一窮二白立刻暴露無遺，窮不用說了，白，具體在原子彈研製上來說，就是沒專家。無奈之下，錢學森向錢三強推薦了郭永懷。

郭永懷臨危受命，與王淦昌、彭桓武形成了在蘇聯專家缺席的情況下中國核武器研究最初的「三駕馬車」，這至關重要，幸好中國有這三個人。然而，事實上他們這三人都不是原子彈專家（而計算所三室的馮康更不是）。王淦昌僅是理論核物理學家，彭桓武也是，兩人各自在自己的領域取得過傑出成就。郭永懷歷任九所副所長、九院副院長，主要負責力學和工程方面的領導工作，接受原子彈任務時，他領導的九院一無圖紙，二無資料。

九院的依託單位是中科院計算所，這是必然的，共和國最傑出的數學家在這裏，不找這裏又找哪兒呢？事實也是這樣，一個國家的科學院是這

個國家的發展後盾。九院交給中國科學院計算所——確切地說是三室，大量計算任務，如原子彈圓爆的衝擊波、部分流體力學，不僅原子彈，同時還有導彈，兩者是不可分的。這是個特殊的任務，儘管從 7 個任務組抽人成立了「123」任務組，儘管那時整個國家僅有的兩台計算機——103 機、104 機都放在了計算所，但有關原子彈，特別是具體到原子彈的圓爆衝擊波，以及與導彈相關的流體力學，數學家們都沒接觸過，更何況所裏大部分是年輕人，有的甚至比來自「21 基地」的士兵還年輕，但是三室還是接下了任務，馮康作為業務指導。

敖超，1958 年畢業於北京大學數學力學系，在計算所工作不過兩年，便被抽調到戒備森嚴的五樓工作，那時在「123」任務組已是一個小組的組長。現在敖超還記得，當時計算所相當部分人是研究計算機的，所裏的計算機有一間房子那麼大，103 機與 104 機佔了兩間房子，但它們的計算能力只有 1000 多個單元，1000 多個字節。多少年後敖超還記得當年計算機那碩大的機身，無數的紙孔。敖老說現在一個手機就是 4G，4G 是多少呢？就是 4 的 49 次方，那「大房子」的計算能力是 4G 的幾十萬分之一。七機部、二機部、二院，不斷交來一些課題，關於導彈的，關於原子彈的，甚至還有衛星的。敖超這個小組研究原子彈爆炸衝擊波，研究破壞力與防禦的措施，建築物要造得多堅固才能防衝擊波，這是空氣動力學問題。但是要計算原子彈爆炸衝擊波，單靠那一間房子的計算機仍很困難，而且雖然有了計算機，可是最終沒有方法也不行。

敖超學的是數學動力學，雖然當了小組長，可從沒接觸過原子彈。組員有 1955 年畢業的，比敖超早三年，但學的是計算機，更是對原子彈根本沒概念。那時馮康正搞世界性的「有限元」研究，沒接觸過原子彈，想都沒想過這件事。也幸好馮康是「飛鳥」型的數學家，憑着學術水平可以俯瞰一些東西。數學家有兩種，數學物理學家弗里曼‧戴森在《飛鳥與青蛙》一文中寫道：「有些數學家像飛鳥，而另外一些像青蛙。飛鳥翱翔於高空之中，遊弋於數學的廣袤大地之上，目及八方。他們着眼於那些能夠統一我們思維的概念，時常將領地當中不同區域的分散問題聯繫在一起。青蛙則棲息於泥沼之中，所見不過是附近生長着的花朵。他們着眼於特殊目標的細節，每次只解決一個問題。數學領域是豐富而美的，飛鳥使它寬廣，而青蛙則使它精緻入微。」

馮康既是「飛鳥」，又是「青蛙」。作為「飛鳥」，他可以從更高的數學角度看待原子彈、導彈、衛星。馮康早年畢業於中央大學物理系，大學時期兼修了電機、物理、數學三系的主課。上世紀 50 年代初曾到蘇聯研修，是蘇聯偉大的數學家龐特里亞金（Pontryagin）的學生。有人說馮康的性格也有點像龐特里亞金，也就是說才華決定了他們某種高蹈而直率的個性。馮康還是一個語言的天才，通曉英語、俄語、法語、德語、意大利語、日語六門外語，這使他想看什麼就能直接看懂什麼，不用翻譯，科學院的多種外國雜誌對馮康似乎只是同一種語言。

因此不懂原子彈沒關係，看，直接看大量外文資料。馮康先自己查資料，查外文雜誌，然後組織討論班，學習，討論。在討論班上馮康像將軍

一樣指揮着手下的士兵——的確有士兵，「21 基地」的士兵—看文章看資料，哪些文章資料你去看，哪些文章資料他去看，誰去看這個，誰去看那個。

中國的原子彈就是這樣白手起家的。敖超說：那時要是沒有馮先生抓這件事還真不行，誰也抓不起來，我這個小組長是不行的，因為我也什麼都不知道。馮先生視野寬，不僅是數學家，還懂物理、機械、外語又好，懂好多門外語，不是一門兩門，後來「文革」中說他是「七國特務」就是這麼來的。所裏當時沒有人像他懂這麼多外語。不懂這麼多外語怎麼從無到有白手起家？就是他這個後來的所謂「七國特務」那時先看了很多文章，他不是一定要從頭到尾看，了解重要性即可，瀏覽一下要點，知道這個說的什麼，哪些地方有特色，有新東西，創造性在什麼地方，然後分頭交給「123」任務組的人。

與此同時，在三樓，馮康的日常工作是指導三室展開理論研究工作，在完成國家急需重大任務之餘寫出高質量高水平學術論文。其中的「無黏超音速繞流數值計算和初邊值問題差分方法研究」工作，無論在理論上還是實踐上都有所突破，獲得許多成果，為國防部門計算出了大量有關的數據，特別是為中國早期的航空航天事業做出了重要貢獻。這一領域的數值計算問題是當時國際上公認的難題。

當時的另一個難題是原子能反應堆的物理計算，需要求解玻耳茲曼方程。這個問題的難度在當時更大，馮康「鳥瞰」數學力學，提出從積分守恆原理出發建立差分方程，具體指導「123」任務組推導出解決玻耳茲曼方

程的一系列守恆格式，在製造原子彈的實際計算中獲得了成功。同時在理論分析方面也做了一些重要研究，為中國早期的原子彈試製和第一艘核潛艇上核反應堆的設計提供了可靠數據與數學模型。

馮康直接負責了一項解決不定常流衝擊波問題計算方法的研究課題，指導課題組通過實際計算研究，總結出各類方法的特點和適應情況以及如何選取各種參數，從實踐和理論兩個方面初步探索出了解決此類問題的途徑和方法。

馮康給年輕的士兵講：衝擊波問題可以變成一個流體力學問題，而流體力學就可以用偏微分方程處理。偏微分方程是數理方程的一部分，數理方程有雙曲形、橢圓形、拋物形。衝擊波這個問題主要是雙曲形的，最後形成的是一個數學問題。而計算機可以解決這個東西的計算問題，就是把它代數化。不代數化，不把微分方程放在計算機裏它就不認。同樣，微分是一個曲線，倒數，倒數實際上就是它正當的速度和下降的速度，用這個兩點一除，它的變量距離就是差分。差分它，也可以化成代數。除了差分方程方法，還有物理模擬方法，特均線方法……衝擊波的問題是，波浪會突然有一個間斷，因此可以用微分方程，差分解，差分這個間斷它就比較光滑。微分就不一定這麼好，精度就不行了。這個間斷距離很短，變量也就得很短才行。討論班上，馮康把計算衝擊波總思路和其下的分路徑都講了。

「那時候，」50 年後敖超說，「原子彈方面，我們當然還談不上創造，主要是研究蘇聯和美國。主要是研究他們那些方法，但是我們通過自己的

努力摸索出來了。應該說通過幾年工作，從原來的一窮二白，後來慢慢地也有些接近他們的東西了，再後來看他們的東西，那些討論的問題，跟我們當時考慮的問題基本上是一樣的。大家關心的都是那些事情，等於同步了，差不多了，這是非常不容易的事。」

1964 年 10 月 16 日下午 3 時，馬蘭，遙遠的「21 基地」，羅布泊上空，中國第一顆原子彈爆炸成功。美國人驚訝，蘇聯人更是震驚。美國人在 1945 年製造出了三顆原子彈，其中的兩顆是「內爆」型，一顆是「槍法」型，在廣島投下的是「槍法」型，長崎投下的是「內爆」型。中國第一顆原子彈便採用了「內爆」型。所謂「內爆」型是將大量炸藥起爆的能量壓向內心，產生高溫、高壓，使內心裏的核材料產生核裂變，釋放出大量核能。這樣做的困難在於炸藥起爆後，能量並不是完全向內心壓縮，而是向四周擴散，這就無法實現核裂變。面對這一技術難題，中國的科學家經過無數次的理論計算和試驗，從北京的中關村到「21 基地」，從青海的金銀灘，到新疆羅布泊，從小型到中型到大型，從局部到整體，一步一步地試下去，最後實現了炸藥起爆的能量完全壓向內心，突破同步聚焦技術的世界性難關。當時計算所的士兵們就在爆炸現場，他們出色地完成了從計算所五樓到「21 基地」再到羅布泊的任務。他們知道誰起了至關重要的作用，誰一次次給他們上課，講解，指引路徑。

時間到了 1999 年，新中國成立 50 週年之際，當年的幕後英雄走出了時間深處的帷幕，國家表彰了 23 位「兩彈一星」的科技專家，其中的鄧稼先、于敏、王淦昌、郭永懷現在早已為人熟知。沒有馮康。與別人不同的是，

作為數學家，馮康在彼時早已聞名海外，他的主要成就並不在核武器上，作為幕後英雄似更為合適。不過慶功會上，中國科學院第一任黨組書記張勁夫沒有忘記馮康，這位當年的頂頭上司非常了解情況。有一次，在談到「兩彈一星」的功臣時，他專門提到了馮康，稱馮康是「另一個幕後英雄，『兩彈一星』的功動機 109 丙機有馮康的一份功勞，他的算法起了重要作用」。

這是公允的。馮康作為數學家的故事當然遠沒有結束，儘管他所有的故事差不多都在歷史的「褶皺」中，但歷史不會靜止不動，總有人從「褶皺」中走出。

劉家峽

黃河九曲，黃水東流，天上黃河到了劉家峽來了個大迴轉……1958 年劉家峽水電站在劉家峽開工。劉家峽水庫設計蓄水容量達到前所未有的 57 億立方米，水域面積 130 多平方公里，攔河大壩高 147 米，長 840 米。大壩下方是發電站廠房，地下大廳排列着 5 台大型發電機組，總裝機容量為 122.5 萬千瓦，是中國首座百萬千瓦級的水電站。這是前所未有的工程，如此大的工程曾遇到鮮為人知的困難，以致停工。

1963 年早春，劉家峽大壩設計組副組長朱昭鈞工程師冒着漫漫黃沙，來到中關村南街，看着一座座結構相同的灰調板樓，感覺踏實了許多。儘

管遠處是無垠的田野，這裏與城市無關，但也正是這種獨立的又超越田野的存在，讓他感到某種國家的信心。在中科院計算所三室，朱昭鈞見到了工作着的科學家們，請求幫助解決邊遠的劉家峽大壩停工的問題。正在快馬加鞭指導原子彈、導彈、衛星計算攻堅任務的馮康，在計算所三樓辦公室接待了遠道而來的朱昭鈞。

馮康聽了情況，找來了三組的崔俊芝，把具體的解決任務交給了年輕的後來也成為院士的崔俊芝。如同將軍把作戰任務交給了某個團，或某個特務營。朱昭鈞向崔俊芝具體介紹了工地採用的「弓冠量分配計算方法」，崔俊芝一一做了詳細筆記。

送走了朱昭鈞工程師之後，崔俊芝冒着西部風沙來到劉家峽，劉家峽黃河的壯美在崔俊芝眼中是另一番景象，確切地說他在用一種數學的眼光嚴格地審視着一切。崔俊芝發現劉家峽大壩用「弓冠量分配計算方法」形成的系數矩陣事實上是病態的，於是乾脆放棄了這種方法，另起爐灶，轉而使用主元素消去法去求解弓冠量方法導出的病態線性方程組。

雖然病態問題迎刃而解，但是崔俊芝在對計算結果進行應力校核時，卻發現局部應力總是不平衡。由此崔俊芝對「弓冠量分配計算方法」產生了根本性的懷疑，接着在蔡中熊的幫助下，利用黃鴻慈等人編寫的應力函數法標準程序進行了計算，然而計算出來的結果仍然不能做到局部區域的應力平衡。

應力平衡的問題是個大問題，它既是一個實踐問題也是一個理論問題，

也是世界性的難題。當時採用了十三點差分格式的應力函數計算程序來進行水壩應力分析，而得不到滿意結果的主要原因是全部採用了正方形網格，而事實上水壩的邊界是不可能與網格線重合的。認識到這點非常重要，三室理論組的黃鴻慈認為，內節點用差分逼近，邊界節點不得不使用外推插值處理，這種不統一、不協調的處理方式也是造成計算結果不理想的原因。另外除了計算方法之外，計算機儲存量的限制也是造成計算難題的重要原因之一。

劉家峽水電站不同於以前的小型水電站，以前的水電建設經驗用不上。正當崔俊芝對劉家峽水壩計算問題一籌莫展的時候，馮康在計算所的一次學術報告上重點講述了一篇文章，讓崔俊芝茅塞頓開。馮康提到的那篇文章是 Prager 和 Synge 於 1947 年發表在美國《應用數學季刊》上的一篇文章，巧的是 Synge 曾是錢偉長在多倫多大學讀博士時的導師。馮康介紹 Synge 在應用數學和力學方面做過很多傑出的工作，後來當選為英國皇家協會院士。馮康的那次報告給了黃鴻慈和崔俊芝等人決定性的啓發，正是那次報告中馮康提出的用變分原理進行差分計算的思想，為許多年輕學者提供了研究方向。

馮康的報告引起了強烈反響，此後在馮康的指導下三室的人掀起了鑽研與探討差分方法的熱潮，年輕人從中科院圖書館借來美國 Forsythe 和 Warsow 二人於 1960 年寫的一本叫作《偏微分方程的差分方法》的書。書中有兩個關於橢圓方程計算的章節講到了變分差分格式。黃鴻慈、崔俊芝等三室的年輕人如飢似渴地爭相閱讀這本書，因為沒有複印機，他們就自

己抄公式、刻鋼版進行油印，就像那個年代一些詩人做的事。那個年代北京最為活躍的兩個地下文藝沙龍，一個是郭沫若之子郭世英組建的「X詩社」，另一個是張郎郎組建的「太陽縱隊」，他們也是用鋼版刻印外國當代詩。在這一點上時代有著某種一致性，的確很多時候數學也具有音樂般的旋律美、層次美、幾何美、抽象美，兩者是相通的，音樂旋律的起伏變化一如幾何變量中的連續和離散。

數學家、詩人蔡天新在一篇談數學與詩的文章中說，數學家和詩人都是作為先知先覺的預言家存在於我們的世界。只不過詩人由於天性孤傲被認為狂妄自大，而數學家由於超凡脫俗為人們敬而遠之。事實上，馮康隨後的「有限元」研究的突破，也是想像的產物，發現的產物，靈感的產物；是一個人帶頭的探路，激發了另一輩人的探路，一個人開闢了方向，大家在方向中不斷定位、捕捉、尋找的結果。這同樣也是詩，甚至不僅內容上像，就連大家充滿激情地刻鋼版、油印，都像。

與此同時，在馮康的籌劃部署下，導彈、原子彈的某些研究也進入最後階段，那時三樓和五樓互不相涉，馮康聯結著上下，指揮若定，並行不悖，一方面講解對導彈至關重要的偏微分方程，一方面將二組的水壩計算組的年輕人分成三個小組，從三個不同方向對水壩計算進行系統研究。三個小組，二組副組長林忠楷帶領一個小組重新設計方案，用應力函數的方法進行計算；二組組長魏道政帶領一個小組，從平衡方程出發，把應力—應變關係代進拉梅方程進行計算，崔俊芝在這個小組。剩下的一個小組由蔡中熊帶領，王薀賢在這個小組，從變分原理出發，直接用位移差商代替

位移導數進行計算。

　　三個小組像交響樂或三組詩，定期交流，排演，向樂隊指揮馮康匯報，而馮康如卡拉揚一樣指揮着各小組所有的配器、音色、音調。為了盡可能地保證在壩體內部任意局部區域上的應力平衡性，崔俊芝與後加入的魏學玲採用了馮康反覆提到的基於拉梅方程的積分守恆的差分格式，內部採取不等距矩形網格，邊上採用三角形網格，使所有計算節點都落在壩體內部或邊界上。

　　1964 年春，也就是原子彈爆炸成功前夕，崔俊芝、魏學玲二人分工合作，算出了一組水壩新的結果——利用積分守恆格式的計算結果。經過細緻的應力校核，其結果不僅在邊界節點附近應力是基本平衡的，而且在壩體內部任意局部區域上的應力，也是基本平衡的！這非常關鍵，這就如同這一次演奏出了自洽的接近完美的效果。馮康第一次對年輕人點了頭，也對五樓的年輕人點了頭，原子彈衝擊波的計算也已萬無一失地完成，只等蘑菇雲上天。

　　劉家峽水壩工程設計組對計算結果非常滿意，建設繼續進行。崔俊芝對原來由他和魏學玲合作編製的程序又進行了重大的修改，採用了標準化的信息格式，編製出了第一個平面應力分析標準程序——計算所的 104 計算機版本。同年崔俊芝又編製了一個平面應力分析標準程序——119 計算機版本。正是利用這兩個程序，崔俊芝為劉家峽工程計算了多個設計方案。與此同時，研究仍在繼續，崔俊芝和王藎賢一起，把基於積分守恆格式的

差分格式和基於變分原理的差分格式一一進行了對比，發現在邊界節點上其差分格式是一致的——它們正是後來「有限元」法得到的邊界節點上的差分格式；對於內部節點的差分格式也進行了組合優化，形成了當時認為是最好的差分格式。以這些差分格式為基礎，崔俊芝、王蓋賢、趙靜芳三人合作編製了另一個平面應力分析標準程序——109-乙計算機版本。借用這個程序，他們為多個不同類型的結構工程進行了平面應力分析。到了1964年的五一節，經過廢寢忘食的攻關，劉家峽水壩計算的系統研究有了結果。至此，在馮康指揮下，「有限元」第一交響曲「實踐」大獲成功。

有限元

如果事情到此結束，中國獨立完成的「有限元」研究與理論價值，或許將永遠深埋在劉家峽水電站大壩的鋼筋水泥之中，世界也不會知道馮康。馮康發現劉家峽水壩整個設計過程不簡單，憑着他的世界性的「飛鳥」視野，有些東西值得總結、深入探討並昇華，而這件事情也必須由他完成。就像一個將軍總攬一場戰役，而這總結也只能由將軍完成。

這時候馮康是孤獨的，也必須孤獨，像所有大師那樣，是一個人來到最遠處的孤獨。一環扣一環，馮康慢慢形成了自己的報告。在報告中，馮康發現了從未發現，但事實上又已存在於鋼筋水泥中的一整套求解「偏微分方程邊值問題」的計算方法，即一個用變分原理進行

差分計算的方法：通過剖分插值，構建分片多項式的函數空間，求解偏微分方程。

這就是後來著名的有限元方法，雖然馮康當時把這一方法叫作「基於變分原理的差分方法」。這一方法的發現，在當時震動中國的計算數學領域。1965 年 5 月，全國計算機會議在哈爾濱召開，馮康在會上正式做了這個基於變分原理的差分方法的報告，並將報告發表於 1965 年第 4 期《應用數學與計算數學》期刊上，題為《基於變分原理的差分格式》。

這一傑出的論文用高深的數學理論，在極其廣泛的條件下，證明了基於變分原理的差分方法的收斂性和穩定性，建立起有限元方法嚴格的數學理論框架，為有限元方法的實際應用提供了可靠的理論基礎，被西方學術界認為是中國學者先於西方創造了有限元方法理論的標誌。但是由於「文革」，許多年一切都無從說起，直到改革開放後的 1981 年。

1981 年，法國數學家，曾擔任國際數學家聯盟主席、法國科學院院長的利翁斯（J. L. Lions）院士訪問中國，對馮康和他領導的團隊在 1965 年關於有限元方法的重大發現給予了高度的評價。利翁斯在那年的世界數學大會上說：「馮康的有限元方法意義重大，中國學者在對外隔絕的環境下獨立創始了有限元方法，在世界上屬於最早之列。今天這一貢獻已為全人類所共享。」

1982 年，馮康與利翁斯一起主持了「中法有限元討論會」，馮康與弟子余德浩聯名發表了論文《橢圓邊值問題的正則積分方程及其數值解》。這是「中法有限元討論會」的兩個最主要的報告之一。同年，馮康獲得特

邀，在國際數學家大會（International Congress of Mathematicians）上做 45 分鐘報告，報告的題目就是《有限元方法與自然邊界歸化》。國際數學家大會，是數學家們進行數學交流、展示、研討數學的發展，會見老朋友、結交新朋友的國際性會議，每四年舉行一次。首屆大會 1897 年在瑞士蘇黎世舉行，除兩次世界大戰期間外，未曾中斷過，它已成為高水平的全球性數學科學學術會議。出席大會的數學家的人數，最少的一次是 208 人，最多的一次是 4000 多人，每次大會一般都邀請一批傑出數學家分別在大會做 45 分鐘學術報告。國際數學界認為，由馮康開創的有限元研究，在其後的數十年中，經捷克（代表人物 I. Babuska）、美國（代表人物 J. Douglas 和 J. Bramble）、法國（代表人物 P. Ciarlet 和 P. Raviat）、意大利（代表人物 F. Brezzi）等國的許多學者的廣泛參與，最終確定了有限元的逼近性質、逼近精度、有限元尺寸和多項式階次的關係，使有限元方法實現質的飛躍。在這些分析中，廣義函數論、索伯列夫空間理論、偏微分方程的希爾伯特空間方法等現代數學理論都起着重要的作用。而毋庸置疑的是，有限元法的發現，也讓馮康成功步入世界級數學大師的殿堂。

2006 年英國牛津大學教授特列菲坦（Trefethan）在他撰寫的「數值」分析一文中，對計算數學的發展做了千年回顧，其重大成就的列表中第一項是「公元 263 年，高斯消元法，劉徽，拉格朗日（Lagrange）、高斯（Gauss）、雅可比（Jacobi）」，第九項是「1943 年，有限元法，柯朗（Courant）、馮康、克勞夫（Clough）」。劉徽之後，第二個中國人的名

字是馮康。

另外，根據狄多涅的純粹數學全貌和岩波數學百科全書，綜合量化分析得出的「二十世紀世界數學家排名」，其中進入前 200 名的中國人（包括美籍華人）共有 7 位，分別是：陳省身，華羅庚，馮康，吳文俊，周偉良，丘成桐，蕭蔭堂。2002 年，四年一次的國際數學家大會在北京舉行，時任國際數學家聯盟主席的帕利斯（Jacob Palis）在開幕式上說：「中國數學科學這棵大樹是由陳省身、華羅庚和馮康，以及谷超豪、吳文俊和廖山濤，及最近的丘成桐、田剛等人培育和奠基的。」也是這一觀點。

1993 年 8 月 17 日，馮康在浴缸前不慎滑倒，與世長辭。馮康的辭世，震動了國際數學界，美國著名的科學家、前美國總統科學顧問、美國原子能委員會計算和應用數學中心主任彼得·拉克斯（Peter Lax）院士專門撰文悼念馮康：「1993 年 8 月 17 日，中國傑出應用數學家馮康先生突然與世長辭。馮康提出並發展了求解哈密爾頓型演化方程的辛算法，理論分析及計算實驗表明，此方法對長時計算遠優於標準方法。在臨終前，他已把這一思想推廣到其他的結構。七十三載時光成就了他傑出的事業生涯，也走過了一段艱辛的生活旅程。20 世紀 50 年代後期，馮康先生獨立於西方國家在應用數學方面的發展，創造了有限元方法理論。80 年代末期，他又提出並發展了求解哈密爾頓型方程的辛幾何算法。馮康先生對於中國科學事業發展所做出的貢獻是無法估量的，他通過自身

的努力鑽研並帶領學生刻苦攻堅，將中國置身於應用數學及計算數學的世界版圖上。馮康的聲望是國際性的，我們記得他瘦小的身材，散發着活力的智慧的眼睛，以及充滿靈感的面孔，整個數學界及他眾多的朋友都將深深地懷念他。」

但「馮康是誰」？知道的人依然很少。作為聞名世界的數學家，馮康在中國或許是最神秘的，這種神秘性也給歷史留下了空間。

然而歷史在極小範圍內事實上也並未完全中斷，中國科學家屠呦呦獲諾貝爾獎後，勾起許多話題，在互聯網上的一個很小的角落有人發出帖子提出：華羅庚偉大，還是馮康偉大？帖子提到「看到陳安先生的文章《華羅庚先生和馮康先生，誰更是大師？》我來湊個熱鬧，就事論事，不針對其他。什麼是創新，說句老實話，我之前還真不明白創新是什麼，又看了廖俊林老師的文章《屠呦呦見證中國文化的問題》，狠狠地把我教育了一番。創新是無中生有，在曠野中遊蕩找到寶藏。從創新這點出發，馮康老先生的有限元的創新和應用價值，在當代中國數學領域，很少有其他工作可以與之媲美。所以說大家知道答案了吧？評價科學應該還是有其核心的東西，那就是創新及其意義和貢獻」。

有人回：「華羅庚弟子遍天下，遍及數學幾乎每個領域，甚至可以說由於華先生及其弟子的努力，中國的現代數學研究有了一個很好的開端，並且在許多個領域都有所深入，在數理學部聲名顯赫的院士裏，有不少人是華先生的弟子。馮康先生當然也是個不可多得的天才，他獨立於西方數學界提出有限元的計算方法，現在這個方法的應用已經遍及世界，在中國

多個領域都有有限元應用的影子。華羅庚先生的數學則沒有有限元這麼應用廣泛，甚至可以說數論和多複變函數的應用非常之不廣泛。如果一定選一個大師，我是選不出來的，因為兩個人的偉大之處似乎不太一樣，但是都不失偉大。」

這是公允的。

手記一：沉默的基石

中關村的科學家與「兩彈一星」有着不解之緣，他們多數是無名英雄，馮康也是。中科院當年承擔着原子彈和導彈研製中一系列關鍵性的科學和技術任務，包括理論分析、科學實驗、方案設計、研究以及製造各種特殊的新型材料、元件、儀器、設備。人造衛星則從構思到建議都是由中國科學院提出並上馬的。張勁夫 1999 年撰文披露中科院參加「兩彈一星」研製任務的科學研究人員佔全院科研人員的 2/3，有 3000 多人。第一顆原子彈爆炸的現場觀測也主要是中科院地球物理研究所、力學所、物理所、聲學所、光機所等承擔的任務，與核試驗基地研究所共同商定各個類型的 15 項測量技術方案。

時任中科院黨組書記張勁夫發表在 1999 年 5 月 6 日《人民日報》的題為《請歷史記住他們——關於中國科學院與「兩彈一星」的回憶》一文中

寫道：「『兩彈一星』的真正功臣，除了我前面提到的一批我印象很深的科學家以外，還有一些科學家在不同領域做出了貢獻，有的還是很重要的貢獻。例如原子能所的著名物理學家王淦昌，物理學家彭桓武、朱洪元，科學院的數學家關肇直和馮康……請歷史記住他們！」是的，歷史應該記住他們，中關村應該記住他們。一部中關村的書怎麼可以沒有他們？他們是現代中關村的奠基者。

中關村的概念絕不能因為高新科技園區、眾多明星企業家而變得狹窄，相反中關村時刻都不應忘記自身的基石——默默無聞堅固如同大地巖層的基石。沒有這一基石，中關村很難像現在這樣高樓林立，在世界代表着北京乃至中國的成就。即便大數學家馮康為原子彈做出不可或缺的貢獻，也從不以原子彈幕後英雄自居，甚至在自己的履歷中提都不提。「兩彈一星」當然只是馮康工作的一部分，他主要還是傑出數學家，與華羅庚、陳省身構成了中國數學的「三駕馬車」。美籍華人數學家、菲爾兹獎獲得者丘成桐說：「中國近代數學能超越西方或與之並駕齊驅的主要原因有三個，一個是陳省身在示性類方面的工作，一個是華羅庚在多複變函數方面的工作，一個是馮康在有限元計算方面的工作。」

如果說作為世界級的數學家，馮康投身「兩彈一星」一直是個秘密，是沉默的基石，那麼我採訪過的中科院計算所的秦夢兆、邵譽華、曾繼榮、劉陰權、敖超，他們更是，他們當年在馮康指導下秘密參與原子彈、導彈、衛星的計算研製工作，同時又有各自的研究領域。秦夢兆老先生與馮康合著了《哈密爾頓系統的辛幾何算法》，一直是馮康的助手，但老先生像其

他人一樣話語不多，似乎習慣了沉默，似乎基石的屬性即沉默。

　　而中國科學院及其科學家不也是整個中國的基石？

　　必須向基石致敬，他們的故事沉默而閃光。

　　一如巖層中的雲母閃光。

・ ・ ○　　　　　　　第一人　　・・

一個新粒子，誕生一個新世界

1978 年，新澤西，普林斯頓。

中國物理代表團訪問美國，代表團成員有四人，其中有後來被稱為「中關村第一人」的中國科學院物理所核聚變專家陳春先。為了這次訪問，陳春先像其他成員一樣購置了統一的灰調西裝，統一的皮鞋，穿越了浩瀚的太平洋，來到前不久還被中國人稱為「腐朽荒淫」的國度。多年的閉關，外面的世界什麼樣？彷彿一個世紀輪迴一樣，一百年之後他們又成為先行看世界的人。

代表團的訪問目標是，參觀普林斯頓等離子物理實驗室環形聚變實驗反應堆的托卡馬克：一種環形磁約束裝置。不僅用美國的實驗數據對比北京托卡馬克 6 號裝置的實驗數據，還要以美國托卡馬克為參考藍本，籌建國家投資 4000 萬元的托卡馬克 8 號裝置，從核聚變中探索人類新能源。就此來說，雖是輪迴，卻又和一百年前不一樣。

1954 年蘇聯原子能之父薩哈羅夫，在西伯利亞庫爾恰托夫原子能研究所研製出了存放等離子體的容器，命名為托卡馬克。1968 年，托卡馬克裝置 T-3 取得重大突破，在千萬攝氏度高溫以上獲得穩定環形高溫等離子體。翌年英國卡萊姆實驗室的科學家在蘇聯對 T-3 進行測試，證實了蘇聯獲得的重大突破，在全球引起轟動，西方各國紛紛建造托卡馬克。1974 年，陳

春先帶領課題組奇跡般地研製出中國首台托卡馬克6號，打破西方發達國家對核聚變的壟斷。有了這樣的成績，訪問美國，考察學習，順理成章。

著名華裔實驗物理學家丁肇中見到了代表團，他曾有一句名言：「科學實驗的結果往往會出乎人們原來的想象，產生出新的粒子，新的世界。」其實不僅科學實驗，很多事情都是這樣：偶然決定着必然，一個看起來無關的事物可能會改變整個事物的方向。如同一個新粒子，誕生了一個新世界，訪美期間，美國給陳春先留下最深印象的不是先進的實驗室，不是托卡馬克，而是科研爆發力。陳春先注意到本來托卡馬克、人造衛星是蘇聯首先研製成功，但是美國核聚變之父弗斯（H. P. Furth）教授帶領科技人員，只用了幾個月就研製出托卡馬克，並且超過蘇聯，成為日本、德國、法國建造托卡馬克的學習基地。接下來，很快美國的航天事業趕超了蘇聯，不但發射衛星，有了宇航員，還把人送上了月球，超越了加加林。美國何以這麼快？此外，陳春先還注意到美國核聚變的研究是軍事和民用兩條腿走路，提高軍事實力同時推進民用核發電，促進經濟的發展，互為源頭。這些都讓陳春先感興趣，想弄個明白。

不久，陳春先有了第二次訪美的機會，這次他的身份是民間訪問者，行動比較自由，沒有接待方，因此也沒有接待費用的限制，可以到處走，想看什麼就能看什麼。上次訪美交下的朋友提供了諸多方便，陳春先十分輕鬆，這次重點看的是美國的民用核設施，走訪20多個城市，參觀了幾十個核聚變實驗室。同樣有許多驚奇，同樣是這些驚奇改變着陳春先，比如

讓陳春先驚奇的是那些先進的實驗室的設備竟是一些小公司製造的，這些小公司多不過百人，少則幾十人。

「這些小公司怎麼可能為核實驗室製造設備？在中國這得幾千人！」

陳春先問朋友，朋友告訴陳春先：「這些小公司是美國新技術擴散區的新技術公司，新技術擴散區在波士頓128號公路、舊金山矽谷兩地，那裏有幾千家新技術公司。這種公司由兩部分人組成，一部分人是教授、工程師、大學生，他們有技術，負責產品設計、研發、製造、銷售。另一部分人是風險投資家、企業家、金融界人士，他們有錢，負責提供公司創業時需要的資金。我們實驗室使用的超導磁體，就是128號公路上的永磁公司製造。」

陳春先聞所未聞，有種穿越感。的確，閉關鎖國之後，再次開放，一切都那麼新鮮。「教授、大學生辦公司？」如果中國人是地球人，美國人就不是；如果美國人是，中國人就不是，差別太大了，思維方式都不一樣。至此，陳春先完全忘了最初來訪問的理由：托卡馬克。

托卡馬克是前現代的東西，矽谷、128公路才是當代。

128公路讓陳春先想到北京二環路，而中關村與矽谷在人才密集度上也有相似之處，但不同更為明顯：時光不同。或者說，兩個國家不能同日而語，存在着巨大的「時差」。物理學家從來是善思考的，思考常常超出物理之外。那麼中國要想與世界同日而語，中關村就得先同日而語。

陳春先到矽谷、128公路轉了一大圈。這位中國的核聚變物理學家自身產生了聚變，如同丁肇中所說，一個新粒子，誕生了一個新世界，一個

觀念誕生了新的陳春先，陳春先的大腦發生了結構性變化。

128 公路兩側林立的多家高新技術小公司成為陳春先興趣所在，陳春先找到朋友提到的永磁公司。永磁公司的老闆湯姆克是荷蘭裔美國人，波士頓大學核物理學教授，可以說陳春先與湯姆克完全是同行，但湯姆克做教授的同時還開着這家永磁公司，為美國航天局供貨，這讓陳春先覺得與湯姆克不能同日而語。

「我有技術有想法，另外一些人有錢，」湯姆克教授對陳春先教授說，「就這麼簡單。二者結合起來，就可以創造產品。」

「真這麼簡單？」陳春先難以置信。

「非常簡單。」

「你有多少人？」陳春先問。

「二十幾個，但產品在全球各個核實驗室使用，生意多時會招些臨時工。」

簡短的談話，對陳春先的震撼卻不簡單。

128 公路是波士頓市的一條半環形公路，早在第二次世界大戰以前，由位於波士頓的馬薩諸塞理工學院（MIT）的一些研究實驗室，分化出了一些新技術公司，如離子公司、高壓電公司和 EG-G 公司。陳春先詳細了解到，這期間，MIT 鼓勵搞工程的教工跟本地區的私人公司掛鉤，不僅允許 MIT 教工向當地公司提供諮詢服務，而且還鼓勵他們去開辦公司。在微電子技術革命開始後，MIT 和聯邦政府或建立風險投資公司或撥款資助，使這個地區很快成長為高技術區。到 20 世紀 60 年代，美國投資 200 億美

元搞載人飛船登上月球，又在幾十年的美蘇「冷戰」中投入數千億美元研發軍事裝備。雖然在全球軍備競賽中領先，但是這些巨額投入沒給美國經濟帶來好處，美國在與日本等國家的經濟競爭中處處敗陣。日本的汽車、半導體、彩電等產品暢銷全球，美國產品處於競爭劣勢。美國為扭轉被動局面推出 128 號公路、矽谷技術擴散區，頒佈稅收、貸款、風險投資、企業上市等優惠政策，鼓勵科研人員辦公司擴散新技術，新技術產業成為美國經濟新的增長點。

這段歷史包含着相當重要的觀念，從中幾乎可以看到美國經濟發展的引擎。

陳春先又去了矽谷。矽谷地處美國加州北部舊金山灣以南，早期以矽芯片的設計與製造著稱，因而得名。後來其他高技術產業也蓬勃發展，矽谷的名稱現在泛指所有高技術產業。矽谷是美國重要的電子工業基地，也是世界最為知名的電子工業集中地。擇址矽谷的計算機公司已經發展到大約 1500 家。其特點是以附近一些具有雄厚科研力量的美國一流大學如斯坦福、伯克利和加州理工等世界知名大學為依託，以高技術的中小公司羣為基礎，並擁有惠普、英特爾、蘋果、思科、英偉達、朗訊等大公司，融科學、技術、生產於一體。

在矽谷，陳春先完全被那些由教授和大學生創辦的小公司給迷住了。斯坦福大學的老校長泰曼是個有遠見的科學家，當年他決定把校園的一些土地租給師生去辦高技術公司，鼓勵師生創業，將所學知識與創意轉化為

生產力與商品。有兩個學生在一個車庫搞出第一台高頻振盪器；在另一個車庫，世界上第一台微型計算機出現在又一個年輕人手中。作為這些技術的副產品，矽谷的車庫中誕生了後來馳名世界的兩家公司：惠普和蘋果。

陳春先一直試圖理解為何美國核聚變實驗的效率那麼高，週期那麼短。此前他一直以為美國人的實驗技術先進，製造設備的工廠水平高，但現在他理解了波士頓的 128 公路，理解了舊金山灣的矽谷，理解了斯坦福大學，理解了「技術擴散區」的概念，他終於明白了「把工廠、學校、科研院所密切聯繫起來」的格式塔體制。格式塔係德文「Gestalt」的音譯，主要指完形，即具有不同部分分離特性的有機整體，將這種整體特性運用到心理學研究中，產生了格式塔心理學派，運用到技術擴散區即是 128 公路體制，矽谷體制。

科學家是講邏輯的，而邏輯意味着必然，必然意味着行動。科學就是這樣，不含糊。

陳春先回到中關村。以前如此熟悉的中關村被陳春先重新審視，如果沒有美國之行，沒有 128 公路、矽谷的見聞，中關村還是以前的中關村，會是一成不變的，但有了矽谷的映照則一切不同了。如此超穩定的中關村，開始在陳春先的眼裏動起來，至少在他腦子裏動起來。交流，走出去，看世界，就是這樣：看到了別人也才看到自己、認識自己，自己往往存在於別人的映照當中。

沒有交流就如同一個人沒有鏡子，一個國家也是如此。

在互為鏡像中，看到自己的不同、相同、可能性，相互影響。

而歷史不就是這樣進步的嗎？

誕生

過去的中關村，有着某種必然。1949 年 10 月，當在天安門城樓宣告中華人民共和國成立，萬眾歡呼時，中關村還是北京西北一個貨真價實的村莊，一派荒涼景象。那時中關村不過二十幾戶人家，以農為生，村落明顯保留着世代守墳格局。房屋散落，依墳而建。但歷史運動也像地質運動一樣，有時會讓一個地方突然隆起，國家考慮既然北面不遠處已有了北京大學、清華大學，便決定在荒涼的中關村建立科學城、大學城。在政府鼓勵之下，大學校園紛紛挺進京城西北，一條狹窄的馬路附近迅速崛起了八大學院，這條狹窄的馬路後來也因此被稱為「學院路」。20 世紀 50 年代中後期，除了大學，中國科學院的第一批科研院所在此建成，在不到十年的時間裏中關村的「科學城」與「大學城」蔚為大觀，成為即使從世界上來看也是人才知識最密集的地區之一。

這是第一次「地質」運動。會有第二次嗎？

陳春先當然沒想這麼多，他只是看到中關村在人才密集程度上與矽谷極其相似，但大學教授、科技人員還是超穩定結構，只滿足於實驗室的成果和評獎的象牙之塔；在研製科技成果時，花多少錢，成本多高，轉化為產品後老百姓是否買得起，從不是他們考慮的範圍，非常不「格式塔」，

許多研究成果完全處於「分離」狀態。

變成了「新人」的陳春先，回到中關村成了一個鼓動家，當國人還在為「傷痕」文學所激動，為十年浩劫痛徹不已，還在掙脫「兩個凡是」，總之一切還是滿目瘡痍、百廢待興時，「新人」陳春先已開始像「外星人」一樣大談矽谷，談 128 公路，談惠普、英特爾、思科、王安，談湯姆克教授的永磁公司，談喬布斯和蘋果。那時談喬布斯可是太厲害了，那可是 1979 年，1980 年，而喬布斯也才於 1976 年 4 月 1 日簽署了一份合同，決定成立一家電腦公司。1977 年 4 月，喬布斯才在美國第一次計算機展覽會展示了蘋果 II 號樣機。陳春先 30 多年前就談喬布斯，比絕大多數中國人早了多少年？當今是怎麼來的？某種意義上是從陳春先開始的，他的先行的意義絕不亞於一百年前中國的那些偉大的先驅。的確，當時，同事們誰也沒去過美國，聞所未聞，好像在聽一個地球之外的世界。當陳春先說「我們也可以這樣」，人們覺得陳春先像是在說夢話。

「不是夢話，」陳春先說，「我們這裏的人才密集度一點不亞於矽谷、斯坦福、128 公路，我們只需轉變觀念就能追趕。」

關鍵時期中國總是有人，這也是中國的幸運，有那種先導的人，不同日而語的人，撬動歷史的人。但當時陳春先那樣說又沒人信。

別人信不信並不重要，重要的是有些關鍵的人得信，而總有關鍵的人，否則就不是歷史了。比如北京科協[1]，就敏銳感覺到了陳春先不同的「語

---

[1] 北京科協：北京市科學技術協會的簡稱。

境」，請陳春先做「訪美報告」。於是，1980年10月23日下午，在數百人的報告廳，陳春先面對年輕人也包括許多中老年人做了一場訪美報告。

「我看到了美國尖端科學發展很快。美國高速發展的原因在於技術轉化為產品特別快。科學家、工程師有一種強烈的創業精神，總是急於把自己的發明、專有技術知識變成產品，自己去借錢，合股開工廠。我感興趣的是，那裏已經形成幾百億美元產值的新興工業。我們大多都在中關村工作了20多年，相比之下，這裏的人才密度絕不比舊金山和波士頓地區低，素質也並不差，我總覺得我們有很大的潛力沒有挖出來。我過去搞過激光，開始我們與人家差距不大，後來越來越大，實在覺得不是滋味。我們必須轉變觀念，革新機制。」

報告會上，陳春先宣佈一個驚人的消息：他將在中關村創辦一家類似矽谷或128公路邊上那種「公司」。這絕不是說說而已，科學的邏輯使科學家必然地像鏈條齒輪一樣轉動起來。之所以將「公司」打了引號，是因為陳春先想在物理所開公司，向領導請示了好幾次，都泥牛入海，毫無音訊。一方面領導的大腦與從美國回來的陳春先的大腦不同，領導覺得不可思議，天方夜譚；另一方面即使被陳春先使勁洗腦，領導同意了也沒辦法批陳春先辦公司，因為研究所怎麼能辦公司呢？就沒這個機制。

陳春先只能在物理所之外想辦法，他找到了北京市科協科技諮詢部的負責人趙綺秋尋求可能。趙綺秋聽陳春先談了美國之行，像陳春先一樣驚訝，腦洞大開，趙綺秋說辦公司的事先等等，能不能先做場報告，你講得太精彩了。這個當然毫無問題，陳春先於是先準備報告。

女人是易感的，同時也是務實的，這兩點往往使她們作為管理者比男人更有效率，說白了，更少官僚主義。趙綺秋對陳春先說：「你的想法非常新，我支持你，但開公司很麻煩，要有大筆的注冊資金、門市用房，上級主管單位同意工商局才會批准，這些手續恐怕很難都能辦下來。一個環節過不了關你就卡了殼，就算全過了關，沒一年半載你也辦不下來。」

趙綺秋說的是實情，她比陳春先更懂公司。

陳春先碰到了非常硬的東西，也是時代的東西。但總體上時代的堅冰既已打破，具體的打破就是必然。趙綺秋為陳春先出謀劃策：也不是完全沒有辦法，你是等離子體學會的副理事長，可以在等離子體學會搞個服務部，服務部全部工作由你負責，基本和辦公司差不多，趙綺秋對陳春先說。陳春先感激趙綺秋，看到一線曙光，就像看到鐵板上出現一絲縫隙，而這縫隙正是由趙綺秋這樣的管理者用蓮花一樣的妙手給陳春先打開的。

那個時代光有陳春先不行，還要有妙人，趙綺秋便是那個時代的妙人。在與幾個志同道合者商議之後，陳春先把服務部的名字定為「北京等離子體學會先進技術發展服務部」，而沒叫「公司」。此後的幾個月，陳春先拿着從北京市科協討來的「批准文件」，到公安局刻了一個圓形公章，到銀行開了一個賬戶，「公司」就算成立了。這是個非常平常的日子，當時誰也不知道這一天發生了什麼，但是在以後的日子裏，人們越來越一致認為那一天是中關村公司的誕生日。阿根廷大作家博爾赫斯說過一句有點費解但十分深刻的話：「常常是後者使前者變得偉大。」某種意義上可以理解為是中關村後來的發展壯大讓陳春先變得偉大，換句話說，假如沒有後

來氣勢如虹的中關村，有誰會記得陳春先？如今人們追溯中關村的歷史，追溯到了陳春先成立服務部的那一天。

蘇格拉底判例

服務部的開辦經費 200 元，由北京市科協提供，別小看這 200 元，意義非常重大，既是支持也是通關許可，是個人行為也是國家行為——國家與個人的混合，後來成為中關村公司基本的模式。服務部成員也都是兼職，國家與個人的混合，其中有中科院物理所的劉春城、潘英、李兵、耿秀敏，電子所的吳德順，力學所的曹永仙、王殿儒、汪詩金，電工所的陳首燊，清華大學的羅承沫。大學與科研院所的個人行為已經多少有點矽谷或 128 公路的意思，服務部的體制完全按照公司化模式打造，設有財務、對外聯繫業務、研發產品、銷售等專職人員。

服務部工作地點在兩個地方，一個是陳春先的辦公室，一個是物理所的倉庫。開始的業務是利用中科院的牌子和市科協的關係，到北京鄉鎮企業搞設計解決技術問題或講課培訓傳授實用技術。每個人都是晚上或者週末才來上班，不出去的話大家坐在一起為諮詢者提供答案，酌情收取服務費用。

服務部沒掙錢或掙錢少還好說，大家觀望，甚至有人看笑話，可一旦掙到錢且在當時是「大錢」，便攪動了整個中關村一池靜水。首先是陳春

先所在的物理所受不了了，各種質疑，甚至憤怒的質疑、批判接踵而來。

1981年，參加服務部的人越來越多，業務也從諮詢轉到研製產品。其間陳春先又去了一次美國，3次美國之行帶回不少芯片，而利用這些芯片製造核聚變實驗的電源開關，成為服務部的主打產品。服務部這年賺到3萬多元錢，陳春先用這些錢在中科院生活區蓋起了兩個30多平方米的木板房，掛起了兩塊牌子，一塊是「北京等離子體學會先進技術發展服務部」，一塊是「《北京等離子體學報》編輯部」。另外開辦電子培訓班是服務部另一項業務，陳春先和李兵負責培訓待業青年，講授計算機和電子技術。電子培訓班對中關村後來起飛意義非凡，造就了大批人才，被後來的人們稱為「中關村電子一條街」初期的「黃埔軍校」。

培訓班老師從清華、北大、北航等大學聘請。為請到優秀老師，陳春先給的授課費為每小時6元，那時國家規定的兼職教員授課費為每小時1.5元。

問題出現了：有人認為服務部主要成員來自物理所，他們拿着物理所發的工資，做出東西再賣給物理所，是損公肥私。服務部製造的電源開關賣給別的單位，是吃裏爬外個人幹私活撈錢，搶物理所生意。這件事也被看成「有罪」，陳春先的膽子太大，不服從國家規定。授課費超標，違反國家規定。這時又傳來消息說陳春先在服務部每月拿15元津貼。陳春先工資級差是7.5元，等於給自己漲兩級工資，被認為服務部有問題，要查服務部的賬。

困難的時候，妙人趙綺秋作為主管領導來到服務部，陳春先介紹了服

務部近期的工作。趙綺秋看到服務部從出外講課和技術諮詢發展到製造專用電源開關，還同外地科研院所聯合開發新項目，很是高興。同時對於陳春先被指控「損公肥私、搶物理所生意、授課費超標」十分激憤，堅決支持陳春先。科學探索在自由的學術空間才能成為可能，服務部搞改革開放和科學探索，就是要打破舊的科研體制，陳春先說。趙綺秋很感動，要陳春先不要生氣，改革肯定有阻力，服務部的事情沒有錯，跟有關方面講清楚會得到理解。陳春先做了解釋：國家給核聚變項目的撥款服務部沒有動，在服務部工作的同志每個月有津貼 7～15 元，我一分錢津貼沒有拿，怕人家說我拿雙工資。物理所的鉗子、改錐、檢測設備等服務部人員可能借用過，這些事在服務部賬上記得很清楚。

趙綺秋提醒陳春先，今後服務部不要和中科院各所爭業務，使用單位東西要徵得單位同意，要給使用費。「你們初次辦服務部對財務沒經驗，有的賬目可能不清楚，讓市科協會計先看看，別讓人家抓小辮。」趙綺秋以這種方式查賬陳春先接受。不久市科協會計查看服務部所有賬本，對全部 20 多筆收入、350 多筆支出進行檢查，得出的結論是服務部沒有財務問題。1982 年春節過後，市科協副主席孫洪和趙綺秋找到有關方面談服務部問題，將上述結論告知。趙綺秋旗幟鮮明地說，服務部人員每月有 7～15 元津貼，這不是什麼問題，是多勞多得打破「大鍋飯」有力的行動。服務部人員使用物理所工具的現象，也不是原則問題，改革哪有不闖燈的，改革就是打破舊制度。

陳春先愉快了，領導卻不高興了，且高高在上地壓了市科協一頭，對

趙綺秋說:「服務部的賬應由物理所審查,不僅如此,還要將查賬結果上報給中科院;服務部主要人員都來自物理所,我們審查陳春先負責的1室科研賬目中,有不少重大問題都與服務部有關。」

領導說完拂袖而去,隨後向中科院有關部門打報告,聲稱陳春先把科研項目中的國家財產,非法轉移到服務部賣掉,還有十幾萬元國家撥款也被轉移到服務部私分,要求立案查處。不僅如此,還在物理所的全體會議上公開點名,說陳春先辦的服務部不是什麼移植矽谷經驗、擴散新技術,而是跟賣菜、賣肉的二道販子沒什麼兩樣,是把國家幾十年積累的科研成果販賣出去,是科技二道販子;服務部每月還發津貼,是鼓勵科研人員不務正業、腐蝕科研隊伍搞歪門邪道。

聽了這話,開始有人後悔到服務部幹活了,因為很明顯,這以後漲工資、評職稱、分房子都可能成問題。當天晚上就有人到陳春先家,放下從服務部拿到的津貼二話不說就走,陳春先無言以對。

趙綺秋找到有關方面理論:陳春先在完成本職工作的情況下,利用業餘時間搞科技諮詢,我們應該支持。再說了,服務部是市科協批准成立的下屬機構,只應該接受市科協的財務檢查。

雙方堅持認為陳春先是服務部負責人,也是所裏的人,物理所查賬是正常的。優雅的趙綺秋再也忍不住心中的怒火,大聲說:「物理所為什麼要查服務部的賬,我看這是要整垮陳春先和服務部,你們居心何在?」

5月,物理所工作組進駐服務部,這天服務部平時人來人往的熱鬧場面沒有了,誰都不敢露面。只有陳春先站在大門口胸懷坦蕩地迎接工作

組。有人拿着幾張「白條」問陳春先：「發放這些津貼有什麼根據？」陳春先回答：「中國科協和國家科委[1]規定，科技人員在不影響本職工作的前提下，利用業餘時間進行科技諮詢工作，每月可以獲得 15 元左右的津貼。」那人聽完把手伸向陳春先說：「把中國科協和國家科委的文件拿出來我看看。」

在場的人都知道這是故意刁難陳春先，當年部級文件都屬於保密文件，陳春先肯定不會有。誰也沒想到陳春先從從容容地拿出方毅副總理講話稿的複印件：「在方毅副總理的講話中有這條規定。」工作組領導看完後辯稱：「這是領導人講話，不是正式文件，再說，科技人員是腦力勞動工作者，怎麼分清工作時間和業餘時間？怎麼分清本職工作和業餘工作？」查賬人員不顧陳春先反對，複印了全部賬目記載的情況，派人到北京和外地與服務部有合作關係的單位進行調查，理由是追查陳春先的經濟問題。物理所凡是在服務部拿津貼的人，他個個面談。領導開會說：今年國家開展的重要活動是打擊經濟領域嚴重犯罪活動。物理所已經把陳春先列為重點審查對象，誰在服務部工作過，要主動向組織講清楚。今後物理所人員無論是工作時間還是業餘時間到服務部工作，都要經過領導批准。

散會後沒有一個人敢跟陳春先一塊兒走，都怕和他沾上邊，都嚇壞了。那時「文革」結束不久，運動整人記憶猶新，心有餘悸是一種普遍的心理，物理所內部天天都流傳着有關服務部的各種小道消息，什麼陳春先被定為

---

[1] 科委：科學技術委員會的簡稱。

經濟犯罪團夥首要分子，服務部的賬寫得像天書，是本花賬，誰也看不懂，服務部賬上全是白條，陳春先明着給自己漲兩級工資等等。一天晚上，實在氣不過，有一位服務部的骨幹成員走進陳春先的家對陳春先說：「領導要在院裏給我們立案，這是要往死裏整我們，他不仁我們也可以不義，我們也要讓他知道點厲害。據我所知，咱們這位領導過去當過物理所『革委會』副主任，毛主席去世後革委會的幾個頭頭兒給江青寫了一封效忠信，我那時在政工組看過這封信，咱們就用這封效忠信警告他『別往死裏整我們』，你說怎麼樣？」

陳春先就是陳春先，即使在被迫害的情況下，陳春先仍認為這樣做不合適。陳春先對骨幹同事說，效忠信這件事即使有證據，也還要具體分析，不能以其人之道還治其人之身。陳春先被多次點名以後，心情惡劣，卻從未想過用非正常的手段報復，每日回家後總是閉目沉思，想到被立案的結果可能是受處分、勞動教養、判刑入大牢，失敗和死亡降臨的幻覺不時出現在大腦裏。

中國文化注重仁的精神。「仁」的核心便是忠恕之道。許你不仁，不許我不義，體現的便是忠恕之道（人不犯我，我不犯人，人若犯我，我必犯人，是後來才有的總結）。而古希臘也有一種類似中國「仁」的精神。古希臘哲學家蘇格拉底主張無神論與言論自由，被指控鄙視雅典議會制度，遭到三個公民起訴。陪審團投了兩次票，第一次投票是表決有罪還是無罪，第二次是量刑，蘇格拉底被判處服毒自殺。當時蘇格拉底的親友和弟子們都勸其逃往國外，弟子克里多告訴蘇格拉底，他們已經準備好了一筆錢幫

助他逃跑，他的仰慕者則做好準備接應他及其家人。

蘇格拉底不肯接受這個方案。因為在他看來，法律一旦裁決，便即生效。而即使這項制度的裁判本身是錯誤的，任何逃避法律制裁的行為也是錯誤的。他認為他也沒有權利躲避制裁。蘇格拉底說：「假定我準備從這裏逃走，雅典的法律就會這樣來質問我：蘇格拉底，你打算幹什麼？你想採取行動來破壞我們的法律，損害我們的國家嗎？如果一個城邦已公開的法律判決沒有威儡力，可以為私人隨意取消或破壞，你以為這個城邦還能繼續生存而不被推翻嗎？在我的審判中，國家通過錯誤的判決冤枉了我，我就打算破壞法律，我能這樣做嗎？」

蘇格拉底終究沒有逃走，他甚至在飲下毒藥之前，還在與弟子討論哲學問題，在行刑人告訴他毒藥需要活動才會發作時還在談。1789 年，雅克·路易·大衞創作了著名的《蘇格拉底之死》，描繪的即是蘇格拉底服毒自殺的情節：在一個陰暗堅固的牢獄中，蘇格拉底莊重地坐在牀上，親人和弟子們分列兩旁；牢門半開，從門縫中射進一束陽光，蘇格拉底位於視覺中心位置，他裸露着久經磨難的瘦弱身子，高舉着有力的左手，繼續向弟子們闡述自己的見解和觀點，同時右手鎮定地伸出，欲從弟子手中接過毒藥杯⋯⋯

這樣的故事陳春先知道或不知道，都沒關係，他有着自己人生的原則，他可以逃脫厄運，但是他制止了同事（弟子）。雖然好像做到這點並不難，甚至很簡單，就像科學有時很簡單，但唯其簡單才又特別複雜。

中關村不少知識分子都在暗中關注陳春先，如果服務部這棵「樹」不

倒，他們會走出科研院所辦公司。如果服務部這棵「樹」被砍倒，陳春先和參加服務部的人沒有好下場，他們在今後數年內大概就不會再有開公司的想法。

陳春先為宣洩心中的苦悶，每天晚上都到服務部的辦公室獨自坐到深夜。服務部基本上散了，只剩下紀世瀛等一兩個骨幹，其他人已作鳥獸散，似乎只等着他有一天被帶走。陳春先有原則，但還不是蘇格拉底，他準備繳械投降，不再扛了。他守住了做人底線，但學習矽谷的信念開始動搖。

一天晚上，陳春先像往常一樣一個人獨守服務部，忽然看到趙綺秋在門前來回踱步，立刻出門迎上前去，兩個人的手握在一起。趙綺秋來看看陳春先，「聽到你要被立案審查的消息，我很難過。本想到單位看你，肯定不受歡迎，只好到服務部來等。事情發展到這步你不要着急。」趙綺秋說完眼含熱淚。

遠航

趙綺秋這一段時間來的歎息，引起丈夫周鴻書的注意。聽完妻子的傾訴，周鴻書緊鎖眉頭，認為茲事體大，涉及改革成敗，便對妻子說，他想把陳春先服務部的事寫篇「內部動態清樣」，讓中央領導看看，聽聽領導怎麼說。

周鴻書當年任新華社北京分社副社長，有着高度的政治敏感，洞悉

高層的改革動向，當年那篇《北京市委為天安門事件平反》的轟動全國的消息，就是周鴻書參加北京有關方面會議從文件堆中挑出來的新聞。

轉機出現在 1983 年 1 月 25 日的清晨，中關村 88 號樓——這幢住着馮康、陳景潤、楊樂、張廣厚的中科院宿舍樓，樓道像往常一樣亂哄哄的，服務部骨幹分子紀世瀛住在 103 室，這天早上，他被一陣緊急的敲門聲驚醒，有人在門外喊：「快打開收音機，聽聽首都新聞和報紙摘要。」

中央人民廣播電台正在播一篇重要報道，報道肯定了陳春先的服務部探索的新路子！等紀世瀛衝出來，新聞已經播完了。當時大家誰都不知道這則新聞的來頭兒，但歷史後來將證明，就是在那一刻，中關村的命運被改寫了。原來周鴻書派記者潘善棠兩次採訪了陳春先，並親自對採訪文章進行審閱和修改，最後把文章的題目定為《研究員陳春先搞技術擴散試驗初見成效》，發往新華社《國內動態清樣》。新華社《國內動態清樣》也稱內參，是新華社記者對各種事件通過採訪寫成的稿件，這些稿件簡明及時，專供黨中央、國務院領導閱讀。這篇文章有 1500 多字，講述了陳春先創辦服務部的意義和取得的成績，還介紹了中關村地區擁有的科技成果和人才優勢。指出這些科學成果大多數停留在論文、樣品、展品階段，處於「潛在財富」狀態，不能迅速生產，取得經濟效益。

這不是一篇普通的新聞報道，而是一份直呈中共中央政治局委員參閱的機密級內參，在新華社《國內動態清樣》第 52 期刊出。作為「黨

的耳目喉舌」，採寫內參是新華社記者的一項重要任務，其內容涉及當時拿不準或不宜公開報道的領域，比如重要動態、敏感問題和重要建議等。內參有一定的格式，例如《國內動態清樣》，紙張大小為 16 開，要求內容簡明扼要，字數限定在 2000 字以內。當時全中國有資格看到《國內動態清樣》的人在 100 人左右。高級別的讀者羣決定了這篇內參的特殊效果，何況文章結尾處傾向鮮明：「但陳春先搞科研成果、新技術擴散試驗，卻受到本部門一些領導人的反對，如科學院物理所個別領導人就認為，陳春先他們是搞歪門邪道，不務正業，並進行阻撓，使該所進行這項試驗的人員思想負擔很重，嚴重地影響了他們繼續試驗的積極性。」

　　內參於 1983 年 1 月 6 日刊出，1983 年 1 月 7 日，國務院副總理方毅在《國內動態清樣》就有關陳春先的報道上批示：「陳春先同志的做法完全對頭，應予鼓勵。」方毅還打電話給中科院，要求停止對陳春先的立案審查，還邀請陳春先到他的辦公室長談兩個多小時。第二天，1 月 8 日，時任中共中央政治局委員、書記處書記胡啓立就做了批示：「陳春先同志帶頭開創新局面，可能走出一條新路子，一方面較快地把科技轉化為直接生產力，另一方面多了一條渠道使科技人員為四化做貢獻。一些確有貢獻的科技人員，可以先富起來，打破鐵飯碗、大鍋飯，當然還要研究必要的管理辦法及制定政策。此事科協要大力支持。如何定，請耀邦酌定。」同一天，總書記胡耀邦同志批示：「可請科技領導小組研究出方針政策來。」這便是 20 世紀 80 年代的中國決策者，難怪讓後人感歎。就這樣，歷史乘

風破浪，陳春先的服務部在頂層的支持下得以延續，成為大時代的界碑，中關村的科學家、教授，不再觀望，各顯其能，融入歷史。

手記二：偶然性

歷史雖然不能假設，卻總是讓人禁不住想像──假如當年沒有陳春先，具體地說，沒有陳春先1978年訪問美國，會有後來的中關村嗎？你當然可以說時勢造英雄，沒有陳春先也會有王春先、李春先。這話聽起來非常熟悉，這是歷史決定論的觀點，它抹殺了偶然性，而這種思維模式看起來正確，其實並無實際的意義。有時候我們必須承認歷史會因某個人變得幸運──正如變得不幸；而幸運之時也往往一樣讓人唏噓。1978年當絕大多數的中國人還陷於後「文革」的「兩個凡是」的桎梏中時，陳春先已漫步在美國矽谷，不能不說是某種屬於中關村的幸運，因為那時他竟然異想天開，想中關村也有條件像矽谷一樣，教授、科學家也可以同時辦公司，可以以個體的方式，將科技轉化為生產力，他注意到中關村的科技、知識密集度即使在世界也是少有的，哪怕經歷了十年浩劫。那時的陳春先與「兩個凡是」語境下的大多數的中國人不可同日而語，難道不是一種偶然？那時也有像陳春先一樣跨出國門的人，為什麼沒人像陳春先這樣想？好吧，為什麼沒人像陳春先這樣義無反顧地行動？這就是偶然性。必須承認偶然

性的價值。

那時的中關村，如同中國一樣是一塊呼喚改革的巨石，陳春先孤獨地在推這塊巨石。還原到當時的語境，他推得如此之難，難得讓人絕望，但也正是在個人的絕望中歷史在前進，「陳春先的一小步，是中國科技改革的一大步」，有人後來這樣說，說得非常不錯。總結過去，《中國的新革命》的作者凌志軍把中關村當作中國改革開放的一個縮影，認為「20世紀最後20年這個國家打碎了精神枷鎖，讓自己成為全世界最龐大的『製造車間』。在21世紀的第一個10年，它急切地渴望拿下新技術的高地，把『中國製造』變成『中國創造』。這個國家之所以能夠改變世界，是因為它改變了自己」。

這個改變就是從具體的陳春先開始的，回過頭看陳春先的人格意義更不能小覷：在那樣困難、絕望的情況下他的人格不變形，一如蘇格拉底不變形；「己所不欲，勿施於人」。這些先哲的古訓陳春先以科學的精神做到了。陳春先的持守與形而上的人格，並不亞於推動巨石，事實上兩者相輔相成。

· · ○   未來的引力　· ·

自由落體

2015 年，吳甘沙辭去英特爾中國研究院院長的職務，上任馭勢科技 CEO，在圈內成為一個跨年的新聞事件。事實上吳甘沙還是院長的時候，還在離職的過程中，就已開始為馭勢科技操心，每天他連軸轉地面試、見 VC 風險投資人，希望能在年前搞定最初這輪融資。英特爾在全球有五大研究院，作為中國研究院院長，吳甘沙直接對應的是英特爾總裁，年薪數百萬元，但他最終還是義無反顧辭職。

馭勢科技剛開始的暫借辦公地點是中關村海龍大廈一間辦公室，室內簡陋，不過一個長條辦公桌，一個休閑沙發，地方不大，仍很空落，倒是桌上擺着一個足球有點另類。最近吳甘沙剛剛搬到了中關村智造大街高科技產業孵化器，孵化夢想。公司的方向是智能汽車，無人駕駛。

按照北京人的說法，真是夠一夢的。

有人駕駛還排不上號呢，又來了無人駕駛？

對很多人來講，無人駕駛是不可思議的，甚至連夢都談不上。幹嗎要無人駕駛？有必要嗎？有人駕駛的癮還沒過呢！是不是太快了？太離譜了？而且，真的行嗎？城市那麼多車，怎麼可能無人駕駛？英特爾大名鼎鼎，無人不知，放着院長與首席工程師不做，做起了無人駕駛的夢，簡直是外星人的思維。

有些人活着活着就成了外星人，你不知他怎麼想的。

這是普通人的看法。

吳甘沙 2000 年畢業於復旦大學計算機系，大學期間，是十個拿到英特爾獎學金的幸運兒之一。畢業後來到英特爾，在英特爾一幹就是 16 年。剛開始加入英特爾，吳甘沙做人機界面，第二年便迎來了他工作上的一次重大機遇：選擇轉組，進入核心技術團隊。轉組之後吳甘沙和他的團隊在美國技術團隊的支持下，慢慢地創立了自己的項目，進行自主研發。僅僅過了三年，他就成了項目經理，接下來是部門經理，技術總監，直到首席工程師。

首席工程師，在英特爾全球研發體系中僅次於院士，擁有很高的地位，至少需要四種能力：首先是「業務影響力」，其次是「技術領導力」，然後是「戰略領導力」以及「團隊領導力」。英特爾所有技術研究都服務於產品應用及業務的發展，因此「業務影響力」在評選中是最重要的一條標準，吳甘沙這方面無可挑剔，他在多核編程工具開發上攻克了很多技術難關，實現了並行編程工具創新，並成功地將這些技術從研究院轉換到產品部門，變成了英特爾的產品。

「技術領導力」是指取得的成果必須是業界公認領先的。吳甘沙在並行編程環境 Ct/Array Building Blocks 上的創新，解決了未來萬億級計算應用程序開發編程難的問題，使得程序員在處理海量數據時舉重若輕，並可確保今天的代碼不用重新編譯，就能在未來的處理器結構上運行。「戰

略領導力」反映的是洞見未來技術趨勢、判斷各種技術重要性、主動發現問題的能力。

上述能力不僅使吳甘沙成為首席工程師，也使他成了英特爾中國研究院院長。在英特爾，吳甘沙已做到了人生與事業的頂峰。這個頂峰異常堅實、耀眼，在很多人看來像雪山一樣高不可攀，即使在全球也是英特爾的五大雪峰之一。但吳甘沙卻從山峰跳下來，一步來到了海龍大廈賣電腦的一間屋子裏，手裏擺弄着長條桌上一隻足球，做起無人駕駛的汽車夢。

儘管是如此前衛的「自由落體」，吳甘沙卻稱自己保守，不文藝，摩羯座，特別理性。當一個在夢中的人說自己特別清醒，特別理性，會讓人感到一種可怕。「他不可思議，但他會成。」這就是周圍人對他的評價。的確，在整個被夢幻包裹又淡然堅實的吳甘沙的臉上，似乎會看到十年二十年後一種確鑿無疑會成功的東西，他那種淡定，凝結着一個年輕人到中年人的整個過程，16 年的英特爾生涯，已讓他有一種機器人般的質地。

吳甘沙練就這種「夢幻式」的淡定，當然冰凍三尺，非一日之寒。就這點來說，他稱自己保守、太過理性又是對的。有沒有一日之寒？年輕人，年輕的創客大有人在，一個夢想便衝上去，也是有的。但吳甘沙用了 16 年，雖然不過 40 歲，他頭髮已經花白，但也正是這種花白讓他這次「自由落體」顯得不容置疑。

在英特爾 16 年，吳甘沙至少有三次想出來創業。一次是 2001 年互聯

網大潮，那時他到英特爾不久，感到這是時代之潮，想投身進去，獨立創業，但想想還是放棄了。第二次是 2007 年移動互聯網興起的前夜，吳甘沙主持的部門做出了一款比安卓還好的東西，當時安卓還沒被谷歌買下來，但是英特爾總部卻終止了這個項目，把手機項目賣掉了。也就是說，在 2007 年 1 月，喬布斯推出 iPhone 之前的關鍵時刻賣掉了。賣掉之前還發生了另外一件事情，喬布斯去求英特爾的 CEO 幫他們做一個 iPhone 的芯片，傲慢的英特爾卻沒答應。英特爾那時根本瞧不起手機芯片，還沉浸在電腦芯片裏，沒想到移動互聯網時代來臨。那時吳甘沙想離開英特爾，獨自創業，因為猶豫，再次錯過。

越是成熟偉大的公司越會犯時代錯誤，因為一個時代的領導者看到的都是「這」個時代的風雲，對於下一個時代的一種顛覆性的東西是看不清的，或者看不上的，正像哥德爾定理所描述的：完備性和一致性不可兼得。哥德爾認為邏輯上自洽的不可能完備，它一定有邊界，有局限，邊界之外對它來說是一個黑洞。引申開來，或者說在吳甘沙看來，任何一個時代的領導者都有一個賴以成功的自洽的邏輯體系，比如 PC 時代，但是也有邊界，移動互聯網便是從邊界之外出現的，是不可能被 PC 成功者認識到的。英特爾意識不到移動互聯網的顛覆性，甚至在移動互聯網來臨前夜它卻背過身去，與新時代訣別。

這件事讓吳甘沙印象深刻，內心的冰凍深了一層。

第三次是 2013 年，移動互聯網持續火爆，BAT 已不再 low，而是火透半邊天，淘寶，騰訊，百度，加上大數據，移動互聯網帶給世界驚心動

魄的改變。吳甘沙盯着時代，看到移動互聯網＋教育的機會來了，他再次想出來創業，但就在他想走時卻被任命為英特爾中國研究院院長，吳甘沙再次猶豫了。吳甘沙用了一個特別形象的比喻形容自己的狀況：像在機場排隊辦登機，排了很長很長的隊，好不容易排到中間靠前了，突然，邊上開了一個新櫃台，後面的人唰唰唰都湧過去了──這就是這些年年輕人做的事。我是動還是不動？再動是否又來不及了？他沒有動，他羨慕那些本來在後面的轉而衝在前面的人。

雖然不能親自創業，做了院長的吳甘沙也決心跟上時代步伐，對英特爾中國研究院以往的工作方式進行了頗有自己色彩的改革，第一就是改變研究機構在移動互聯網時代做事太慢、節奏太慢的方式，要學會互聯網做事的方式。第二是強調英特爾在中國的存在，作為一個外企的研究院要更多地去參與到中國的改革，參與到中國的社會創新、經濟發展當中去，比如中國的產業革命、數據經濟，把英特爾的研究與中國的發展更好地結合起來，而不只是相當於美國的研究院在中國的存在，差別只在用的是中國這邊的人才。第三是希望從原來的更多是支撐性的一種研究組織變成引導性的，系統、通信這方面過去的研究是跟在市場後面，這個要改變。

2014 年，吳甘沙領導下的研究院做了一些東西，而美國本土的研究院都還沒開始做，英特爾中國研究院可以說全球領先，比如在人工智能和機器人方面。這以前英特爾關注的還是相對比較老的領域，像雲計算、互聯網、大數據、可穿戴計算機等等，而人工智能對英特爾來說是全新

的東西。

在吳甘沙看來，信息技術革命是有週期的，20 世紀 50 年代至 70 年代這 20 年是計算機的架構化，70 年代至 90 年代是 PC 的數字化，90 年代到新世紀前 10 年是互聯網時代的網絡化，都是 20 年。而 2010 年到 2030 年這 20 年就是智能化。以前錯過就錯過了，這次不能再錯過了，然而吳甘沙的變革並非沒有阻力，甚至有些阻力是自身克服不了的，譬如他不可能把英特爾研究院改造成互聯網公司，不能把四分之三的人都換了。

香格里拉之思

2014 年秋，在香格里拉的滿天繁星下，吳甘沙正閱讀邁克爾 · 馬隆所著傳記《三位一體：英特爾傳奇》。這年秋天他有三個月的長假——通常在英特爾每工作七年就會有一個長假。秋天，最美麗的季節，吳甘沙帶着妻子和孩子來到香格里拉，住進了風格特別的松贊林卡。松贊林卡價格不菲，2000 塊一晚，但對於內心有夢的人、不斷遊歷世界追求陌生的人，松贊林卡無疑是夢幻之所。木質結構的門柱、房樑，看上去滄桑有力，房間一角是銅質藏式壁爐，餐桌側牆上掛着尺幅很大的唐卡。無論是房間還是庭院，都能看到擁有三百年歷史的松贊林寺，壯觀的默啓的山脈，更不消說山上的星空。吳甘沙有時推開陽台的木門，香格里拉的夜，涼涼的，天

清，月明，偶爾飄過的大朵的雲就在頭上。

《三位一體：英特爾傳奇》出版者，北京湛廬文化公司，最初想請吳甘沙翻譯此書。吳甘沙很想翻，但是沒時間，最後是由吳甘沙的一個同事翻譯。吳甘沙答應書翻譯好後由他來寫導言，譯稿出來吳甘沙粗讀後，帶着書稿的電子版來到了這裏的天空下，某種意義上是有意為之，他覺得這樣的書就該在這樣的星空下看，就該在香格里拉看。他一邊休假，一邊細讀，一邊寫導言。妻子和孩子熟睡時，吳甘沙常常一個人來到庭院，望着滿天繁星，深深地呼吸。

人就是這樣，在一些非常神奇的環境裏面就會有不同的想法，跳出了自己看自己，看未來，看過去。本來吳甘沙只想寫兩三千字，結果一口氣寫了 16,000 字。事實上不僅是書的導言，也是自己的心曲的流露。他看到早年的英特爾在眾多的星星背後向他眨眼，面龐慢慢浮現，對他喃喃說着星星的語言。早年創業的英特爾接受神秘的使命召喚，勇於擔當未來，不怕涉險、犯錯、失敗，看準了雙倍地下注，失敗了舔舐傷口重新站起，重新站起後更加強大。相反，謹慎，穩妥，步步為營，諸如此類吧，就像現在的自己，就是放棄未來。16 年的英特爾生涯，一次次放棄，伴隨着一次次升職，裏面似乎有着某種悖謬，再幹十年自己就可以在英特爾退休了，而這十年差不多相當於一個死神視角，可以清清楚楚地看到自己，一切都是確定的，可預測的，按部就班的，能想像嗎——死神站在十年以後看着你，按照他的規劃走過去？

人到底應該索求確定的東西，還是不確定的東西？其實回答早已有

了：如果在這個時刻，宇宙中所有的原子的狀態都是可以確定的話，就可以推知過去任何一個時刻和未來任何一個時刻，這就是牛頓的機械論世界。愛因斯坦發展了這個理論，但本質還是確定論，決定論。吳甘沙想，但是今天的世界事實上是不確定的，世界觀是基於概率的。人所共知的「薛定諤的貓」就是證明：貓在盒子裏到底是死還是活的？其實牠可能同時是死的也是活的。然而一旦打開這個盒子，牠就變成確定的了，要麼真的死了，要麼真的活着。打開盒子，有一半的概率殺死這隻貓。事實上這也是海森堡的不確定主義，這就是說：你的行為本身會改變被觀測的對象。

牛頓的機械論是一種確定論，或決定論的世界觀，有多大的力作為一個因就有多少的位移作為一個果，以前做過什麼，現在會什麼，就只能做什麼，這是一種思維方式，也就是牛頓式的方式。但事實上這個世界是「莫頓定律」：一個人，比如說一個領導者，首先得看到一個未來，有了關於未來的膽略和信念之後，這個膽略和信念就會對現在的行為產生一種引力。這個引力是不確定的，有概率的，不是牛頓確定的現有條件的因果，牛頓清晰地讓人通向死亡，而莫頓認為還有另一種可能，就像「薛定諤的貓」，你到底追求什麼呢？吳甘沙擔任英特爾中國研究院院長的 16 年中，世界始終躁動着。雲計算、物聯網、大數據、互聯網金融、VR/AR……一波又一波技術浪潮風起雲湧從他身旁呼嘯而過……這些開始都是不確定的，吳甘沙想，他用自己在英特爾的確定性應對着這些不確定性，他得到了什麼？又失去了什麼？他望着陌生的香格里拉的繁星，滿腦子都是思

想，一如繁星。吳甘沙有兩大愛好，踢球和看書，每年他精讀的書就有 20 本左右，泛讀的書達 100 本左右，科學，數學，哲學，歷史。他讀得太多，思考得太多……特別是望着星空時思考得更多，而他又偏偏來到了香格里拉的星空下。

《三位一體：英特爾傳奇》一書講述了羅伯特·諾伊斯、戈登·摩爾（Gordon Moore）和安迪·格魯夫如何締造了英特爾的故事，書的作者邁克爾·馬隆最後對所有英特爾的人說：「如果你們還像過去 40 年那樣，勇於涉險，不怕犯錯，世界還將是你們的，如果你們變得謹小慎微，你們將失敗。」

吳甘沙回到房間疾書着導言，他現在不是英特爾的普通員工，聽了馬隆這話如同鞭打，他的「摩羯座」也開始沸騰，在天上閃爍。他已近 40 歲，是不惑之年還是危機之年？智能時代到來了，那邊又新開了一個窗口，他要不要過去，在這邊排隊還等什麼？排到了又怎樣？要去哪兒？

吳甘沙從小生活在長江北岸的一個小鎮，小鎮的標誌性建築是一個小小的鐘樓，早年在實業家張謇建立大生紗廠時，鐘樓就聳立在小鎮的視野裏了，如今已經百年。小鎮，事實上就是以那個紗廠的名字命名的。回想起來，吳甘沙對城鎮的第一印象就是工業化，工業化的標誌就是紗廠和鐘樓。另一種記憶是農村的純自然，每年暑假他都要回到鄉下的爺爺奶奶身邊，在晴朗靜謐的夜晚聽奶奶講故事。後來每年都會乘坐渡輪，晃悠幾個小時來到上海，從十六鋪上岸，馬上就可以看到這麼一個高樓林立的繁華城市。工業、農村、城市，三者在他小時候是割裂的，他的開放與保守是

否與這種分裂有關？

香格里拉之夜，吳甘沙的內心與星空同體，他想了太多太多東西，看着星空簡直就不由得不想，想是因為有種隱隱的激動，行動前夜的激動。即使這激動有九分為勇往直前，也仍有一分不安。對，是不安，不安也是一種激動。然而畢竟有九分已定型了，儘管離開香格里拉後吳甘沙沒有馬上採取行動。

思想這麼成熟了，還沒採取行動，這就是吳甘沙。

這反證了吳甘沙的性格，也反證了他最終行動的深刻理性。

頤和園

事情的導火索是從香格里拉回來後，吳甘沙參加了為期八個月的英特爾高層培訓。英特爾中國的十幾個高層在一起，由一家世界著名領導力培訓公司培訓，請的都是頂級專家。有趣的是課程結束後有一半以上的人離開了英特爾，這很吊詭，其中就包括吳甘沙。不是課講得不好，是太好了，人們內心的原力被培訓的內容喚醒了，爆發了。特別是有一個老師講的讓人們印象最深：「Leader is to design a future that is unpredictable and nobody bets on.（領導者的使命在於設計一個不確定的未來、沒有人敢押注的未來。）」某種意義上，這是英特爾（這樣的大公司）喪失的東西。吳甘沙徹夜難眠，想起香格里拉寫導言的夜晚。老師講的和他想的完全一

樣，所有的東西都在指向一點：去為一個不確定的未來創業吧，這是人生價值所在，成功與失敗具有同樣意義。

人總是在現有條件下出發，吳甘沙創業的方向是智能機器人，這也是他在英特爾立起來的項目。但有一個瓶頸必須克服，人工智能似乎總能在一個個專項領域超過人，譬如下圍棋，但一個智能機器人不僅僅要陪人下棋，還要陪人聊天，還應能真正幫人幹活，比如做飯、疊衣服、熨衣服……但這就涉及機器人的靈巧控制。而人工智能機器人領域有一個「莫拉維克悖論」：和直覺相反，人類所獨有的高階智慧能力只需要非常小的計算能力，但無意識的技能和直覺，卻需要極大的運算能力。讓電腦下棋是容易的，但要讓電腦如一歲小孩般感知和行動卻相當困難，這需要目前還難以達到的計算。直到遇到格靈深瞳CTO趙勇，吳甘沙才恍然大悟，自己又陷入牛頓機械論思維方式了，而不是莫頓思維方式，他看到積習多麼頑強，還是沒有跳出過去的自己。還是漸進式的思維：你以前做過什麼，現在會什麼，那下一步就做什麼，沿着這個路走，你的未來是取決於你的過去。變革性的思維則是一下子先看到一個未來，然後體驗活在未來是什麼樣子，再從未來穿越到現在，那個未來需要你現在做什麼，需要你現在在一個什麼樣的地方，這就叫未來的引力。

吳甘沙與格靈深瞳的趙勇相識於2013年，兩人是復旦校友，但以前並不認識，經他們共同認識的一個朋友撮合了一頓飯局，兩人相識。趙勇畢業後從上海去了美國，就讀於布朗大學，獲計算機工程系博士學位，2010

年供職於谷歌總部研究院，任資深研究員。趙勇是谷歌安卓操作系統中圖像處理架構的設計者，以及谷歌眼鏡（Google Glass）最早期的核心研發成員。另外，趙勇還負責探索谷歌未來針對高性能圖像分析處理的雲計算架構設計。

2013 年 4 月趙勇離開谷歌，作為聯合創始人創立格靈深瞳，憑藉着自己在計算機視覺領域十多年的技術經驗的積累，帶領技術團隊成功研發出了「深瞳無人安防監控系統」。這套系統可以實現對人物的精確檢測、跟蹤、動作姿態（包括暴力行為、跌倒等動作）的檢測和分析、人物運動軌跡（停留、穿越、徘徊、人物搜索）的檢測和分析。傳統的安防監控中心，一個保安需要同時看幾十上百路視頻，即使發生了異常事件，能夠被保安看到的概率也是非常小的；而當一件事情發生以後，需要靠人力去大量的硬盤數據裏面尋找線索，這是一項極其浩大的工程，耗時特別長，效率特別低，格靈深瞳的產品很好地解決了這個行業瓶頸，直擊行業痛點。趙勇對格靈深瞳的解釋是：一家計算機視覺公司，提供完整的計算機視覺解決方案。包括給用戶提供視覺分析，例如人、環境和汽車的行為分析的結果，基於這些結果給各行各業的用戶提供服務。業務範圍包括安全、業務規範檢測、消費者行為分析、智能汽車以及智慧城市。在不遠的未來，還將提供通用的視覺分析產品。

2015 年 6 月，吳甘沙到格靈深瞳拜訪了趙勇。格靈深瞳有點搞怪，直接在頤和園弄了個四合院辦公，趙勇住在四合院對面的小樓裏，足不出院，醒來就工作，累了就睡覺，一些重複動作有點像機器人。年初趙勇在美國

過年，住在同學家，因為時差，第一天早上他5點起牀坐在後院裏。院子裏有些果樹，樹上有橙子，他摘下來，剝了皮吃，很甜，而且沒有籽兒，他一連吃了五個。有個小院，冬天穿T恤，吃到天然的橙子，早上帶孩子去圖書館，上游泳課……這曾是趙勇夢想的生活，而且在加州實現了。但他後來發現自己甚至一年都不會走進後院幾次，地上的落葉很厚，已經腐爛了。他為什麼沒有過上夢想中的小院生活？他幹了什麼事情呢？原來萬變不離其宗，院子裏的房子被他變成了實驗室，客廳裏裝了很多攝像頭，好幾台電腦，就是在那間高科技的客廳裏趙勇做出了格靈深瞳早期原型。他是個工作狂，生活簡單一如某類機器人。與風景無關，但他又離不開風景，不看可以，卻必須在風景裏。這一點吳甘沙也有點像，在迷幻的香格里拉他很少出門，但他又無可救藥地喜歡香格里拉，哪怕是看星空也要在香格里拉。其實在哪兒不能看？但是不，必須是在高原，哪怕他對高原本身並無興趣。

　　在頤和園，在臨河的四合院後院，在風光秀麗的亭子裏，吳甘沙與趙勇聊了很久，與風景無關。對頤和園來說，他們的存在無疑像外星人，如果他們不是外星人，那麼頤和園就是外來文明。他們要改變世界，當然包括中國，並且就在中國改變世界。他們是兩個霍比特人，或者更古老的《山海經》中的人，總之不像現代人。吳甘沙聊的話題裏沒有放過格靈深瞳怎麼選擇在頤和園辦公，儘管這個話題事實上一下讓他們離開了頤和園。趙勇如同走在電影之外，不無得意地對吳甘沙說起往事。最早格靈深瞳創辦在學院路一個民宅裏，發展到十四五個員工時，考慮換

辦公室。機緣巧合，趙勇與 CEO 何搏飛同時興奮地發現了位於頤和園後河的這個院落。趙勇本來希望給公司小夥子們一個驚喜，秘而不宣，先把公司裝修好然後裝作一次春遊，把大家好像偶然帶到這裏，然後宣佈公司遷到這裏。可是，有一天趙勇沒有忍住，何搏飛又不在，趙勇打開了衛星地圖，關掉了道路，跟小夥伴們說：我們的新 office 在北京一個綠色的有水的地方。

員工們看着衛星地圖一下猜到是頤和園，趙勇乾脆雙手在地圖上滑動，放大地圖，放大，再放大……透過地圖，看到這裏，小夥伴們開心極了！「可這事兒是我說漏了嘴，」趙勇對吳甘沙說，「我就拜託小夥伴們向何搏飛保密，裝作完全不知道。可他們有人忍不住，週末就跑過去看了，還拍了自拍照……再後來，我們來這裏春遊、燒烤，到了約定的時刻，何搏飛隆重宣佈了這個消息——哇，所有人都『驚喜』得恨不得暈倒在地上……」

兩個人聊得如此開心，又回到了「神話」狀態。

趙勇反反覆覆講起了一個詞：privilege（特權）。

「我們處在一個特別好的時代。我讀書時憧憬的未來想做的很多事，格靈深瞳現在都在做。很多十年前規劃的事，十年後發生了，而我們還走在前沿，在推動它走。想到這一點，我就感覺是一個 privilege。比如 3D 計算機視覺，念書的時候，我自己選擇做了這一塊，老板也不太懂這個。我做了一個畢業論文出來，今天格靈深瞳還在推它，如果它成功了，我會覺得挺自豪的。這個技術本身，像一個孩子一樣，既然我當時選擇了它，

我就得把它養大。」

吳甘沙同意他們有某種 privilege，如果不是 mission（使命）的話。每一代人都有自己的使命感，都會感到自己的特殊，即一種 privilege。他們的特殊就在於他們站在最前沿上，特別是吳甘沙已經站了幾次，但都擦肩而過，失之交臂。現在還有一次，並且非常清晰，那就是智能時代。趙勇說，他們這代人甚至特殊到，你讓好的程序員寫一段程序去直擊問題的靈魂，比讓他去跟一個女孩搭訕容易得多。說實話，我們今天做的某些東西看上去確實讓人覺得：真變態！一種科技帶來的變態！趙勇問吳甘沙，沒有這種變態就沒有我們，你不覺得歷史屬於變態者嗎？「我們，我是說，包括我們的員工，常常自願工作到很晚，他們被工作本身回饋了，回饋就變成了工作。就算這樣，我仍然感覺我們科技界一直在拖科幻界的後腿。他們可能比我們早活了 100 年，好萊塢也比我們早活了 30～50 年。我們活在當下，我覺得我可能比大多數現代人早活了三五年吧。」

「應該不止。」吳甘沙說。

「科幻作家可能已經着急了，可是沒辦法，我們只能把未來一個齒輪一個齒輪地變成現實。」趙勇說。

「對，」吳甘沙說，「一個程序一個程序地變成現實。」

他們在談什麼呢？在頤和園，皇家園林。

他們的確是同類，似乎是一種星際交往，同時人際的一切也都有。吳甘沙自覺地沒有顯露創業的意圖，只是想多了解一下趙勇的公司。吳甘沙低調慣了，非常含蓄，與趙勇的直接頗為不同。

但兩人的心心相印也正在於此：趙勇心知肚明對方的來意，卻驚人地節制，不談拜訪實質，在某些話題上卻驚人的活躍，掩蓋了其敏銳。

他們都冰雪聰明。有些核心的東西不用馬上談，因為實際上談的也都是與實質相關的東西，事實上一切都已水到渠成。

趙勇回訪吳甘沙，在英特爾中國研究院，吳甘沙的辦公室。這是必然的，沒有園林，亦不需要，直截了當：合作，創辦一個公司。

上次是頤和園，這次是中關村融科資訊中心 A 座科幻般的辦公空間。時隔 3 個月，2015 年 9 月，趙勇將計算機視覺中的智能汽車即無人駕駛作了詳盡的解釋，並給了吳甘沙一些 demo（樣本）。10 月底，吳甘沙做出了決定：進軍智能駕駛，出任馭勢科技 CEO。事情往往是這樣，複雜時非常複雜，簡單時非常簡單。

還有比水到渠成更簡單的嗎？

無人駕駛

很多英特爾的員工想跟吳甘沙一起幹，無論如何，哪怕在英特爾做了16 年，吳甘沙的離開都應算是一種叛逆；當吳甘沙帶着若干人離開英特爾，不能不讓人想起《三位一體：英特爾傳奇》第一部第一章之《出走，八叛逆》。還是在香格里拉的時候，吳甘沙在第一部的導言中寫道：「1957 年9 月的一個上午，『八叛逆』從肖克利晶體公司集體出走，不經意間揭開

了矽谷波瀾壯闊的新畫卷。此後的 12 年裏，一羣『仙童』掀起了矽谷乃至整個世界半導體產業的風起雲湧。」

吳甘沙帶領部分員工離開，當然和「八叛逆」的出走不同，但有一點相同，那就是他們只有離開才能創造歷史——「領導者的使命在於設計一個不確定的未來、沒有人敢押注的未來。」這正是英特爾過去的傳統，也許只有離開英特爾他們才能重新創造英特爾。「如果你們還像過去 40 年那樣，勇於涉險，不怕犯錯，世界還將是你們的，如果你們變得謹小慎微，你們將失敗。」

吳甘沙畢竟還是不同，他對想跟他出來的員工說：「兄弟，你願意跟我出來我非常感謝，但我還是要跟（英特爾的）HR 說一下，讓他們挽留你，也許會給你漲 50% 的薪水呢！若是這樣你留下，我也理解，而且你值得；如果他們給了這個 package（福利條件）你還想過來，那我一定舉雙手歡迎。」

絕大多數找過他的人都過來了，都願押注未來。

「他的團隊少見地吸納了許多超級天才，」李開復評價，「其中有來自大學的機器專家、頂尖的計算機視覺專家以及來自 Google 的機器學習團隊，還有吳甘沙自己和他領導的半導體專家團隊。吳甘沙是一名優秀的領導，他能把這些人都匯集到馭勢，本身已經說明了什麼。」

對於「管理」，吳甘沙不是才開始。自從他 2014 年成為英特爾中國研究院院長，就開始了各類管理創新實驗，譬如自底向上、扁平化、亞馬遜的「兩張比薩餅」文化、創新業務和主營業務二元體制，都是世界最前沿

的體制。

　　格靈深瞳是馭勢最重要的股東，趙勇甚至有一天鄭重其事地以格靈深瞳的角度對新聞界宣佈了一個重大的好消息：「格靈深瞳聯合英特爾中國研究院院長吳甘沙、國家智能車未來挑戰賽冠軍團隊負責人姜岩等一同創辦了一家專注於無人駕駛領域的公司──馭勢科技。馭勢要做的事情是為汽車品牌提供成熟的無人駕駛解決方案，一方面真正做到讓出行者無歧視，使得包括殘疾人在內的所有人都可以馭車出行；另一方面要減少車禍傷亡，提升道路通行能力，在保障出行安全的前提下，極大提高出行效率。」

　　除了吳甘沙、趙勇，馭勢的另外一個創始人是姜岩，將負責與駕駛相關的技術。姜岩此前的身份是北京理工大學機械與車輛學院教授，北京航空航天大學博士，美國伊利諾大學香檳分校聯培博士研究生，研究領域為自動駕駛系統架構設計和規劃控制。迄今姜岩已參加了六屆智能車挑戰賽，2013 年贏得中國智能車挑戰賽冠軍，2013 年拿到冠軍之後從賽道轉戰北京三環，開始研究如何在真實環境中去實現自動駕駛。最長的一次，他曾在三環上花了兩個小時，自動駕駛了 48 公里。太堵了，走不動，這之前他根本不敢想像自己的這個無人駕駛汽車能到這麼密集的交通環境中去。

　　在趙勇的新聞發佈會上，姜岩講了他在三環上的測試體會，並宣告測試沒有結束的一天。整個測試是體驗式的。無人駕駛很關鍵的一點就是，

你如果定好一個點，到這個點把什麼事情都解決了，那這個點你永遠也到不了，所以你必須知道它能做什麼、不能做什麼，包括公眾對它的接受度。「這裏的體驗並不是為了讓大家體驗一個完美無缺的系統，甚至當人們上去體驗以後會發現一些問題，」姜岩說，「但是他發現出了問題以後，反而會了解到它並不像他想象的那麼危險，這反而會是更好的一個結果。所以我們的測試第一是開放式的，第二沒有盡頭，就像 1.0、2.0 版本升級一樣，會不停地進行迭代。」

雖然是學霸、中國智能車挑戰賽第一人，並且已測試了三環，但是當最初趙勇找到姜岩邀其一起創辦馭勢搞產業無人駕駛時，姜岩卻拒絕了，認為這事幹不成。但當趙勇又找到了吳甘沙的時候，姜岩當時就決定從學校裏辭職加入了。如果沒有英特爾團隊加入的話，姜岩覺得這個事情變不成一個產品，還是一個研究型的東西，缺少產品化的實現，缺少集成能力，只是給人看的。有了吳甘沙，事情會完全不同，趙勇找對了人。

三個人的關係就是這樣有趣，同樣呈現出「三位一體」。歷史有時就是這樣重複，甚至超出國界地重複，這也是全球化的特徵。他們被認為是中國無人駕駛界最佳組合，三劍客，甚至在世界範圍也是一股前沿的力量。

他們面臨着巨大挑戰，這是毫無疑問的。

他們挑戰什麼，什麼就決定了他們。

無人駕駛或自動駕駛，本質上就是車身上扛着一個超級電腦，是大數

據的產物，是綜合而超級的機器人，智能人，需要大量的攝像、雷達導入的數據，需要做實時的處理、分析、融合、決策。當今全球從美國到中國到歐洲，傳統芯片廠商、傳統汽車廠商的大牛們都在投向智能汽車、無人駕駛的研發中，無人駕駛已成為商業巨頭眼中的「香餑餑」，逐鹿名單中就有 Google、百度、特斯拉、奔馳、寶馬、Mobileye，其中，市值最少的以色列公司 Mobileye 也有 80 億美元。而這個市場是如此的初期，以至於馭勢也好，Google、百度無人駕駛也好，特斯拉或 Mobileye 也好，都還來不及把彼此當成確定的坐標與對手。而僅僅在十年之前，誰曾想到中國汽車工業會迎來在某個層面上與歐美同行站在相似起跑線上的機會呢？中國的「三位一體」靈魂人物吳甘沙認為，無人駕駛考驗人工智能、芯片和大數據分析能力，中國跟世界最高水平相比，差距不大。在人工智能應用上，世界零時差，我們跟水平最高的國家，比如美國，基本上是同步的，比起歐洲和日本，我們還領先。從這個角度上，吳甘沙說，「我們有一個很好的差異化的競爭路徑，或者是彎道超車的可能性。另外，中國有它獨特的測試環境，要解決的問題，比歐美更難，因此更能夠鍛煉科研工作者，所以我是很樂觀的。」馭勢科技的最終目標是要做自動駕駛汽車的大腦，就如英特爾一樣。

競爭對手當然實力也不弱。以 Google 為例。Google 的無人駕駛眼下是最好的。Google 用 2.0 的視力做無人駕駛，解決方案包含激光雷達、高精度的 GPS、高精度的慣導系統……200 萬元一套。而馭勢科技，選擇用「1.0 的視力＋強大的計算和人工智能」。為什麼呢？吳甘沙異常理性地說：

買得起的才是能夠贏得市場的。馭勢科技計劃把自己的產品控制在兩三千美金以下。「Google 在做『眼睛』，我們把更多錢用來做『大腦』。計算就是大腦。我用 1.0 的視力：攝像頭、毫米波雷達、商用 GPS、商用慣導系統⋯⋯但我更聰明，有更強大的計算。『眼睛』和『大腦』比，『大腦』（計算）會越來越便宜。」

這個策略，和吳甘沙在英特爾多年對摩爾定律的深刻認識相關。摩爾定律由英特爾創始人之一戈登·摩爾提出。大意為：每一美元所能買到的電腦性能，將每隔 18 ～ 24 個月翻一倍以上。這一定律揭示了信息技術進步的速度。英特爾的摩爾定律雖持續了超過半個世紀，卻不是一個物理或自然規律，而是一個公司跟數字社會的承諾和契約──是人的努力讓它實現的。

吳甘沙說：「在英特爾這麼多年，我越來越感到：計算這個東西必須往未來看，一兩年，你的計算就會便宜一半、你的計算能力就會增加一倍。你一定要把你的賭注放在這個上面，因為未來會褒獎你。」

以 Mobileye 為例，吳甘沙一開始就表明態度：跳過駕駛輔助，不做 ADAS（高級駕駛輔助系統），一開始便進軍自動駕駛。而以 ADAS 聞名於世界的 Mobileye，在做駕駛輔助之餘也在轉向自動駕駛。吳甘沙說：「我們經常說『發明一樣東西的人是最後一個看到它過時的』，他們的基因、觀念，都有路徑依賴，一致性與完備性不可兼得。你看英特爾做 PC，它是最後一個認為 PC 過時的。」

吳甘沙在英特爾 16 年真是成精了。

「Mobileye 篤信宗教信仰般地相信視覺，從 1999 年至今，把傳統視覺算法的潛力挖掘到極致了，下一步要提升只能靠深度學習，但它又不捨得把傳統的算法扔掉——Mobileye 的芯片裏給深度學習留下的地方不多。這是它的歷史包袱。我們沒有任何歷史包袱，哪個好用就用哪個。直接上深度學習，一下子跨越他們的十幾年。我們低成本的激光雷達、雷達、視覺可能都會用，它們各有優劣。」吳甘沙毫無感情色彩地說，「視覺對世界的分辨率最高，有紋理，有色彩，但它在光照不好的時候、有迷霧的時候就看不見；激光雷達能夠對環境做出非常精確的建模，但是下雨下雪的時候就不行了；雷達能夠看得很遠，測距測速都非常準，但是有些材料比如木頭，它直接穿透了、沒有反射……幾個東西結合起來，才能做得最好。當然，我們既然做深度學習，就意味着計算成本的上升，也就意味着低端的 ADAS 不是我們的菜——我們就不玩那種嘀嘀提醒的 ADAS 了……說實話，我在想，在我開車很睏的時候，我拚命地抽自己都不行，你嘀嘀嘀嘀警告也沒有用啊！我們直接奔着自動駕駛去，讓機器參與開車。」

當問及馭勢科技的核心競爭力，吳甘沙說：「人工智能的感知、認知能力方面，我們當仁不讓，這是第一。第二是自動駕駛本身方面的探索，馭勢科技的核心人物之一姜岩，是 2013 年智能車未來挑戰賽的冠軍，也是國內第一個真正做到在開放的環境下，用低成本的感知手段以 80 公里每小時的速度在三環上無人駕駛了一萬多公里的人。過去參賽是應試教育，更快到達目的地就行了，車可以開得歪歪扭扭。但真正要產品化時，必須做

到三個境界：（1）在外面的人，看不出是機器在開。（2）乘客坐在裏面也感覺不到是機器在開——而這個就難多了，我們一直開玩笑說現在夫妻吵架的一大原因就是開車感覺不對路，比如說我太太開車我坐邊上我覺得 crazy（發瘋）！（3）你坐在駕駛員的位置上，方向盤自己在動，你感覺是自己在開一樣，是完全自然的。第三是對複雜系統的駕馭，這正是原來英特爾的這羣幹將非常擅長的。這三部分湊在一起，我們覺得中國沒有第二支團隊了。」

吳甘沙是低調的人，說出如此高調的話，卻仍用低調的口氣，讓人有種不寒而慄的感覺。是的，吳甘沙的話語不是刀鋒，但卻有金屬的質地，即使是在講台上，比如某個論壇上，他的那種聲音也仍如入無人之境。

2008 年，比爾‧蓋茨在計算機的傳統展上揶揄汽車產業界：如果通用汽車像計算機產業那樣激流勇進，我們將開着 25 美元的汽車，一加侖汽油跑 1000 公里。通用汽車雖深陷危機，仍不忘反唇相譏：如果汽車像計算機那樣，一天可能莫名其妙崩潰兩次，reset（重啓）發動機恐怕還不行，必須得 reinstall（重裝），在安全氣囊彈出來前有個對話框，讓你選「Are you sure ？」思維的角度（perspective）決定成敗。比爾‧蓋茨的角度是趨勢和用戶需求，通用汽車的角度是對手的弱點。誰能贏？我當時賭的是蓋茨。八年後，世事未如所料，COMDEX 逐漸沒落，CES 強勢崛起，汽車豪佔三分之一的格局。是比爾‧蓋茨贏了，還是通用汽車贏了？是計算機贏了，還是汽車贏了？產業扼殺了電動汽車。

但是事情並沒結束。事實上第一輛電動汽車誕生於 1890 年，第一個

為汽車更換電池的服務在 1910 年出現，這些新事物在後來者——汽油車的攻城拔寨中迅速消失；一晃百年，現代意義上的電動汽車在 20 世紀 90 年代開始復辟，彼時角色互換，汽油車守江山，借助靠山石油產業扼殺電動汽車的生長；10 多年以後，最早的明星 Fisker 倒下，試圖復興換電商業模式的 Better Place 倒下。在宿命即將又一次重複的時候，特斯拉從硝煙中衝了出來，而它，已經不是原來意義上的汽車，是更像計算機的一種汽車。

吳甘沙說

當一台汽車的電子設備和軟件佔整體成本過半、電池佔成本過半，當它將被印上蘋果的 logo——千呼萬喚的 Apple Car（蘋果汽車），當它的後備廂裏藏着一台超級計算機，使之成為具有自動駕駛能力的車，當它通過開源（Local Motors）社區開發的時候，你還能把它與傳統汽車聯繫在一起嗎？

吳甘沙鎮定自若，眼中寒光閃閃，彷彿對着無盡的未來說：

這次傳統汽車行業面臨的對手不是一個孤獨的復辟者，呼嘯而來的是一個全新的時代。近看新能源汽車，汽車共享，驚濤拍岸；遠看洪波又起，網聯、智能、自動駕駛共潮而生。比爾·蓋茨在 2008 年時未必能精確地預測這一切在 8 年以後發生，但他所熟悉的世界是面向未來的。摩爾定律是

對未來的預言，更是未來的自我實現，真正能駕馭趨勢的人，能夠循着指數增長的軌跡制勝未來。To predict the future，you have to invent it（預言未來，就是去創造它。）. 為什麼指數定律的信徒對傳統勢力無所畏懼？只因為這條公式，它在說：即使你在過去 x 個世代一直獨領風騷，僅僅在下一個時點，後來者會將你 x 世代的榮耀顛覆。在這個世界裏，線性增長是加速死亡；創新的速度光快是不行的，必須越來越快；你不能浪費時間在過去，因為它在未來之前不堪一擊；躍入指數漩渦，任何時間都不算晚，風口過了、船票沒了、大山壓頂、過去不完美，都不算什麼，決勝在 x+1。

大科技革命與大經濟週期 60 年一共振，在 2008 年金融危機後剛剛開始新的一甲子。信息技術革命每 20 年一個小週期，經歷了 1950 年至1970 年的結構化、1970 年至 1990 年的數字化、1990 年至 2010 年的網絡化以後，正大步邁入智能化的 20 年，城頭大旗變換，人工智能和機器人強勢入主。

重要的是百年難遇的三流合一──物聯網和大數據推動下的信息流，分佈式能源互聯網、新能源汽車正在重構的能源流，與這個世界的交通流以一種前所未有的動能融會貫通，劃時代的變革就此拉開帷幕。正如有人所說：當那個時代來臨的時候，萬物肆意生長，塵埃與曙光升騰，江河匯聚成川，無名山丘崛起為峰，天地一時無比開闊。這個機遇，對於很多人來說可能是一生一次，甚至超過比爾·蓋茨當初的想象。馭勢科技的一羣小夥伴們也縱身躍入了這一大潮，無他，只因趨勢的召喚。

為什麼叫馭勢？我們要預示未來，我們要駕馭未來的趨勢。我們把使命鐫刻在公司的英文名字 UISEE 中：Utilization of time：釋放腦、手和腳，給予出行者身心自由，每天平添百億小時的有用時間（如果轉化為生產力，將是千萬億美元的產值）；Indiscrimination：讓所有人，包括老人、孩子和殘疾人，能夠馭車而行；Safety：減少 90% 以上的交通事故，相當於 100 萬條生命和逾萬億美元事故成本；Efficiency：在時間和空間上優化交通，減少城市 80% 車輛，道路通行能力提升 4 倍，釋放停車空間（相當於城市用地的 15%～20%），實現即時按需、無堵車的出行；Environment friendliness：更加環保，減少 15% 的二氧化碳排放和大氣污染。UISEE 的發音是 you see，這個使命所描繪的未來你可以看見。馭勢未來，you see future。我們的價值主張是給予馭車者更多的安全和舒適，而 10 年以後，馭勢將聚焦於出行者——獲得 10 倍以上的便捷性和成本節省。

我有一個夢想：讓首都擺脫「首堵」，讓行者出行無憂，這應該只需要 10 年。今天北京有近 600 萬輛車，多是私家車，場外仍有百萬人排號買車，為每年的 6 萬個車牌號惆悵。車越來越多，停車越來越難，一輛車兩個停車位，難怪城市 15%～20% 的土地用於停車；限行讓更多人買車，路上越來越堵，廢氣排放導致霧霾，交通事故居高不下，形成惡性循環。為什麼都要買私家車？因為眾所周知的原因，北京只有 7 萬輛出租車，即使加上滴滴和優步的「游擊隊」，仍然無法為多數人提供即時、按需的出行服務。那麼，想像一下這個場景：

10 年後北京只有 100 萬輛私家車，但同時有 200 萬輛出租車，基於大數據的調度算法使其能為千萬人提供按需的出行──當您踏出家門，車已經等在外面。有人說，到處打車，打不起。我告訴你，那時打車花費只需要今天的十分之一。為什麼？今天一輛出租車 5 年生命週期的產值，10% 付車錢和維修費，30% 是份子錢，30% 是油錢，30% 是司機收入。10 年後份子錢消失，新能源每公里的能源成本低於常規燃料，車會變得更加便宜。有人說，電動汽車貴啊。這個出租車不然，多數是兩座或一座，只需要很少容量的電池。當全城佈滿充電樁、地下充電裝置和換電站時，大數據的調度算法可以保證電池續航恰好滿足下一個人的出行需求，並且及時得到能源補充。車便宜了，份子錢沒了，能源成本也降低了，那麼，出行成本中最大的一塊就是司機收入了。但是，正如您已經想到的，這些車是無人駕駛。所以，您今天需要花 50 元，10 年後可能只需要不到 5 元。交通流、信息流、能源流的三流合一將形成巨大的海嘯，所有與人或物相關的交通將被重新定義，保險需要涅槃重生，而服務業將找到新的爆發點──上述的無人駕駛出租車是除了家和辦公室的第三空間，是移動的商業地產，移動的影院、移動的辦公空間、移動的星巴克。

「也許有人問，真的只需要 10 年嗎？」吳甘沙少有地激情澎湃地對他的員工說，「想想 10 年以前吧，iPhone 還沒出現，移動互聯網還沒蹤影，iPad 還沒出現，PC 如日中天。這 10 年最激進的預言家也未曾料到移動互聯網如此深刻地改變了這個世界，40 年王者 PC 悵然轉身，只留下一個長長的背影，iPad 從旭日東昇到夕陽西下走過了一個輪迴，智能手機一統江

湖卻已初露疲態。時間的飛輪會越來越快，未來與現在之間的距離，較過去與現在之間的旅途，要比你想象的近，近很多。人生短暫，是平淡而過，還是馭勢未來？如果將來有一天像《星際穿越》中那樣，有機會從五維空間給現在的自己和孩子發一個莫爾斯電碼，我希望是如那首歌 *Welcome to the Future* 裏面寫的：

Fly…

Dreaming…

We ride the wings of time

To our future we will fly

Higher and higher now

Our love take us higher now

飛啊……

夢啊……

我們騎着時光之翼 向着未來飛去

我們會飛得越來越高

我們的愛讓我們飛得越來越高

手記三：時光

如果說，馮康代表着 20 世紀五六十年代科學在中關村的奠基，陳春先代表着 70 年代末開風氣之先，那麼，吳甘沙代表着什麼呢？我要說時光。主要是時光太快了，變化太大了，不要說馮康的五六十年代，就是從陳春先的 1978 年開始，35 年以後，吳甘沙時的中關村已經天翻地覆，完全是另一個時代，誇張地說像兩個星球的事。吳甘沙與世界同步，或已經超前。吳甘沙在香格里拉思考星空，思考未來，思考無人駕駛，而在頤和園，在趙勇那古色古香的高科技公司，兩個高科技人在談論時光，未來，如同兩個霍比特人或《山海經》中的人在談 3D 計算機視覺，談 privilege、責任、未來的城市——看不見的城市。不同在於，通過 3D 計算機視覺，他們已清清楚楚看到未來十年二十年的城市，他們超前活着，或者乾脆說活在未來裏、神話裏。這和 1978 年的中關村是同一個中關村嗎？是，又不是。但也必須承認吳甘沙穿越了 1978 年的中關村，整整一代人闖闖闖過來的中關村。

・・○　　　　　　　　戰風車　　・・

「我決定從明天起離開計算所,最好是領導同意我被聘請走。如果聘走不行的話,借走!借走不行,調走!調走不行,辭職走!辭職不行的話,你們就開除我吧!」這是 1983 年,中科院計算所的一次會議上,王洪德拍案說的著名的「五走」。這「五走」表述有點像同時代朦朧詩的詩歌風格,像讀一份宣言,像同時代著名的《回答》:「告訴你吧,世界 / 我─不─相─信! / 縱使你腳下有一千名挑戰者 / 那就把我算作第一千零一個。」

時代是相通的,無論詩還是科學。

王洪德說完離開會議室,把目瞪口呆、張口結舌的人留在了身後,人們幾乎能看到他的後背的「運動」,那種因內部張力而產生的僵硬的起伏。

特別是王洪德最後那句話,有點風蕭蕭兮易水寒的味道。

冰凍三尺,非一日之寒。此時儘管頂層肯定了「底層」的陳春先衝破舊體制的做法,但「中間層」依然僵硬,龐大,具有對人的吞噬力。

「我的家庭出身不好,進入科學院一年不到,就被劃成了『右派』,然後被打成『反革命、走白專道路』,被批鬥一直到1978年。漫長時間裏,我一直有種強烈的壓抑感和屈辱感,說不出來的痛苦和窩囊。我愛黨愛國,

內心深處想幹事業的那股衝勁無時不在，就是一直施展不開。」這是王洪德那時的心聲，並不複雜，同樣也是時代的心聲。舊時代人被抑制，被侮辱，被損害，新時代出現了希望，光，從天頂照進來，下面的心聲再也壓抑不住。

對王洪德而言，具體的光出現在 1979 年的冬天。

那年的冬天格外冷，王洪德在刺骨的寒風中走進了中科院計算所知青社，看見遠方歸來的孩子們圍在爐火邊烤火取暖。年輕人的手上都是凍裂的口子，因為幹重活鮮血迸流，但在寒風中他們卻像無動於衷，因為手上的痛相對於他們的心來，不算什麼。返城之後，知青就業成為當時的一大社會問題，在成果堆積、知識密集的中科院，那些教授、專家的孩子們同樣只能靠搬磚、運沙石、做清潔這樣笨重的工作賺取微薄的收入。

孩子們太苦了，王洪德感到心疼，心中突然產生了一個念頭，是否可以由他做機房系統設備的設計，讓計算所的工廠生產，他指導知青社的孩子們組裝？這樣既可以推廣技術應用，又可以把返城知青們的生活改善了，以後他們技術成熟了，還可以到全國各地去安裝計算機機房的系統設備。

1979 年的時候，王洪德擔任計算所第四研究室供電空調系統組組長，從事機房環境條件研究工作，而當時機房裝備技術在我國還是空白，王洪德將全部精力都放在機房裝備技術的研究上。王洪德吃盡苦頭，在中科院

的 26 年他都在痛苦中掙扎，一身「武功」卻無用武之地，但是牆內開花牆外香，他的技術水平得到了廣泛認可。作為計算機機房技術專家，王洪德在業界已經是響當當的人物。當時天津計算機公司，天津電工設備廠，天津無線電五廠、七廠、十一廠……都請王洪德做顧問，這讓王洪德更堅信，計算機浪潮已經洶湧而來，大型機房技術的應用將具有廣闊前景。一天黃昏，下班以後，王洪德頂着寒風再次來到知青社，找到還在忙碌的知青社主任，把想法談了。王洪德對主任說，我可以給你當顧問，我來做設計，工廠加工的東西讓知青社安裝……

　　未等王洪德說完，知青社主任已連連點頭，握住王洪德的手說，你說怎麼幹就怎麼幹吧，我全聽你的。知青社當時正想為孩子們找出路，都是科學院子弟知識分子家庭出身，總幹體力活不是長久之計。要是能跟科學技術沾上邊，那可真是求之不得了。事實也是如此，返城知青們聽說後更是歡欣鼓舞，覺得改變自己命運的時刻到了，王洪德簡直是天上派下來的人，他們要學技術、幹技術活了……

　　王洪德給自己的工作加大了分量，週末和下班後的業餘時間做設計，常常工作到凌晨 3 點，有時甚至到天明。同時培訓、講解，手把手指導知青，就這樣，計算機機房系統的各種產品很快生產出來了。銷售自然是不成問題的，王洪德在業界的人脈與名聲就是最好的銷售保證，這樣一來，凡經過王洪德介紹引進大型計算機的單位，都要求買知青社的產品，讓知青社去安裝。隨着知青社業務量的增加，王洪德和知青社領導一起商量成立了計算機機房工程安裝隊。小小的知青社一下子火了起來，

知青們也都提高了技術水平，並且最主要的是提高了工資待遇，月工資從原來的 50 元提高到了 90 元，這一收入甚至比他們在計算所裏工作多年的父母還要多。

知青社當年就賺了 60 多萬元，這在當時也是了不得的，堪稱奇跡。王洪德支持知青社從事技術服務、服務社會，也成了轟動一時的大新聞。然而凡事都是這樣，不同的人有不同的視角，不同的習慣。「60 多萬」，這麼高的利潤，先是工商部門大為驚訝，懷疑有不法行為，年底的財務大檢查中，知青社被列為中科院的檢查重點，王洪德也被懷疑有經濟問題。

消息傳到了科學院紀委，紀委提出將此做經濟大案處理。紀委的人找到了王洪德，要王洪德交代「經濟犯罪」的事實，寫檢查。工商局找到王洪德，認定王洪德違法經營，無照經營。王洪德幾乎是聲淚俱下地對工商局人員說：「我做的這些新產品設計，都是填補國家空白，我們自己不設計生產就只能買國外的。國家沒有的，我搞出來了，又解決了知青就業問題，我何罪之有？」竟然說得工商局的人面面相覷，放過了王洪德。但科紀委一直抓住王洪德不放，一審查就是一年半。不過王洪德相當自信，他把每月 30 元的顧問費如數交還，這是他唯一的「瑕疵」。這種放棄自己微薄收入的做法在那時中關村的改革者中，也就是辦公司的人中相當普遍，往往不是出於他們在道德方面的追求，而是為了對付無端的審查、檢查與攻擊。動不動就查賬，在當時的時代是最流行的做法。

無端的，先入為主的，有罪推定的審查，讓王洪德受夠了……還很年輕時王洪德因為一首稚嫩的小詩被打成右派後，在計算所再也抬不起頭。21 歲入團的他，22 歲就被開除團籍，科學院一開會，他就習慣性地戴個軍帽，把帽簷拉低，躲到一個角落裏。此後「文革」，舊事重提，他又被打成「反革命」，直到 1979 年。誰想得到現在又是「經濟問題」……這時他已 46 歲，人生就這麼度過？好在曠日持久的調查最終得出的結論證實了王洪德的清白。他頗有預見性的頭腦和防患於未然的措施救了他，比如退回顧問費。但這事件也讓王洪德多年來對單位和上級的信任蕩然無存，他覺得消耗了自己 28 年光陰的這個大院子是如此不牢靠。

　　「而且，」王洪德想，「在一個封閉的科研系統中工作，距離生產實際是遠遠的，天天過着一種懶洋洋的千篇一律的生活；一項任務那麼多人分，一人一點點，人人吃不飽；真是欲幹不能，欲罷不忍。我產生了一個想法，想辦一個我國還沒有的計算機機房公司，幹一番轟轟烈烈的事業，死了也不後悔。」

　　王洪德那時已人到中年，沒什麼可猶豫的了，決定破釜沉舟。

　　王洪德並不是魯莽行動，1980 年夏天，作為天津電工專用設備廠的顧問，王洪德提議廠方邀請意大利機房專用設備公司總經理羅西博士到天津，目的是引進技術，合作設計生產計算機機房、地板、下氣流空調等設備。原本是一次技術交流，可羅西博士的一句話震撼了王洪德。羅西博士的希洛斯公司僅由 3 個人創辦，靠 350 美元起家，17 年後已發展成為國際計算

機機房產業的大公司了。如果說知青社查賬事件使王洪德萌生退意，這個現實案例則提供了啓示。

王洪德先找到海淀區聯社談，準備調到區聯社，然後通過區聯社注冊了一個公司。一切準備就緒：心理上的，現實上的，以一人之力面對整個體制，如同堂吉訶德一樣立馬橫槍到了體制面前，這就出現了開頭的一幕：「我決定從明天起離開計算所，最好是領導同意我被聘請走。如果聘走不行的話，借走！借走不行，調走！調走不行，辭職走！辭職不行的話，你們就開除我吧！」

當時在很多人看來王洪德就是堂吉訶德，或者「王吉訶德」，一是那時還是舉國體制，所有人都是單位的人，國家的人，辭了職就等於不再是國家的人，那是不可想像的，何況科學殿堂的研究人員是寶塔尖上的人，讓人羨慕的職業，因此當時從科研院所、高校裏走出去辦公司的研究人員大都是保留公職或者停薪留職「下海」的，這在當時被一些人叫作「腳踏兩條船」。當他們把一隻腳踏上新船時，另外一隻腳卻遲遲不肯離開舊船。這讓他們在心理上維繫着某種平衡，在收入方面可進可退。20世紀80年代早期，這是一種相當普遍的局面。可是王洪德不同，他是中關村歷史上第一個辭去國家公職的人。換句話說，王洪德的選擇是很不理性的，讓人看了感到多少有些「幽默」，特別是聲言「可以開除」。而王洪德的態度、口氣就更「幽默」，或更「堂吉訶德」——一個人面對一個巨大事物竟如此「囂張」，太不成比例了。對，不成比例往往是可笑的。

但王洪德不是堂吉訶德，或者不全是，事實上他是的那部分恰到好處。

王洪德赤條條來到這個世界，「赤條條」走出科學院，儘管「赤條條」的，卻眾裏尋他千百度，找到了個人的支點，這是了不起的。經過工商局正式注冊，王洪德成立了京海計算機服務公司，再不受行政指令驅使，自主決策，自我發展。注冊之時王洪德沒有一分錢，從知青社借了1萬元，到銀行開了戶頭，四天後便把錢如數還上。

「公司成立之初，」四通創始人之一、王力之子王緝志後來在《兩通兩海當年勇》一文中寫道，「王洪德在白石橋借了北京圖書館的待徵土地，蓋了幾間平房，剛開始連椅子都沒有。當時就有幾個木箱子，他們在上面鋪上報紙，鋪上圖板就開始作圖。」王緝志在雙榆樹有套單元房，常在那兒辦舞會，王洪德本是激情洋溢之人，常常到舞會上激情跳上一曲。王洪德赤條條出來辦公司，舞伴們都為這位「堂吉訶德」捏了一把汗。

「不必，誰也不必擔心我。」王洪德心中有數。

王洪德的公司成立後承接的第一個項目，是北京大學豪尼維爾計算機系統改造工程，是聯合國支持的世界銀行貸款項目，而豪尼維爾又是美國大型的計算機系統公司，在全球影響都很大。這一工程在京海公司成立之前就已開始招標，跟京海一同參加競爭的有中科院計算所的計算機服務公司、中國計算機公司等等大品牌。但北京大學工程負責人卻說：我們不看什麼牌子，我們就交給京海王工，他在計算所工作這麼多年，是眾所週知的機房設計專家，我們相信他。接下項目，王洪德與手下跟他一起出來的工程師高興得一夜難眠，四天之後工程的預付款一到，王洪德立刻還清了

知青社借款。

　　然而北京大學計算機系統工程剛一上馬就遇到了困難，在安裝室外冷卻系統的時候，施工工人發現北京大學主樓外面有一個很大的泥潭，泥潭很深，深不見底，簡直像無底洞一樣。有人懷疑這是北京的一處海眼，有人甚至提到當年劉伯溫建北京城就發現過北京幾處海眼，底下可通到大海，這幾處海眼一處由玉泉山鎮着，一處由北海白塔鎮着，一處在北新橋。據說這北新橋的海眼被動過兩次，一次是當年日本鬼子進北京，順大鐵鏈子往上拉，拉了一兩公里，就見下面呼呼往上翻泥湯子，還隱隱的有海風的聲音，伴着腥味。日本人慌了，趕緊把鐵鏈子一鬆又順了回去。第二次是紅衛兵「破四舊」，不信邪，也把大鐵鏈子往上拉，結果跟日本人一樣，聽到隆隆的響聲也全嚇傻了，趕緊鬆了鐵鏈。這是北京知青都知道的兩個海眼的故事，而王洪德工程隊的人大部分都是知青。

　　工程隊隊長將情況報告給了王洪德，甚至提到了海眼，王洪德騎着自行車就趕來了，哪管什麼海眼不海眼的，當時就縱身跳下去排除。潭裏的水和泥都是黑黑的，有一股很強烈的刺鼻的味道。的確是一處古潭，不知道有多少年了，他們怎麼碰到古潭了？或者真的是海眼？王洪德一急，耳朵裏「噗」一聲就什麼都聽不見了，就好像耳朵隔了一堵很厚的牆。急火攻心，王洪德失聰了，儘管聽不到自己的聲音，王洪德還是大聲命令：填！說完便趕快上了三〇一醫院，檢查為爆發性耳聾。

　　就是一股急火上來，各種神經元控制不住，引發了暫時性耳聾。

　　的確，王洪德太着急了，京海公司的開局之戰因為這個古潭將會毀於

一旦，他怎麼承受得了？多少年自主作為的夢想就要結束？他怎麼這麼倒黴就碰上了傳說中的海眼一類的東西？計算機的位置已固定，空調的位置也不能動，施工無法繞開，王洪德沒有別的辦法，也沒這方面的技術，只能用最原始的辦法，一車一車往泥潭中填沙子，然而這個泥潭彷彿有一個永遠填不飽的肚子，無論倒下去什麼，無論倒下去多少沙石，很快就消失了。30噸沙子，50噸沙子，70噸沙子……王洪德那時就像愚公移山，每天挖山不止。他不相信這是海眼，不相信，就算真是也要精衛填海把它填平，他簡直瘋了。如果填不平他大概真的會瘋了，甚至已經有了初期的瘋的症狀。他認為這是自己一生的泥潭，從「反右」就開始的一直到今天的泥潭，必須填平，填不平就把自己填進去──一頭紮進去，從地底下游到大海……

的確就像那個寓言，王洪德感動了上帝，到接近百噸水泥時，泥潭平靜了，平靜一如王洪德那已經麻木的心。然後把鋼筋打下去，混凝土打下去，水泥乾了以後結結實實，王洪德像換了一個人，一個自己鑄就自己的人。

幾個月後，工程雖超時──怎麼可能不超時呢？但完成了。有了精衛填海或者堂吉訶德不顧一切的精神就沒有幹不好的事，工程讓前來驗收的美國人大吃一驚，豎起了大拇指，說王洪德做的計算機機房是number one。北京大學校長請工程隊主要人員參加宴會，答謝京海公司。雖然大大超出預算，但工程還是為京海公司乾乾淨淨賺到了第一桶金，王洪德的耳朵也徹底好了，一切都聽得清清楚楚，包括舞曲。北京大學的工程不是一

般的工程，這一腳踢開了，在王緝志的家庭舞會上，在水兵舞的節奏中，所有以往的擔心都消失了。

手記四：火山

從王洪德身上能感受到什麼？一種壓抑的火山爆發的東西。如果說陳春先是理性的，先知的，來自於物理學的天空，王洪德則來自於大地，大地的深處，太久的深處，亦是詩的深處。如果描繪時代，比如畫三隻手：一隻從天上來，一隻從大地伸出，兩隻手相互召喚，構成超現實立體主義繪畫，那麼另一隻手就是詩人之手，北島或女性的舒婷之手，三隻大手握於時代中心。

有些人在時代的坐標上非常清晰，時代越久遠就越清晰。王洪德的耳聾與填海眼都賦有天然的象徵意義，甚至寓言意義，像另兩個人一樣都具有創世的色彩。是的，現在回過頭來，那時不就是創世嗎？

1987年春天，我在一家民辦報紙工作，採訪過王洪德，那時我27歲，多麼年輕，王洪德也不過40歲，整個時代都很年輕。當時我來到「電子一條街」，來到「京海」——如日中天的「兩通兩海」的「京海」，見到忙碌的說話都很快的王洪德。說實話，王洪德當時的嗓音有點老，沙啞，比之火力四射的目光與語速有一種錯位或並置的繪畫般的張力。30年後我們

在微信裏通了話，其間並無聯繫，並無音信，中關村於我越來越遠，我於中關村也一樣。《中關村筆記》讓我再次回到中關村，回到 30 年前。王緝志先生給了我王洪德的微信名片，微信語音通的那一刻，一切如昨。還是當年沙啞的聲音，當年的「兩通兩海」。只是樣子難以浮現，王洪德在住院，躺在手術台上。

我會去看望他，如同看望一個時代。

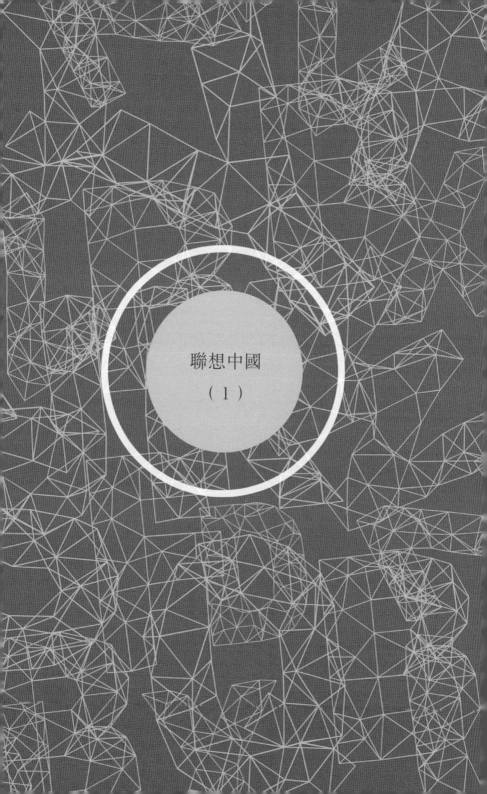

聯想中國

（1）

序曲

「讓別人來承包計算所，這不是在我的頭上插一根雞毛，把我拿到街上給賣了嗎？乾脆，還是我這個所長來承包計算所吧，我不解僱任何一個人，就算在大街上擺攤修自行車，我也要養活這 1500 人。」

1985 年夏天，中科院計算所所長曾茂朝給上級打報告，頗有些激憤地說了上述一段話。報告很悲壯，透露出某種壓力，像在懸崖邊上發出的最後籲求。時代是怎麼前進或推動的，從中也可看出一點端倪。那個夏天格外炎熱，高溫熱浪一個接着一個襲擊着北京，而曾茂朝的報告也源於另一種熱浪：科技體制改革。此前幾天，科委一名負責人召開大會，宣佈了若干項異常凌厲的改革具體步驟，當時已名聲大噪的某公司的領導人也在場，負責人笑着扭過頭問，你們敢不敢承包計算所？其人毫不含糊地說他們有能力承包計算所，事後又放出風聲，若他承包計算所，他將把 90% 人員遣散。這個一問一答激怒了曾茂朝：「我不解僱任何一個人，就算在大街上擺攤修自行車，我也要養活這 1500 人。」

彼時中關村風起雲湧，以「四通、信通、京海、科海」為代表的「兩通兩海」風生水起，在科學院，在中國，掀起巨大波瀾。科研院所不再是象牙之塔，科學技術要盡快轉化為生產力、產品，簡單地說，以前等項目做項目交項目的日子過去了，國家將減少對科研院所的撥款，有些院所要

自己養活自己。具體到曾茂朝的計算所，有消息說這一年財政撥款將銳減20%，五年後甚至將全部取消。如果這個消息是真的，計算所的 1500 名員工別說科研經費，連飯碗都成問題。

改革如此激進，誰也沒想到。那天現場的場面對絕大多數人來說異常冷峻，雖天氣熱浪滾滾，心裏卻寒潮陣陣，更多的人面面相覷，臉上有一種麻木的冷淡，同時覺得不可思議。時代的激流如此迅猛，許多人還轉不過彎來。「文革」十年浩劫，一場全民族的災難，好不容易正本清源，撥亂反正，人們想得最多的是把損失的十年時間奪回來，趕快回到實驗室，回到過去，回到「文革」以前，好好做研究，勇攀科學高峰。粉碎「四人幫」，結束了動亂，好不容易迎來這樣大好的時光，怎麼斗轉星移，又出現了另一重天——「兩通兩海」構成的天？沒幾年中關村已不是安靜的象牙塔的中關村。一個回國考察的華僑來到中關村，看到了這樣的景象：中關村大街上，首先映入眼簾的是四通的鐵皮房子，裏面是木頭的，外面包着鐵皮；樓下賣元器件，樓上坐着沈國君、王安時。接下來是信通、京海、科海的招牌。老華僑覺得這景象新鮮，但中關村更多的科技人員可不覺得新鮮，他們每天看着變化甚至不願正視，只是側視，視而不見。

但事實卻是嚴峻的，你不變都不行，對計算所來說，首先來自軍事部門的研究計劃沒有了，接着上面撥下來的資金大幅減少，所裏 1000 個科技人員和 500 個工人閑着沒事做，寢食難安。另外再看看計算所的倉庫，曾引以為豪的大型計算機，研製出了一台又一台，凝聚了上千人的

智慧、心血與時間，除了一堆獲獎證書陪伴着它們，從未批量生產過，也完全談不上什麼經濟效益。所長曾茂朝感到一種雙重的痛心，改是要改，不改不行了，但是怎麼改？就是承包嗎？像農村包產到戶？這是科學院，不是農村。

曾茂朝的報告落到了周光召手上，周光召本人是一個科學家，又是科學院的副院長，管理者，20世紀80年代初曾出國學習，先到美國，後到歐洲，在明白外面的世界是什麼樣子之後，回到中關村，主持中國科技改革。

中國大勢，必須改，這是肯定的，周光召首先從大處落筆，尊重了事物的黃金分割原理：把總數不超過20%的研究人員集中於基礎研究，然後讓大多數人去搞應用科學研究。所謂「應用」，就是把科研成果轉化為產品，投向市場。周光召看到曾茂朝的報告把他找來，告訴曾茂朝，他仍將擁有他的研究所和技術人員，讓別人承包的話不必當真，這給曾茂朝與計算所的所有人吃了一顆定心丸。但周光召同時也要求曾茂朝必須改革，不能「等靠要」，要為研究成果尋找出路，把它們轉化成人民群眾需要的產品。

這些曾茂朝不反對，完全接受，而且，事實上曾茂朝並非毫無準備。中關村的科技轉化為生產力的大潮他也不是沒有應對，只是比較穩健——一個科學家怎麼可能不對事物有所反應？也怎麼可能不穩健？曾茂朝嘿嘿一笑，煞有介事地悄悄告訴頗為儒雅的風度翩翩的周光召副院長，他的計算所為了應對今天的局面，實際上去年11月就已辦了一家公司，是他先期「埋

下的一支伏兵」，辦公司的人是所裏的柳傳志。周光召大喜，讓曾茂朝告訴柳傳志立刻來見。這樣一來曾茂朝卻有點慌，因為柳傳志的公司成立不久就挨了「市場」一記悶棍，所裏投的 20 萬元啟動資金一下被騙了十幾萬元，正陷於困境。

柳傳志打掉牙往肚子裏嚥，見了周院長，信誓旦旦。

高　潮

20 年後，2004 年 12 月 8 日，星期三，上午 9 點 10 分。

一個歷史性的時刻，原定上午 9 點，推遲了 10 分鐘，當風度翩翩一臉笑意的已是聯想董事局主席的柳傳志出現在北京五洲大酒店，各路嘉賓，媒體記者，「長槍短炮」對準了聚光燈下的柳傳志，無論記者還是嘉賓都清楚地知道柳傳志將創造歷史，現場所有人都將見證歷史。柳傳志帶有歉意而又不失風趣地對着無數話筒與鏡頭說：一般來說，頭大的嬰兒會難產，所以我們今天來得稍微晚了點兒，抱歉。柳傳志的聲音清晰，抑揚頓挫，使這一時刻幾乎類似一個政治的時刻，歷史上這樣的時刻太多了，人們很熟悉，但又不是政治時刻，因此帶來了陌生感。

雖不是政治時刻，卻又是一個標誌性的全球化的時刻，某種意義上又超越了政治。柳傳志宣佈：聯想集團以總價 12.5 億美元的價格收購了 IBM 的全球 PC 業務。IBM 高級副總裁史蒂芬・沃德將出任聯想集團新 CEO，

楊元慶則任集團董事局主席。下面爆發出風潮一樣的掌聲、歡呼聲和口哨聲。當柳傳志說到收購的業務包括 IBM 全球台式及筆記本電腦的全部業務，甚至還涵蓋了研發和採購時，掌聲與口哨聲此起彼伏。

此前幾個小時，12月8日清晨5點，談判還在進行，這也很像歷史上的一些著名的談判，總是在幾乎最後一分鐘達成協議，熬了兩個通宵的聯想集團高級副總裁喬松在結束了與 IBM 高級副總裁史蒂芬・沃德的越洋電話會議後，長長地舒了口氣，聯想的首席財務官剛剛在收購交易書上簽了字。

這一天，微軟總裁比爾・蓋茨也在訪華，而12月8日是一個讓這位全球首富黯然失色的日子，聚光燈不是在他身上，全世界的目光在五洲大酒店。

這是一個改變中國，乃至世界 PC 格局的日子。

德國《法蘭克福匯報》第一時間報道稱：「當『藍色巨人』現在變成了『紅色巨人』的時候，兩萬名 IBM 員工的新僱主叫作了聯想。如果說迄今為止聯想在西方只是二流品牌和企業的話，那麼在聯想收購 IBM 之後，就沒有人再會這麼說了。」

收購 IBM 全球 PC 業務，聯想的實力有了三方面躍升：一是品牌形象得到了極大提升，二是企業規模迅速擴大，三是擁有更大規模的採購和銷售網絡。而之前在中國市場，雖然聯想以第一大計算機廠商自居，但是它並不具備獨特的核心競爭力，在成本控制方面比不上直銷起家的戴爾，在技術創新方面又遠不是以標新立異著稱的蘋果電腦的對手，那

麼在PC鼻祖IBM宣佈退出的時候，對於聯想實在是個再好不過的時機，通過整合IBM的PC業務，聯想大大縮短了國際化部署的週期，一躍成為全球第三。

路透社中國新聞事務前主管Doug Young十年來一直追蹤聯想併購案，代表了西方最務實的觀點。2015年Doug Young在一篇題為《收購IBM電腦十年後，聯想能否再接再厲》的文章中寫道：「全球PC業務領導者聯想對自己十年前收購IBM的PC業務以來的表現感到欣慰，這筆里程碑式的收購交易幫助它發展成為全球頂尖的PC廠商。我承認，2005年宣佈這宗交易時，我是抱着懷疑態度的，而相比那時候，我的看法已經變得相當樂觀。十年前，聯想宣佈以12.5億美元收購IBM知名的PC業務部門，當時我和其他很多人預計，這可能會讓聯想栽個大跟頭，因為它沒有運營這麼一家大型外國公司的經驗。」

Doug Young的擔心不是沒有道理，因為他注意到其他的亞洲公司也嘗試了類似的舉動，但無一例外全都敗得很慘，這其中包括中國台灣明基和大陸的TCL分別對西門子（Siemens）和阿爾卡特（Alcatel）手機業務部門進行的收購，這些交易也發生在相同時期。事實上，Doug Young寫道：「聯想收購IBM的PC業務開始也並非一帆風順，該公司在實施收購交易後的幾年中，為了將自己重新定義為一家全球PC公司而非僅僅是一個中國的品牌，也經歷了艱難而重大的重組過程。但自那時以來，聯想的表現一直非常出色，它又進行了一系列收購，所涉及的市場遠至巴西、德國和日本。作為一個追蹤聯想公司動態超過十年之久的人，我開始對這家公司

心生敬意，它是中國公司在全球舞台上最為成功的例子之一。」

Doug Young 還特別欣賞聯想的這樣一種情景：被收購公司的高管們一般會在收購後的一或兩年內離開，因為他們會被來自收購方的高管接替，但在聯想的情況裏則不是這樣。在聯想收購 IBM 十年後的今天，至少還有兩位原 IBM 的高管仍在北卡羅來納為聯想工作，這證明了聯想作為一家國際公司所具有的吸引力。這兩人分別是托馬斯·盧尼（Thomas Looney），他在 1974 年加入 IBM，現在是聯想北美的總經理；彼得·霍騰休斯（Peter Hortensius），他在加入聯想前已在 IBM 工作了 17 年，現在是聯想的首席技術官。彼得說：我對聯想現任首席執行官楊元慶也相當崇敬，他為人稱道之處在於運營着一家風格非常西方化的公司，並在所進入的各個市場均取得了良好表現。

Doug Young 的聲音在西方被相當程度地接受，柳傳志也越來越被認為是一位世界級的企業領袖。美國《財富》雜誌公佈的 2008 年全球企業 500 強排行榜中，聯想集團首次上榜。2013 年英國廣播公司採訪柳傳志時，主持人稱讚柳傳志「無論是對於商業還是全球的形勢都有很深入的了解」，請柳傳志幫西方商界領袖們出出主意，如何鞏固他們在全球的影響力。柳傳志是這樣答覆那家國外媒體的：美國、歐洲企業的 CEO 多數都是在 MBA 學完了以後到企業做，擔任 CEO 的角色，他們的主要知識來源於學校和他們自己的經驗，主要就是按照菜譜做菜，這個菜譜就是我剛才提到的學校學的東西。但是當情況發生變化，他們有的時候會不知所措。中國企業家創業，完全像是自己打出來的，情況在不斷變化中，所以我們有點

像在寫菜譜，所以在這點上雙方都要學習。

2013 年中國已經是全球第一大製造國，從紐約到開羅，從倫敦到布宜諾斯艾利斯，幾乎在世界的每個角落，都能找到中國製造的商品，從電腦、家電、起重機，到服裝鞋帽、玩具，不一而足。這背後，固然有國家戰略的支撐，更重要的還是一批中國企業家終於走向了國際化的舞台。聯想收購 IBM 案，不僅造就了中國世界級的企業，也造就了世界級企業領袖。

敘事曲

1985 年，或 1986 年，柳傳志第一次到長城飯店參加 IBM 代理會，亮馬橋的長城飯店剛剛開業不久，到會的大部分是官方機構，聯想不過是一個剛剛成立不到兩年的民營企業，拿到代理資格已非常自豪。柳傳志記得自己那時連像樣的衣服也沒有，穿上了父親的呢子大衣，先是坐公共汽車，快到長城飯店時候下來，打了個出租車，想表示是坐車到的。以為有人在門口迎接，結果一個人也沒有，柳傳志又後悔打了車。到了會議廳，柳傳志脫了大衣，裏面穿的也是父親早年的咖啡色西裝，包括領帶。一切好像不是 80 年代而是 30 年代，像上海灘。會間有茶點，第一次參加這樣的會，第一次看到點心可以隨便吃，柳傳志就忍不住了，大吃起來。多少年後回憶起來，柳傳志都覺得那點心好吃，不少是沒見過的點心，那時完全想不

到有朝一日會收購 IBM，更別說做 IBM 那樣世界級的企業的領袖。柳傳志記得那時 IBM 雖有中文環境，但非常不好使，不適應中國的辦公環境，那次會上他向 IBM 高管推薦聯想漢卡，對方極其傲慢，你為他好，你是在幫助他，看上去你倒是在求他。

大公司就是大公司，高山仰止，你能傍上做一個小小的代理就不錯了。但柳傳志這點好，承認對方的實力，尊重甚至崇敬對方的實力，但同時也把自己做好。每一次感到對方的傲慢，柳傳志都在心裏增加一分決心，一種意志，一種無法形容的東西。

柳傳志 1944 年生於江蘇，童年隨在中國人民銀行工作的父親進京，在達智橋一所小學讀書。達智橋位於宣武門外大街，西至校場五條，清朝以前達智橋本不是胡同，而是一條河溝，與從宣武門向南流的河溝匯合在一起，在兩溝匯合處建有一座小橋。1898 年達智橋是「公車上書」的地方，是年康有為在達智橋的松筠庵主持起草了著名的「萬言表」，即「公車上書」。1966 年柳傳志畢業於西軍電，也就是中國人民解放軍軍事電信工程學院，後改為西北電訊工程學院。中國有兩大軍事學院，一是哈工大，一是西軍電。畢業後任職於國防科工委十院四所、中科院計算技術研究所第六研究室。十年浩劫，柳傳志幾乎荒廢了科研，所幸倒是讀了一些書，1976 年四五運動，他在天安門寫過東西。中科院有個 109 廠，在悼念周總理的日子裏打出了四塊大石牌，書有「自有擒妖打鬼人」，影響頗大，後來科學院廣播這是反革命事件，到 109 廠抓人，並且派了工作組。派了工作組就是審查、揭發、抓人，說石牌如何反革命，如何猖狂。計算所也派

駐了工作組，也要抓人，「四人幫」黑雲壓城城欲摧，那種情況下，柳傳志卻不可思議地用左手給 109 廠的人寫了封信，就一句話：「我堅信，擒妖打鬼人，自然不怕鬼來抓。」署名「革命羣眾」，在當時成為一件大案。這個舉動雖然不能和「公車上書」相比，完全兩回事，但某種血脈是一致的。1983 年柳傳志由計算所調到院幹部局，認識了保衛局的人，知道這案子還一直在那兒，一直沒破。柳傳志那封信是在白石橋路邊一個郵筒發出的，又用了左手書寫，很有一些反偵察能力。膽大、心細、周密──到底是因為膽大才心細，還是因為心細才膽大？對柳傳志已很難分辨了。而這兩者之上是什麼呢？

　　無疑，柳傳志是一個能夠把握大勢的人，時代的關口到了什麼地方，他會義無反顧且又極審慎地做出抉擇。他是那種敢做抉擇的人，他調到幹部局有兩個原因，一方面是他自己的原因，他看到所裏的問題，研究出的東西總是束之高閣，於實際毫無用處，事實上非常荒謬，而他又不是一個能改變課題的人。一方面是幹部局的原因，上面看他是個人才，有人望，有辯才，準備在仕途上重用。這兩種原因柳傳志都非常清楚。但更加或越來越清楚的知道仕途不是自己的路，時代在發生變化，大勢已清晰可見：那就是陳春先走出了科學院，「兩通兩海」已打破體制，表現出一種活力，且這種底下的活力與上邊的活力是一致的，這是大勢，雖然充滿風險，但是是大勢。

　　而且，還有一個原因，就是那時也真是太窮，太窘迫了，物質匱乏到難以想像的程度，人沒有尊嚴，能看到一點轉變的機會都會抓住。以

住房為例，柳傳志是中國科學院的科技人員，在普通市井人心目中是高級人物——在高級殿堂工作的人自然是高級的人，但即便像這樣的人那時竟然住在自行車棚裏，連普通的筒子樓都住不上。自行車棚靠計算所的東牆根兒，房子高僅兩米，寬三米，頭頂是石棉瓦，腳下是水泥磚，「文革」結束，百廢待興人人期待安居樂業，多少年沒建住房，住房緊張，計算所一輩急紅了眼的人，其中就有柳傳志，突然侵入了自行車棚的空間。自行車棚被分成一間間方格子，用泥巴摻着蘆葦稈填補四圍縫隙，在東圍牆上打出方洞當作窗戶，在另一面牆開出缺口，安裝門框。不久這片自行車棚改造的區域已有相當規模，有一條狹長的小巷貫穿，被進駐這裏的人戲稱中關村的「東交民巷」。真正的東交民巷在天安門附近，早年是外國人的租界、聚居區，比較洋氣，這些科技人員也真是會自嘲。自嘲不僅屬於市井胡同，也屬於機關大院、科研院所，是屈指可數的超越北京不同地域的統一的北京氣質。北京為什麼有一種統一的自嘲值得研究，顯然跟大不相稱的困頓有關，但這不是這裏要討論的，有感興趣的人可以細考。

柳傳志是 1971 年住進「東交民巷」的，夫妻兩人自己動手把房間四周糊上報紙，在頂棚架上了竹席，單位不分房，這就算有了房，像鳥兒一樣建了窩，在這兒生兒育女。房間有近 12 平方米空間，加上石棉瓦斜下來，再用油氈接出一塊，一共 16 平方米。一家人，加上老丈人、丈母娘全來的時候，最多時住過七個人。七個人 16 平方米怎麼住？到底是科技人員，想

出了又科學又巧妙的辦法。柳傳志夫人龔國興也是計算所的，兩人是大學同學，一起經歷「文革」、幹校，一同來到中科院計算所。計算所有四個大塊專業內容，一是做主機的，相當於現在的 CPU，一是做存儲器的，存儲器就是把磁心穿起來，一個磁心通電一個磁心不通電，就變成了 1 和 0，龔國興所在的室就是做這個的，然後把信號輸進輸出，用磁盤。剛才說的那是內存，還有外存，磁盤就叫外存，柳傳志所在的室就是做這個的，兩人不愧是夫妻檔。不僅在單位發揮智慧，多有配合，在家也一樣，空間小，家具全是摺疊的，桌子、椅子、凳子、沙發全是摺疊的，白天嘩啦一下全拉開，各就各位，晚上一合就變成一個個薄片。

再譬如牀，是一個硬沙發造型，分了三層，一抽拉，這就變寬，沙發背往下一按又是一塊，這樣變成牀就可以同時睡三個人。同時牀是可以架高的，原來那張正式的牀可以吊起……凡此種種，變化多端，且異常精密，整個房間像一個高科技的空間，像計算所。通常是夫人出主意，柳傳志去實現，說白了就是夫人動嘴兒，柳傳志動手，這和他們在計算所分工也差不太多。再說句白話，上面一動嘴兒下面跑斷腿兒。夫人設計完了，要實現的第一個問題是木頭從哪兒來？得去「偷」木頭，找到木頭還得找木匠，更複雜的是車軸什麼的哪兒弄去，柳傳志一沒辦法就去找他那幫復員兵，找一起踢過球的那幫人，也真是給力，每每都是那幫混得並不好的朋友解決了夫人一動嘴兒下面跑斷腿兒的問題。

家裏越來越精密化，半自動化，自動化，就 16 平方米，再怎麼弄也就這麼大空間了，但不行，在柳傳志看來龔國興有個毛病（龔國興自己可不

認為是毛病），就是每隔一段時間，龔國興就要把家裏的東西換個位置，柳傳志就得給她實現，沒事就折騰柳傳志，何時看煩了，看膩了，就會出新想法。夫人這麼有「雅興」很大原因是有人給她實現，而且這個人不「忙」。柳傳志跟龔國興談自己想要下海辦公司的打算，夫人立刻同意，她很看不上幹部局，也不是看不上幹部局，主要覺得柳傳志不是當官的人。這人主意太大，哪兒當得了官？科研也沒什麼出路，大多數科研成果被束之高閣，除了獎狀，不產生任何效益，整個所都沒啥出路，他有什麼出路？還不如幫她在家擺弄擺弄傢具，翻點花樣。我們兩個雞蛋不能放在同一個籃子裏，龔國興說，柳傳志發現即使在這件事上妻子也是冰雪聰明，自己稍加引導，她便得出精準結論。柳傳志認為妻子留在計算所，他在外面闖，哪頭要是不行了都有後方，如果成功了會給家裏帶來希望。

不能只強調時代，人是活出來的，生活的東西比如「算計」同樣重要，甚至更重要，更有生長性，許多大道理是事後總結出來的，生活中的人不會基於大道理，而是基於生活，基於務實，生活之樹常青。而且兩人那種務實的精神既充滿着生活的紋理，也包含着某種哲學，無論後來柳傳志多麼輝煌，務實且穩健的進取精神都可追溯到這種具體的生活的紋理之中。

另外，當時中關村辦公司的多是倒騰計算機，許多是計算所出來的人，像京海的王洪德，科海雖是陳慶振領頭，但是賺錢的一個主力叫徐雲生，也是計算所出來的，不停地有人辭職到公司裏去，出去的多半是中專生，

他們沒有什麼不能失去的，無負擔，實際操作能力都不錯，攢機器之類的事綽綽有餘。且他們一出去就掙了錢，比在所裏收入多出好幾倍。這可是實打實的，中專生怎麼樣？你本科生怎麼樣？研究員副研究員又怎麼樣？你們敢出來嗎？這些東西別看細微，都發生在生活的根部，是不可或缺的動力。所長曾茂朝看出來了，與其所裏的人到別的公司幹，不如所裏辦個公司。既是大勢所趨，又能聚攏人心，穩定隊伍。身在幹部局的柳傳志也正有此意，兩人一拍即合。

柳傳志在所裏的才幹、人望都是曾茂朝頗為欣賞的。實際上「四人幫」垮台不久柳傳志就已顯示出一些別才，那時科技人員可以業餘時間創點收，幹點私活，有了所謂的「星期天工程師」。那時有個雜誌叫《八小時以外》，言外之意八小時以外是自己的時間，「四人幫」時期可不是這樣，一切都是國家的，連業餘時間也是國家的，所以那本雜誌特受歡迎。事實上這也是撥亂反正的一個節點，即人民群眾生活開始走向正常，個人被允許有了一定自主空間。柳傳志得風氣之先，開始把自己做的成果拿出去推廣，他所在的室做磁帶存儲器，過去都是上交，現在也可推廣到別的單位用，掙的錢大部分交所裏，一部分交給室裏頭，一部分就留給自己了，生活得到改善。業務大部分是柳傳志拉來的，這事別人幹還真不行，柳傳志的對外交往能力得到大家的認可，自然也就有了相當的話語權，在協調利益矛盾上他也表現出讓人認可的才能。利益是最不好協調的，牽涉到很深的人性，柳傳志這方面的天賦有目共睹。妻子龔國興早就看出這點，柳傳志已經憋壞了。柳傳志實際一直在找個人定位，個人出路，他曾想調到專利局，但

曾茂朝捨不得柳傳志，可院幹部局也看上了柳傳志，這回曾茂朝攔不住了，也不敢攔。

問題也在這兒，你是幹部局的人怎麼回所辦公司？他們會放嗎？幹部局是專管幹部的，曾茂朝哪敢叫板！柳傳志一笑，自有辦法，讓曾茂朝只管去幹部局要人，肯定放。曾茂朝半信半疑，不知柳傳志有何錦囊妙計，想象不出。但是試探着向局裏要人，果真就是放了，曾茂朝問柳傳志施了什麼法術，柳傳志還是笑而不答，只說這是秘密。

人事調動是那年代最複雜的事，曾茂朝不知道柳傳志有什麼辦法能讓幹部局放虎歸山，心裏沒底，但還是試着打了報告。而這期間柳傳志已胸有成竹地考慮和誰一起辦這個公司，誰來當頭兒，也就是總經理，開始串通所裏的人。柳傳志認為自己從幹部局回來做頭兒不合適，畢竟是所裏辦的公司，自己已是出去的人，於是想到一人：王樹和。王樹和做頭兒，他與張祖祥做副總，這樣搭幫最有利最合適。做事不能以自己為出發點，你合適了，事情未必合適，得有胸懷，該讓得讓。王樹和是所科技處副處長，是柳傳志敬重之人，且由一個副處長做公司總經理，公司也相應有某種地位。這點至關重要。（公司剛成立僅八個月，王樹和便突然抽身離開了公司。當時對公司和柳傳志打擊很大，公司正處於艱難時期，不知路在何方，不過客觀上也為柳傳志騰出了空間，這是後話。）

柳傳志找王樹和談得最多，那時想說服一個人下海並不是一件容易的事，平時說說可以，發發牢騷，但真要放下自己手裏的本職工作，特別是放下職務可要掂量掂量，但柳傳志說服了王樹和。接着是張祖祥，張祖祥

是計算所第八研究室的副主任，計算機專家，既是計算所辦的公司，當然少不了計算機專家，是計算所的專家那就是全國的專家。當時正有中關村的公司想把張祖祥挖走，被柳傳志及時按住了。柳傳志第一次找張祖祥談辦公司的時候，從兜裏拿出一盒「大前門」的煙來，平常他們都抽兩毛幾的煙，「海河」什麼的，「大前門」的煙那時是三毛四的，那時只要是一拿出這煙來，就是有事了。

　　班子搭好，便是招兵買馬，雖說「兩通兩海」已將中關村的科技人員攪得人心思動，技癢難忍，但真要下海也往往是葉公好龍。柳傳志把王樹和與張祖祥拉下水影響很大，一個副處長，一個室副主任，無疑也是柳傳志的人事戰略，然後再憑着三寸不爛之舌與自己的人脈，一番緊鑼密鼓的串通，說服，動員，到 1984 年底，竟糾集了所裏的十幾個人，曾茂朝所長大筆一揮給了 20 萬元開辦費，公司正式開張。所謂開張，沒有鑼鼓，沒搞任何儀式，就是公司可以免費使用計算所的傳達室，一間小平房。多少年後，即使是在北京五洲大酒店收購 IBM 那天，面對全世界的閃光燈，柳傳志也沒忘記那間幻覺般的小平房。回憶起來像幻覺，當年可不是幻覺，不再是傳達室的小平房騰空後，空空蕩蕩，滿是灰塵。公司在灰塵中召開了第一次全體會，而會議的第一個議程是搬運桌椅，打掃衛生。一通暴土揚塵的忙活之後，大家在三個長條凳上坐下來，沒有任何人有專門的辦公桌椅，總經理、副總經理也沒有，就是三個長條凳。
　　會議第二個議程是公司幹什麼。既是科技公司，當然要做科技，但這

只是方向，20 萬元的開辦費不可能馬上用到科技開發，當務之急是賺錢，如果不趕快掙錢，人吃馬餵 20 萬元很快就會花光，到時散攤子，大家真要再回所裏不是件容易事。雖然說好萬一公司垮台大家還可回所，所裏仍保留着大家的位子，但好馬不吃回頭草，這一出來就是斷腕，實際是回不去了。

大家七嘴八舌，集思廣益，雖然具體幹什麼不知道，但有一點是知道的，那就是幹什麼掙錢就幹什麼，先賺了錢再說，有了資本再說。這是那時公司通行的辦法，而且時代也具備賺錢的條件：拜許多年計劃經濟所賜，整個 80 年代是短缺經濟時代，物質匱乏，商品經濟不發達，很多算是日用品的東西你就是有錢也買不到，不是要本就是要票，這樣的情況下，要是誰弄到什麼就可以賺上一筆。倒賣鋼材吧，這樣能掙大錢，誰有路子？還是小商品吧，這樣穩妥，佔用資金不大。電子錶怎麼樣？對了，旱冰鞋現在很新潮，哎，聽說運動褲衩好賣，得了，冰箱彩電現在最缺了，誰有路子？大家議論紛紛，全是這個。柳傳志也是如此，他不是神人，無法超越時代，柳傳志派出精幹人員四下打探，尋找商機。

功夫不負有心人，經過周密偵察，終於發現，在遙遠的江西省的婦聯工作的一個婦女手裏有一批彩電要出手。

賺錢的機會終於來了，每個人心中都是一部狂想曲，沒有什麼比想象掙到錢更讓人興衝衝的了。當然了，根據柳傳志辦事穩健縝密、萬事都要留一手的一貫做事原則，必須反覆叮囑辦事人員，一定要先驗貨，再給錢。於是屬下帶着領導的囑咐，很快來到了江西，驚喜地看到了那批彩電。沒

錯，眼睛看得真真兒的，趕快匯錢，晚了就讓別人搶先了。錢一匯過去，彩電卻神奇地失蹤了。江西婦聯的那位大姐原來是個職業騙子，那批展示的彩電是個障眼法，就像「二戰」盟軍讓好萊塢弄了許多假坦克讓希特勒在加萊看走眼。20萬元的開辦費一下折了14萬元，還剩6萬元。這迎頭一悶棍太狠了。因為太狠了，也就激起了柳傳志內心一種莫名的東西，一種很硬的東西。而這東西過去是柳傳志缺乏的。柳傳志發熱的腦袋一下清醒下來，意識到自己的經驗是辦公室的經驗，甚至是科學院的經驗，關起門來自己算老到的，出了門差遠了。以前是游泳池現在是大海，以前是蝶泳、自由泳，現在只是蛙泳。蛙泳不好看，不出彩，但是長久，在大風大浪中唯有像自身一樣堅實的蛙泳才長久，才永遠不會脫離自身。大海是柳傳志經常想到的景象，儘管事實上他一生很少去海邊，不過他後來凝視自身就已經夠了。

20萬變6萬還給了柳傳志一種東西，那就是徹底，既然已輸得差不多只剩下條褲衩，那也就沒什麼可再輸的，為把窟窿堵上，柳傳志親率員工搖身一變成了賣小商品的二道販子：帶領員工在計算所門口擺攤賣電子錶、運動衫。這當然是一件十分丟人的事，在外面賠了錢，跑到家門口討飯，臉往哪兒擱？但柳傳志就這樣黑着臉幹了，是的，我輸到家了，但我還在幹，這就是徹底。賣電子錶掙不了幾個錢，但就像一種宣言。從現在起沒什麼可輸的了，那就只有贏了，一點一滴地贏。而且說到底也是堂堂正正，勞動所得，汗水所得，不丟人。

這就是那種很硬的東西，硬中有邪，說到底又邪得非常正。

那時「兩通兩海」的帶頭人，如信通的金燕靜，京海的王洪德，科海的陳慶振都已是中關村的風雲人物，產值做到上千萬，而柳傳志在賣電子錶。那時沒有人知道柳傳志，知道一點的也是聽說他做賠了，在賣電子錶。

公司 11 個人中有 6 個人抽煙，工資都不高，抽不起好煙，公司來了客人連根好煙都掏不出，羞於出手。公款買煙招待客人既不恰當，也不自然，比如怎麼往外掏煙呢？現從抽屜拿吧，不合敬煙的規矩，因為本來敬煙是很私人的，不分你我，拉近關係，你從抽屜裏拿算怎麼回事，那不就成了公事公辦？要不公款買了，每人口袋裏裝兩包，一包自己的，一包公家的？公司的三個領導商量來商量去 —— 別小看這個細節，很日常的。

戒煙吧，柳傳志說，從今兒起我不抽了，說到做到。

柳傳志丟掉煙頭，踩滅了。從此再沒抽。王樹和與張祖祥猶豫了一會兒，也滅掉了煙。他們把煙扔到窗外。有人開玩笑說，一個人連煙都能戒了，還有什麼幹不了？有幾分道理，也可說是正得發邪之一例。

曾茂朝沒有追究王樹和、柳傳志、張祖祥的責任，這樣佈下的一支精兵出師不利，讓人痛心，但曾茂朝仍認為這是一支精兵。他們賣電子錶，就讓他們先賣吧，這是一種砥礪，置之死地而後生，只要種子不死，一旦生出來就會強大。

不死就是生。終於，這支精兵迎來了一次機會。中國科學院進口了

500 台 IBM 電腦，準備配給各家研究所，聽到這個消息以後，柳傳志和後來也是大名鼎鼎的李勤直撲科學院設備司，他們的確不是賣電子錶的，就像一支軍隊不是種田的，他們對電腦比對電子錶敏感得多，有一種天生的敏銳與興奮，如同將軍聽到了戰爭的消息。他們天天跑去遊說，爭取，磨破嘴皮子，韌勁十足，志在必得。一支能絕境求生的精兵還有什麼能阻擋他們？他們拿下了這 500 台 IBM 電腦。

確切地說，是把這 500 台 IBM 電腦的驗收、培訓、維修業務攬到手中，也就是說從設備司得到 1% 的硬件備份，給各個研究所講課，講完課後把機器交付給對方，機器以後有了什麼問題他們來維修。500 台電腦堆滿了兩間房，場地狹小不能把電腦一字排開驗機，只能騰出一間房子驗機，其餘人馬搬到另一間辦公。一批電腦檢驗完畢，裝箱後搬走，送到各所，再驗下一批。王樹和、柳傳志、張祖祥身先士卒，蹬着裝滿電腦的三輪車吃力地前行，女員工在後面推，揮汗如雨，一趟一趟，是聯想的「爬雪山過草地時期」。

或者也是中關村的「爬雪山過草地時期」。與矽谷不同，中關村至少在初期與技術創新沒多大關係，主要是生意經，商品買賣，運輸工具簡單，主要是三輪車。如果說美國是汽車輪子上的國家，那麼 80 年代初中國就是自行車輪子或三輪車輪子上的國家，三輪車作為運輸工具非常普遍。特別是北京南城，天橋，蹬三輪的，幾乎是宣南的標誌，平民市井的象徵。誰也沒想到 80 年代中關村成了另一種天橋，科學家、教授和工程師們蹬上了人力三輪，究竟是一種進步還是一種倒退那時還真有點看不清楚，圍繞着

「騙子一條街」也頗多爭論，而三輪車無疑增加了負面印象。但三輪車也的確非常方便，一個人即能操縱，機動靈活，甚至不受交通規則限制，一次統計，什麼車膽兒最大，幾乎一致認為三輪車膽兒最大。三輪車最隨心，最像人的性格，特別是中國人的性格。不管怎麼說，三輪車為中國的起飛立下汗馬功勞，以至現在許多開寶馬奔馳的人還留有蹬三輪的習慣，這是沒辦法的事。

多年後計算所的胡錫蘭還忘不了那一天往辦公室窗下一瞥的情景：聯想的一輛輛三輪車穿梭而至，二十來人把一大堆微機從三輪車上搬進院子，將近 2000 個包裝箱浩浩蕩蕩，人拉肩扛，烈日下的柳傳志、李勤，這兩個日後中關村叱咤風雲的人物當時揮汗如雨，衣服都濕透了，後來乾脆光了膀子，跟天橋的板兒爺一模一樣。胡錫蘭是曾茂朝的妻子，也是計算所的研究員，可貴的是儘管看到了這「感人」的天橋式的場面，不久胡錫蘭也義無反顧地加入到柳傳志的隊伍中。

他們最終也收穫了超過他們預期的服務費。項目結束的時候，儘管扣除 3% 的成本，他們的所剩不超過 500 台 IBM 電腦總價的 1%，但他們的努力特別是他們的勞動贏得了尊重，他們不光能賣電子錶，也能像老北京三輪車工人一樣賣力氣，更能安裝電腦，培訓技術，維修調試。如果這不是一支精兵還有什麼是？由於服務幹得出色，科學院最終把原定的服務費由 1% 上漲到 7%，於是「中國科學院計算技術研究所新技術發展公司」，聯想的前身，在 1985 年賺到了 70 萬元。這是聯想的第一桶金，它結束了他們賣電子錶的決絕的精神練兵時期，「電視機騙局」所密佈的陰霾一掃

而空，他們終於可以運用知識與名副其實的技術贏得利潤了。他們爬過了雪山，走過了草地，歷史也在此時展現出方向。

手記五：歷史

《中關村筆記》有兩個貫穿的人物，一個是馮康，一個是柳傳志，這個選擇本身代表了我對中關村的看法。他們天然構成了中關村的基石與廈宇，甚至可以互映，有多深的基石就會有多高的大廈，從大廈的高度可以看到基石的深度。當年科技人員下海，辦公司，衝擊的是科技體制，而不是科學本身。中關村的概念絕不僅僅是高科技企業，企業家——現在一提中關村似乎就是這樣。中關村有着百年的教育資源，有清華、北大、北航、北理工等 30 多所國家重點大學，有 200 多個國家級研究院所、工程中心、國家重點實驗室，如果認為中關村只是高科技企業或企業家，那就太小看中關村了。

聯想至今保留着中國科學院 30% 的股份，與當年周光召院長號召的「把總數不超過 20% 的研究人員集中於基礎研究，讓大多數人去搞應用科學研究，把科研成果轉化為產品，投向市場」無疑是一種並非完全巧合的對應。且不說這是對基礎科學與黃金分割理論的認同，從象徵意義上也恰如其分。每每提到周光召院長，柳傳志都會從企業巨子固化的表情中呈現出一種夢

幻的有如時光的東西，並油然生敬。柳傳志特別強調周光召與科學院對聯想的作用，沒有當年周光召「黃金」般的改革，與科學院一貫的開明放手支持，就沒有聯想。不要強調我個人，要強調一下科學院和周院長，30年了，是時候了，柳傳志說。

採訪柳傳志感覺像面對一部中關村完整的歷史，沒有偏頗，充滿理性，智慧，溫和，明晰，平易又深遠。很難想象他曾光著膀子、蹬著三輪車在大太陽下揮汗用力，難以想象竟然是天橋式的三輪車為中關村立下汗馬功勞。中國的超幻往往就體現在一個人不同時段的樣子，似乎不是同一個人，但又是。

同一個中關村，又有天壤之別。

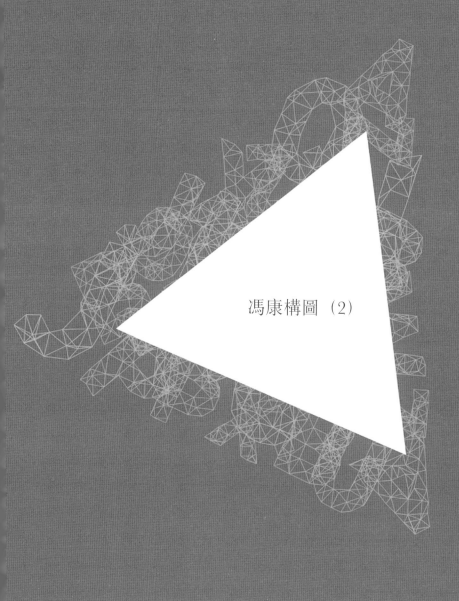

馮康構圖（2）

馮康學派之尚在久

1

馮康晚年，老驥伏櫪，致力於哈密爾頓辛幾何算法的開創性的研究，這一領域有諸多傳人，現任中國科學院數學所所長尚在久便是其中一位。

1988 年，25 歲的尚在久考取了馮康的博士。尚在久還清晰地記得入學的第一天，中科院計算中心研究部一位主任帶他去馮康家裏拜訪的情景。那是個晴朗的午後，陽光灑在中關村的單元樓中，雖然不是老北京的胡同景象，但依然有鴿子飛翔，哨音掠過，聽上去十分嘹亮。他們從現在的軟件園區（原計算中心，1998 年機構改革，四個數學類研究所整合成立了數學與系統科學研究院）走到馮康的家。

1988 年商業氣氛已經很濃，即便是大學校園裏也是到處都在談論倒買倒賣的事，正是全民皆商之時，很少有人能安下心來讀書。

馮康當時住在黃莊小區的 809 樓 4 層，四室一廳。這是所長樓，新落成不久，算是中國科學院最好的房子了。吳文俊先生住在二樓，對面樓的同一位置是楊樂。尚在久以前沒見過馮康，但在碩士研究生期間，看到過陳省身主編的一本叫作《21 世紀的中國數學展望》的書，其中列了好幾個重點方向，計算數學方向即是馮康主持的。馮康當然大名鼎鼎，是中國計

算數學的學科帶頭人，考上馮康的博士，現在又去先生家裏，讓尚在久既激動又緊張，不過見到馮康，緊張與激動完全消失了，因為很快便被馮康本身的精氣神吸引，忘記了緊張。

馮康個子很小，但精神很好，坐在沙發上雙眼炯炯有神，談話聲音洪亮、乾脆，不是平時隨便說說話，聊聊天，而是抑揚頓挫，自然大氣，氣場很足。幾句話便有感染力，一般人初次見面就會被他吸引。一個多小時的談話，尚在久感覺像做夢一樣。這是大師的家，大師的殿堂，四居室。那也是尚在久第一次見到四居室的房子，覺得數學就該是這樣的環境，人與環境是一體的，如同神廟。馮康問尚在久都唸過一些什麼書，大學的老師是誰。馮康竟然知道給尚在久上過拓撲學課程的內蒙古大學的陳傑教授。陳傑教授原是北大的教師，解放前在四川大學畢業後，到中央研究院工作，跟隨陳省身做研究。1957年北大支援內蒙古大學建校，陳傑去了內蒙古大學，是建校元老。陳傑曾說到馮康的有限元方法是很系統嚴密的數學理論，是一項了不起的成果。尚在久講到這些，馮康很愉快。

馮康介紹了將來跟他讀博士做什麼，特別講到辛幾何算法。馮康實際上在20世紀70年代中期，還沒「解放」時，就開始思考動力系統的計算問題：動態的問題，數學上隨時間發展由微分方程來描述，是一種研究這類問題的長時間的計算方法。當年的有限元方法為平衡態問題提供了一整套基本的計算方法，比如說鼓的牛皮表面的應力計算，比如說彎曲的板在達到平衡時的形變，等等，這是典型的平衡態問題。通常情況下，平衡態

的問題在給定精度範圍，有限元能夠給出較滿意的計算結果。但是，馮康對尚在久說，很多重要的動態問題，如水波的運動，天體長時間演化的動力學狀態，這些本質上具有某種守恆性質的動力學問題還沒有一套好的計算方法。如果計算相對短的時間，現有的算法能夠對付，但是如果計算的時間足夠長，則大多數常用的算法都不靈了。而對這類守恆性動力學問題，研究其長時間的演化行為是極其重要的。

馮康一直在調研、思考解決這種問題的計算方法，1984 年在北京雙微會議（即陳省身先生發起的「微分幾何和微分方程國際研討會」）上馮康首次公開提出哈密爾頓系統的辛幾何算法，那是他多年來調研、思考的結果。馮康認為辛算法只是第一步，但這個方向非常重要，有非常廣闊的發展前景！馮康說得非常乾脆，擲地有聲，不容置疑，尚在久受到很大鼓舞，看清了自己的方向，躍躍欲試。「馮康先生就是有這個能力，他很快就能把你調動起來，並且很清晰，有一般人很難具有的感召力。」尚在久回憶說。

2

尚在久的讀博生活就這樣開始了，馮康喜歡這個來自內蒙古草原的質樸的臉上掛着一層風霜的年輕人，在馮康看來他真是一塊璞玉，一塊難得的好材料。馮康悉心指引路徑：從李雅普諾夫的運動穩定性講到動力系統的結構穩定性，又講到著名的 KAM 理論，即由著名數學家柯爾莫哥洛夫

（Kolmogorov）、阿諾德（Arnold）和莫澤建立和完成的哈密爾頓系統擬週期解的理論，其最初背景是太陽系的穩定性，在物理和力學的其他很多方面也有重要應用。馮康想證明辛算法的穩定性，認為這種穩定性應該在KAM理論的框架下研究。那時馮康已在辛算法的構造和計算機實驗方面做了大量的工作，數值實驗表明辛算法比傳統的非辛算法，在計算哈密爾頓系統的動力學問題方面有明顯的壓倒性優勢。其中一個很重要的問題是：是否有一個嚴格的理論證明這種優勢？

從計算數學來講，算法的穩定性和收斂性是兩個最基本的問題。馮康與弟子討論：比如說畫一條曲線，本來是個圓，圓的最基本特點是一條封閉的不自交的曲線，算法的穩定性是說數值計算結果大致也差不多是個圓，計算機圖像顯示不一定嚴格地就是一個圓，但起碼應該不能離開這個圓的周圍太遠。收斂性基本上跟算法的精度有關，一個相容的算法（滿足最低精度要求）一般都是收斂的。馮康說，收斂性跟穩定性是密切聯繫的，穩定的算法基本上都是收斂的，但是收斂的算法不一定穩定，這就是這兩性的關係。馮康為尚在久確定了研究方向，並明確了題目：「你要把辛算法的穩定性證明了，這就是你的博士論文的題目。」大師如何帶弟子，至此十分清晰。

馮康進一步指引弟子，提示辛算法的穩定性要在什麼理論框架下建立，那就是：KAM理論。連理論背景都有了。這有點讓人想到武俠小說最有魅力的地方：奇遇之後，傳授心法與武功秘籍。馮康傳授完「基本心法」又給了尚在久一些材料，材料大部分是馮康自己在圖書館複印的，好幾篇是

俄文材料。馮康甚至把進度都給尚在久安排了，要求尚在久在那年的元旦以前跟自己講一遍給他的題目。

尚在久一頭扎進了先生給的材料，就像扎進了武功秘籍，進去後尚在久發現阿諾德的那幾篇俄文的文章非常不好讀，跳躍性太大，包括很多在天體力學方面的應用更難。尚在久很想集中精力先把 KAM 理論弄清楚，把定理的證明看懂，至於這個定理的相關的比如在天體力學方面的應用可以先不管。有一天尚在久找到先生，說這個材料內容太多了，一時難以都消化，問有沒有簡略一點的。沒過幾天，馮康便給了尚在久一個單篇文章，是意大利幾個天體力學家寫的，剛剛發表才不過五年。而俄文的阿諾德的文章是 1963 年發表的，意大利這幾位學者把 KAM 理論做了一個簡練清晰的證明，證明的思想還是柯爾莫哥洛夫的，適合研究生看。尚在久很快就讀完了全文，用了不到兩個月的時間。

這中間尚在久還參加了每週至少一次的討論班。開始，辛幾何和辛算法尚在久都還不懂，師兄汪道柳在討論班上已侃侃而談辛算法。

參加討論班的學習過程不到兩個月，12 月份，馮康問尚在久唸得怎麼樣了，尚在久說唸完了，大概可以講講了。很快馮康便安排尚在久在討論班上主講 KAM 理論。尚在久一共講了四次或者五次，每次都講了兩個多小時。KAM 理論的證明很長，馮康讓尚在久講得細一點，慢一點，具體證明過程的每一步他都仔細聽。討論班在老計算所的五樓，就是當年馮康指導計算導彈原子彈衛星的地方。最後一次講完以後馮康非常滿意，他很少稱讚人，但稱讚了尚在久。

馮康當時具體敲定：「你的博士論文的題目就這麼定了：《對哈密爾頓系統的辛算法證明相應的 KAM 理論》。」

　　論文題目一定，尚在久便更細緻、更踏實、更準確地做這個方向的研究了，同時也更廣泛地研讀相關的文獻。1990 年差不多年底的時候，尚在久關於 KAM 理論的論文結果出來了，大功告成。

　　這期間當然也遇到種種困難，但很少找先生。有了難點，尚在久一般是先打電話約先生，然後去先生家。馮康總是很有興趣很耐心地聽學生講難點，聽的過程中會突然說「你等等」，然後就跑到書房，找到一本書，「你看看這本書的這部分內容，也許能對你有幫助。」往往是尚在久拿回書去，發現書上做了密密麻麻的筆記，寫得也仔仔細細。有時一本書有些重要的地方作者不會仔細推斷，馮康經常給補齊，且補得很細緻。這對尚在久的論文幫助很大，幾乎所有真正的困難都是這樣克服的。

　　馮康對弟子的指導既宏觀（確定方向）又具體。尚在久開始證明辛算法 KAM 理論的時候，原來想用柯爾莫哥洛夫先固定角頻率的思想，結果做了一段時間行不通，便改用阿諾德的方法。但是阿諾德的文章不怎麼好讀，另外阿氏的一些估計不嚴密，太粗糙，尚在久用不了，因此尚在久必須自己給出更嚴格更精細的估計。雖然不能否認阿氏的方法還是有用的，但是過程晦澀。尚在久有一次跟馮康聊起阿諾德帶來的這個困難，馮康說就是這樣，作者常常是在思考的過程中體現他的思想，過程的複雜體現思想的複雜，過程的晦暗也會給思想罩上一層陰影。馮康後來又給了弟子一本「秘籍」，那是 1967 年阿諾德和法國數學家阿挽茨

合著的《經典力學的遍歷問題》，最初版是法文，後來翻譯成英文。這次馮康沒有把整本書都給尚在久，而是只給了與弟子的問題有關的那部分。那部分是一個附錄。那本書裏面有好多附錄，尚在久記得有三十幾個附錄──馮康給了尚在久的是第32～34三個附錄的複印件。附錄裏面有很多批注，阿諾德的證明不詳細部分馮康做了很多補證，到現在尚在久還保留着這份材料。

「就是這樣的指導過程，」尚在久後來回憶說，「非常的具體，不是讓你自己從頭摸索去，而是這些都是他讀過的，他走過的路，留下許多寶貴的探索經驗，可以拿來就用，所以我非常佩服他。你想，這些東西他真正讀過，但是他還號稱他還沒讀懂。他沒懂的意思是什麼？就是他沒做這方面的研究。實際上他懂得很！這非常重要，後來我自己帶博士也是學這種方法，有的還行，但大部分不成功，因為我的水平比馮先生差得太遠，讀的東西也沒有馮先生那麼多。馮先生本來是做計算的，有些書不是他的專業方向，但他還是讀得那麼細。現在我們做研究的很多人，一般跟自己的研究課題離得遠的就不仔細讀了，需要的時候往往直接引用。馮康不是，他思考得非常廣，而且還細。」

尚在久的博士論文就是這麼寫出來的，論文證明了哈密爾頓辛算法的KAM理論，馮康非常高興，多年心願由弟子完成了。馮康推薦弟子帶着論文去意大利國際理論物理中心參加一個研討班。因為文章太長，馮康就讓尚在久寫個摘要，要求用英文寫。尚在久花了很多功夫寫摘要，修改了很多遍，自己覺得比較滿意了才拿給先生看。馮康第一遍從頭到尾拿着唸，

尚在久坐在先生旁邊，馮康讀完，說還不錯，尚在久也很高興。之後馮康便提起筆開始修改，一會兒說這裏用這個詞更恰當，一會兒說那個句子應該那麼改。改完詞以後改句子，改完句子又調整段落，最後幾遍下來根本就不是原文了。尚在久的小得意蕩然無存，對老師也更佩服了。

3

1991 年元旦過後，尚在久開始考慮畢業去哪兒，考慮結婚成家。尚在久打算博士一畢業就結婚，他女朋友在內蒙古工作，結婚後尚在久便想把妻子調到自己身邊。那時調動工作很難，但聽說做博士後家屬容易調動。有一天尚在久跑到馮康家裏講這個事，準備讀博士後。但馮康那時已經把尚在久上報，留計算中心工作。馮康便給計算中心人事處處長邵毓華打電話，問博士畢業留中心工作家屬能不能調動，邵處長說按規定可以調動，但要排隊，至少要兩年。馮康問能不能再快，邵處長詳細解釋前面排了幾個人。

沒辦法，馮康問尚在久能不能等兩年。尚在久說還是想做博士後，做博士後妻子馬上就過來了。馮康沒馬上同意，但有一天在討論班上馮康突然把尚在久留下，聊起博士後之事，跟尚在久說，這樣吧，你自己先去找一找，看看哪個地方招博士後。尚在久自己誰也不認識，其實當時尚在久不懂，馮康這麼說一是同意尚在久的想法，二是他是準備給尚在久推薦的，但要讓尚在久自己先去嘗試。

尚在久自己試的結果是到處碰壁。有一天馮康把尚在久叫到家裏，告訴尚在久已給他寫好了一封信，放在這個信封裏，「你把這封信交給數學所科研處的處長徐叔賢教授，我已給楊樂院士打過電話了，楊樂院士交代把信交給徐教授」。信沒有封口，尚在久把信看了，說不出的感動，想到先生怎樣苦心，眼眶都有些紅。一共寫了一頁半紙，是手寫的。那年數學所的博士後有很多申請人，都很有實力，但是只錄取了4位，北京大學的兩位，浙江大學的一位，再有一位就是尚在久。北大的兩位其中一位是劉培東，當過北大數學系主任，還有一位是丁同仁先生的學生，讀完博士後第二年就去美國了。那時尚在久的論文還沒發表呢，甚至還沒整理出來，這樣就做了博士後，沒有馮康的推薦是不可能讀博士後的。

1991年9月尚在久在內蒙古結婚，10月份回到北京時，已到數學所博士後流動站報到了。數學所分給了尚在久一間15平方米的小房子，算是安了家。小屋附近有個地方現在是中科院圖書情報中心，當時有一片空地，空地上有一排小平房，其中有一個房子是新華書店。尚在久的小屋子就在書店的北面，他有時出來會順便到書店翻書看看，結果有一天在書店碰到了馮康。馮康正在那兒翻書，是一本很厚的大開本的書，硬皮精裝，不是數學方面的。數學方面的書在那個小書店沒那麼高規格的，尚在久的印象中應是《資治通鑒》這一類的書。尚在久與先生熱情打招呼，兩人在書店聊起來了。馮康對弟子原來就住在這兒有些驚訝，甚至有些好奇，主動提出來要去弟子家看一看。

師徒二人穿過空場，來到尚在久的 15 平方米的小屋，尚在久給先生沏了杯茶，兩人聊起來。時值秋天，天氣還不冷，陽光和煦，十分安靜。尚在久給先生倒的茶，先生很快就喝光了，尚在久續水，先生又喝了，再續，馮康說不用了，夠了，把那杯水喝得乾乾淨淨的。一般人喝茶不會喝得那麼乾淨，但馮康喝得乾乾淨淨，茶葉留在杯底。

　　馮康平時總是中山裝，戴一頂藍帽子，像工人，或工人幹部、技術員。那時已流行西裝，夾克，獵裝，女裝更是多樣化，裙子，甚至吊帶太陽裙，健美褲，但時代無論怎麼變，馮康卻一成不變，裝束還停留在 70 年代。

　　儘管他的房子變了，卻好像和他無關。

　　尚在久清楚地記得一進門是一個大廳，大廳實際上隔成兩部分，南邊是馮康自己真正的書房，北邊基本上就是個飯廳，從飯廳穿過去是臥室，洗澡間。討論班一般在南邊書房裏，書房和飯廳中間有一個推拉門，可以關上，平時是開着的，上討論班一般沒人就開着了。整個房子南北向，馮康自己的書房在東南方向，靠南的窗戶和書房中間圍了一圈沙發，書房中間的沙發另一邊還有一部分，廳就分成兩部分，那邊馮先生有一個辦公桌，上面有一台電腦，一台打印機，討論班上隨時打印文章出來給弟子們看，基本上是辦公區。沙發另一邊是討論班上課的地方，靠東北一個角擺着一個小黑板，可隨時在上面寫東西。挨着小黑板那邊又有一個小門，裏面有一個小屋子，是馮先生一個小書房，從沒有任何學生進去過。東北角又有一個很小的儲藏間，尚在久做論文時經常去先生家請教問題，馮康或者跑到他那間小書房裏去找，或者在那個小儲藏間裏翻，往往會找出一本書或

者一篇文章之類的相關材料給弟子。這就是他家的佈置。

尚在久見過馮康不常露面的夫人，夫人一看就讓人覺得她年輕時很漂亮，個頭也比較高，是那種挺精幹的樣子，很有氣質。平時一般上討論班時都是夫人開門，開了門點個頭就又回到她房間了。

馮康偶爾不得不穿上西服，那完全是另外一個樣子。那通常是在國際場合，那時的馮康好像穿越了時空，置身於世界的數學家中大師派頭畢現，彷彿別人都是襯託，比之藍色中山裝簡直不像同一個人，而越是在國際場合，馮康內在氣場表現得越充分。

1992 年，馮康主持了一次比較大的國際會議，來了很多外賓，都是國際有名的數學家，教授，基金會官員，個個都氣度不凡，風度翩翩，馮康更是神采奕奕，幾句話便壓住場，下面便鴉雀無聲。他不要翻譯，直接用英語，聲音磁性、乾淨，並且不乏幽默感。肅穆的場面像突然化了一樣響起笑聲。那是一次歡迎晚宴，在頤和園古色古香的聽鸝館，馮康的話語莊重又幽默，主宰了整個古雅高端的場面。如果說穿中山裝戴藍帽子的馮康臉上無論如何還多少帶有「文革」時受衝擊的裂紋，那麼這時完全變了，從裏到外都充滿了國際化的魅力。

馮康甚至在 20 世紀 70 年代還沒「恢復工作」，還帶着歷史問題，就開始思考動力學問題，在 70 年代那樣封閉的時代就跟蹤上這個問題，證明了一個科學家的超越性。偉大的人物都有對時代的超越性，哪怕時代再非常，再封閉，他們也會超越。這個領域在力學和數學方面的研究即使到了 21 世紀的現在，也還是很熱鬧很活躍的，仍然處在世界數學與

物理的前沿。

尚在久參與這一研究，是這一成果的骨幹力量之一。時至今日國際上哈密爾頓系統的辛算法，以及他在這個基礎上發展出來的更廣泛的動力系統幾何算法，在數值積分領域，都是一個主要的研究方向。在有限元之後，「哈密爾頓系統的辛幾何算法」是馮康的第二項重大成果，這個成果在1997年獲得了國家自然科學一等獎，尚在久是參與者之一。

4

但是，回想起來，尚在久記得讀博士時馮康並沒有對他細說為什麼選擇哈密爾頓系統辛幾何算法這樣的研究方向，只是隨着時間推移，前景才越來越清晰。就如走了一段山路之後，風景開始出現，路徑開始出現，太多的路徑，但是你已看清屬於自己的一條。馮康前行，後面或左右是「馮康學派」的弟子。哈密爾頓系統中，其數值軌道是不是也長久維持周而復始不斷往復的狀態？尚在久證明了這樣的結果。這是一條路徑。無源系統成功構造了保體積算法——有段時間馮康在討論班上不斷提到這個問題，這又是一條無人走的路徑，尚在久踏入這條路徑，在數學所做博士後的頭一年的冬天解決了這個問題。

馮康一直在思考這個問題，他自己也在構造，在研究。許多次馮康在討論班上強調：一方面辛算法有一套生成函數的構造方法，但對保體積系統，找不到合適的生成函數，這是一個難點。第二個難點，馮康從辛幾何

方面來論述、認識這個難度。保體積映射可以把一塊東西任意形變，但是辛映射不行，它不能把一塊東西任意變形，這是著名的格洛莫夫剛性定理。這就相當於一個駱駝你要是只保證體積不變，那麼這個駱駝可以穿過任何一個細的管道，而只要管道足夠長，把駱駝拉長了壓細了就能穿過。或你在牆上畫一個不管多小的眼，駱駝都能穿過去，但是如果這個約束還要讓你滿足辛結構，那就不一定能穿得過去了。就有一個最小半徑，如果這個眼的半徑小於這個半徑，則它就穿不過去了，這是辛結構的剛性，馮康從這個方面論述。第三個難點是，有無窮多有理函數可以生成辛算法，但是沒有有理函數可以生成保體積算法。

馮康提得多了，尚在久就自然琢磨這個問題。跟先生一起搞研究尚在久非常踏實，不用懷疑，先生說的問題都是重要問題，事實上大家也都是這樣，只要是馮康認為重要的問題，大都不懷疑，因為當時已經看得很清楚：這些問題在當時的世界上也都是前沿性的問題，國外的數學家也在做，但是沒有馮康這個級別的帶頭人。

後來有那個叫馬克拉赫蘭的新西蘭教授，是國際上這個領域重要的一位，研究水平很高，但他也是到了 1993 年才提到保體積算法的構造問題，而早在 1990 年馮康便經常提經常講。還是 1993 年，加拿大的菲爾茨研究所舉辦了一個活動，是著名數學家馬斯頓組織的，馬斯頓也是菲爾茨研究所的所長，活動上馬克拉赫蘭和美國洛斯阿拉莫斯國家實驗室的斯柯沃合寫了一篇綜述報告，列舉了一些問題，其中一個問題就是構造保體積算法。這個報告 1996 年發表了，但是馮康 1990 年就提出了這個問題，1992 年就

做出來了結果。

　　1990 年的一天，馮康把尚在久和尚在久的師弟葛忠兩個人叫到家中，他們坐在靠南窗的那個沙發，馮康坐中間。馮康拿着筆記本，本上寫了很多東西，拿着這個筆記本給兩個弟子講，可以說是耳提面命（馮康這個本子現在保存在數學院的展覽館裏面，代表着永恆的馮康）。馮康當時給兩個弟子講構造保體積算法問題的背景、來源，它的數學理論，已有的結果，他的思路，以及他遇到的難點。特別舉了一些例子，講的都是三維的問題。講完以後說：「你們回去想想這個問題，這個筆記本你們可以拿走。」葛忠先把筆記本拿回去了，看完以後尚在久接着看。

　　那天，尚在久回去之後，憋在家裏一個星期沒出門，他能感到此事重大，是先生殫精竭慮考慮的課題，先生已講得非常清楚，三維的例子更是印象深刻。尚在久把這個三維的例子擺在那兒看，好幾天一點思路也沒有，但是不停地琢磨這個問題。有時候即使看電視，眼睛雖盯着電視，腦子裏仍想着問題。尚在久的愛人有時說你這是做研究呢，還是在看電視呢？數學家就有這個特點，陳景潤撞電線杆雖然誇張，但不是沒有道理。「因為人不能老盯在那兒算，總得想，想的過程有時候需要調節調節，」尚在久說，「比如看看電視，而眼睛盯着電視腦袋裏面卻想別的呢。此外眼睛看到的東西，有時候能給你產生意外的聯想。」

　　結果有一天正是這樣，尚在久盯着電視，盯着盯着突然就有了一個想法。他把擺在那裏的那個三維的無源向量場，拆成幾項，每一項其實就相

當於一個哈密爾頓向量場。這樣就可以把無源系統寫成兩個哈密爾頓系統的疊加，這兩個哈密爾頓系統不是耦合的，不是在同一個辛空間上的，但是每一個哈密爾頓系統在自己的辛空間上可以構造辛算法，每一個辛算法都是三維空間的保體積算法，那天這個結果就這樣出來了！

尚在久非常興奮，立即開始計算，算了一個三維的，從頭到尾算出來了。三維出來了，任意維數的就很自然了，N 個自由度就比三維更多，有 N-1 個兩兩不耦合的哈密爾頓系統，每一個哈密爾頓向量場都能由給定的無源向量場算出來，問題就解決了！

尚在久興奮得當即跑到計算中心——坐落在軟件園區網絡中心的那個大樓找馮康！那天正好開中日計算數學會議，尚在久去的時候會議還沒結束，他就在外面等。等會議一結束，人們都出來了，馮康在後面，尚在久三步併作兩步跑進去到先生跟前就講，保體積算法他構造出來了。

馮康當時有點不太相信，但眼睛一下又亮了，相信了。

沒有不相信弟子的道理，從弟子眼睛裏他已看到了結果。尚在久當時就把他算的那個筆記拿着給馮康看，現場看，馮康看得也很興奮，不住點頭，邊看尚在久邊給先生講，講了主要思路，一下就清楚了。其實很多事情就是一層窗戶紙，科學也一樣，數學也一樣，甚至文學也一樣，就像通常人們說的「窄門」。馮康一下看懂了，這個問題馮康自己研究了很長時間，就差關鍵的一點提示，因此非常激動，非常高興，對尚在久說：「你回去仔仔細細把整個推導和最後的格式寫出來！」

是的，尚在久還沒把最後的算法格式與公式寫出來，就急急忙忙跑來

了！或許「隔代親」就是這樣，高興了就不管不顧。馮康還要接待人，來了許多外賓，師徒倆這時也就幾分鐘時間，但幾分鐘說的卻是如此重大的問題！尖端的問題！前沿的問題！

這一年馮康已經 71 歲。

尚在久寫好整個推導與格式及最後的公式後交給了馮康，那週的討論班馮康在小黑板上寫滿了字，公式，宣佈尚在久的結果，細緻地做了介紹。

馮康鼓勵弟子百尺竿頭更進一步，事實也的確如此。「馮康學派」在哈密爾頓辛幾何算法領域出了好幾項成果，尚在久有兩項：葛忠有一項：對一般非線性情形，不存在保能量的辛格式；唐貽發有一項：多步法裏沒有辛算法。多步法是軌道計算裏面非常重要的一個成果，因此人們應用得很多。那段時間也是在討論班上，馮康不斷地提到這個問題，唐貽發才有一個很大的突破：證明了在多步法裏，只有一個本質上是單步法的辛算法，其他都不是。

另一個重要的成果是馮康自己的。馮康自己提出來一個形式向量場和形式相流的理論，也就是那一段時間他正式提出來動力系統幾何算法的構想。原來哈密爾頓系統辛算法，保體積算法，還有馮康自己完成的接觸系統的接觸算法，等等，都是針對特殊系統構造保持特殊結構的算法。正是基於上述各種保結構算法的構造成功，馮康有了動力系統幾何算法的整體構想。那段時間，在討論班馮康講得最多的也是這個構想，包括形式向量場和形式相流的理論。當時，第一批國家攀登計劃項目

於 1992 年立項，馮康主持的項目是大規模科學與工程計算的方法和理論，其中第一個課題就是動力系統幾何算法。這是國際上最早的提法，後來西班牙的桑茲舍爾納教授於 1996 年提出幾何數值積分（geometric numerical integration），現在西方流行的國際公認的名詞，至少比馮康晚了四年。

馮康的動力系統的幾何算法裏有一個理論叫形式向量場和形式相流，目前國際上很時髦也公認的叫法為：向後誤差分析理論。「馮先生去世得早，後來這個領域很多被西方學者主導了。但是這個領域很多基本的工作是馮先生課題組和中國學派完成的。」尚在久說，「我們課題組很多工作完成得很早，但是論文發表得晚，有一些是以會議論文的形式發表的。我們的工作很超前，即便是 1991 年、1992 年、1993 年那段時間的工作，我們都很超前。那時只有兩個重要的原創性工作：龍格－庫塔辛算法和針對特殊系統（能量函數是動能加勢能）的向後誤差分析理論是屬於外國人的。前者歸功於瑞士的拉薩格尼、西班牙的桑茲舍爾納和蘇聯的蘇利斯，後者歸功於日本的 Yoshida。而一般系統的向後誤差分析理論則是由馮康完成的。公正地說，在 90 年代初期，馮康的討論班在國際上是這個領域最前沿的。」

5

尚在久讀博士三年，博士後兩年，五年當中馮康的討論班他一次也

沒落過，馮康在世時他也沒感覺到什麼特別，就是心裏很踏實，很驕傲，因為能非常清楚地看到馮康就是方向，就是世界前沿。他們每個人也都是，他們隨大師一同突進，環顧世界，非常清楚自己的位置。但是馮康突然去世，尚在久和討論班的團隊心裏一下子沒着沒落，沒了支撐，甚至沒了方向。

「這麼多年，我非常孤獨。」尚在久說。

「回憶他的時候很多，」尚在久說，「跟他在一起的點點滴滴，到現在（20多年後）還非常清晰，還經常夢見他。」

「那時候忽略了太多的東西。」

數學家的眼睛通常是寧靜的，此時依然寧靜。此時沒有比這寧靜更感人的，甚至無法描述這寧靜，當然也無法計算，似乎數學家有着特別的情感方式。

馮康去世前尚在久與導師有過一次旅行。尚在久回憶這段旅行像描述一次無比清晰的夢境。1993年6月，馮康去西安交大講課，尚在久作為助手跟隨，在西去的列車上，馮康問尚在久是否來過西安，沒等回答，便講起往事。許多年前馮康曾到過一次西安，但是沒有出站就匆匆離開了。那是「文革」期間，尚在久說，馮先生被關在牛棚裏，當時很害怕，從牛棚跑了出來。在牛棚很害怕，跑出來更害怕，馮康對弟子說，去哪兒沒有目的，因為是臨時跑出來的，完全是沒有目的地跑，是一種瘋跑。跑到了西直門，從西直門看見火車來了，也不管去哪兒就趕快上了火車。很快火車就開了，半夜到一個車站火車停了，馮康下來一看，原來已到

呼和浩特站，便坐在呼和浩特站想去哪兒，一路也沒想清去哪兒，後來想往南走，還沒怎麼想清楚去哪兒西邊又過來一列火車，也不管是去哪兒的趕快上去，覺得只有上車才安全，在車站每分每秒都是危險的。車是從蘭州過來的，要麼就是去蘭州的，總之上了火車之後，就去了山西方向。風陵渡武鬥，又下車隨便上了一輛什麼車，然後就到了西安。看到了城牆，但仍然沒有出站。盲目地在中國大地轉來轉去，卻一直沒有出站，最後轉到了蘇州，這裏是故鄉，才停下來。在蘇州隱藏了一個星期，有一次站在蘇州中學前面發呆，想起很久很久以前在這兒上中學，回憶往事。可能是來的次數多了，有一天他的後脖領子突然被人抓住，聽到背後大喝一聲：我們找了你好久了！他被押解回京，他感謝抓他的人，不然他已準備自殺，馮康逃出牛棚以後就被通緝了，就有人一直在尋找他，他當時雖不知道，但能感覺到，事實上專政隊的年輕人等於救了他一命。

在西去列車上，馮康第一次向弟子講起往事。馮康講完課後離開西安，尚在久又在西安待了一個星期，完成了導師講完課的後續工作，7月12日回到北京，當天晚上便去馮康家。馮康那時正在籌備8月份在香山舉行的世界青年華人數學家大會，非常忙。馮康非常重視青年華人數學家大會，會議收到很多投稿，他以70高齡每一篇都親自看，不捨晝夜，從裏面挑選人做大會報告。尚在久印象最深的是馮先生對楊振寧的一個學生非常看重，那個學生叫鄧越凡，馮先生說鄧越凡的文章極其好，是研究碳-60計算問題的，很有未來。又說到計算數學優秀的年輕人大都集中在這次世界青年

華人數學家大會了。

「現在看來確實如此，現在華人計算數學家裏，50歲左右做得出色的人絕大多數都參加了那次會議，那是一次真正的盛會，恐怕多少年沒有過那樣的盛況了，那個會我也參加了。」尚在久回憶那個晚上，那個晚上他在先生家待到很晚，除了談到數學家大會的籌備工作，匯報了西安交大暑期班學生的考試情況，還談到了與先生合作的一項工作，已經完成了，要撰寫成文，討論具體怎麼寫，離開先生家時已經夜裏1點了。尚在久記得臨走馮先生又談到了美國著名數學家 Peter Lax 院士推薦他當美國科學院外籍院士，以及國際有限元大會邀請做大會報告的事，都是高興的事，也是大事，先生很少有那麼愉快的時候。

這是尚在久最後一次見到先生。

7月13日凌晨從馮康家出來之後，那段時間尚在久基本都是待在家裏，好多天沒出門，一直準備撰寫論文和香山會議的報告，突然，有一天中午，尚在久的師弟從長沙打來電話，告訴他馮先生住院了，挺嚴重。尚在久大驚失色，自己竟然一點不知道，馬上到了北醫三院，先生深度昏迷。先生洗澡摔倒，顱內出血。尚在久在三院待了整整一夜，與尚在久一起的還有余德浩、汪道柳，三個人一直待到天亮也沒見先生醒來。

馮康在醫院搶救了一個星期，中間醒來過一次兩次，但是都很短暫。「先生突然去世，我們很茫然，那時我們都還很年輕，還立不起來，先生去世後沒有了核心，討論班缺了頂樑柱，缺了戰略方向的指引者，這是中國計算數學的一大損失，也是世界數學的一大損失。」

尚在久至今回憶起來，一切仍都歷歷在目。

並且，眼睛依然意味深長的寧靜。

手記六：馮康學派

理論、實驗、計算，已經成為當今世界科學活動的三種主要手段。特別是計算，是 20 世紀後半葉才發展起來的最重要的科技進步之一。馮康不僅是中國計算數學無可爭議的奠基人與開拓者、播種者，不僅在有限元方法、自然邊界元方法、哈密爾頓辛幾何算法上對世界做出貢獻，還帶出了一大批計算數學學者。以馮康為核心的這批學者與群體被公認為「馮康學派」，為世界數學界所矚目。「馮康學派」中至少可以舉出這樣一些重要名字：黃鴻慈，石鐘慈，崔俊芝，林群，袁亞湘，秦夢兆，張關泉，王烈衡，余德浩，尚在久，汪道柳，葛忠，唐貽發，朱幼蘭，桂文莊……先不論他們各自在計算數學領域的貢獻，這之中僅院士就有五位，又有多人曾經擔任過數學所的所長、副所長，這樣的學派不要說在中國，就是在世界上也不多見。

MS-2401

橫　濱

　　1986 年，橫濱。王緝志接到電話：父親王力病危。電話不是家裏打來
的，是國內公司打來的。父親身體一直很好，儘管高齡，卻很少生病，以
至一開始聽到電話那頭說父親住院，王緝志沒太在意。但接下來，電話讓
王緝志完全從工作中醒轉過來。

　　「你父親病得很重……就是說……可能等不到你回國了。」

　　莫不是已經——王緝志不敢多想，一身冷汗下來。

　　電話那頭是公司總裁，總裁態度鮮明，如果需要，他可以中斷工作，
立刻回國去見父親最後一面。總裁這麼說意味着公司的重大損失，事實上
現在不能停下來，王緝志深知這一點。

　　王緝志沒有立刻表態，沉默片刻，掛上了電話。

　　玻璃窗外，櫻花開放，橫濱的夜景並不奢華，卻另有一種夢幻感。來
日本之後一直緊張工作，哪兒還都沒去過，倒是做夢夢見一次與父親遊三
溪園。三溪園是夜賞櫻花的一個有名的處所，坐落在山手附近的一個山丘
上，高地上建一座中國南北朝式的三重塔，每年一到賞櫻季，數不清的
人們湧往此處，一睹櫻花與古建築交相輝映的魅力。特別是夜晚來臨，櫻
花掩映，燈光柔和，置身在櫻花園中有如夢中，而對只在夢中見到三溪園
的王緝志來說更是夢中夢。緊張工作之餘王緝志還真曾想有機會與父親一

遊三溪，一睹傳說中的夜晚的櫻花，特別是魯迅先生有文章提到過「上野的櫻花」，父親作為語言學家非常推崇魯迅先生那篇文章的開頭，專門講過那篇文章開頭的語義結構。

另一座山

王緝志是北京大學教授、語言學大師王力先生的四子，雖家學甚深，王緝志卻沒有子承父業，在 16 歲的時候，考入北京大學數學力學系，是當時班裏最小的學生。因為作息時間不同，王緝志沒住在北大家裏，搬入了集體宿舍，住在了 28 樓。房間朝北，推開窗戶就可以看到燕南園自己的家。那時的燕南園可謂臥虎藏龍，馮友蘭、馬寅初、林庚等大師雲聚於此，當時在青年教師中流傳着「奮鬥三十年，住進燕南園」的說法。

王緝志生於 1941 年，四歲時本該上幼兒園了，他卻不願和年齡相仿的小朋友混在一起，做小學教師的母親只好把王緝志帶到小學一年級的課堂上。一年以後已經唸完小學一年級的王緝志參加了小學二年級的入學考試，畢竟只有五歲，考題的難度超出了五歲孩子的掌握範圍。當時考試有規定，不會寫的字可以在方格紙上畫圈圈代替，王緝志就認真地在每一個方格裏畫上了圈圈。當時王力先生就在玻璃窗外看着神奇的兒子認真答題，還以為兒子答得挺不錯的，殊不知王緝志一直在方格子裏畫圈圈。王力不僅沒有批評兒子，反倒看到畢竟只有五歲的兒子的機智與從容。當然，也沒予

以鼓勵，有些異稟既不用鼓勵，也不用批評，最好自然而然。這樣的分寸，也只有王力這樣的父親能把握，每每回憶起來王緝志都覺得是幸事。誰能說畫圈兒不是王緝志人生的一個隱喻？

父親因為忙，很少教育孩子，主要是身教。事實上王緝志對於父親的記憶幾乎是抽象的：一個固定的伏案工作的背影。晚上，燕南園 60 號小樓父親專有書房的燈亮到幾時永遠不知道，從早到晚，從睡去到醒來，燈，永遠亮着，好像父親不睡覺。小時王緝志對此覺得特別神奇。燈下，是層累如山的父親的專著。一年一年，書房裏父親的書在增加着，如同某種巖石發育着，即使動蕩的十年浩劫也少有中斷。《漢語史稿》《漢語音韻學》《漢語詩律學》《古代漢語》……無盡的漢語言工程由一個背影慢慢完成。這一切與王緝志選擇的偏門──數學（相對於語言學，數學是多麼的偏）卻看起來毫無關係。倒是和畫圈兒有關？圈兒是「零」的概念，而「零」的概念又不僅僅是一個數學問題，事實上是一切問題的問題。

相反相成，誰能說這不是另一種影響？

既然父親已是一座高山，那就成為另一種事物。

特別有趣的是，另一種事物，最終，繞了一大圈仍與父親有關，與語言文字有關，王緝志偶然也是必然地宿命在另一座山上呼應了父親。

相對於一代語言學大師的父親，這山不高，卻足夠特殊。

殊　途

1963 年，北大數學系畢業的王緝志被分配到了中科院心理研究所，數學與心理學有了聯繫，看起來是一種很奇怪的分配，或許是一種人生的暗示？從純數學轉向人文？無法解釋的事從來就具有隱喻作用。只是尚未真正入得心理學的門，那場「史無前例」的運動開始了，心理學被批判為「偽科學」，心理所也因此被劃為要「鬥批散」（鬥爭、批判、解散）的單位。1969 年，中國科學院決定將心理所的全體職工除老弱病殘者外一律下放到五七幹校去，「一鍋端」了，28 歲的王緝志被下放到湖北省潛江縣的科學院幹校。直到 1971 年 2 月，王緝志才離開湖北幹校回到北京，被分配到位於豐台區北大地的冶金儀錶廠當工人。比起從數學到心理學，這次專業轉向更不可思議，哪稱得上專業，實際等於零，又回到小時畫圈兒時。

如果非要說有「意義」的話，那就是王緝志的人生之線偶然地觸及了冶金系統，儀錶廠雖小，隸屬的冶金部系統卻很大，這樣一來王緝志作為知識分子，大學畢業生，就有機會隨着系統上升，不久調到了冶金部自動化研究所搞計算機，因此際遇也才有了他後來的發明。沒有「文革」，王緝志會待在心理所，成為一個無關緊要的心理學家，「文革」讓他改道如同河流改道，由五七幹校而儀錶廠、冶金部，而自動化研究所、計算機研

發。以王緝志的數學專業，他遲早會接觸到計算機，只要接觸計算機，以他家學的敏感無疑會轉向文字。

真正有意義的是，當年，也就是 1957 年王緝志考大學的時候，父親王力不同意王緝志學數學，當然也沒要求兒子學語言學，而是讓王緝志學計算機。王緝志堅持了自己的數學選擇，但多年以後，在計算機這一專業方向上，父親的願望與王緝志的道路神奇地融合。這才是意義之所在，這裏無論多神秘都是理性，都在人類的範圍之內。

那幾年在冶金部自動化研究所期間，王緝志接觸了大量國外先進的計算機知識。從 1976 年開始，他又有幸在全國重點項目「武鋼一米七熱軋工程計算機控制」研發工作組裏工作了三年，這三年是他計算機知識和技術提高最快的三年，尤其是對大型工廠的實時控制操作系統有了更深刻的了解和認識。不久王緝志又被派往上海，着手寶鋼二期工程的籌備工作，同各國的計算機專家進行了長達一年的技術引進談判。那段時間，幾乎每天王緝志都要和不同國家的工程師進行交流，那時國外的計算機技術很先進，對王緝志而言和外國工程師交流幾乎就是聽他們的技術講座。同時交流都用英文，因此王緝志的計算機知識水平和英文水平都有了飛速的提升。父親雖是語言學大師，一部《古代漢語》是全國古漢語教學的通用著作，文科學生可以說無人不知王力的《古代漢語》，但王力卻對完全不相干的計算機有種關注，對兒子的工作時有過問。

同　歸

　　1979 年當王緝志成為研究所計算機應用研究室中一個小組的負責人
時，正值國家剛開始進口微機，王緝志所在的小組也考慮購買一台微機。
此時某種必然已不可逆轉，這裏有來自父親的，有來自數學的，有來自難
以說清的主宰，總之王緝志一步步走近人生的核心地帶。經同事介紹，
王緝志認識了澳籍華人酈振琨先生。酈振琨在澳洲有一家叫 DATAMAX
的公司，DATAMAX 機問世時，IBM PC 還沒出來。當時酈振琨介紹
給王緝志的機器是 DATAMAX 8000，該機所帶的軟件有文字處理軟件
WordStar、試算表軟件 CalculStar 和數據庫軟件 dBASE II 等。這台帶有
文字處理軟件 WordStar 和 MailMerge（郵件合併）功能的微機，讓王緝
志大開眼界。

　　不久，王緝志用 DATAMAX 8000 主機和 TeleVideo 終端，加上一台
伊藤忠的打印機，湊成了一套價格相對便宜的微機系統。因為是自己攢的
系統，需要自己去做有關的驅動軟件，王緝志便開始認真閱讀打印機的說
明書，突然發現這個打印機的打印頭由 8 根針組成，通過軟件指令來控制
每一根針的動作，屬於由點陣組成圖形的打印機。國內當時所用的字符打
印機，只能打 abcd 這樣的英文字母。而顯然，這種針式打印機在操作上要
靈活得多，因為從理論上講這種打印機可以打出用點陣組合成的任意圖案

或者文字。

這個理論發現，歷史性地落在王緝志身上，是數學的作用？父親的作用？計算機的作用？對文字敏感的作用？應該說都有，甚至缺一不可。如果王緝志沒有對語言文字那種基因式的敏感，他能一下子洞見那種發現嗎？王緝志激動異常，血液沸騰，連夜按「可以打出用點陣組合成的任意圖案或者文字」，編了一小段程序，然後在打印紙上打出了「冶金部自動化所」七個漢字！這是破天荒的，漢語的天荒，從來沒有過！

這個成功讓王緝志興奮不已：能打印七個漢字，就意味着原則上可以打印所有的漢字。也就是說，讓電腦處理漢字不再是遙遠的事了。

這件事王緝志告訴了父親。

王緝志還記得當時父親的表情：凝重。

一如古老青銅器般的凝重。

目光也如青銅器具裏的火。漢字，漢語，漢文化之火，千年之火。

且無比神奇，父親的直覺竟然成真了。

這都寓於凝重之中了。

當然，能打印七個漢字，只是解決了原理問題，要讓這套微機系統能用漢字處理各種應用，則要解決一系列的實際問題。首先，要有漢字字庫才能使打印機真正打印漢字。但是，到哪裏去找漢字字庫呢？只能自己動手做。

王緝志在用與父親不同的方式研究文字。

而方式相同也並非王力期待的。

王緝志從家裏拿來了一副圍棋，把塑料棋盤布往桌上一鋪，動員全小組的人都一起來做，一個人用棋子擺放漢字點陣，另一個人把該字形用 16 進制數來編碼，再有一個人把該數據錄入電腦。用這樣一種原始的方式進行數字化處理，就像某個階段你必須用馬車拉着火車頭，人多勢眾，哼唷嗨唷。連續工作了一個多月，終於做成了一套包括國標一級漢字的 16×16 點陣字庫。

　　這些已不是《古代漢語》的作者王力所能理解的。

　　也用不着理解，他的使命已完成。

　　有了漢字字庫還不夠，如何把漢字文章輸入電腦又成為關鍵。需要漢字輸入法，當時國標一級漢字是按漢語拼音的順序排放的，如果從工作量來考慮，研製拼音輸入法是最容易實現的，王緝志又開始研製拼音輸入法。這沒什麼難的，不久一個簡單實用的拼音輸入法大功告成。但是漢字有許多同音字，用拼音輸入法就要解決選字問題，這就需要能夠看到拼音輸入的漢字。能看到，這非常的關鍵！這就需要終端，需要屏幕，而這已是準電腦，準 PC。

　　可當時的終端即屏都是英文字符，根本顯示不了漢字，而且一般只能顯示 80×24 個英文字符。人生的核心地帶總是一環扣一環，環環都是挑戰，都是創造，都是天才的鑄成。王緝志既然已經開始了創造發明之旅就不可能停下來，特別是如果前面都是對的，後邊就沒道理解決不了，事物自身的邏輯一旦產生就什麼也不可阻擋。王緝志被邏輯推着，是自己又不是自己，有一天終於又想出一個辦法：把一個字符 M 當一個點來用，用屏幕

上的 16×16 個 M 來組成一個漢字,這樣一來,雖然一屏只能顯示四個大大的漢字,但總算以一種最原始的落後方法解決了漢字錄入問題。如果有人到王緝志這個位置可能比王緝志解決得更好,問題是沒人到了王緝志這個位置,某種意義上王緝志站在漢字的最突出位置。

解決了這一系列問題後,王緝志已經完成了第一台中文的電腦輸入與輸出系統。而他實際應用的第一案例也是自動化所裏財務科的報表,他把中文財務數據錄入電腦,用 dBASE II 處理,並打印出第一份整齊的中文報表!

這是一個了不起的成就,意味着太多東西,意味着漢字跨越了數字化的千年鴻溝,從王力到王緝志隔着五千年。誰又能說王緝志不是子承父業?誰又能說王緝志不是另一意義上的語言學家?中華文明奇跡般地過渡到現代文明,並且還要過渡到未來。這是世界上唯一一過渡到現代的古老文明,連續的、未中斷的、還在發展的文明,諾貝爾文學獎得主、詩人聶魯達 20 世紀 70 年代來到中國,面對長城發出了這樣的感歎:許多文明都消失了/你依然存在。但如果不能將漢字數字化,如果最終只能拼音化,拉丁化,這個文明將會真的出現巨大的鴻溝,而鴻溝的另一端意味着什麼?現在父子隔着鴻溝手握在一起,或者說擁抱在一起,這個文明就是一個完整的又是新的文明。而文明之幸就是這樣來的,這難道不是一種命運的垂青嗎?當然,不是王緝志一人在做漢字數字化工作,但王緝志與父親的鴻溝相握是最有意義的。而更有意義的是,父親孕育了王緝志,不僅在身體上,也在神秘的精神上。

不負當年屬望殷

　　時代有許多岔口，人們走對與走錯的時候差不多一樣多，或者有時候在一些節點上走錯的時候更多，一個國家如此，一個人也如此。但具體到王緝志，具體到那段關鍵的時間，王緝志的每一步都神奇地走對了。

　　正當王緝志解決數字化中文輸入輸出系統研發時，時代的變化發生在了他的四周。中關村出現了陳春先創辦的華夏矽谷研究所，王洪德的京海公司成立也頗引人注目，四通也即將成立，一批人走到了時代的海邊沒有停留，義無反顧地脫離陸地，走向遠方。有了中文輸入輸出系統，王緝志忽然發現自己也到了海邊，也有脫離傳統陸地的可能，但有些猶豫。下海可不是那麼容易的，習慣了陸地，即使站在海邊也覺得陸地強大無比，而海洋則充滿不確定性，充滿危險。

　　那麼，能不能在冶金部自動化所框架內成立一個公司呢？做一個體制內的改革試點？王緝志向領導談了這一想法，但被「大陸」拒絕，無論怎樣爭取最後都沒通過。下海，有時候也是無路可走，也是感到自己有在水裏的本事，看別人游覺得有什麼不能，於是開始考慮自辦公司，如何籌集資金。正當這時候，四通公司向他靜靜地打開了一扇門，時間王緝志記得清清楚楚：1984 年 5 月 16 日。四通公司在中關村注冊成立，同年 9 月門市開始營業，這一年的六七月份，王緝志進入了四通公司，任總工程師，

成為四通初創時期的主要成員之一。

11月，王緝志正式向冶金部自動化所辭職。

那時無論多小一個單位都是國家的，單位意味着國家，人也是國家的人，辭職意味着同國家割斷了聯繫，國家不再管你，這不僅是生存問題，也是心理問題、精神問題。辭職意味着真正的「斷奶」，王緝志雖然毅然決然，但「心理」上仍然不好受，而且不知道家人會怎麼看自己，比如母親，特別是父親！父親可是國家的名人，他的兒子要辭掉「國家」，父親會不會反對？沒想到父親不但不反對，還非常開明，父親的「單位/國家」觀念反而淡得多，畢竟父親早年有着很長時間的「個人」意識，反而是王緝志一直生活在「單位/國家」意識裏，某種意義上一直還是「未成年」，現在倒有些成年的恐懼。

父親王力揮毫給王緝志寫了一首七律，如同送給他的「成年禮」：

> 不負當年屬望殷，精研周髀做疇人。
>
> 霜蹄未憚征途遠，電腦欣看技術新。
>
> 豈但謀生足衣食，還應服務為人民。
>
> 願兒更奮垂天翼，勝似斑衣娛老親。

「願兒更奮垂天翼，勝似斑衣娛老親。」這是王緝志沒想到的境界，父親看得更遠，不僅向前，也是向後，因為父親是過來人，是歷史。父親有相當長時間不是「單位人」，是一個有主體的個人。王緝志把父親的墨

寶拿到琉璃廠榮寶齋裱好，掛在家裏的牆上，從此這首充滿歷史感的詩成了王緝志的座右銘。

1985 年初，四通從日本伊藤忠公司引進了 1570 型彩色打印機。為了公司的生存，王緝志把還沒完成的漢字終端的開發暫時放在了一邊，帶領一個開發小組，為伊藤忠公司的 1570 型打印機做漢卡。比起漢字終端開發工作，這個工作容易得多，很快就完成了，而就在做這些工作的同時，四通發現大多數購買電腦的單位都是拿電腦配上一台打印機，來打印合同和報告之類的公文。當時購買一套這樣的電腦系統要花費近五萬元，利潤空間可觀。鑒於當時的市場情況，如果四通能夠開發出一款價格在萬元以下的能完成打字和編輯任務的機器，不僅將提升市場上此類產品國有品牌的競爭力，也可以產生巨大的效益。

MS-2400

時機成熟，四通開始考慮開發中文文字處理機。擺脫了「單位人」身份的王緝志如魚得水，開始了自己的道路。由於日本也是使用漢字的國家，在日本的市場上已經有各種品牌的文字處理機在銷售。能不能從日本現有的文字處理機中，選擇一種性能價格比好的產品，把它的日文漢字字庫換成中文字庫，把日文輸入法換成中文輸入法，而文字編輯功能不變，這樣是否就可以很快地推出四通的中文處理機產品？但王緝志發現，這個想法

雖然很好，卻經不起現實的檢驗，因為日本的文字處理機都是熱轉印式的，對紙張和室溫的要求高，色帶價格很貴，而且還不能打印在蠟紙上。這顯然不適應當時國內的打印需求。

四通公司決定借助日本企業的幫助，重新開發一種真正適合中國國情的機器，打印機芯採用擊打式的打印頭，這與王緝志的中文輸入研究完全一致，王緝志的研究與中國特點、市場需求天時地利地走到一起。而且自己來開發自主知識產權的機器，更有利於公司長遠的自主發展。最終四通與日本三井物產選擇的日本 ALPS 公司商定了一個合作開發方式：四通方面王緝志負責總體方案的設計，ALPS 負責選擇打印機芯和液晶顯示屏，進行硬件設計並提供 BIOS 接口。四通方面進行軟件設計，並最後進行生產。

四通的產品開發小組由四個人組成，負責總體設計的是王緝志，同時王緝志還負責文字處理軟件的開發和拼音輸入法的開發。開發工作從 1985 年的 8 月份開始，王緝志的設想是：既然能在 WordStar 上實現英文編輯功能，那麼也一定能在此基礎上實現中文編輯功能。為了更接近中國市場的需求，王緝志開始從受眾的角度設計產品，將新產品的受眾羣定位為初中文化程度，在屏幕提示、編輯和打印命令上出現的說明文字以及使用說明書都要盡可能通俗易懂，絕不使用電腦術語。雖然王緝志並未接觸過消費心理學，但他在中科院心理研究所的工作經歷使他在理論上懂得一切基礎的心理，因此從後來的角度看王緝志在 MS-2400 的開發設計上，已經有了一些「從用戶使用角度出發」的消費心理學的味

道，有很多工作在現在看來，甚至已經超越了工程師的設計範圍而涉及了營銷領域，事實上這也正是四通打字機日後在市場上取得輝煌成功的一個重要因素。

另外特別值得一提的是，那時國內絕大多數人還不習慣什麼文字處理，為了市場宣傳方便，消除多數人對電腦的天生恐懼心理，作為一個前「心理學者」，王緝志決定給該產品起名叫中文電子打字機，產品的名稱定為「四通 MS-2400」：M 代表三井（Mitsui），S 代表四通（Stone），24是打印頭的針數，00 表示第一代。為了要全方位貼近中國市場的需求，王緝志還拒絕了四通公司有些人提出的在機殼上標外文或者設計一個洋商標的主張。

1986 年的 3 月份，王緝志攜開發小組到日本橫濱 ALPS 公司去進行最後調試工作，計劃在日本工作三週，每週七天、每天從早到晚不停地工作16 個小時，為的就是能夠在有限的時間內，最快地將機器調試成功。三週很快過了，但機器仍未調好，如果這個時候回國探望父親，調試工作就要夭折，而之前所花的人力、物力和時間都等於白費，而且⋯⋯這次沒調好，下次⋯⋯就不知道要等到什麼時候了；可是如果不回去⋯⋯

願兒更奮垂天翼！

王緝志給家裏打了個電話，將自己是否回國的決定權交給了母親，如果母親讓他回國，他會立刻動身。電話無比沉重地通了，王緝志的心怦怦跳，祈禱上天保佑父親，保佑了父親他也可以在這兒完成重要的工作。母親接的，上帝保佑父親還在住院⋯⋯王緝志先長出了一口氣⋯⋯說實話他

已想到葬禮……王緝志突然有個預感，他不用回國了……當然，父親的病非常重，發病時起先是發燒，大家都以為是感冒，誰知住進醫院之後才發現情況嚴重，是白血病，病情惡化很快。

「我知道你在日本的工作很重要，如果那裏的工作離不開你，你就不必回來了，北京有你的弟弟和妹妹在。」母親說。

王緝志可以暫時不回來了，留在日本把開發工作做完。

以工作事業為重，是王家的傳統，從小王緝志就記得父親和母親不會輕易因身體不適而請假，一般有小病都會堅持上班，而王緝志上小學上中學的時候，不管是肚子痛還是有其他不舒服的症狀，母親都是要求他儘量堅持上學。根據這一殘酷的原則，王緝志留在日本繼續做開發，是必然也是自然的選擇。就這樣，王緝志帶着對父親強烈的掛念，與全組人員晝夜奮戰，終於調試成功。

四通 MS-2400 中文電子打字機誕生了，打印機飛快地打出了一頁頁清晰的中文樣張，機頭發出的嗡嗡的蜂鳴聲像世界上最好聽的音樂。王緝志作為研製了中國第一台中文打字機的專家，一夜成名。MS-2400 推出後的第一年就賣出了 7000 多台，也就是實現銷售額 7000 多萬元！這一成績當年中關村無人可比。至第二年產品定型，升級版的 MS-2401 更加完善，增加了軟盤驅動器，可以不限制文章的打印長度。同時更為重要的是，MS-2401 上增加了液晶屏的面積，有了 PC 的味道。而之前的 MS-2400 的液晶屏只能顯示兩行共 20 個漢字，到 MS-2401 則已能夠顯示五行每行 40 個漢字。當時 PC 機普遍還在採用五英寸的軟盤驅動器，3.5 英寸的軟

盤驅動器剛剛問世，王緝志就決定要在 MS-2401 上採用這種小驅動器，這一超前的構思事後被證明是完全正確的。另外 MS-2401 上還採用仿宋、楷、黑等四種漢字字體，對存放字庫的 Mask ROM 也提出了更高的容量要求。MS-2401 是一款成熟的產品，以至日本合作方的一位工程師這樣評價王緝志：日本人可以把產品做得很好，但是我們沒有創造性，你們中國人有創造性。三井公司的評價則是：MS-2401 的技術即使在日本的同類產品中，也是先進的。在四通的發展史上，MS 系列文字處理機是舉足輕重、具有決定性意義的產品，它同時也是 20 世紀八九十年代中國辦公自動化設備領域最早的民族品牌之一。這個產品從推出之日起，一直銷售了十餘年。截至 1996 年底，四通 MS 系列中英文文字處理機累計銷售近 30 萬台，銷售收入突破 30 億元人民幣，讓中國的 IT 界在 20 世紀 80 年代中期就有了自己的名牌。

4 月 12 日，當 MS-2400 中文打印機打出了一頁頁清晰的樣張，蜂鳴聲像交響樂一樣響起，當同事沉浸在歡樂之中，王緝志回到北京，一下飛機，沒有回家，直接從機場到了北京友誼醫院，父親住在那裏。王緝志的眼睛模糊了，那時一代語言學大師王力神志竟還清醒，他握着遠方歸來的王緝志的手，目光殷殷，幽遠，是父親的目光，但也不全是：也是文字之光，語言之光，殷商之光——甲骨與青銅之光。儘管已不能說出完整的句子，但老父親還是講着什麼，聲音異常清晰。正是這種清晰的東西支撐着父親等候兒子的到來，生命不熄，火在燃燒。出國前，王緝志曾經給父親講解過文字處理機的工作原理，父親始終不解，想象不出，王緝志本來想搬一

台電腦到父親面前邊演示邊講解，一來開發工作太忙，二來想到反正很快就會有產品出來，等產品問世後拿着產品再講豈不更好，誰知道此時產品真的開發完成的時候，父親已到生命最後時候。講了半天原理，父親依然不解，但露出了微笑。

帶着微笑，父親走了，如同文明的微笑。

13 天後，在四通成立兩週年的那天，四通 MS-2400 中文電子打字機正式面世。這台打字機，把微機時代的中文輸入輸出變為現實，一舉改變了中國人在機械打字機時代完全失語的局面。那天，前來祝賀的賓客盈門，掌聲賀詞不絕於耳。看着這一切，王緝志想到的卻是父親的微笑。

儘管不解，但是笑了。

是的，父親的笑不僅僅是欣慰。

許多年後王緝志還在回想父親的微笑。

手記七：另一種家學

王力是中國語言學教授，王緝志實現了中文打字，兩者有什麼聯繫嗎？我試圖在這兩者之間建立內在聯繫。當我把這一想法告訴給王緝志，王緝志有些驚訝，錯愕，他從沒想過自己的打字機研究和父親王力的語言學有什麼關係。在北三環太陽宮王緝志的寓所，陽光從一整牆的落地窗照進來，

正好是風後，沒有霧霾，陽光像海邊一樣分外明亮，以至王緝志的驚訝都分外明亮。但是當我說：「王力先生當初建議你學計算機，你卻學了數學，可你最終又回到計算機上，並且用計算機搞起了文字。這中間難道沒有什麼聯繫嗎？」話一說完，分外明亮的陽光立刻出現了一股幽暗氣氛，是王緝志凝神的目光發出的。王緝志沒再否定我，但也沒肯定，不過看得出來他在深刻地思索，或者，與其說是思索，不如說是回憶。

「你的研究，難道不是另一種家學？只不過不同於通常的家學，但其中的曲折不也更有意義嗎？更是某種宿命？」王緝志先生在諦聽，甚至差不多是用眼睛在諦聽，讓我從王緝志的眼睛中幾乎看到王力先生的影子。「你說的可能有點道理。」王緝志最後對我說。臨別，王緝志把我拉到客廳一端看王力當年給他的贈詩，我看到牆上已發黃的立軸上王力的真跡。王緝志送了我一本前不久再版的王力的《漢詩音律》，一本薄薄的但有著歷史分量的小冊子。

王緝志鄭重地簽上自己的名字。

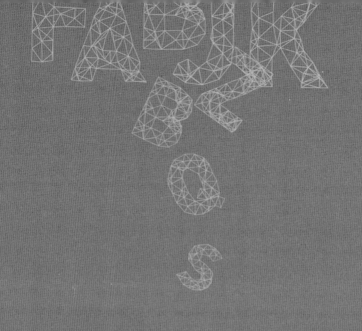

千 年 之 約

歸去來

　　王選登上火車，懷揣北京大學的錄取通知書，離開上海，向北京飛馳的時候，絕對想不到七年之後，自己會病若遊絲，像「死神」的影子一樣被人背回上海。這是 1962 年秋天的事情。背他的人是他的北大同事，當同事將他送到家，不禁長長出了口氣，彷彿為一路沒出大事而慶幸，甚至沒在王選家多待一會兒，彷彿多待一會兒便會有什麼事似的，只簡單交代了幾句，便匆匆離開。

　　母親見到瘦骨嶙峋、呼吸艱難的兒子，落淚了。這哪是七年前的兒子？那個翩翩少年？王選也第一次眼睛潮濕，望着母親，一句話也說不出。在北京，王選從沒有流過眼淚，甚至沒有多少痛苦的感覺，只是麻木。但是看到母親，枯澀的眼睛一下被陌生的淚水蒙住。他太瘦了，以至眼鏡都顯得很大。

　　七年前，王選考上北京大學數學系，那年北京大學數學系錄取了 200 多人，都是各地的數學尖子，年齡最小的馬希文只有 15 歲。王選 17 歲，也是偏小的。四年後王選以優異成績留校，在無線電系任助教。

　　1960 年冬天，像許多地方一樣，北京大學食堂副食品奇缺，即使像饅頭、米飯這樣普通的主食，也從晚餐中消失了。也像所有人一樣，王選的晚飯只有三碗稀粥，外加一小盤黃醬。兩年前王選參加了北大「紅旗計算

機」的調試工作，「紅旗機」由張世龍教授設計，在確定了主要設計原理和設計思路之後，張世龍大膽地把具體設計任務交給了自己的得意門生王選。設計工作不易，調試工作更是繁難，王選常常半夜起牀到機房接班調試機器，到第二天吃午飯時，才跌跌撞撞地跑到食堂去吃飯。有一天吃飯途中發現身穿的藍上衣不知怎麼竟變成了鉛灰色，他也沒多想，當時腦子全在「紅旗機」上，進飯廳前又猛然想起一個調試數據，唯恐忘了，連忙掏出鋼筆記在了手心上。鋼筆有點不大對勁兒，似乎細了一圈兒，直到把筆插進衣兜裏，一抬腳邁進食堂，一陣哄堂大笑才把王選弄醒：他穿了別人的衣裳。王選就是這樣一個工作起來癡迷的人。本來特別需要營養的時候，別說營養了，不餓都做不到。

從 1959 年春天起，為節省時間，王選乾脆把行李搬到了實驗室，晚上睡在辦公桌上，天亮之後把鋪蓋一捲，接着畫圖搞設計。一天三個單元，他從早上 7 點半一直幹到晚上 11 點。晚上 11 點至 12 點是閱讀外文資料、了解國外計算機動態的專用時間。到 1959 年夏天，初露鋒芒的王選經過近一年的奮戰，終於勝利完成了「紅旗機」的邏輯設計。然而，就在王選為「紅旗機」取得初步成果而高興的時候，一個非常意外的消息傳來：在反右傾鬥爭中，張世龍和另外兩名北大教師被指為「以黨內專家自居的右傾機會主義分子」。

張世龍受批判之後即下放農村勞動。臨行前，把調試「紅旗機」的重任交給了王選。此前兩年，已經有一個不幸的消息，王選的父親在上海被扣上了「右派分子」的帽子，那以後王選便頗有些寡言少語，現在說話更

少，唯有近乎反常地拼命工作，終日面對機器。1960 年那個時候，王選在五分鐘之內能喝下三碗滾燙的稀粥，饒是如此，在毫無吃相的人中王選已算是有點吃相的了。

雪上加霜的是，這年 11 月王選剛剛領到手的 20 多斤糧票被人偷走了，這下連粥也喝不成。萬般無奈，沉默寡言的王選開始開口：跟食堂借糧票，分期償還。王選身高 1.73 米，即使在北京這樣的地方也不算矮個，正年輕力壯，不過 22 歲，本來口糧就不足，現在又得按月償還意外的糧債，因此不得不把每天的口糧標準降到八兩。

飢餓和勞累終於把機器般的王選打垮了，王選得了浮腫病。

張老師託付的「紅旗機」調試工作也停頓下來。一個「機器」壞了，另一個也會壞，似乎就是這樣。王選也由此做出一生中的一個重大選擇：由硬件設計轉向軟件。但不放棄硬件。儘管不放棄也得暫時放棄，浮腫讓王選離開機器，他拖着沉重的腳步從圖書館借來蘇聯科學家葉爾曉夫寫的《快速電子計算機編製程序的程序》，餓着肚皮研讀起來，其間還看了一本詳細介紹 SOAP 匯編語言的資料，以及 FORTRAN 的一些文章。他逐字逐句研讀，在心慌、心悸中另一種思路卻也洞然打開，此刻他才覺得開始真正了解計算機。

同時也開始了解自身。如果說日後王選發明了漢字激光照排系統，結束了千年基本未變的印刷傳統，讓歷史千年等一回，等到了王選，王選被譽為「當代的畢昇」，這一切便最早源於這次飢餓中的轉型。

但是不到一年，也就是到了 1961 年的夏天，不但浮腫尚未消失，一場

來勢洶洶的不明內科疾病又襲擊了王選，就如同計算機內部的軟件被摧毀。王選持續低燒，胸悶，憋氣，呼吸困難。到醫院透視，發現肺部有濃重的陰影，但陰影的性質是什麼，大夫們個個面面相覷，誰也不敢確診。於是只能臨牀進一步觀察。觀察期間病情繼續惡化，血壓升高，尿中帶血，白細胞已經下降到 3000 以下。醫生開出了一張張的緊急處方，但任何藥物對王選都沒有效果。

誰也搞不清王選的怪病，大夫們觀察了多天之後還是無法確診。最終北醫三院勉強最先做出初步診斷：紅斑狼瘡。這是一種典型的自身免疫性疾病，一般侵犯皮膚，也可轉變為系統性紅斑狼瘡，損害內臟。光聽這病的名字就已嚇人一跳，醫生們還提出了一些匪夷所思的禁忌，比如王選不能隨便到室外接觸陽光。

一個不能接觸陽光的人是什麼人呢？

無異於洞穴中的人。

陰天時總可以出屋吧？王選絕望地自語。

不行，醫生說，就是陰天也得戴帽子才能出屋，還要帶寬簷帽子。王選那時多麼需要陽光，心想見不到總可以看看戶外，可身體竟虛弱到這種地步，竟然連戶外的一絲陽光也不能見，王選不知道命運到底在說什麼。

王選後來有了一頂寬簷的帽子，本來就有點怪的病人顯得更怪了。王選不過才 24 歲，但自我感覺上像個老人。不，連老人也不像，他瘦得像燈杆。如果那時有機器人，王選幾乎就像不吃不喝的機器人。1961 年王選躺在宿舍牀上，生還是死成了問題，既是一個形而下的問題，也是一個形而

上的問題，一個莎士比亞的問題。

病休吧，王選選擇了回上海，同事背他上了汽車，然後是換乘火車。那幾年對王選的母親來說堪稱禍不單行：王選的父親一生奉公守法，為人清白，偏偏在大鳴大放時說了幾句話，被戴上了「右派」的帽子；最小的兒子王選本來留在北大當上老師，讓老人感到安慰甚至喜悅，沒承想被人背回來，這還是王選嗎？幾年時間到底發生了什麼？父子兩人一個成了「右派」，一個幾乎只剩一把骨頭。

父與子不能比較，但卻是映照。

王選每月只能拿 37 元的勞保工資，這點錢不夠看病吃藥，只能節省，量力而行，維持最低限度的治療。24 歲就吃勞保，基本相當於廢人。無奈之中，王選把童年時代養成的京劇愛好撿了起來，一邊欣賞京劇唱片，一邊習慣性地研究起京劇來。研究是王選的習慣、本能，接觸什麼就研究什麼。儘管多年後再沒顯露，但王選事實上是京劇的專家，有極深造詣。當然，京劇絕不是王選的方向。

如同北京一樣，上海的醫院也對王選的怪病一籌莫展，而且特別麻煩的是王選的病歷還在北京，忘了帶過來。這難不倒王選，王選決定自己寫，他根據每次看病的記憶寫了一份詳細病歷，他把自己的病史及幾家醫院的診斷，甚至化驗結果都匯總起來，整理出一份與醫院一模一樣的病歷。

大夫見到病歷，非常驚訝，問王選是否在醫院工作？王選告訴醫生自己是搞計算機的。那時很少人知道計算機，大夫頗為驚訝，看見王選瘦得驚人，便說：一看你就是受過專門訓練的。就差說王選是機器人了。上海

醫生對機器般的王選毫無辦法，張世龍老師途經上海看望了王選，回京後，噙着眼淚告訴北大同人：王選吃一頓飯都得休息兩次，身體非常虛弱⋯⋯看樣子，希望不大了。

母親說，你的病就是累的，好好將養一定能好起來。王選苦笑。母親找了一個老中醫，帶王選看，開了長期的藥。母親親自抓藥，熬藥，變着樣兒給王選做各式飯菜，積畢生經驗使出了渾身解數，王選奇跡般地有所好轉，起碼是很明顯地擺脫了死亡的陰影。看來死不了了，王選看着鏡中的自己說。

1963 年春天。春天是生發的季節，何況王選這麼年輕？王選憑自身的生命力，有一天居然能起身，離開病榻，能扶着病榻緩緩走幾步了。這期間無論在病榻上還是緩慢走動中，王選腦子始終沒閒着。因為能走動了，告別了京劇，腦子又在計算機上。實際上潛意識就從沒離開，王選一直在考慮計算機的體系結構問題，以及高級語言編譯系統問題。前者是硬件系統，後者為軟件系統。當時即使在西方也還沒流行「軟件」一詞，直到 1964 年才出現了 software 一詞。王選想的是通過深入研究計算機高級語言的編譯系統，進而提出新的計算機體系結構。換句話說，他想通過研究軟件來研究硬件結構，搞清楚軟件對硬件的影響。

接觸過計算機的人都知道，機器語言是目前計算機能直接接受和執行的語言。它由二進制碼「0」和「1」組合而成，難編、難記、難讀、難改。後來的符號語言則用符號代替了二進制碼，但仍具有機器語言的缺點。高

級語言則比較接近人們的自然語言和數學語言，它與機器語言相比較，就直觀多了。而且易寫、易讀、通用性強。但是，計算機不能直接識別高級語言，必須把高級語言翻譯成機器語言才行。這種翻譯高級語言的程序，就稱為「編譯程序」。

也是這年春天，當過王選輔導員的陳堃銶回上海探親，看望王選。王選稱陳堃銶「小先生」，對陳堃銶說想熟悉軟件。夏天王選給陳堃銶寫信，再次提出想要有關資料，陳堃銶當時在計算數學教研室搞程序設計，於是託人從美國找到 ALGOL 60 資料給王選寄來。王選寫信還有一個目的，看看陳堃銶的反應，做了推斷之後寫了第二封信，是一封「含蓄」的求愛信，要求「保持關係」云云，第一遍陳堃銶沒看懂，第二遍才似乎懂了，當然沒想到。陳堃銶不免一笑，這麼一個病入膏肓的人居然還有這想法。

ALGOL 60 在當時是相當複雜的高級語言，王選以驚人的毅力，氣喘吁吁，逐字逐句地弄通了每一個細節，因為身體被大大消耗，常常不得不停下來，在牀上躺上幾天讓京劇流貫自己。京劇代替陳堃銶，像是充電，雖然陳堃銶並沒接王選的丘比特的箭，但一方面也沒明確拒絕，像什麼也沒發生一樣。差不多是在牀上，王選攻克了 ALGOL 60 高級語言系統，之後王選的身體像得到超能，奇跡般有了很大恢復，可以自理了，甚至可以上街了，可以擁有外灘的陽光了。王選憑欄遠眺，想念北京，此時的北京有了新的內容，一個和他「保持關係」的人。

1964 年，得到「愛」的超能，王選開始進行 ALGOL 60 編譯系統設計，在桌面上堆滿了草稿紙，完成了初步設計方案後便寄給了北京的陳堃銶，

再由陳堃銶協同許卓羣、朱萬森等幾個教師去具體實現。翌年身體進一步好轉，可以騎車了，王選產生了回校參加科研工作的願望。這年 ALGOL 60 編譯系統也被正式列入北大科研計劃之中，陳堃銶把這一喜訊寫信告訴王選，王選辭別父親母親，回到北大。

陳堃銶：我們結婚吧

因為 ALGOL 60 編譯系統，王選和陳堃銶似乎天作之合地成為一對搭檔，如同兩個人玩一個大型「遊戲」，兩個人也像是系統或「遊戲」中的人。在當時的中國他們非常超前，與世界保持着某種同步。王選善於選擇科研方向，確定戰略總體方案，陳堃銶擅長軟件方面的總體設計。只要王選的初步方案一出台，她就能非常麻利地編好程序，制訂出很好的調試方案。她編製出來的程序，精確可靠，很少發生錯誤。王選不贊成一般硬件直接執行高級語言的方案，而是直覺地主張尋找編譯和目的程序運行中的瓶頸問題，如下標變量的處理，子程序的調用。王選與陳堃銶過了一關又一關，嶄新的思想與設計源源不斷湧現。

正當王選成功研究出了新的高級語言編譯系統，內心剛剛熱起來——內部的「軟件系統」（神秘疾病）得到完全的修復，「文化大革命」開始了，一切都停下來。王選和北大教職員工一起下鄉勞動改造，系裏傾巢出動，王選走到半路就病倒了。事實上他還非常脆弱，身體根本經不起高強度運

動。到醫院一查，低燒，肺部又出現了陰影，跟 1960 年的病癥一樣，必須臥牀。

大串聯開始，每天有十來萬人來北大串聯，走廊都住滿了紅衞兵。高音喇叭日夜吼叫，不要說病人了，正常人也難以忍受。不得已王選只好搬到遠郊昌平縣的十三陵分校，住在四樓的一間宿舍裏。分校環境雖說好多了，但王選重病在身，甚至連下樓買飯的力氣都沒有。

陳堃銶每個週末會來看望王選，每個星期只有這天情況稍有改善。通常一進門陳堃銶便收拾房間，清理一週來的髒衣服，帶來一些吃的。王選看在眼裏，甚至沒有感動，只有麻木。一個看到死亡的人是不會有感動的，更不消說想法。王選病情一天天加重，低燒不退，呼吸艱難，不時需要大口深呼吸，自理能力每況愈下，幾乎已下不了牀。王選感到來日無多，想回上海，像上次一樣回家——這兒總非歸宿。但現在不像四年前，火車上擠滿了串聯的紅衞兵，每節車廂都像蒸騰的熱罐頭，他這樣怎麼能在路上，誰又能送他？再有父親在家挨鬥，家已被查抄，自己這病鬼回去母親怎麼辦？這一切都讓王選麻木。

甚至冷漠，內心已關機，只等機身涼下來。

這天，陳堃銶再次來到王選身邊，沒像以往收拾房間、清理髒物，而是看着王選，對王選平靜地說：「我們結婚吧，我們回北大。」

王選怔了好一會兒，火重新燃起，在冰冷中燃起。

「真的？」他問。

「真的。」

像計算機語言，編程的語言。

這語言無比真實，而還有什麼比真實更有溫度。

王選一下坐了起來，一如起死回生。

淚水湧出。

陳堃銶比王選大一歲，1936年生，上海人，1957年畢業於北京大學數學系，比王選早留校一年，王選一直稱她「小先生」。別看只差一歲，也有姐弟戀的味道，師生戀的味道。金庸先生筆下的楊過、小龍女雖為藝術想象，卻也並非空穴來風。何況那時還沒有這本書，書中的存在早已於現實中存在。

1967年2月1日，在北大紅6樓三層一間十平方米左右的房間，陳堃銶與王選結婚。是間北房，推開窗可見到水面。沒人理解陳堃銶怎麼會嫁給一個行將「過世」的人，此人形容枯槁，呼吸艱難，走路打晃兒，一陣風似乎就能給颳走。在這個意義上，這反倒有種千古一戀的味道，是另一種千年等一回，似乎冥冥之中呼應着畢昇之後的千年：另一個畢昇就在二人之間。

但一切都還為時尚早。

1969年備戰，疏散，一紙搬遷令，陳堃銶再次為房子奔波。

最後找到勺園對面一個叫「佟府」的小院，院裏有三間平房，遷走了一家，陳堃銶帶着王選搬進了乙8號。這是一個古色古香的小院，雖破舊卻也有種陽光很古老的味道，很適合王選。王選有點像這個院子，站在陽光中特別像。

陳堃銶有種說不出的滿意，滿意後又流淚。

1969年底，北大協助研製一台每秒運算百萬次的計算機，名「150機」。王選重病，無緣參加。陳堃銶是搞軟件的科技人員，又做過大型軟件系統，被當作主力從鄉下勞動地點調回本校，參加研製。這樣一來，王選對陳堃銶說，咱倆有一個人參加就行，然後把自己幾年來的想法整理出來，讓妻子拿到研製小組去。

王選的同事馬秉錕家庭出身好，根正苗紅，一開始就參加了「150機」的研製，常來看望王選，他從來不怕什麼「黑五類」的牽連，也從不把研製組制定的種種保密之類的禁令放在眼裏。有一次馬秉錕來看王選，一進門就皺起眉頭，原來是「150機」出了問題：國產磁帶質量不過關，再加上磁帶機的質量也不好，當時採用的糾錯碼只能糾正一行信息中出現的一位錯。

王選聽了倒來了精神，彷彿內心的主機一下啟動，決定一試。沒有計算機，就完全用手工對幾百種編碼方案進行篩選論證，低燒依然沒退，但已經無所謂了，每天從早到晚，竟也撐下來了。雖然躺在牀上耗盡精力，常常如廢電池一般，但只半個月不到，王選驚人地在牀上設計出一種方案。該方案只需附加八位有效信息，就能糾正16位中的雙重錯誤，經過王選反覆論證，絕對可靠。這天王選把這一方案交給了馬秉錕，馬秉錕天天期待着，立刻把方案交上去，卻不敢說是王選設計的。因為若說是王選設計的，就是「階級鬥爭新動向」。

王選的方案很快就應用到「150機」的磁帶上，而且一舉成功，大大

提高了計算機的可靠性。這是一項匿名的創造發明,陳堃銶偷着笑。多年後這個秘密才被揭破,那已是 20 世紀 80 年代。

東方,西方

1975 年,歲月不饒人,王選已 38 歲,接近不惑之年,時間也在他臉上刻下了比別人更多的痕跡。因為喘息,甚至在兩肋有深紋。別看只有 38 歲,王選幾乎有一種特殊年齡,不老,但也不年輕,身體虛弱,但眼睛放光,自有了陳堃銶後再沒熄過。甚至有時亮得出奇,似乎把全身的火镪都集中在了自己的眼睛上,比如工作時,查閱資料時。當然,由於過分集中在眼睛,別處也有時更顯虛弱。換句話說,他能調動全身的火镪,但卻只能拆東牆補西牆,無法達到整個身體的平衡。然而,正是這樣一個拆東牆補西牆的身體,卻靈敏地感覺到那個時代最重要的東西、革命性的東西:

1971 年,英特爾研製出世界上第一塊四位字長微處理器 4004;1974年英特爾再度推出比 4004 快 20 倍的微處理器 8080;同年美國 MITS 公司利用 8080 設計出世界第一台微型電子計算機,預示着革命性的微機時代的到來。然而,計算機是西方人發明的,建立在英文基礎上,對中國而言簡直是另一星球的事,高不可攀:古老的已經使用了幾千年並且還在使用的象形文字漢字,能進入微機編碼嗎?顯然不可能 —— 這幾乎是一種常識的

常識：很多人認為漢字太落後了，已經是人類之外的文字，這也是微機時代到來時許多所謂有識之士普遍的共識。但王選不這麼看，至少把這看成挑戰。他是幹什麼的？就是為解決這事而來，他的奇妙而晦澀的身體這麼多年來在一種特殊的運行中，已擁有了某種東西，而這東西彷彿就是上帝為漢字文明準備的。

1974 年春暖花開時，北大有了一台電子計算機，不想閑着，這朵「微機之花」不能總是含苞欲放，應該開出點什麼，於是決定用計算機把學校的管理工作抓起來。一天學校組織一大批人分頭到學校印刷廠、物資部門及財務部門進行調查，陳堃銶參加了調查。之前的幾個月，確切地說是1974 年初，陳堃銶得了暈眩症，類似美尼爾，時常發作，發作起來天旋地轉，無法再給學生上課，不知道是否受到王選病體的「影響」，教研室不再安排教學任務，讓陳堃銶管些雜務，管管資料，對付教學之外的一些活動。這讓人不由得想到王選的狀況，有人開玩笑：這兩口子真是天生的一對，是夫妻相，夫妻病。陳堃銶也因此參加了對印刷廠的調查了解工作。在印刷廠，事情就是這麼湊巧，這麼宿命，陳堃銶意外地了解到國家有一個關於漢字信息處理技術的重點科研項目，代號為「748 工程」。回到家陳堃銶將這一消息告訴了王選，王選嗅覺非常靈敏，越是病人嗅覺就越靈敏，內心彷彿得到某種如同計算機內部的指令，突然感到某種沉默已久的「主機」啓動，聽到了嗡的一聲。事實上多年來他一直在為內心的某種主機工作，此時王選眼睛放光，似乎也看到了陳堃銶眼睛放光，從此兩人眼

晴裏多了一種東西。很難說是激光或者類似的東西，反正是只有他們倆相視時才有的東西。

「748 工程」總共包括精密漢字照排系統、漢字情報檢索系統、漢字通信系統和漢字終端設備等內容的研究。王選認為精密漢字照排系統最為關鍵，這是書刊編輯排版工作的專用系統，對已延續了五千年的漢字意義重大，這是一場跟上世界文明潮流、使漢字不致被排除在外的革命。陳堃銶了解到在「748 工程」中，已有五家單位在研製精密漢字照排系統，這五家分別是上海印刷技術研究所、中華印刷廠、北京新華印刷廠、清華大學計算機系、中國科學院自動化研究所，這五家都實力雄厚，並且還有諸多合作夥伴。

這是國家工程，與獨立的個人無關，更與病人無關。

但王選一眼便看到這五家單位的致命缺陷，王選準備單幹。

主機一旦啓動，王選進入了從未有過的計算機般的工作狀態，以個人之力查看了大量資料：世界上第一台手動式照排機是 1946 年在美國問世的，第二代是光機式照排機，第三代是陰極射線管照排機，如今已發展到第四代激光照排機：字模以數字化點陣的形式存儲在計算機中，輸出時，用受控制的激光束在底片上直接掃描打點。西方從第一代機發展到第四代機，經過了漫長的 30 年。五家單位包括背後的專家纛，當然也知道這個進程。但王選一人單挑五家，單挑國家工程，他不相信這種事情能靠協作、集體完成，這是個人的事，或者天才的事。反過來在許多人看來，王選的個人行為無異於天方夜譚，堂吉訶德戰風車。甚至這堂吉訶德不但

瘋，而且病。

　　精密漢字照排系統的方案，其創造性、先進性和可行性是能否研製成功的關鍵，上述五家恰恰在這三個方面都存在着嚴重的缺陷；王選很想告訴他們——第三代西文照排機已在西方大量推廣，第四代機也正在一些技術先進的國家加緊研製，中國的五家單位，你們選擇的是二代機與三代機，即使費了九牛二虎之力研製出來，又有多大價值？此外，王選想說，更重要的一點是，五家在漢字字形存儲方面採取的全部是模擬存儲方式，而不是數字，模擬存儲方式能解決存儲和輸出等技術難關嗎？但如果一個多年的「病人」告訴他們這些，他們會改變嗎？不要說改變，面對這樣一個說話都上氣不接下氣的人，即使五家單位的「專家羣」不把王選看作堂吉訶德，也會把王選看作一個貨真價實的病人。

　　但王選不是堂吉訶德，某種意義上也不是病人，而是天才。

　　是孟子所說的天將降大任的那種人，甚至有過之。

　　王選的目光掠過第一代、第二代和第三代照排機，直接瞄準了國外正在研製的第四代機——激光照排。王選知道（好像那五家單位不知道似的）最早開始研製激光照排機的英國蒙納公司（Monotype 公司）對四代機剛剛進入試製階段，尚未形成商品；日本雖然搞出了第三代照排機，但功能很不完善，僅能勉強應付日文中的少量漢字。這是挑戰，也正好是機會，跟在別人後面往往是集體的行為，是一致的看得清的行為，也是平庸的行為，這便是王選和五家單位的區別。在這個意義上說，

創造性很多時候不來自集體，相反很多時候集體會內耗掉遮蔽掉其中的天才。很多時候，個人即意味着自由，而創造性的工作與自由直接相關，創造怎麼少得了自由呢？這是一對天生的孿生姐妹。千年以前，宋代畢昇發明活字版印刷術是個人行為，在這個意義上無論如何我們個人化的行為太少了，在印刷術上千年後繼無人。世界從 20 世紀 40 年代起，古老的印刷術便融合當代的機械、電子、光學等先進技術成果，把照排技術發展到了第四代。這種技術與計算機相連，組成編輯排版系統，取代了鉛字（泥字），實現了書報自動排版，大大提高了生產率。目前激光照排機直接製版的前景事實上更加誘人：激光束直接打在感光版材上，經自動處理後即可直接膠印；底片的顯影、定影及製版等一系列工序都可以免除，勞動生產率還將進一步提高。但是在畢昇的故鄉中國，卻仍在按照 1488 年德國古登堡的辦法：以火熔鉛，以鉛鑄字，以鉛排版，以版印刷，仍停留在 500 年前歐洲中世紀的「鉛與火」時代。王選直接延續宋朝的個人創造精神，挑戰世界。其實，就根本而言，王選誰也沒挑戰，他挑戰的是自己。

當然，把古老的象形文字——常用字 3000 字以上，非常用 7000 字以上—融進電子計算機，時間跨度達千年，談何容易？況且漢字印刷用的字體、字號又特別多，每種字體起碼也需要 7000 多字，每個漢字從特大號到七號，共有 16 種字號。如果考慮到不同字體和不同字號在內，印刷用的漢字字頭數高達 100 萬字以上。因此，漢字點陣對應的總存儲量將達 200 億位。這是一個嚇人的天文數字，難怪五家單位的五個技術專家蝟在一起做。

即使畢昇活在當世，他能應對嗎？

　　能，這就是王選的感覺。事情常常就是這麼弔詭，正常人覺得不能的時候病人覺得能。必須找到一種方法，對漢字信息進行大大壓縮，這是關鍵的第一步。王選唯一擔心的是自己的身體，靈魂過分強大，身體往往不堪使用，他的身體能支撐他嗎？自從確立了「戰風車」的目標，王選常常整夜整夜不睡覺，坐着研究不行就躺着研究，幸好有陳堃銶，簡直就是他的另一半，他們太相像了。兩個病人的能量絕非兩個正常人能比的，因為愛是一種化學反應，是那個時代最大的正能量。陳堃銶早已習慣了王選，兩人奇跡般地完全達到兼容，甚至很多時候他們就是一個人。王選着了魔似的拿着字典，查報刊，在牀上翻來覆去、苦心孤詣研究浩如煙海的漢字：字形的特點，規律，沒有規律的規律，沒有邏輯的邏輯。不能按西方的邏輯分析，那樣永遠走不通，中國文明有自己的奇怪的邏輯。

　　但是說怪也不怪，不過是自成體系。只是要用這種自成一體的體系思考出一種規律性的東西，西方性的東西，即計算機性的東西，老實說當時整個中國恐怕也只有王選與陳堃銶這樣奇跡的組合才能做到。為什麼說千年等一回？為什麼說雙重的千年等一回？就是這個意思。中國文明要過計算機這個坎就需要千年等一回。王選與陳堃銶不是通常的過日子，而是過事業，生活得再簡單不過，但他們慢慢歸納出漢字的橫、豎、折等規則筆畫：它們由基本直線和起筆、收筆及轉折等筆鋒組成；歸納出撇、捺、點、

鉤等不規則筆畫：它們都有一定的曲線變化。有一天躺着的王選氣喘地對陳堃銶說，能不能想辦法對這些筆畫進行統計，看看能否選出一些典型的筆畫，供整套字合用，然後，再研究怎樣用更少的信息描述它們？這樣說的時候，漢字或中國邏輯已然隱現，陳堃銶非常敏感，更有女性對空間想象的本能，認為可行。打毛衣，織帽子，這些陳堃銶也是要做的，而這也是一種空間能力。陳堃銶從印刷廠找來字模稿，將字模稿上面的一個個漢字字形放大，放在坐標紙上，再描出字形的點陣和統計筆段，就像毛活的圖案，發現橫、豎、折的基本部分比較固定，變化的是頭和尾。而頭和尾的樣式不是很多，因此可以挑選出若干個供所有字合用的典型。但撇、捺、點這些不規則筆段，筆畫變化太多，很難挑出幾種可供所有漢字合用的典型。

王選拿着一張張字模稿，輾轉反側，寤寐思服，也正在此時，慢慢的，在漢字古老的邏輯中，亦即中國的邏輯中，王選的西方邏輯——高等數學，發揮了作用：兩者神奇地幾乎不可能地在融合，在對接，在交互。而融合點正是用類似數學拓撲學的「輪廓」來描述漢字字形：用折線輪廓逼近漢字字形，然後在輪廓上選取合適的關鍵點，再將這些點用直線相連，成折線，用折線代表漢字的輪廓曲線，只要點取得合適，就能保證文字放大或縮小後的質量。

這就是王選想到的：數字與漢字的結合。

無論古老漢字多麼桀驁不馴，還是被數學描述了。

然而，在進行字形變倍實驗時筆畫出現了粗細不均，特別是橫、豎、

折這類規則筆畫最甚，明顯影響了文字質量。為了保證筆畫的勻稱，需要對這些筆畫進行特殊控制。王選與陳堃銶粗略統計，漢字中規則筆段的比例佔差不多一半，一套七八千字的字模會包含幾萬個橫和同樣多的豎，但分類後可能就只有幾十個類型的橫和豎了。王選精密的腦子運行到這兒，一個絕妙的幾乎自動生成的設計又一次形成了：他氣喘吁吁，上氣不接下氣，分了幾次才把想法說完：

「我們可以用參數方法描述規則筆段，就是把筆畫的長度、寬度、起筆筆鋒、收筆筆鋒、轉折筆鋒——橫肩、豎頭、豎尾，還有，筆畫的起始位置等用參數編號表示。其餘撇、捺、鈎、點不規則筆段仍用輪廓表示，這樣不但可以保證字模變倍時橫、豎、折等筆畫的勻稱，解決文字變倍後的質量問題，還可以使信息進一步大大壓縮⋯⋯」

王選起來喝了一大口水，躺下來，接着說：

「另一方面，由於我們可以實現不失真的變倍，不必把所有的字號壓縮信息都存到計算機裏去，可以只選擇其中一兩種有代表性的字號，放大或縮小變出別的各種字號，這樣就能達到更高的壓縮倍數！」

陳堃銶不但在家幫助計算，還把壓縮信息拿到系裏計算機上進行各種模擬實驗。陳堃銶驚訝地發現，這種「輪廓加參數」壓縮信息表示法，達到了信息最大限度的節省，使漢字信息存入計算機的問題迎刃而解！

陳堃銶把這個消息告訴了喘息的王選。

自己激動得也有點喘。兩人的目光完全一致，是激光。

兩人馬不停蹄，又設計了壓縮信息的緊湊形式，陳堃銶用黑、宋、仿、

楷四種字體的十種字號，以及長宋、扁宋、長黑、扁黑等點陣的總存儲量與壓縮後的存儲量相比，發現總體壓縮倍數達 500 多倍。到了最關鍵時刻，即如何使存入計算機的壓縮信息還原成字形點陣。陳堃銶白天還要去上課，王選就一個人或坐或臥或在屋子中轉磨，或在牀上輾轉反側。有一天陳堃銶剛回來，王選大聲說，我想出辦法啦！由於聲音過大，停了好半天才說：「我們，可以用數學公式的推導，推導出一個壓縮信息復原的遞推公式！」

兩人馬上按王選說的驗算，得出的結果驚人的漂亮。試驗了一批字，無論放大縮小，完全一樣，分毫不差，毫不變形。數字與漢字，東方與西方，兩種不同的文明在王選的身體裏以科學的方式融合。誰能想到，這種融合竟然選擇的是王選這樣一個病體？誰又能想到上天又送給他一個仙女？

確如愛因斯坦所說，上帝是微妙的。

前　夜

1975 年 5 月，王選寫出了「全電子照排系統」的建議手稿，提出採用數字化存儲和高倍率漢字信息壓縮技術，並採用小鍵盤輸入。當時北大數學系的負責人黃祿萍先生看到王選的手稿很是驚訝，認為「茲事體大」，由他主持了一次方案介紹會。那次會議北京大學無線電系、校圖書館和印刷廠都派人參加了。王選寫的方案本應由王選介紹，但是他身體太虛弱，

平時都不停地喘粗氣，說話困難，何況上台面講話？以王選的性格硬撐行不行？也行，但報告人如此虛弱，會不會讓人懷疑方案本身？但陳堃銶認為這是王選展示自己的一次機會，很難得。不過兩人商量來商量去，王選最終還是決定自己不出面，由自己的另一半陳堃銶介紹。關鍵是不能因為自己的虛弱讓人懷疑方案，而陳堃銶完全可以代表自己。此外一個長期吃勞保的人大家都習慣了，王選不去也好，或許還能增加一重神秘的色彩，健康人做不到的事一個病人卻做到了，這不神奇嗎？如果王選出面反而不會有這種效果。兩人對此進行精密計算，陳堃銶把手稿打印出來，交給了校領導。

會議開得果然如他們所料，方案精彩，人們議論紛紛，特別是印刷廠的人將方案帶回印刷廠，引起印刷工人強烈反響：「嗨，聽說了嗎？無線電系有個病號想出一個絕招。不用檢字，不用鑄鉛，一按鍵盤就能排出版來！」「真的？那咱搞印刷的可就成神仙嘍！」「這病號不是在說夢話嗎？」「哪能呀！人家是在大會上正式宣佈的⋯⋯」工人們的反響很快傳到王選的耳中，王選靠在牀欄上興奮得連連搓手，異常激動，以致雙頰泛起紅暈。儘管是病人的那種紅暈，但無疑也是一種前所未有的生氣。這生氣在王選 1954 年 17 歲負笈北上時有過，1959 年以前也還有過，此後這是第一次。

王選的方案在北大領導層通過，「全電子式自動照排系統」被正式列為北大科研項目。學校決定從無線電系、數學系、物理系、中文系、電子儀器廠及印刷廠等單位抽調人力，組建研究班子。一個病人，一個長期吃

勞保的人立起一個項目，帶起了一個羣體，也算是當時北大的一個傳奇，神秘效果比王選預料的大得多。

王選的方案傳到四機部「748 工程」辦公室主任郭平欣那裏，郭平欣是計算機專家，那時正好已意識到五家單位漢字字形模擬存儲問題很大，而數字存儲才符合技術發展潮流。郭平欣敏銳地意識到，王選的研究成果屬於漢字信息處理的核心技術，如果真有突破，意義重大，前途未可限量。

但那是 1975 年，是「文革」結束的前夜，北京大學並沒形成真正的科研學術氣氛，一些人也不認可他這個吃勞保的病人，除了數學系，王選所寄予了厚望的無線電系、物理系、中文系大都反應冷淡。只有數學系派出兩位教師，其中一位還是陳堃銶，另外是一個年輕人。從 1975 年夏天到 1976 年底，科研班底始終沒能完全組織起來。即使已經調來的人對計算機也不熟悉，要重新開始，而真正懂計算機的只有王選和陳堃銶兩個人。

不過王選與陳堃銶早已習慣了個人方式，有時相視一哂，繼續他們的家庭式研究。上次呈交的手稿僅僅是一個設想、一個粗略的計劃，要使計劃落實，首先得使方案具體化，就如他們每天對自己的具體化一樣。

每天，王選趴在桌子上，戴着眼鏡，同時用放大鏡分析漢字字形規律，進行繁雜的統計和比較。更多時候趴在牀上，或側臥在牀上，隨時依據身體的狀況調動自己的身體。多年來這些都已不在話下，沒有他不能工作的地方，就這樣王選精確地計算着漢字不同筆畫的曲率變化，再分類合併，

進一步提高壓縮漢字信息的數量。這種拓撲學性質的工作使王選成為完完全全的漢字專家，且是與歷史上所有漢字專家不同的專家，劃時代的專家。漢字字形五千年來可以說沒有真正的研究者——漢字是一種科學，誰曾這樣想過？

即使從沒人認為這是科學，也要將它變成科學！

這就是王選要做的。

事實也是這樣：沒有科學進入不了的事物。而科學已成為王選的本能，他的存在的方式，以及理由。由科學的視角審視漢字，非王選莫屬，特別是還有神奇的另一半，上天派來的陳堃銶，就更非王選莫屬。身體不好，但也沒更壞，似乎也是科學止住了某種東西。

經過幾個月的奮戰，王選以驚人的智慧和頑強的毅力，終於探究出漢字造型的奧秘，使龐大嚇人的漢字字形的信息量驟然壓縮成了五百分之一！那麼被大大壓縮了的漢字信息，能否精確地復原？為此王選在發明了高倍率壓縮方案的同時發明了一種巧妙的復原辦法。除此之外王選還發明了一種失真最小的文字變倍技術，使漢字字模具有「七十二變」的本領：能胖能瘦、能高能矮、能大能小。王選像魔術師一樣，運用神秘的數學利器，使龐大的漢字字模隊伍縮減成五百分之一後，終於能自由自在地跳入電腦之中，可隱可現，隨時聽從主人的召喚，為漢字精密照排系統的研製，掃除了最大的障礙。

1975 年 9 月，王選的高倍率字形信息壓縮技術和字形的高速還原技術進一步成熟。陳堃銶將此帶到系裏實驗室用於實踐，通過軟件模擬出了

「人」字的第一撇。

「人」字的第一撇，看起來多麼簡單，嬰兒都能寫。但那是用筆寫，如今王選和陳堃銶通過軟件模擬出來，堪稱石破天驚的第一筆！這個「人」字的一撇甚至具有隱喻的意義，在我們的文明中第一次以如此科學的方式出現，而王選與陳堃銶身體力行地建構着這個「人」，包括全部的內涵。

王選是一撇，陳堃銶是一捺，剛好是一個完整的「人」。

更是一個大寫的「人」。

此後王選和陳堃銶又做出了「方」和「義」兩個完整的字，都取得了驚人的成功。這兩個字如同他們生育的「子女」，它們向世界表明：漢字與數學不可思議地融合了！中國文明與世界不可思議地融合了。

王選和陳堃銶一生沒有孩子（似乎也是宿命），而漢字就是他們的孩子。他們的確不是常人，如果不來自外星也是來自某種使命。1975 年一般人還不知計算機為何物，即使知道也想不到其對漢字的意義，兩個病弱之人就已經奇跡般地超前地為未來工作着，在這個意義上他們真的有外星人的特徵。

1975 年 11 月，一次規模空前的照排系統方案論證會在北京宣武區北緯賓館拉開了序幕。「748 工程」之「精密漢字照排系統」項目連同 100 多萬元的科研經費，都已下達並發放給了北京出版局和北京新華印刷廠，論證會由這兩家主持。會議在北緯賓館連續幾天舉行，先是方案介紹報告會，再進行分析論證。

這實際上是一次比武大會，全國各地研製漢字精密照排系統的單位帶着各自方案和成果相聚北京，登台獻藝，比拚方案。會議除了概括介紹了日本的照排系統外，還介紹了前面曾提到過的國內五家研製方案。

北大派出王選、陳堃銶參加了會議。這次王選必須參加，不容爭辯，這次會議太重要了。王選與陳堃銶為會議準備辛勞多日，暈與喘，在北緯賓館的房間因為忽略不計反而有種奇異的效果，像一種和聲，彷彿少不了似的。他們志在必得，拿出了最新成果：一個用字形信息壓縮方案，加以軟件還原、寬行打印機打印的「義」字。

「義」字由兩張寬行打印紙拼接起來，展開有五六十厘米見方。之所以選擇「義」，是因為這個字的壓縮信息簡單，卻又包括了撇、捺、點三個不同筆畫。

與會的科學院自動化所介紹了正在研製的飛點掃描三代機方案，新華印刷廠介紹了與清華大學合作的二代機……五家單位都介紹完，陳堃銶和王選上場。他們倆一個暈一個喘，王選認為暈眩不妨事，比喘息好，別人不會聽出來，還是把介紹的任務交給了陳堃銶。陳堃銶如入無人之境，如在雲中，但聲音異常清晰，是一種超現實的，天使般的聲音。

與其他單位相比，北大方案新穎奇特，大放異彩。其中的高倍率信息壓縮技術，及漢字點陣還原技術轟動了會場。用會議主持人的話說，北大把技術人員全部給俘虜了！

但是，請注意，這是技術人員的肯定。

出版界的人對此有點一頭霧水。出版界人的頭腦由於長期接觸的都是

二代機的機械原理方案，對王選、陳堃銶這兩個「天使」級人物以及他們冷不丁冒出來的數學方案（過去完全沒聽說）能否變成現實深表疑慮。儘管一同來的北大技術人員用計算機展示了模擬實驗的結果，但那些守舊頭腦仍認為北大的方案只是一種離奇的幻想。

出版界的人權重很大，王選的方案竟然遭到淘汰。

獲得的科研經費可能也消失。

他們太需要科研經費了，事實上他們是在沒有科研經費的情況下做科研的，一個人還只有勞保工資。為查找資料，王選拖着病體乘 302 公共汽車奔波於北大與位於和平里的中國科技情報所之間。北大到情報所車票是二角五分，少坐一站就可以節省五分錢，每次王選都提前一站下車，步行到情報所，為的是節省五分錢。別看王選還不到 40 歲，差不多每次上車都有人給他讓座，如果沒人讓售票員就會喊：「請哪位革命同志給這位乘客讓一下座？」王選坐下後淡淡地道謝，不是不熱情，實際是無力氣。而走那一站的路程，王選需要歇上好幾次，他時常扶着電線杆子站一會兒。無論多麼衰弱，王選沒有乞憐的樣子。他並不覺得自己老，事實上也不老，他戴着很大的黑框眼鏡，扶着樹，注視前方。或許應該有王選扶着樹（電線杆缺少美感）望着情報所這樣一張油畫，只是不知誰能畫出王選此時的樣子？

很遺憾，我們缺少這樣的畫家。

事實上也缺少這樣的作家。

王選的科研並沒停下來，發生什麼都不可能停下來，科學探索有功利的一面，也有無功利的一面。事實上後者更體現科學本身、人性本身。人生來就是要探索這個世界的，探索未知的，在未知中探索自己，並完成自己。

陳堃銶對王選說：「下次還是你介紹吧。」

王選說：「不是介紹的問題，我們沒問題。」

可笑的是這一年年底，反擊「右傾翻案風」，所有人都要參加，本就人員稀少的「會戰組」也要參加運動，工作完全停頓下來。王選對陳堃銶說：「我的編製雖在無線電系，但我是『吃勞保』的全休病號，沒人管我，就是管我也不去。」那時王選已經很硬氣，不知哪兒來的一種硬氣，反正已經有了一種無所畏懼的東西。這種東西過去只體現在他的科學探索上，現在已體現在他的整個人的精神氣質上。的確，1975 年，1976 年初，時代、人們，已多多少少都有了一點這種硬氣。不獨王選，這種硬氣不久就體現在天安門廣場上。

王選對陳堃銶說：「所有政治活動我都不參加，不用參加，正好我可以集中精力完善方案。」

1976 年在王選這裏的大事記是：高倍率漢字信息壓縮技術、高速還原技術及不失真的文字變倍技術都已經相當成熟，漢字筆畫的處理，壓縮信息，高速還原，文字高倍方法都有突破。經過反覆驗證，在中文系協助下，王選做了大量的文字實驗，每種技術都用了多種方法來試驗，從中選出最佳方案。

王選在完成這些令世人驚歎的發明時，還完成了另一項創新──多級存儲器的調度算法。至此研製「漢字精密照排系統」的重大技術難題事實上已在「文革」結束前夜，被王選全面突破。

　　北緯賓館會議之後，新華社作為二代機的最大用戶，通過一個階段的試驗發現問題很大，不僅速度慢、靈活性差，而且故障重重，根本無法滿足新聞紙的印刷要求。這是王選早就料到的，事實上也曾指出過。四機部「748工程」辦公室主任郭平欣一直沒有放棄王選的方案，在種種失利後，經過一番更為詳盡的調研，對北大王選的方案他已深信不疑。

　　沒有什麼鐵板一塊的東西，裂縫多了就會分崩離析。

　　1976年6月11日。郭平欣主任、國家出版局副局長沈良、「748工程」辦公室的毛應、張淞芝及新華社的一干人，來到北京大學計算中心觀看王選、陳堃銶的模擬實驗。既是官員又是計算機專家雙重身份的郭平欣一聲不響地注視着寬行打印機輸出的字樣。郭平欣挑了十個字，分別是：山、五、瓜、冰、邊、效、凌、縱、縮、露，後來又加了一個字：湘。這是行家挑的11個字，從簡到繁，包括了漢字的主要結構與筆畫，能打出這11個字就能打出所有的字，出報就沒問題了。郭平欣目光苛刻，挑剔，像最嚴格的主考官，一個字一個字、一筆一畫地仔細觀看。每個字都由兩張寬行打印紙拼接而成，規範漂亮，筆鋒光滑，雖然放得很大，但幾乎看不出有失真的地方。更重要的是，郭平欣要求一個字只要壓縮在1K，也就是120字節以內就可以了，而實際上壓縮倍數比這要大，結果卻比期待的還要好。

郭平欣嚴格地笑了，換句話說他的嚴格還掛在眉梢上，但卻滿意地笑了。郭平欣與喘息的王選和眩暈的陳堃銶及其他操作人員一一握手，讓王選保重身體。

1976 年 9 月 21 日，「四人幫」崩潰前夕，在郭平欣的建議下，張淞芝手書了一個通知，把「748 工程」中的漢字精密照排系統的研製任務正式下達給北京大學。經電子工業部副部長批准，郭平欣親自簽發了這個通知。之後郭平欣又親自出馬為王選聯繫了協作廠家，為日後的正式投產準備好條件。

至此，中國印刷術第二次革命終於艱難地拉開了帷幕。

高　峰

漢字信息高倍率壓縮是一座高峰，王選逾越了之後，第二座高峰就是要解決高精度的輸出裝置。當時王選唯一能借鑒的，只有三代機的陰極射線管輸出裝置，它可以把一頁版面掃描在熒光屏上，在底片上曝光。這樣不但輸出速度快，而且能同時輸出黑白圖片和照片，但製造這種顯像管和掃描電路的技術複雜，對底片靈敏度的要求也非常高，這個方法後來被王選否定了。

王選與陳堃銶繼續尋找，了解到郵電部杭州通信設備廠製成報紙傳真機，並已投入實用，報紙清樣可以在北京通過傳真機傳送省市製成底片，

再製版、印報，這是個線索。但傳真機用的光源是錄影燈，輸出質量受到了很大限制，還是不可行。科學探索就是這樣，不斷地試錯，不斷地證偽，不斷地在黑暗中前行。王選從文獻上得知，英國蒙納公司（Monotype）正在研製第四代激光照排機，不過因技術沒過關，沒能成為商品，這是個打擊。但很快王選與陳堃銶在一個展覽會上見到杭州通信設備廠的傳真機，心有靈犀的他們一下被吸引了：這種報紙的傳真機幅面寬，分辨率高，對齊度好，王選一下想到激光照排系統，一個念頭冒出來，對陳堃銶說：「如果把報紙傳真機的錄影燈光源改為激光光源，不就變成激光照排機了嗎？」但光學上王選是個外行，必須找個內行問一問。回到學校，王選立即請教本校物理系光學專家張合義：「你看，能不能把傳真機中的錄影燈光源，改為激光？並且，把分辨率從原來的 20 線每毫米提高到 24 線每毫米？這樣大概就能進一步提高輸出質量，不僅滿足出報要求也能滿足更高的出書質量要求，你覺得這可能嗎？」張合義的回答是肯定的，王選驚喜異常，臉上再次泛出紅暈。

因為王選眼睛放光，張合義眼睛也開始放光，陳堃銶注意到了，同樣放出「激光」，三束光線交叉，是時代最奇異的光。

王選立即着手激光輸出控制器研究，這是個難題，但已沒什麼難題能擋住王選。王選的身體居然進一步恢復，雖然依舊喘，但精力充沛，坐着的時候也比躺着時候多，走路也不用扶牆，陳堃銶對眩暈也已習以為常，什麼也不妨礙。王選在陳堃銶的凝視下設計出了「挑選式讀帶寫鼓」方案，為加快復原速度，還設計出了「按索引取一行字模壓縮信息讀入磁心存儲

器」方法。但內容存量放不下一張報紙仍是最大的問題，王選手捧《光明日報》終日冥想，有一天眼睛再放異彩，終於想出了「分段生成字形點陣並緩衝」的高招。

但新問題又出現了（事情往往如此）：用杭州通信設備廠滾筒式傳真機改裝成的照排機，滾筒的轉速不能太快，結果每秒鐘僅能輸出 15 個字。速度太慢了！速度成了關鍵問題，怎麼才能提高輸出速度呢？困難不斷，靈感不斷，靈感與困難伴生，王選的生命能量這段時間達到了頂峰：他那有節奏的喘息已不是病態而是某種音樂，某種不可或缺的生命伴奏，這種能量的生成是任何人都沒有的一種天賦！1976 年，11 月，深秋，火紅的柿子掛上枝頭，北大的陽光彷彿宋代的陽光，一派澄明，古老，永恆。一天，隨着移動陽光，又一個靈感突然閃進王選腦海：如果把一路激光改成四路激光在滾筒上掃描，輸出速度就可以提高三倍！

這是一個天才的想法，或者說，一個天才的動機。

當然，只是動機。但動機有時不就是天才嗎？

偉大的音樂最初也只是源於一個動機，偉大的小說也是，許多偉大的初始的東西都是一個動機。那麼剩下的不過是一道道關口，王選深知，困難已不在激光輸出控制器，而在於光學系統。

幾天以後，王選參加聲討「四人幫」大會，在辦公樓前碰到了張合義。張合義這年秋天也參加了「748 工程」會戰組，專門負責激光輸出，聽到王選天才的想法非常振奮。張合義是一位理論功底深厚、操作能力很強的光學專家，經過短暫的思索之後，當即肯定四路激光平行掃描的

設想可行！

分手之後，張合義很快就把方案設計出來了。張合義運用光導纖維耦合的辦法，保證四路激光準確定位。四路激光平行掃描方案，使輸出速度果真就像王選想的，提高了三倍：從原來的每秒鐘 15 個字，一下子提高到了每秒鐘 60 個字，完全達到實際應用標準。

王選致力於突破一個個硬件難關，陳堃銶則像是一個方面軍的指揮員，為研製排版軟件絞盡腦汁，四處奔忙。這位體態嬌弱、智力過人的女性可以說是中關村——當然也是中國第一代計算機軟件方面專家，承擔着激光照排系統中大型軟件的總體設計。當時美國和日本的排版軟件大都是只能出毛條，再用毛條拼成版面，只有極少數的排版系統能整頁輸出、自動成頁、自動添頁碼。陳堃銶設計軟件目光瞄向國外最新水平，不但要整頁輸出、自動成頁、自動加頁碼，還增添了聯機修改的功能，以便在熒光屏上顯示出修改後的小樣。

1976 年底，王選寫成了《全電子式精密照排系統》及《全電子式漢字照排系統後處理部分》，陳堃銶設計了其中各個部分軟件間及軟件與硬件（非常像王選與陳堃銶）之間接口的數據結構，並設計完成了書版的批處理排版語言，將排版程序分解為兩次掃描，至此，漢字激光照排系統的總體設計方案基本形成。王選和陳堃銶繞過了二代機和三代機在機械、光學等方面的巨大技術困難，大膽選擇了別人不敢想的第四代激光照排。西方從鉛排到激光照排，其間經過一代手搖照排，二代光學機械照排，三代陰極射線管照排，王選和陳堃銶一步跨越了西方走過的 40 年。

這是一個病人嗎？不，是兩個病人，兩個病人做到的。

上天沒選擇那五家單位，包括五家單位的專家羣。或許上天讓五大單位的專家羣分別走上歧路，把天上的路徑留給了兩個相愛的病人？或者他們的病也是上天賦予的？不，如果非說是，也是一種悲天憫人。但誰又能夠悲天憫人？當然，這是一種迷思，這種迷思不符合科學，不符合精密的軟件字正腔圓，硬件細至毫顛，但迷思依然會在讀者身上存在，因為有些東西的確不可思議。

迷思還有，王選做了如此多的工作，那時卻還是一個吃勞保的人，拿的還是勞保工資。因此，當新的一年到來之際，1977 年元月，王選意外地領到了 100 多元的補發工資。直到這時所有人才覺得是一件怪事，不過這也的確不能全怪單位，王選與陳堃銶在電子計算機上是明察秋毫的專家，但他們也一直忘了王選已可以找領導申請中止勞保工資，改為正常工資，最終還是單位想到了這點。

王選拿着 100 多元的工資，怔了半天。

說實話，他已習慣了勞保工資，甚至身份。

絕　唱

1979 年 7 月 27 日清晨，陽光燦爛，未名湖湖光瀲灧，北京大學漢字信息處理技術研究室的計算機機房感受着湖水折射的雙重光線，同時洋溢

着緊張而又熱烈的等待氣氛。身穿白罩衫的工作人員一聲不響地圍在樣機四周，用期待的目光注視着神秘的樣機，沒有人走動，更沒有人說話，只有計算機鍵盤不停地發出輕巧的嗒嗒的敲擊聲。轉眼間，只見從激光照排機上輸出一張八開報紙的底片。兩個年輕人忍不住擠了過去，只見裝有底片的暗盒被拿進暗室，於是，年輕人又擁在暗室門口焦急地等待着，不斷有人喊：好了沒有？

暗室的門終於打開了，人們爭先恐後，搶着看那張剛剛沖洗出來的大底片。

王選滿面通紅，使勁兒抑制着心跳與喘息。陳堃銶在他旁邊，留心着底片也留心着王選，雖然自己時有幻覺，彷彿感受着三重陽光。底片從一個人手裏傳到另一個人手裏，贊歎聲與歡叫聲此起彼伏。這時候，報紙的樣張終於印出來。「漢字信息處理」六個大字，赫然佔據着報頭的位置。橫豎標題錯落有致，大小十來種字體，再配上精心安排的表格、花邊，使版面美觀大方，端莊悅目。人們歡呼雀躍，慶祝自畢昇之後千年的誕生。

1979 年 8 月 11 日，《光明日報》頭版頭條通欄標題：「漢字信息處理技術的研究和應用獲重大突破。」副標題是：「我國自行設計的計算機—激光漢字編輯排版系統主體工程研製成功。」

報紙還在頭版編發了評論員的文章和小報的照片。

人們知道了王選，王選一夜成名。

沒人知道陳堃銶。沒人知道陳堃銶做了什麼。王選後來不知道自己

名聲怎麼那麼大，不知道名聲怎麼都集中在自己身上。王選聲名最顯赫的時候，有記者採訪王選，王選突然說起妻子。那時王選榮譽等身，摘得了第 14 屆日內瓦國際發明展覽會金牌獎、聯合國教科文組織科學獎、國家最高科學技術進步獎；擔任了「三院院士」：中國科學院院士、中國工程院院士、第三世界科學院院士，還身兼全國政協副主席、九三學社中央副主席。

王選忽然對記者說：「我的妻子，陳堃銶，那時我負責系統和硬件，她負責整個軟件的設計。有十多年，她是整個軟件的負責人，在這個項目裏頭她的貢獻和我差不多，也是激光照排的創始者。如果不是她自己一向低調，你們其實更應當報道的是她！」

記者說人們習慣聚焦一個人。王選說：「這是不對的，事實不是這樣。唐三藏取經，九九八十一難，這是我們一同取的經。我總覺得我剝削了她：兩人的榮譽加在了一個人身上。」

1980 年夏天，陳堃銶的軟件的核心部分全部調通。計算機激光漢字編輯排版系統成功地排出了樣書──《伍豪之劍》。全書只有 26 頁，但字形優美清晰、封面古樸典雅，這是用國產激光照排系統排出的第一本漢字圖書。該書從文稿輸入、編輯排版、校對修改到加添頁碼等一系列工序都是在計算機控制下自動運行的。沒有動用一個鉛字，也沒有經歷鉛排所必不可少的檢字、拼版、打紙型、澆鉛版等一系列煩瑣的工序，更沒有熔鉛、鑄鉛這類有毒作業。

它是中國印刷史上第一次完全甩開鉛作業，用激光照排系統印成的圖

書。王選和陳堃銶望着那本色彩雅緻的淡綠色樣書，再次長長地舒了一口氣，臉上都露出了勝利的健康的微笑。方毅副總理接到書，抑制不住喜悅心情，愛不釋手地翻看了樣書，又把樣書帶到中央政治局，分贈給了每位政治局委員。這些貌似平凡的綠色小冊子，向中國最高領導層傳遞了一則重要的信息：北京大學有一位名不見經傳的年輕助教，已經在首都引發了一場劃時代的漢字印刷術革命！

鄧小平也沒有忽略這一信息，當即寫下「應加支持」的批示。1980年10月方毅帶着鄧小平的批示來到北大，向王選及全體研製人員表示了衷心的感謝。陳堃銶在全體人員中笑，王選向副總理欲言又止，又看了一眼陳堃銶。

回到家後陳堃銶對王選說：

「行了，就這麼定了，以後不要提我，就是你一個人。」

王選咕噥：「是我們兩人。」

「兩人太複雜了，」陳堃銶說，「我們還分嗎？」

是的，兩人不分，當初陳堃銶嫁給王選自己便消失了。

王選也消失了，他們變成一個人。

任何一個人都是他們倆，儘管外人不知。

1980年10月，香港電子計算機學會和國際中文電子計算機學會在香港怡東飯店主辦了1980年國際電算機學術會議。來自美國、加拿大、日本、韓國、聯邦德國、丹麥、中國、中國香港與中國台灣等國家和地區的專家

學者約 100 多人，聚集一堂，交流電子計算機處理漢字資料的經驗和學術成果。王選隨同中國電子工業部的一個代表團前往，團長是錢偉長教授。

王選沒出過國，他的英語是靠聽電台自學的，那次是他第一回在大庭廣眾之下用英語講話，身邊又沒陳堃銶，非常不安。結束 15 分鐘講演時，他忐忑不安地甚至又有些喘地說：「我的英語講得不太好，請原諒，謝謝大家！」

1985 年 5 月，中國計算機界、新聞界和出版界 100 多名專家，出席了國家經委主持的鑒定會。專家們對華光 II 型計算機－激光漢字編輯排版系統進行了嚴格的測試和審查，之後鄭重宣佈：王選的「華光 II 型激光編排系統」是我國研製成功的一項具有國際先進水平的重大科研項目，開創了中國印刷技術發展史上的新紀元。

1986 年 4 月，華光 III 型系統參加第 14 屆日內瓦國際發明展覽會，為中國捧回金牌。1987 年 5 月 22 日，《經濟日報》印刷廠的激光照排車間誕生了世界上第一張整頁輸出的中文報紙，在明亮的照排車間裏，人們再聽不見鑄字機單調乏味的嗡嗡聲，打字機的隆隆吼叫聲，再也看不見毒霧瀰漫的熔鉛爐，以及烏黑的排字架。原來的檢字姑娘現在身穿雪白的罩衫，坐在顯示屏幕的前面，輕巧地按動電鈕，以每分鐘 130 ～ 150 個字的速度把文稿輸入電腦，再由組版員組版，轉瞬間標題和正文安排妥帖，組成漂亮的版面。如果對組好的版面不滿意，還可以通過鍵盤隨意增刪修改，直到滿意為止。之後組好的版面輸入激光照排系統的主機，輸出一張跟報紙版面一模一樣的膠片，然後把膠片送到製版車間，製成 PS 版或樹脂版，

置入印刷機之後，即可以大量印刷了。排版出報過程變得如此輕鬆，在那個年代，如果不是親眼所見，令人難以置信。

1988 年底，北大對原有激光照排系統進行了重大改進之後，推出了新 IV 型漢字激光照排系統，並正式命名為北大方正電子出版系統。到 1993 年，方正系統銷售額已達 4 億元人民幣，1995 年，方正集團的營業額已高達 25 億元。1995 年 11 月 6 日，晚上 6 點 30 分，聯合國教科文組織在巴黎總部舉行了隆重的頒獎儀式，副總幹事巴德蘭先生向王選頒發了榮譽證書、獎章和獎金（沒有陳堃銶，王選感覺很虛幻，不知為什麼妻子陳堃銶不能站在一起），巴德蘭先生在授獎前的致辭中，贊揚王選教授主持研製和開發的中文計算機照排系統引起了中國報業和出版業的一場技術革命，為科學技術的應用與發展做出了卓越的貢獻。王選從巴黎載譽歸來不到三個月，1996 年 1 月 29 日，又代表北大方正集團到人民大會堂參加了 1995 年度國家科技獎頒獎大會，北大方正電子出版系統榮獲一等獎。這些獎，榮譽，都包含着另一個人，但是沒人知道。

王選覺得自己剝削了妻子，但陳堃銶很固執。

2000 年 10 月 6 日王選在一次病後寫下遺囑：「人總有一死。這次患病，我將盡我最大努力，像攻克難關一樣與疾病鬥爭……我說過，我一生有十個重大選擇，其實我最幸運的是與陳堃銶的結合，沒有她就沒有激光照排……一旦病情不治，我堅決要求『安樂死』，我的妻子陳堃銶也支持這樣做。」

王選早已看透生死，條件好了也全然不享受，他習慣了節約，儉樸。

20 世紀 90 年代身為三院院士、方正控股有限公司董事局主席的他，仍然住在北大分配的一套 74 平方米單元房裏，傢具主要是書櫃，地上鋪着地板革。他把大部分獎金、獎品都捐獻了出來，小到鋼筆、筆記本、高級手錶、照相機，大到數千、上萬元的支援抗擊非典、救助海嘯災難捐款。2002 年王選用國家最高科學技術獎獎金和學校的獎金共 900 萬元，設立了「王選科技創新基金」，支持年輕一代不斷創新，攀登科技高峰。2005 年，一生病不離身的王選，病情惡化，病魔引起的巨大疼痛時刻啃噬着他。

他腿腫得厲害，行走困難，很難出席公務活動，但仍強忍病痛，盡最後的力氣，寫下了《自主技術產品出口的若干思考》《試談科研成功的因素》《要有超過外國人的決心和信心》等兩萬餘字的文章，就像當年做科研一樣。

當得知科技部副部長要到方正集團考察「網絡出版項目」時，王選吃過止痛片，拖着就要分崩離析的身體來到集團，對科技部官員講：「創新型的企業要有自主創新能力，企業的技術發展與政府支持分不開。網絡出版代表印刷業未來的方向，很希望能夠得到科技部的大力支持，使這一技術像當年的激光照排一樣，在新的技術革命中，起到主導作用。」

這是王選最後一次來辦公室，最後一次公開露面。

王選說：我從 55 歲開始，一年戴一個院士桂冠，一下子成了三院院士，成了權威。我發現人們把時態搞錯了，明明是過去時，搞成了現在時，甚至以為是能主導將來方向的將來時。我 38 歲的時候，在電腦照排領域的研究在國內處在最前沿，在國際上也可以稱得上十分領先，創造了我人生的

第二個高峰，但是那時我是無名小卒，說話沒有分量。我 58 歲時成為三院院士，卻離學科前沿更遠了，靠虛名過日子。我一輩子牢記傑出的物理學家、1904 年諾貝爾獎獲得者瑞利的話，60 歲以後不對任何新思想發表意見，他認為 60 歲以後思想已不活躍，可我們有的已年近毫耋的院士前幾年在報上發表言論說，我國不用建信息高速公路，中國沒有這麼多信息。這位院士的專業與信息領域差了十萬八千里，完全不搭界。院士對自己不懂的領域講話要慎重，不能隨便表態。

王選很少說話，說則沒有任何虛言。

2006 年 2 月 13 日，王選辭世。

同年 3 月 9 日，中國印刷業為這位使中國從「鉛與火」一下躍升到「光與電」時代的時代巨子，舉行了隆重的追思會。追思會開了四個半小時，有 20 位各界人士在會上踴躍發言。會上人們最為期待的還是王選院士的妻子、北大教授、博士生導師陳堃銶能來參加。

但陳堃銶沒來。許多人不解，猜測不出為什麼。其實如果理解陳堃銶當初為什麼嫁給已病入膏肓的王選，或許就能猜出點什麼。

早在 1981 年，陳堃銶也得過一次重病，差一點面對死神。久病的王選從沒為自己的病慌過神，這次卻為陳堃銶慌了神。陳堃銶手術，王選坐在手術室外面的長椅上，一分鐘一分鐘地計算着時間，再不想什麼激光照排的事，他只要妻子。作為一個幾乎沒有私生活、全部時間都交給科研的人，王選睜大雙眼盯着手術室的門一眨不眨，似乎想要望穿手術室大門。

陳堃銶的病讓王選一下子找不到自己了，彷彿失去了通靈寶玉。

王選從來很少回憶往事，但這次回憶充滿了他：這麼多年他關心過陳堃銶的身體嗎？因為久病，他習慣性地不關心自己，也習慣性地不關心別人，彷彿病是太正常不過的事了，是家常便飯。很長時間他甚至忘了當年陳堃銶是怎樣嫁給自己的了，好像再沒想過，但現在想起來，眼淚嘩嘩地流出。

他聽見陳堃銶對他說—

「王選，我們結婚吧！」

「什麼？」

陳堃銶說：「結婚。」

王選首先想到的甚至不是自己的病。

「我父親是『雙料』黑幫──『右派加反革命』……現在正掛牌批鬥，將來會連累你。」

陳堃銶說：「我爸爸也戴着一頂『歷史問題』的帽子。」

「我病成這樣……」

「所以才要結婚。」

陳堃銶在學生時代酷愛音樂，1959 年，電台播放貝多芬《第九交響樂》，她家沒有收音機，就跑到別人家窗外，站着聽到曲終。婚後王選卻沒和陳堃銶聽過一次音樂會，陳堃銶真的變成了另一個自己。

像軟件和硬件的結合，但硬件對得起軟件嗎？

王選淚流滿面。手術室的門終於打開了，王選愣愣地像是在外層空間，

問大夫：「大夫，怎麼樣？」大夫半開玩笑地責怪王選說，「她太瘦弱了，連她身上的癌細胞都營養不良，沒了擴散的野心。」

謝天謝地，王選一下子好像回到了地球。

王選完全放下了「硬件」的習慣，悉心照料「軟件」陳堃銶，每天往返於醫院和家中。連「癌細胞都營養不良」讓王選慚愧，王選向別人虛心請教烹調，不愧是搞科學的，他很快便科學般地準確地掌握了烹調的技術，每天兩次騎車去醫院送菜送飯，頓頓菜都有新招：清蒸甲魚、糖醋鯉魚、乾煸鱔魚絲……新鮮蔬菜更是一頓不缺。每次他一進病房，病房滿室飄香，大夫們對陳堃銶說：「病人裏面就你吃得最好！」陳堃銶身上插滿了輸液管和導液管，不能隨便翻動，每頓飯都是王選精心餵，一口一口地餵，有時餵着餵着，陳堃銶流下淚水。

晚上，王選和衣睡在從鄰居家借來的一把躺椅上。

陳堃銶最終沒參加王選的追思會，但是發來了短短的致函：

「按照王選本意，他只想悄悄地離去，不願為他舉行任何儀式和活動，以免浪費大家的時間和精力。但現在社會各界紀念他，並給予很高的評價，我想他若地下有知，定會感到當之有愧。」陳堃銶這麼說也沒人怪陳堃銶。

因為也只有陳堃銶能這麼說。

陳堃銶大概不願和別人一起追思，王選只屬於她個人。

但也可能並非完全如此。

手記八：千年裝置

非虛構寫作，某種意義上有點像從事裝置藝術，兩者用的都是真實的材料。換句話說所有的局部都非常真實、現實。裝置藝術是近二三十年才發展成熟起來的藝術，現在看任何一個美術展覽都少不了忽然就映入你眼簾的裝置藝術。裝置藝術有點像雕塑，但完全不是，更不像繪畫，它首先是一種實物，比如易拉罐、舊自行車、舊機器、煙灰缸、牙膏皮、集裝箱，總之是實物——生活中的任何東西都可以做成裝置。這樣一來它的每個局部都非常真實，如真實本身，但整體又是陌生的。局部是一種東西，整體是另外一種東西。比如易拉罐，人們再熟悉不過的東西，但易拉罐組成的空間結構卻是陌生的。局部與整體不一致，整體體現了局部，但主旨體現了另外的東西，也就是藝術家主體的東西。

非虛構寫作顯然要求局部與整體一致，但在發揮作者的主體性時對裝置是否可以有所借鑒呢？換句話說，對一個公眾人物（大家都熟悉的「實物」）能否用同樣的材料，寫出不太一樣的人？寫出陌生感。從結果看，陌生感來自於人物，但某種意義上實際上來自於作者。王選是公眾人物，事跡廣為人知，但我試圖表達出「我」眼中的王選。這個「我」眼中的王選一方面來自王選本身：王選的病與成就密不可分，自畢昇以降堪稱「千年等一回」。同樣與陳堃銶的愛情也是「千年等一回」，震古爍今，堪稱

愛情經典。那麼兩個「千年等一回」之間有什麼聯繫呢？夾在中間的疑難病又有着怎樣的意義？

王選太神秘了，但過去的王選神秘性遠遠不夠，我看到了王選的神秘性，我必須把王選的神秘性寫出來。我的藝術表現力不夠——但這是另一回事——我要說的是，我首先必須要這樣想，這樣認識王選、猜測王選、勘察王選、「裝置」王選。我不能說描述了最真實的王選，真實是沒有止境的，但我保證「我」能提供出真實的深度。真實，一定程度上是創造出來的，表現為創造者的主體性。創造並不等同於虛構，也不專屬虛構，這一點，非虛構與裝置藝術有着異曲同工之處：真實不僅來自客體，也來自主體對真實的認識。

感歎王選，用裝置藝術的方式寫作或許更易接近王選。

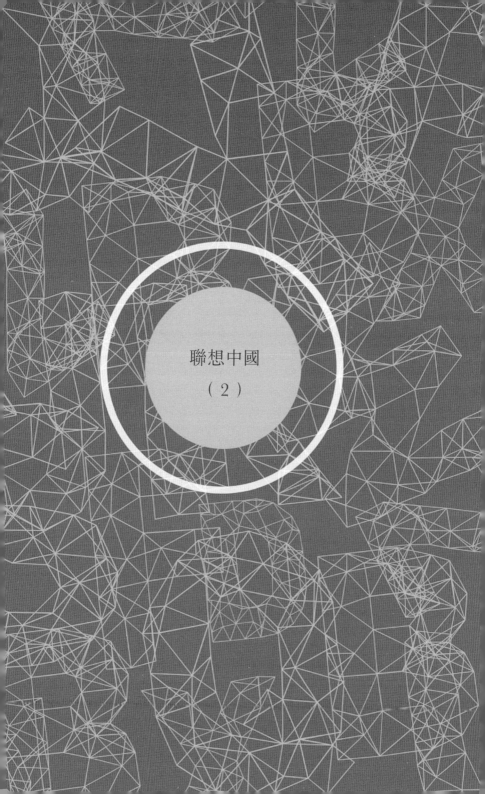

聯想中國

（2）

漢　卡

歷史有時會做出自身的安排，當公司需要方向的時候，就有了方向，比如需要核心技術與競爭力，需要重要技術基石「聯想漢卡」—— 倪光南出現了，而且出現得那樣「歷史」。倪光南後來接受記者採訪時說，他和張祖祥從 1962 年在 119 機一起倒班工作時就是親密無間的戰友了；和柳傳志曾是 1974 年至 1975 年「五七幹校」的同學，又同在一個研究室。王樹和原在研究所業務處工作，是倪光南的老上級，所以彼此之間都能充分信任。

柳傳志與倪光南最初並不熟悉，1974 年到「五七幹校」勞動時他們兩個住同一房間才熟悉起來。勞動之餘談起現實感悟，迷惘人生，兩人許多看法一致，頗有共同語言，勞動之餘的關係也比在北京的研究室親密許多。倪光南身體不太好，時有發燒，體力很差，但發燒 39 度照樣堅持打場，吃東西時蒼蠅在旁邊嗡嗡叫也滿不在乎，那時起柳傳志就覺得倪光南和自己一樣是能吃苦的人，倪光南也不加掩飾地表示出了對柳傳志許多方面的欣賞。比如柳傳志講故事的能力就讓倪光南折服，有一天晚上，熄了燈，大家躺在牀上，柳傳志給大家講電影《基督山恩仇記》。倪光南讀過大仲馬的這部名著，對故事情節了然於胸，本不會對電影故事有什麼興趣。但柳傳志將整個電影講得繪聲繪色，將近兩個小時倪光南聽得津津有味，對柳

傳志的文學功底和表達能力佩服不已。

柳傳志聽說倪光南記憶力好，能夠背得出麥克斯韋方程，那可是無線電基礎裏的一個基本公式，非常長，長得令人生畏。有一次柳傳志和幾個人想考一考倪光南，便假裝不會這個方程，特別謙虛又有點使壞地向倪光南請教：「我說老倪，你能寫出麥克斯韋方程嗎？」「幹嗎？」倪光南警惕地看着柳傳志，柳傳志使勁忍住笑，「你能不能寫一下，我實在記不清了。」倪光南當即提筆寫起來，除了前面常數項沒寫，剩下的全部都寫了出來，一丁點兒差錯也沒有。柳傳志一下服了，覺得此人可畏。從倪光南身上，柳傳志看到自己的差距，無論如何自己沒有倪光南的記憶力。記憶力強是一種才華，不能不相信這點。

而事實上，1985年的倪光南和1984年的柳傳志一個樣，內心也有一種懷才不遇、有勁使不出來的憋悶感。作為一個在計算機領域造詣相當深厚的研究人員，倪光南取得過很多科研成果，一項研究完成了，很高興，接下來寫個報告，交給領導，領導看了以後再把成果報告給上一級領導，直到上報給國家。國家就給倪光南發個獎，但是獎發完了，卻沒人把這些成果應用於實踐生產，然後這些成果就被鎖進保險櫃裏，像「坐監」一樣。自己的成果坐監，自己也像坐監一樣，日久天長不知道坐了多少年了。

不過，如果下海就是賣電子錶，蹬三輪，倒賣小商品，倪光南也決不會幹這種事，這是倪光南的不同。柳傳志可以幹，彩電被騙之後，除了違法，沒什麼柳傳志不能幹的，這是柳傳志與倪光南的區別。不過公司有了第一桶金之後不用賣電子錶了，不用倒小商品了，當然蹬三輪還是免不了，

人力三輪車是那時中關村下海科技人員的主要運輸工具，這點和當年天橋的板兒爺[1]沒差別。不過有別人蹬不會讓倪光南蹬的，倪光南要來公司那可是個寶，會把他「供」起來。而且現在公司這第一桶金還是有些技術含量的，是和電腦打交道，此時迎請倪光南，包括他手裏的最新研究成果——漢卡，是時候了。

那時在國外個人計算機已有 10 年歷史，比爾‧蓋茨提出的「讓每一個辦公桌，每一個家庭都擺上電腦」在美國已成現實。愛德華‧羅伯茨開創了全世界第一家「螺絲刀公司」，把微處理芯片和一堆亂七八糟的零件裝進一個金屬盒子，電腦組裝業的時代便開始了。在中國，至 1984 年已有 11 萬台個人計算機，幾乎全都來自 IBM。計算機正在進入中國人的生活，可惜從誕生至今，中國的個人計算機只能在英文環境中運行，即使在中國的土地上也沒有一台計算機能夠識別中文。語言成了天然障礙，讓機器能夠「識別漢字」成為包括倪光南在內的無數中國科學家孜孜以求的目標。

毫無疑問，漢字或漢字系統是橋，沒這個橋普通中國人就無法進入另一個世界，就會被擋在世界之外。倪光南的「漢字系統」被人們恰如其分地叫作「漢卡」，因為它包括三塊由若干集成電路芯片組成的電路板和一套軟件系統。三塊電路板之間以扁平電纜相連，字庫中則永久地儲存着所有標準漢字，當你在鍵盤上鍵入一個漢字的時候，控制系統便將你要的漢

---

[1] 板兒爺：對三輪人力車夫的暱稱。

字翻譯為計算機可以接受的數碼，再把數碼傳到字庫中與之相關的地址，然後把它讀入處理系統、進入存儲器中，再送到顯示器或者打印機上，變成一個由點陣組成的漢字。那時中國人手上的「漢字系統」已有十幾種，其原理和運行過程大同小異。

倪光南的漢卡是當日中國眾多漢字系統中的一種，其與眾不同之處在於它的「聯想功能」。倪光南的漢卡「聯想功能」把兩字詞組的重複率降低 50%、三字詞組降低 98%，四字以上的詞組幾乎沒有重複，漢字錄入的速度由此提高了至少兩倍，很顯然，「聯想」的概念導致了「漢字系統」的劃時代的進步。柳傳志知道了這種神奇的東西，當即預感到這是一個改變中國的機會。

有的人不是珍珠，不能像珍珠一樣閃閃發光，但他可以是一條線，把那些珍珠穿起來，做出一條光彩奪目的項鏈來。這是柳傳志的人生經驗，他深知自己的價值所在，他當仁不讓地說：我想我就是那條線。柳傳志心目中的一顆絕對不可或缺的珍珠就是倪光南。

這天柳傳志、王樹和與張祖祥來到了計算所主樓 322 房間，這裏是計算所漢字系統研製組辦公室，倪光南坐在靠窗的一張桌子前。柳傳志他們滿臉不太自然的笑，這是真誠的、過分的、求賢若渴的、寒暄的、假裝輕鬆的笑，這笑幾乎是混亂的。當然，不能單刀直入，先閑扯了些別的，比如 LX 80 漢卡進展如何了，誇了半天這個漢卡，最後才進入正題：邀請倪光南加盟他們公司，並承諾傾全力將 LX 80 漢卡推向市場。柳傳志是講故事的好手，自然也是說服人的天才，他的體魄，寬懷，邏輯和激情，甚至

他的笑、眼神讓人無法拒絕他。而真正厲害的是他的話能夠直插人的內心，沒有這個本事個人再有魅力也是白搭。不過話說回來，有這個本事但缺少外部魅力也往往難以成事，人有時會失敗在外部的細節上，而這兩者在柳傳志是分不開的。

不光漢卡，柳傳志對倪光南說，我們保證把你的一切研究成果都儘快變成產品。大型計算機的研製，倪光南灑過汗水；國家級科研成果，倪光南取得過；中科院重大科技成果獎，倪光南也拿過數次。但是這些成果至今還躺在獎狀上，一直沒有成為產品，這是最讓倪光南感到遺憾的，也是這個國家的遺憾。當時倪光南嘴上沒說，但卻是他的致命心結。

並不存在傳說中的柳傳志「三顧茅廬」，事實上倪光南當時就沒猶豫，接受了柳傳志他們的邀請。當然，從大勢上說，也是時勢到了，無論從國家層面還是陳春先、王洪德到柳傳志個人層面，都是一種勢，沒有這個「勢」，倪光南甚至不會有「懷才不遇」之感。而柳傳志的過人之處便是他的縝密、滴水不漏，總能多看出幾步棋，他告訴張祖祥：咱倆還要再去倪光南家一次，倪光南看起來問題不大了，關鍵是他太太。柳傳志說：太太工作做不好，倪光南也不會來。這是人生經驗之談，是懂得生活的人，懂人的人。而一個洞悉生活的人，沒什麼是他洞悉不了的。別以為科學家不懂人，科學家一旦懂了人不得了，加上一層「科學」很可怕的。在柳傳志身上便體現出這種「可怕」。果然，當柳傳志與張祖祥兩人又來到倪光南位於和平里的家中時，發現倪光南的太太的確是個「問題」，兩口子為此發生了爭執，柳傳志與張祖祥的到來恰逢其時。答疑解惑不用說了，柳

傳志不但懂男人心理，也懂女人心理，再次憑三寸不爛之舌說服了倪光南的太太。

倪光南的加盟，意味着漢卡的加盟，聯想有了方向。

柳傳志得到了自己希望得到的總工程師職。那年冬天特別冷，大雪紛飛中，在一間只有十來平方米的辦公室，在原漢卡基礎上，倪光南的改進型「聯想一型漢卡」的研製鋪開。這是公司的希望所在，核心所在，柳傳志滿足了這間辦公室所需的一切，柳傳志非常清楚，當時的中國電腦界面臨三種選擇，一是研製完全運行於漢字環境下的電腦，與世界主流機型絕緣；二是將漢字技術植入軟件中，但在硬盤只有16M、內存只有幾十K的電腦「黑暗時代」，運行速度既慢，操作又煩瑣。似乎只有軟硬結合一路才是唯一正途，而聯想式漢卡不僅是漢字輸入法，事實上也是由硬件支持與軟件結合而成的漢字系統。倪光南的開發組1985年春天推出了第一塊聯想一型漢卡，儘管在今天看來頗為臃腫拖遝，但在當時卻以其突破性開創了一個新時代。一型漢卡之所以醜陋是因為要趕時間，市場不等人，所以把工作量減到了最小。一型漢卡是隻醜小鴨，但是沒有它，也就沒有以後的二型、三型……當年10月，聯想一型漢卡通過了中科院的鑒定，第二年1月在北京舉辦的漢字系統對口賽上，聯想漢卡奪魁，成為轟動一時的新聞。那一天，為求保險，倪光南親自上機操作。為保證漢卡順利生產，順利賣出，柳傳志對公司進行了重新佈局，抽調了公司的精華，組成了100多人的團隊專門為漢卡服務。「精華」們都很賣力，玩命地生產，拚命地推銷，終於在1987年迎來決定性的勝

利。這年聯想漢卡銷售了 6500 套，拿下了國家體育委員會、農牧漁業部、國家統計局、黑龍江省財政廳和稅務局，還附帶售出至少 1000 台外國微機，讓公司的財富迅速積累起來。工商局的年終審核表明，公司已經擁有 7345 萬元銷售收入、550 萬元流動資金、400 萬元固定資產，給政府納稅 347 萬元。聯想漢卡投放市場三年多，共銷售了二萬套，創產值 6000 萬元，1988 年聯想漢卡榮獲國家科技進步一等獎。聯想公司也因為這一核心技術產品，正式高歌啓航。

百萬罰款

漢卡火了，卻面臨意想不到的罰款，而且是巨額罰款。那時，產品半死不活或者奄奄一息，沒人來管你，但是你的產品一旦火了，紅透半邊天，就會每天高朋滿座。各種檢查的、各種關係拉贊助、拉廣告的……這天誰也想不到物價局的人也來到公司，聲稱聯想漢卡定價過高，是牟取暴利行為，違反了國家價格政策，當場開出罰單 100 萬元。

憑什麼？柳傳志質問，心頭火起。

公司嘩然，員工們紛紛表示不服、抗議，要求召開新聞發佈會，讓媒體來評評理，以便討個說法。員工們羣情激憤，柳傳志倒冷靜下來。

「你們想幹什麼？」柳傳志反而眼瞪員工，然後轉頭對物價局的官員笑臉相迎，打發走了物價局的人。為了企業的利益，柳傳志壓下內心的不

平。柳傳志知道事情一旦鬧大，即使最終佔了理也會後患無窮。

但是 100 萬元真是太過分了，柳傳志四處找人託關係，幾次親自到物價局局長辦公室拜訪，卻見不到人，不是說出去開會，就是乾脆說不在。最後總算通過各種關係打聽到一位局長的家，一個晚上帶着一位女下屬小心翼翼地敲開局長家的門。局長一家人正在吃飯，柳傳志與女下屬來得不是時候，也沒想到局長家吃飯這麼晚。或者吃的時間太長了？唉，又碰上那天是星期天，局長又喜歡喝兩口酒。沒辦法，也只能進去，100 萬元可是純利潤，一年下來幾千萬元的銷售額，利潤也不過就這麼多。進去之後本該柳傳志先講話，但柳傳志卻一句話說不出來，只是無所適從地垂着兩手，站在一邊，當然也有「裝」的成分。柳傳志的性格太寬闊了，在困難面前沒有他不具備的東西，他的身上浸透了中國的現實或者也可以說文化。這種場合還是女人行，女下屬向局長點頭微笑，柔聲地陳述。畢竟是家裏，不是辦公室，柳傳志的樣子「可憐」，女下屬及時「卡位」，情況果然有緩，局長答應考慮減輕罰款。後來柳傳志再帶着女下屬來局長辦公室，辦公室也讓進了。到過家拜訪和沒到過就是不一樣，物價局最終給減了 40 萬元，罰了 60 萬元。

這實在是個不小的成績，多半年的利潤回來了。

柳傳志有句名言，叫作「你得明白自個兒是誰」。

這話不是很提氣，但是很現實，與「大丈夫能屈能伸」的實用主義觀點類似，談不上高尚人格。但這話又是對的，特別是如果現實的就是對的。

拚命三郎

技術上有了方向，該賺的錢還是要賺，否則怎麼支撐技術開發與推廣？是「技工貿」還是「貿工技」，聯想內部不是沒有過激烈爭論，事實上，聯想後來的發展壯大，證明了柳傳志的「貿工技」總體戰略是符合實際的。這就像當年中國革命是走「以農村包圍城市」的道路，還是「攻打城市奪取政權」，柳傳志的「貿工技」深諳馬克思主義與中國實踐相結合的戰略精髓。

但生意場如戰場，儘管有過被騙 14 萬元的慘痛經歷，1987 年柳傳志和李勤在一次 300 萬元的巨額交易中再度被騙。許多年後說起這段經歷，柳傳志記憶猶新，具體日期都記得一清二楚：「1987 年的 4 月 20 號，我們在香港的合作夥伴在 IBM 拿到一個單，如果在 20 號的時候，我們能夠打 100 萬美元到對方那裏，我們就可以拿到 40% 的折扣，所以我一定要爭取在 4 月 20 號以前把錢打過去。李勤跑科學院借錢、貸款，在得到 18 個領導的簽名之後，終於拿到 300 萬元。我這邊到深圳找進出口公司，經人介紹認識了一個廣東人，他聲稱自己很有把握來替我做進出口。儘管被騙過一次 14 萬元，我還是沒有很好地接受教訓，所以還是很相信他，聽了他的話非常高興，然後這邊李勤就把 300 萬塊錢打給了我，我就將 300 萬塊錢給了這個廣東人。廣東人說在 4 月 10 號左右，一定會將錢打到香港去，

已安排好了。」

柳傳志很高興地回了北京，留了一個同事在深圳等信兒，這個同事是個工人，思想比較憨直，想等到廣東人把錢打到了香港後再通知柳傳志，結果一等二等根本就沒影了，等柳傳志再打電話到深圳時，同事已經找不到那個廣東人了。柳傳志當場眼冒金星，急紅了眼，坐了飛機便奔往深圳。找了同事，馬上打電話找這個人的公司，公司說這個人不在，很多天前就不來上班了！這樣一說柳傳志就緊張了，想方設法打聽到他家在什麼地方，晚上柳傳志帶着同事到了他們家門口去蹲守，其行為簡直就像被雇用討債的人，根本不像一個公司老總。確實，柳傳志拿磚頭拍那人的心都有了。結果那晚上廣東人沒回家，沒等到，萬一他連家都不回可就麻煩大了。蹲了一夜的柳傳志最後是一身冷汗回到住所，無法想象這 300 萬要是沒了怎麼向公司交代，怎麼向科學院交代！幸好第二天廣東人打電話來了，原來他家裏人還是通知了他。

幾天後柳傳志終於見到廣東人，見柳傳志兩眼發紅，一副要拚命的樣子，便笑道，我只不過把那 300 萬元挪用幾天而已，你不也是國家的公司，何必這麼急呢？說是這麼說，要不是找到他的家，在這兒像黑社會的人似的蹲守，說不定這錢就沒影了。這個錢後來就追回來了，後來經過千辛萬苦，機器也買回了北京。因為進價很低，機器賣得非常好。

「可是等我回了北京，那是三個多月後，」柳傳志說，「跟李勤在一塊兒開慶功會，大家很高興，可說着說着話，李勤『嘩啦』就突然躺在地板上了。這是他心臟病第一次發作，心房纖顫，由於是他負責的貸款，這

次就把他嚇出了毛病。其實我們都一樣，都嚇出了毛病，等到李勤住了一段醫院，病情穩定以後，輪到我得病了，也是突然身體不適。因為當第一次聽說 300 萬塊錢打過去就沒有了的時候，我被嚇壞了，有時一到夜裏 2 點就被嚇醒，然後心就狂跳不止，接着後半夜就不能再睡，一直就是這個樣子，直到事情辦成，錢找回來後心依然狂跳不止。後來我就住到海軍醫院，當時人家形容我有點像《追捕》裏的『橫路敬二』，說話都有點語無倫次。這件事現在我說得很開心，實際當時的情景確實是非常嚇人的。像這種事情後來我是經歷得非常多的。」

柳傳志所言不虛。一個人成為傳奇有的是因為單一的一個特點，有的是因為複合的特點，正如湖的神奇與河流的神奇不同，湖水明澈澄靜，河流多變，因勢而形。柳傳志是後者，難以想象柳傳志這樣霸氣的男人會聲淚俱下，撕心裂肺，但在與「香港中銀」的合作中他便有過一回。

聯想與「香港中銀」合作，雖有利潤分配的協定，不過是口頭之約，沒有形成白紙黑字。「香港中銀」是中資公司，上面一紙任命更換了總經理，新上任的總經理不知道前任有所約定，業務結算時對一筆兩萬美元聯想應得收入不認賬。「一定是搞錯了。」柳傳志對那邊說。「一點不錯，」人家回答，「你們的就是這麼多了。」兩萬美元對初創的公司來說可是一大筆錢——平時公司的人省吃儉用，一分錢掰八瓣花，連煙都戒了。柳傳志急得直奔香港，然而無法通關，只好在深圳停下來。不敢去住大賓館，沿街尋找小客棧，終於在紅嶺北路的拐角上找到了一晚只要八塊錢的店，爬上三樓，和幾個陌生人住在一個房間。夜晚，柳傳志睡不着，想起許多

創業的辛酸事，心潮起伏，爬起來給「香港中銀」的合作者寫了一封信。信中敘述了與「香港中銀」合作的種種艱難，述及自己一個40多歲的中年男人如何給一個體委的毛頭小夥子拍馬屁，自己聽着好辛酸，而自己公司的一位女同志，為了拿到生意上門懇求人家，敲門的時候手都要哆嗦半天；另一個下屬，也是40多歲的人了，為了拿到一單「進口許可證」，發燒39攝氏度還跑出去，從上午9點到下午5點，在北京城的東西兩個對角跑了兩個來回，等到終於拿到「進口許可證」的時候，腿一軟從五樓滾到四樓，摔得遍體鱗傷；還是這個下屬，為了到機場迎接「香港中銀」來的貴客，冒雨趕出門，捨不得花錢坐出租車，就在水裏蹚着走向公共汽車站，一失足掉進窨井裏，水沒頭頂，差點淹死了……大家這樣節衣縮食，拚死拚活，連尊嚴都不要了，還不是為了公司的這點利潤嗎？柳傳志寫着寫着，淚流滿面。不寫光想想還好，一寫就忍不住了，同時清晰地知道這是背水一戰，去不了香港，卻到了深圳，不能白到，他全憑這封信了。這是表演嗎？當然不是，但也含有動機，而動機中又含有那麼深切的傷痛，一切都滲透到筆端……柳傳志難以扼制傷痛，不禁想到妻子遠在北京得了甲亢，此時，正躺在友誼醫院的手術台上做手術，他也顧不上去看……

　　柳傳志的信果真起了作用，「香港中銀」新任老板從沒聽說有人會為生意如此賣命，什麼都不顧，甚至好奇地到內地調了一番，結果驚人地發現柳傳志說的句句是真。感歎之餘，把兩萬美元如約付給了柳傳志。

　　說起來，柳傳志寫情書恐怕也沒這麼傾注過感情，是的，不錯，是真

情，是事實，但他也是一個會使用這些的人。柳傳志相信人心都是肉長的，他有一種信念，沒這種信念的人，絕不會「使用」痛苦，相反會包得很深。

三步走

1987 年，儘管 300 萬元險些被騙；儘管兩萬美元合同款到不了賬急得在深圳寫信；儘管年底又來了一個 100 萬元的物價局罰款；儘管身體出現了各種症狀，頭暈、多夢、尿頻，接着是失眠，日夜腦子停不下來，閉着眼像睜着一樣，就算睡着了一小會兒也會突然驚醒，滿心恐懼，心跳不止，住進了海軍醫院；儘管在海軍醫院被確診為神經系統紊亂，美尼爾綜合症，但這一年算下來還是取得了巨大的成績。三年前下海時他曾向周光召院長誇下海口，說三年之內要把生意做到 200 萬元，三年後的今天做到 7000 多萬元，光向政府納稅就是 347 萬元，更不要說固定資產已達 400 萬元，流動資金 550 萬元。想到這些，病榻上的柳傳志又開始心潮起伏，他本想好好休息，不想公司的事，但腦子根本停不下來，不要說睜着眼，就是閉着眼也全是公司的事，柳傳志自稱這是自己「非人」現象之一種。

1987 年，聯想面臨着無數種選擇，柳傳志不能不想，即使躺在病牀上頭暈目眩也得想。他不想誰想呢？別人想了又有什麼用？想是柳傳志的命；每一個選擇都可改變聯想的歷史，朝另一個方向發展，產生不同的結局。

無疑電腦或圍繞電腦肯定是未來公司的大方向，「非人」柳傳志很清楚，一種選擇是顯而易見的：繼續推廣漢卡。但市場畢竟有限，且漢字軟件系統正在開發，漢卡的終結是遲早的事；二是開發自主品牌的電腦，雖然有利可圖，但一無資金二無實力，而且也暫時不可能得到電子工業部的生產許可；三是代理國外電腦，積累資金，建立銷售網絡，了解最先進的技術，為創立自己的電腦品牌打下堅實的基礎。

病牀上的思維往往特別清醒，特別清晰活躍，較之辦公室更有一種透明的冷靜的東西。病不會使人腦子發熱，更不會讓人絕望，某種意義上說醫院正是希望之所。不然你來醫院幹什麼？有時，有些重大決策在醫院進行反而更好。事實上這次住院也的確為柳傳志平添了一種「超人」的東西。因為差不多正是在海軍醫院這些日子，柳傳志形成了後來被證明極正確的聯想「三步走」的戰略。人就是這樣，往往是絕處逢生，而絕處「生」出來的東西往往特別有生命力，日後也往往特別強大，以至會長成與原來自己基礎不相稱的大事物。

柳傳志一方面曾萌生退意，一方面又生出了新的東西，看似矛盾卻是一個天然的統一體。柳傳志的想法是，第一步：在境外比如在法國，辦一家貿易公司，比如叫「法國聯想」，這樣，可以獲得在國內無法獲得的代理資質（那時國內實行「代理許可證」制度，只有一些國有大企業才有此權利，中關村民營公司多是與境外合作才能拿到貨，或者走私，「兩通兩海」的信通就栽在這上面，金燕靜銀鐺入獄，讓中關村太多的靠所謂「走私」賺錢的公司一時風聲鶴唳），而過去與境外公司合作代理，通行規則

是中間商留下至少 15％的折扣，自己境外辦公司，自由控制訂貨渠道，就能把那 15％賺下來。

柳傳志的第二步戰略是，將公司業務由貿易領域延伸到生產領域，大規模地進入個人電腦的整合行業，在此基礎上開發自己的電腦；第三步是進入香港股票市場，成為一家上市公司。這是個清晰的藍圖，能有這樣清晰的藍圖，在紛亂的市場可不容易，所謂雄才大略，至少大略是指這個。30 年，中關村的大多數公司都消失了，長盛不衰的有幾家？做到聯想這樣的全球公司又有幾家？

「大略」的三步走的第二步最關鍵，最富謀略，體現了柳傳志的敢想、敢幹、敢以蛇吞象的氣度與野心。多年後柳傳志收購 IBM 全球 PC 業務並非沒有「前科」，事實上這第二步就是一次蛇吞象的經歷。

1987 年的秋天是好秋天，哪年都好，但是那年似乎特別好，柳傳志出院不久，再次南下來到深圳——境外電腦薈萃之地，回到北京的他帶回三款電腦，交給總工倪光南領導的科研小組測試。研究人員一致認定其中一款名叫 AST 的兼容機質量最優，價格也便宜。

柳傳志決定離開 IBM，和 AST 公司簽訂代理協議。不是柳傳志不喜歡 IBM，太喜歡了，但那時還不敢想吞 IBM，但想到了吞 AST。當他擁抱 AST 時，就已經打定主意，未來取而代之，美其名曰：踩着巨人的肩膀前進。

注冊了香港聯想，聯想很順利且再無障礙地開始代理 AST 電腦。那

時候中國電腦市場上只有四五個美國品牌，倪光南給 AST 電腦配了聯想漢卡，AST 電腦在中國市場上大行其道，時常脫銷。AST 在美國原只是一家小企業，因為聯想而獲得了成功機會，曾一度成為中國電腦市場中的霸主。當時電腦價格高得驚人，利潤很高。這還不是最重要的，最重要的是與 AST 的合作對聯想電腦的發展意義重大。通過代理銷售 AST 電腦，聯想了解了電腦的內部構造、微處理器和各種組件之間的關係，培養了一批聯想的工程師隊伍，為聯想 20 世紀 90 年代大舉進軍電腦領域奠定了基礎。

1989 年，總工程師倪光南在香港聯想一間狹小的實驗室裏頭設計聯想自己的「286 樣機」，與三個助手一起熬夜，希望繼漢卡之後再創輝煌。倪光南小組將 AST 電腦差不多研究透了，自己的「286 樣機」準備在市場上一試身手。那時個人電腦在美洲、歐洲、大洋洲，甚至在東亞的日本和韓國、中國台灣和香港，都已如雨後春筍，柳傳志他們必須加快步伐。柳傳志把戰場選擇在香港，用 1000 萬港元收購一家香港公司的股份，以這家公司為生產基地，開始主機板的設計和製作，決勝的制高點是「微機主板」和「整機組裝」。主機板是微機內部包含若干集成電路芯片的電路板，其複雜性在於，它包括了計算機內部幾乎所有重要的部件：中央處理器、數據存儲器、顯示卡，以及一套總線和接口。倪光南迷戀硬件，設計板卡正合其胃口。

香港聯想的負責人呂譚平與倪光南磨合得不錯，倪光南最初不願使用韓國和中國台灣生產的元器件，喜歡用美國件，呂譚平就耐心告訴倪光南

做企業和做研究不一樣：不用台灣元器件，怎麼跟人家拚價格？還有一次，呂譚平對倪光南說，在商業界，用最好的元器件，做出最好的產品不能算成功，用最便宜的元器件做到最好才算成功。作為商人，呂譚平讓倪光南明白，必須將成本降低到極限，如此才可保持利潤的最大化。研究用的元器件差一點沒關係，只要核心和原理正確就足以開發出新品。只要產品保證質量，用戶覺得滿意，便算是成功。倪光南設計板卡時，問題自然是接連不斷地發生，解決了一個問題又產生另外一個問題，因為沒有一套系統性的測試，這是太正常的了，而正是倪光南與呂譚平一起制定了聯想QDI（板卡）的第一個測試標準。

與此同時，AST看到聯想把漢卡插在自己的機器上也挺高興，AST把聯想當作最可靠的夥伴，深信自己當初把中國市場的獨家代理權交給聯想是難得的明智之舉，以至不惜犧牲其他銷售渠道。對於北京聯想與香港聯想南北兩個聯想珠聯璧合的壟斷貨源的行為，AST聽之任之，甚至覺得再好不過。在AST看來只要把AST微機賣出去就OK，卻不知道柳傳志這個病牀上的合夥人雄心勃勃地已暗地張開大嘴，吐出「信子」：柳傳志正在把代理AST獲得的利潤拿去彌補自製板卡的虧損，還投入1350萬元用來開發「聯想電腦」。

當然，即使AST知道了聯想在幹什麼，也不會把聯想電腦當回事，因為兩者相比太不成比例了，它不會相信聯想電腦這條小蛇會吞了自己這頭大象。大象從來是自信的，而且有理由自信。大象與蛇究竟相差在哪兒呢？相差在是兩種不同的事物，相差在一個沒思想，一個有思想，而且還

特別敢想。

1989 年 1 月 30 日，「聯想集團」在新落成不久的海淀影劇院召開了成立大會。柳傳志在會上告訴他的員工：從 1984 年到現在，聯想的累計營業額已經過億元，固定資產超過了 5000 萬元，有 360 名員工，16 個子公司，2 個研發中心，3 個生產基地，遍佈全國的 34 個維修站，最重要的是，聯想已設計出自己的電腦品牌聯想 286。成立大會事實上也是一次誓師，誓師之後倪光南研究團隊設計出的 286 電腦準備參加德國漢諾威國際博覽會。

1990 年 3 月，「聯想 286 電腦」通過檢驗，並獲得了第一年生產 5000 台的生產許可。已經掌握了 AST 電腦市場控制權的柳傳志這時候環顧左右，決定開始行動。這一天陽光明媚，春暖花開，柳傳志把公司所有的銷售人員集合起來，由李勤副總經理在大會上莊嚴宣佈：「我們已經下定決心，不再推銷 AST 286 的機器，要把自己的產品推到市場上去！」

這像是一次揭竿而起的舉事或起義，凡舉事或起義都具有保密性質，柳傳志、李勤的高層決定也有這個性質。過去習慣了銷售 AST 的人不知怎麼回事，有的面面相覷，有的一臉茫然，有的覺得大勢不好，只有少數知道秘密的人小聲地交頭接耳。

李勤接着說：「我們只留一小部分繼續支撐 AST，聯想的主力隊伍全部轉向聯想電腦的生產、採購和銷售……大家放心，我們的『聯想 286』功能上完全可以取代甚至超過 AST 微機……」李勤說完這話，本來有些猶

疑的銷售人員這時一片歡呼。事實上聯想是在搭 AST 的順風車,是金蟬脫殼。那次會開了四天,是聯想銷售歷史上少有的長會,因為要統一思想,統一戰略,改旗易幟。市場習慣了老產品憑什麼接受新產品?憑的是聯想 286 的運行功能與 AST 的 286 不相上下,而價錢更加便宜。

但便宜多少好呢?這事得好好商量商量。

四天的會,柳傳志一天不落地參加,認真聽取各方意見,自己也拿出意見但像一般意見一樣經受討論。大家的共識是,那時中國沒有別的優勢,只有價格優勢,四天的會不僅為那一次「易幟」定下了制勝理念,也為後來聯想一路攻城略地定下了理念。會議結果是,先有一個過渡期,不能一下把 AST 丟了,穩妥起見自己的機器做好了,AST 這塊肥肉也沒有丟,為上局;自己的做好了,AST 丟了,為中局;自己的沒有做好,反而把 AST 丟了,是下局。穩妥,縝密,大膽,始終都是柳傳志行事風格,這一風格也漸漸傳染給整個高層,成為整個公司的一種風格。一個公司像一個人一樣,這個公司就成了。聯想 286 電腦開發進入樣機最後調試階段⋯⋯最後一陣子,倪光南急得滿嘴起泡,帶上樣機急奔機場⋯⋯大年初一剛回到北京便和十幾位同事一清早扎進測試室,不分白天黑夜地趕⋯⋯他們知道,假如趕不上 3 月份漢諾威的國際博覽會,就會損失半年時間。

漢諾威國際博覽會是世界計算機行業最高規格的博覽會,從 3 月 10 日開始的 10 天裏,40 個國家的 3300 個展團在漢諾威展示最完整的辦公室、信息和通信技術。對於製造商來說,漢諾威國際博覽會因其特別地位而成為新產品、新系統進入世界市場的大門。聯想攜 286 電腦和 1 套隨機軟件、

診斷盤和測試卡、XT 微機、聯想 FAX 傳真通信卡參加了交易會。在電腦廳，聯想提供的電腦達到了世界主流微機水平，較之中國台灣和香港地區的同類產品，性能優越，價格低廉，為期 10 天的博覽會降下帷幕時，首次在國際市場亮相的聯想電腦一舉獲得來自歐美等 20 多個國家客商的訂單：整套電腦 2073 台，主機板 2483 塊。

1990 年 5 月，公司將 200 台「聯想 286」送到全國展覽會上，一炮打響。一個星期以後進軍北京計算機交易會，拿到 12,478,568 元的訂單，在 220 家參展的計算機企業中成為最大的贏家。這期間柳傳志在公司迎接了美國 DEC 公司副總裁一行，美國客人對柳傳志六年來的成績嘖嘖稱羨，柳傳志卻不敢得意，只是有一種難以言傳的欣慰，一種對自己的感動。他知道，公司做成了，有了方向，有了自主品牌。但它只是塊基石，若想建成聯想大廈，還有很長一段路要走。

手記九：所有的影子

從《毛選》四卷學到的，多於從《孫子兵法》中學到的。在融科資訊聯想控股全景視野的辦公室，柳傳志如是說。無論空間、時間還是話語本身都讓我感到多少有些驚訝，有種穿越多種時空之感覺，本來有些恍惚，但又瞬間理解。因為我也是讀過《毛選》的，那個年代「四卷雄文」誰沒

讀過？雄文中有關三大戰役的部分對於小時喜歡打仗的我，是最迷人的部分。三大戰役的軍事思想舉世公認，柳傳志當年躺在海軍醫院構想聯想「三步走」戰略，顯然得益於《毛選》四卷。《毛選》第五卷是後來的事，已經粉碎「四人幫」，之前更長時間是「四卷雄文」在手。所以時間雖令我有些恍惚，但立刻穿越，並心明眼亮。歷史就是這樣，總有人能從中得到饋贈。的確，從柳傳志身上可以看到他所經歷各個時代的影子，而他在影子的中心，統率着所有的影子。

聯想的創業歷史，像許多歷史一樣，可以說危機重重，九死一生，同樣它的每一次進步卻又都是在戰勝了最嚴重的危機後取得的。聯想最困難的時候，搖搖欲墜的時候，往往又是最敢想的時候。困難，危機，事實上刺激了想象力、夢想力，柳傳志在病牀上之時，甚至在萌生退意之時，「三步走」的構想也在誕生，夢想借雞生蛋，取而代之。這看似矛盾，卻又符合危機心理機制，即夢想機制。沒有最大困難，哪兒來最大夢想？困難是夢的溫牀，有太多的困難證明有太多的夢，「聯想」是夢想的近鄰，雖一字之差仍提示着聯想、柳傳志是一系列夢想的產物。「三步走」當初幾乎是白日夢，但回過頭看這是怎樣宏大的夢、精準的夢？據說哈佛大學攻讀MBA的學生，要在兩年中學習幾百個案例，聯想便是其中之一。

同樣，我也非常欣賞凌志軍對聯想的評價：聯想的真正與眾不同之處，在於它掌握了與舊體制相處的方法，同時又以驚人的堅忍、耐心和技巧與舊體制中的弊端周旋，一點點地擺脫桎梏，走向新的世界。

王　碼

1962 年 8 月的一天，暈頭轉向的王永民坐火車到了北京。這個農村娃考上了炙手可熱的中國科技大學，當時南陽沒有火車，他只能坐汽車先到許昌。那天到許昌時已經是下午 4 點，火車是第二天早晨 7 點出發，中間有 15 個小時。王永民也從沒到過許昌，哪兒都不敢去，在火車站攤了張報紙席地而睡。這之前他甚至沒見過火車，沒見過城市、樓房，對遠方有夢想又緊張不安，不知北京啥樣。王永民瞪着一雙農民的眼睛，懵懵懂懂、眼花繚亂地到了北京。

　　王永民住在中科大宿舍樓 7 號樓 421 房間，找到中科大不容易，好不容易找到了，找到具體房間更不容易，房間都是極相似的。王永民慌慌張張端着茶水瓶子去開水房打開水，回來以後坐到自己桌邊，突然發現自己的行李不見了，什麼都沒了，不禁大驚失色，彷彿做夢一樣。這怎麼可能呢？在家鄉絕對不可能，這城市怎麼這樣？他大惑不解，不知道為什麼。他掐自己，感覺自己的確存在，但房間又讓他生疑，生幻，房間根本無法證實他的存在，因為他的東西沒了，東西是他存在的證明，但房間否定了他。他又不敢亂動，怕出去了連這房也找不回來。直到有人來，告訴他這是 8 號樓不是 7 號樓，他才如夢方醒，原來自己走錯了房間。

　　這件事讓王永民刻骨銘心。這種經驗與智力無關，生活在鄉村的人，

往往是有「初心」的人，而還有什麼比初心更保有一種對事物的敏感甚至是過度敏感呢？但敏感又是許多事物的源泉，在這個意義上初心是一種難得的天賦。當然，也是痛苦的天賦，有人始終走不出這種痛苦。

許多年後，歷經世事滄桑，王永民回到生活的原點──南陽。經歷了「文革」離亂，一事無成後，幾乎宿命地回到原點，回到了初心。當然，此時已不是原來的初心，而是經歷了 20 年的初心，初心雖傷痕累累，但依然單純。

王永民當年在北京中國科技大學學的是無線電激光專業，在四川工作多年一直與科技多少有些關係。後來回到老家南陽，感覺自己這輩子算回家了。在老家南陽他在地區科委工作，負責一些具體項目，就是一個小公務員，看起來一生也不過如此了。與上大學時的雄心相比，判若兩人。有時雖然還回憶一下當年的老師，如華羅庚、嚴濟慈、錢學森、馬大猷，但已如消失的夢一樣。

時值 1978 年，日本人發明的漢字照相排版「植字機」很流行，南陽也引進了一台，但這台機器有個不小的毛病，漢字輸入時不能校對，一出錯就得重新照相製版，非常麻煩。怎麼可能不出錯呢？不斷地出錯，於是地區川光儀器廠花九萬元做出了「幻燈式」鍵盤來解決這個問題。負責這個項目的王永民覺得這個「幻燈式」鍵盤有點可笑，便問川光儀器廠的總工程師：誰能記住 24 個幻燈片每個膠片上究竟放的是哪 273 個字，你的姓在 24 個幻燈片中的哪個膠片上？雖然是平靜地發問，但也正因為如此，總工更感到一種彷彿居高臨下的壓力。總工被激怒了，將王永民列為川光儀器

廠不受歡迎的人，甚至下了逐客令。

鍵盤這事很具體，以王永民中科大的背景對此同樣有點居高臨下味道，在王永民看來這不是什麼大問題。王永民要解決鍵盤問題，可問題事實上並不在鍵盤，而在首先要找到一種好的輸入方案才行。

王永民的想法得到科委支持，因為好像也不是什麼重大的科研項目，所以只批給3000塊錢。王永民跑到上海、蘇州、杭州的科委情報所，翻閱國內外相關資料，當時能夠看到的輸入法有王安99鍵的三角編碼法，而大鍵盤則是各種各樣，有單字的大鍵盤，也有主輔鍵的大鍵盤——一個鍵上有九個字，這邊有九個輔鍵用來選字，這個方案當時比較流行，中國科技情報所用的就是這種主輔鍵方案。王安的方案是拼音，但音讀不準，且不認識的漢字怎麼辦？

王永民由淺入深，發現一方面這根本不是一個小問題，往大處說這涉及漢字革命，另一方面他直覺地認為自己在這方面能有所作為，彷彿命定一般這問題屬於他。王永民找到了《英華大辭典》的主編鄭易里先生，講了自己的想法，兩人相談甚歡，涉及了拆字、編碼、輸入，彷彿談論着某種武功秘籍。這次晤談王永民收穫甚大，使自己過去的科學背景融入浩瀚古老的漢字領域，同時又始終有着科學的目光，科學的思考，這非常難得。這位中科大的高才生直到此時才感到了屬於自己的科學的曙光。是的，這曙光不是每人都能有的，或者說能碰上的，因為某種意義上它來自每個人自身。他甚至把鄭教授請到南陽，讓鄭教授住進了南陽最好的賓館。

鄭易里教授的漢字編碼是 94 個鍵方案，有一張字根圖，王永民就地取材，雇了十幾個小姑娘，把《現代漢語詞典》中的 11,000 個漢字全部抄到 11,000 張卡片上，根據字根圖編碼。編完卡片一檢查，竟有 800 對重碼，而且，該方案還要分上下檔鍵，等於 188 鍵。這非常失敗，根本無法操作，但這次失敗並非沒有意義，就像常說的失敗是成功之母，王永民徹底了解了漢字，並且知道方向是對的：一切的關鍵是壓縮鍵位。王永民告別鄭教授，開始了自己的旅程。

　　經過日夜的艱苦努力，沿着確定的方向，138 鍵、90 鍵、75 鍵、62 鍵⋯⋯1980 年 7 月 15 日，王永民把鍵位壓縮到了 62 個，重碼只有 26 對！至此，王永民已接近成功。1980 年在湖北武漢召開了一個漢字編碼會議，王永民在會上公佈了 62 鍵方案，引起會場轟動，被評為國內最好的 4 個方案之一。

　　編碼做好了，王永民開始着手集成電路。畫電路圖，電路機殼設計，這些是王永民的強項，多年沒一試身手了。1981 年王永民的鍵盤設計好了，並且通過了鑒定。但將要投入使用時，發現鍵盤缺少編輯功能鍵。設計功能鍵，這完全是另一種思路，頗傷腦筋，即使設計出了還得匹配對接得上，焦頭爛額的王永民一天幡然醒悟：為什麼要自己做功能鍵，如果能用原裝鍵盤上的功能鍵該有多好？以前，只想着怎樣把標準鍵盤上的功能鍵搬到漢字鍵盤上來，現在為什麼不能把漢字搬到標準鍵盤上去呢？

　　這是個重大思路！又是一道屬於王永民自身的曙光。

　　有些曙光，你不走那麼遠是看不到的。

王永民站在了前無古人的地平線上，那時身後也無來者。標準鍵盤中間有 48 個鍵可用。62 鍵和 48 鍵也不過就是一步之遙，王永民想：如果能把 62 鍵變成 48 鍵，那麼，就可用電腦標準鍵盤了，就用不着費盡心力設計什麼新的鍵盤了。鍵盤的路走到頭了，而許多人還在路上，因此也只有王永民這時候能夠幡然醒悟：放棄設計鍵盤思路，就在原鍵盤上做文章。

試問，如果不是到了 62 鍵，只差一步之遙，王永民能做此想嗎？

62 鍵方案變 48 鍵方案首先要解決重碼問題。王永民找來 0 號描圖紙，橫向排 150 個字根，縱向排 150 個字根，第一位的編碼字全都填在第一張紙上，第二位的編碼字填到第二張紙上，第三位的編碼字填到第三張紙上，然後把三張紙摞在一起，放在玻璃板上，下面用六個日光燈照射……這樣所有的 GB 字誰和誰重碼，誰和誰不重碼，誰和誰相容，誰和誰不相容，誰和誰相關，誰和誰離散，全都看得一清二楚。原來改動一個字根，要把一萬來張卡片全翻一遍，而使用這種方法，很快就能知道：哪些字根能放在一個鍵上。

實現了 48 鍵，王永民又做成了 40 鍵。

接着又向終極的 26 鍵衝刺……

1983 年 8 月 28 日，王永民發明的《二十六鍵五筆字型漢字編碼方案》創造了計算機漢字輸入技術的奇跡。9 月 27 日，《光明日報》頭版頭條報道了這一重大發明。

發明成功了，推廣又得從頭做起，從零開始。這本不該是王永民的事，

他的任務就是發明，但王永明又一個人上路了。王永民就是這樣一個人，從來不怕從頭開始，從初心做起。1984 年，王永民帶着一台 PC 機來到了北京，在 CC DOS 作者嚴援朝的幫助下，將王碼五筆字型移植到了 PC 上。王永民在府右街 135 號中央統戰部的地下室 7 號房間，一住就是兩年。一天七元房錢，他都負擔不起。但是推廣五筆字型必須在北京，推廣的方法是一個部委接一個部委地講五筆字型，雖然不少部委在自己的機器上移植了五筆字型，但大批人員需要培訓。王永民到處去講，免費講，誰要他去他都去，中午有飯去，中午沒飯也去；講三天行，講五天也行。又是一顆「初心」打天下，住在北京府右街 135 號地下室兩年，王永民一共 100 多次到有關部委、大學推介自己的五筆字型輸入法。正當王永民在地下室受窮的時候，DEC 掏出 20 萬美元購買了五筆字型專利使用權。1987 年 3 月 6 日，王永民從地下室搬到了中關村遠望樓賓館，王碼電腦公司成立，同年五筆字型獲 1987 年中國發明展金獎。1992 年，王碼公司收入達到 1000 萬元。

而王永民初心不改，依然經常打的上班，保持着鄉村樸素本色。

1994 年 4 月的一天，王永民打「面的[1]」到位於中關村試驗區大樓的公司上班，當司機得知王永民是去王碼公司時禁不住跟王永民聊起來：王碼公司可有名了！王碼是上億元資產的大公司，公司的老闆坐的是凱迪拉克。王永民問司機：你認識嗎？司機回答：我不認識，只聽說是位河南來

---

[1] 面的：微型麵包的士車的簡稱。

的發明家，很有本事。

王永民告訴司機：我就是王永民。我沒有凱迪拉克，一輛桑塔納開了六年，大修去了，我常常打的。怕司機不信，王永民用的是正宗河南鄉音，北京的面的司機見多識廣，看了王永民一眼，明白是開玩笑，沒太當回事，也沒反駁，只說您真逗，說話聲音還真像。王永民卻是認真的，遞過去一張名片。北京的面的司機就是這樣，為人痛快豪爽，一扭方向盤，立刻把車開到路邊停下來，雙手握住王永民的手，激動地連聲說：我太榮幸了，我太榮幸了！做夢也沒想到我這面的會拉您這樣的大老板，拉的真是大老板，大發明家！

司機沒有開玩笑，雖然他愛開玩笑。第二天，這位家住石景山的司機帶着老婆孩子到王碼公司，還帶來一封信，信中還夾着十元錢。他在信中說：尊敬的王教授，您是名人，您還坐面的，真了不起！您使我改變了對有真本事人的看法。十元車費還給您，我永遠記住您，向您學習！

王永民的初心同樣得到了老百姓的回應。

感動了別人，更堅信了自己。

手記十：漢字精神

　　五筆字型無疑是中關村的一個節點，當年，20世紀90年代初電腦剛剛興起，在我的印象中，不會五筆輸入就等於不會用電腦，電腦與五筆字型是不可分的，它們簡直就是一起到來的。那時剛有瀛海威，還沒有新浪、搜狐、網易，那時上網不是主要的，主要是文字處理。即便如此已覺得非常現代、神奇，當我用鍵盤敲出第一個字時我覺得一下跨越了五千年，成為一個真正的現代人。我相信這樣的感受不只我一個人有，代表了許多人。當時雖然已有了拼音輸入，但一點不新鮮，我覺得拼音與書寫從根本上是兩回事。五筆字型和我們小時候學寫字的原理差不多，都是一筆一畫，把漢字拆成一個一個字根，頗有點「國粹」的味道。神奇之處也正在這裏：在電腦上可以「寫」出古老的漢字，這點足夠神奇。

　　漢字是中華民族獨有的文字，是中華文明的象徵。在日常生活中，我們時時處處都能見到漢字的身影，可以說只要有中國人的地方就一定有漢字。王永民五筆字型輸入法的歷史意義在於，相比其他輸入法，它更能保留漢字精神及其原始氣息（筆畫），不僅如此，它還衝破了當時國內漢字形碼快速輸入須借助大鍵盤的思想束縛，首創了26鍵標準鍵盤形碼輸入，與西文鍵盤同步。很難想象今天我們使用的PC機上另配上一個漢字大鍵

盤，王永民的發明避免了中國 PC 鍵盤的畸形。

現在許多人依然堅持用五筆，世界上著名的微軟、IBM、惠普、CASIO 等公司，都購買了王碼的專利使用權。五筆字型也在改進，在數字化。特別讓人欣喜的是近年王碼又有了重大創新，其發明並設計的「王碼鍵字通」是「數字王碼＋電子字典＋光學鼠標」三合一的原始創新，內裝王碼芯片，可以簡繁照打能互換，漢英互譯會發聲，處理簡繁漢字 27,533 個，完全符合國家 GB 18030 這一強制性標準，體現着漢字的活力，漢字的精神。

我一直在用五筆，我清楚地知道 Y 代表一點，G 代表一橫，J 代表一豎，W 是單立人，從抽象的拉丁字母，到具象的原始筆畫，再到完成一個古老的漢字，這個綜合的過程在具備拉丁字母「工具理性」的同時，保持了原始的感性，體認了中國文化的包容性、再生能力，有時真是讓人驚歎。

・ ・ ○　　　　　　　馮五塊　　　・ ・

多年以後的 2000 年，10 月 10 日，午後，網絡時代甚至可以具體到幾分幾秒，14：41：47，如果這時馮軍走在中關村大街上，或者開着車，停在中關村郵局和海龍路間的路口等紅燈，他多半會看見頤賓樓「轟」的一聲消失，看到一團灰色煙塵騰空而起：頤賓樓——這個中關村早期的標誌，剎那間告別了中關村。

　　事實正是如此，馮軍在煙塵中看到一個時代消失。

　　這樣的消失在中關村數不勝數，在中國也一樣，許多消失讓人來不及懷舊，新的消失又發生了，前幾天是四海市場——修建四環，中關村消失了一大塊，四海拆了，四海就曾位於現在四環的馬路當中，現在化作一股煙的是頤賓樓。雜亂無章的四海也就罷了，頤賓樓可是中關村一座標誌性的時代建築，到中關村如果沒見到頤賓樓（事實上想見不到都很困難），等於沒到過中關村。

　　頤賓樓建成的初期，中關村還沒有什麼值得驕傲的建築，北面只有四海市場。20 世紀 80 年代四海市場雛形已現，到了 90 年代中後期四海市場除了臨街最大的幾個門臉被海信、八億時空、國合電腦等一些當時的二線品牌電腦所佔據外，更深的胡同裏面則分佈着數量眾多的盜版光盤小店。這裏還可買到收音機、音響，淘到古典音樂 CD、打口帶、盒式錄音磁帶，

有些外殼還分氧化鉻、金屬殼，是那時別處買不到的東西。當時，四海環境很雜亂，和後來的城中村差不多，有一天這裏還出過人命：一個為某品牌電腦守夜的老大爺被害，丟了上百條內存條和幾十塊硬盤。「馮五塊又來了。」這是四海市場與頤賓樓裝機老板的口頭禪。那時候即使發生了守夜老人被害這樣的聳人聽聞的事，市場一片恐怖的神秘氣氛，瘦弱的馮軍也沒停止每天提着鍵盤、機箱，穿梭於四海市場與頤賓樓的 100 多家客戶之間。馮軍根本不關心老頭的謀殺案，只關心手裏的鍵盤與機箱，之所以停下不走，是因為客戶正在饒有興味談論謀殺案，馮軍也只能有一搭沒一搭地聽着，小小門面或櫃枱裏的客戶也有一搭沒一搭看一眼機箱，說機箱不好，接着談論謀殺案，馮軍二話不說就來到另一間門店。第二天換一款再重來一遍。機箱的品種很多，有二三十種，馮軍一天抱一款機箱給客戶看，每天都是新的。

　　一開始，流動的馮軍時常被趕出去，馮軍沒任何不好意思，他想他們這麼趕我，肯定也趕別人，他的競爭對手（提包小販）也會被他們趕出去。有一天，他們相信了他就不會再接納別人，這種客戶他一定要拿下，一旦拿下今後維護起來省心。這就是馮軍的邏輯，這是 1993 年。

　　「看一眼，今天的最新款。」馮軍將機箱杵到了老板的眼前，滿臉堆笑。這家馮軍已來問過好幾次了，裝機老板無法再不理馮軍。

　　「你這東西還不錯，什麼時候我的用戶需要，再找你吧！」

　　馮軍不聽這句中關村套話，就像對謀殺案不感興趣一樣，他站着不走。他知道，他走了就沒機會了，另外，老板既然搭了話就說明有機會了。

馮軍眯着眼睛對老板說：「如果有客戶要，他看不見貨，怎麼可能要？」裝機老板笑了，答應馮軍可以將機箱放下代銷。

代銷就是東西先放這兒，賣出去了再給錢，每個攤子都壓上貨，馮軍沒這個錢，而且他拿貨也都是先付了錢，憑什麼給別人就先壓着？他必須拿回現錢才可以周轉。他站着不走。他說：「我只賺你五塊錢。一月之內，你賣不出去，我保證退款。你看，我每天都來，不會跑掉的……」

馮軍的誠懇與直白是打動人的，另外主要也是中關村裏沒有傻子，事實上馮軍的機箱與報價出現的一瞬間，幾乎所有的攤位老板都被馮軍手裏這種既優質又優價的貨品所擊中。接下來的事，順理成章。留下機箱，留下聯繫方式，馮軍也得到最想得到的現金。儘管對於那些「道行很深」的攢機一族來說，那點現金微不足道，但對馮軍則是致命的流動資金，他每回給人現金，才能拿到質優價廉的貨。

「真的，我就賺你五塊，包退包換。」

他說的是真的，這人無假，可信，沒一點虛。

每到一個攤位他都這麼說，不厭其煩。

於是「馮五塊」的名字不脛而走。

這是一種信念，有信念的人不是常人。儘管馮軍和他的競爭對手，那些像他一樣提着機箱、手拎鍵盤的人看上去毫無二致，那種滿臉堆笑、謙卑甚至有過之而無不及，但他仍然不同。那種滿臉堆笑中的平靜與堅忍，

別人沒有。

　　稍有閱歷或觀察力的人就會發現馮軍樸實的臉上寫着「教育」二字，這是他那個層次的人也就是他的競爭對手們沒有的，因此他的對手儘管有人學他，甚至惡意地比他賣得還便宜，只賺四塊，三塊，也還是競爭不過他，擠不走他。此外除了「只賺五塊」，他還有與此相稱的別的東西，比如每天換一款，面對同樣的老板。「看看，今天的新款。」這也是他的口頭禪。

　　馮軍是西安人，漂在北京底層，幾乎與賣光盤、打口帶的差不多。但事實上馮軍是清華的學子，1987 年自西安育才中學以總成績第一名考入清華大學土木系。他心高氣傲，不太喜歡這個系，大一時想轉到建築系，兼顧藝術創作，但是沒成功。建築系是清華頂尖的系，沒轉成對馮軍打擊很大，他不想未來僅僅做個土木工程師，未來太清楚了他不喜歡。大二的時候開始往城裏跑，到有名的秀水街為做生意的外國留學生做翻譯，每小時掙五美元；大三時學國際金融貿易，為出國做準備，大四時托福考了 630 分，卻沒出成國，因為交不起五萬元的培養費。可 v 以看出，整個大學四年馮軍都在決絕地尋找人生與未來的出口，1992 年 8 月馮軍正式從清華大學畢業，儘管內心坎坷，時時碰壁，但在別人看來，名牌大學畢業絕對是天之驕子，他可以分到北京一個響當當的單位，旱澇保收、衣食無憂，成為一個工程師。比如北京建築工程總公司就 t 等着他去，而且一報到就將被派到國外工作，到馬來西亞，這是許多人求之不得的。但聽到此馮軍反而毫不猶豫地起身走了。這事兒撞到馮軍的傷口上，馮

軍的父親曾經援外八年，1992 年回國不久就去世了。八年的援外，馮軍日思夜想父親，十分孤獨，到頭來父親回來一病不起。馮軍毫不猶豫拒絕了北京建築工程總公司。

從北京建築工程總公司出來，馮軍口袋裏只有 26 元錢，他跑到了中關村，決定做個體戶，從最底層幹起。1992 年，中關村的名聲並不太好聽，離「中國矽谷」的名聲相去甚遠，「騙子一條街」綽號倒如雷貫耳。相比於選擇國企，馮軍混跡於「騙子一條街」與此簡直天壤之別，但夢就是這樣：具有超現實超常規的特點，幸好人類有夢，否則實在太乏味太讓人絕望了。沒有這樣底層、勇敢、大膽、決絕的夢，社會怎麼可能有一種神秘的推力，哪兒有後來的馮軍？是的，那時還什麼都看不出來，而神秘就在這裏，看出來了還叫夢或夢想嗎？那時的中關村雖有一些聲名鵲起的公司，像早期的「兩通兩海」，以及後來的聯想，但街面上更多是販賣盜版軟件、光盤，出售水貨與電腦散件的二道販子，像個大集市。裏面很多人選擇這一職業並非發展中關村的 IT 產業，或者是挑戰自己，而是因為這一看起來高端的產業，實際有很多低端的機會可以糊口。

既然到了中關村，總得有個落腳之處，馮軍租不起門臉，也租不起櫃台，就在別人的一個六平方米櫃枱裏擺一張桌子，佔三分之一面積，卻付給了人家二分之一的租金。這個人是馮軍的同學，二分之一就別說，讓你擠進一張桌子已經算很不錯了，生人誰會讓你擠進來？那時無論在四海市場還是在頤賓樓，租個攤位可不容易，有錢都租不上。有了這一落腳之處，馮軍開始採貨，進貨，當然不能坐等散客，這樣能掙幾個錢？馮軍雖然初

入市場，但野心很大，他瞄準的是櫃台、門臉，這才是他的客戶，他要給他們供貨，建立自己的客戶羣。彼時絕大多數櫃枱店面都在做電腦配件生意，一般鍵盤、機箱的利潤在十五至三十元，由於機箱沉，不易搬運，許多店鋪不願做這樣的生意，正好給馮軍留下機會。馮軍知道要想擠進市場只能做別人不願做的生意，這個他不在乎。

馮軍開始給他的客戶送貨，每天騎着自行車，一手夾着機箱，一手握着車把，同時車後還夾着鍵盤，七扭八歪地避讓着行人，有時一不小心撞在別人車上，即使摔倒的一瞬間還在拚命用身體保護着機箱。有時撞到人身上，使勁給人賠禮道歉，如果撞得不重，別人又看他渾身包括車上「全副武裝」的樣子，咒罵他兩句，放他一馬也就過去了。無論颳風下雨，烈日炎炎，三九寒冬，冰天雪地，馮軍穿梭在頤賓樓與四海市場之間的客戶中，任勞任怨。那輛自行車「除了鈴不響剩下哪兒都響」，是馮軍從一個民工手上買來的，一看就是偷的。後來業務多了，馮軍不騎自行車了，也沒賣，就是扔在路邊上了，算是還給失主吧。除了成本，每個機箱、鍵盤，別人賺十塊二十塊，馮軍堅持只賺五塊，並且總有新款，慢慢地店鋪老板認可了馮軍，「馮五塊來了」，開始人們這麼說有些輕慢，但是當許多店鋪發現馮軍已是他們穩定的供貨商，他們不再小看他。

馮軍改騎了三輪車送貨，當然不是新三輪，是一輛二手三輪車。不過這次不是從民工手裏買的——民工還真沒賣三輪的，而是從正經舊車行買

的，這次他問心無愧。雖然用三輪車拉貨拉得多了，但也有麻煩，三輪車一次可載四箱鍵盤和機箱去電子市場，去四海還好，去頤賓樓得把車停樓下爬樓，但他只有兩隻手，一次只能搬兩箱上樓，剩下的就只能放樓下車上。但是沒人看着怎麼行？東西多半會丟的，順手牽羊人們就會拿跑東西了。這可讓馮軍犯愁了，臨時雇人看着也不放心，誰知僱的人是什麼人？會不會反而一下給你蹬跑了？很冒險的，此外就算靠得住也還要多一份花銷。馮軍沒有僱人，車到山前必有路。

馮軍把東西卸下，車鎖好，然後提着兩箱東西搬到能看到的地方，折回頭再搬另外兩箱。東西湊齊了，如是反覆，再搬兩箱到能看到的地方，折回頭搬另兩箱。就這樣非常原始，將貨物從一樓搬到二樓，再從二樓搬到三樓，把鍵盤、機箱一一送到店面的客戶手中。

這是一種什麼樣的方法？

一個人來來回回，滿頭大汗，渾身濕透。

滿臉堆笑，旋即趕快回望，奔向貨品。

只有人類能這樣搬東西。

2000 年秋天的那個下午，馮軍看着化作煙塵的頤賓樓，看到當年自己的影子，他沒有把車開過去，拐了彎兒。拐了彎兒腦子裏還是煙塵，煙塵中還能看到那個爬樓者。

那個負重者。不過八年時間。一切都太快了。

中關村太快了，他也太快了。

他應該停一停嗎？但這個思緒隨後就被一個寫字樓內的談判沖得

無影無蹤。連頤賓樓也忘得一乾二淨，他很快就習慣了沒有頤賓樓的中關村。

手記十一：底層的精神

　　中關村歷史上，早期的王洪德與中期的馮軍都體現了某種力量，「王五走」與「馮五塊」頗具意味地齊名。兩者向度不同，內涵不同。現在的人們難以想象計劃經濟時代人都是被計劃的，人才單位所有制，不能自由流動。換一個單位首先要單位同意，然後是單位與單位之間商量，所謂「商調」。現在不同了，不同開始於王洪德，這是「兩通兩海」王洪德之意義。馮軍已是受益者，完全自由，自主選擇，一個人在大海中游泳。在個人生存中，馮軍創造了自己的生存寶典：「我只賺你五塊錢。」別小看這一句話，看起來比「五走」簡單，就是一句生意經，實際包含了人性的基本準則：誠實，信任，並把這兩點上升為信條，具有倫理學的基本意義。做生意必須賺錢，但我告訴你賺多少，後者讓買賣之間的界限消失了，瞬間達成了人性原則與商業原則同體的契約精神。這並非馮軍所創，中國傳統小本生意一直是這樣，將誠實與信用作為信念，化為人性。馮軍的信念是傳統的延續，最終讓馮軍取得了無法阻擋的成功。與誠信必然相關的是吃苦精神，必然誕生那種勞動精神，那種在樓梯上來回一步步挪動貨物的精神。

馮軍本是清華大學的高才生，與馮軍幹一樣活兒的人大多數是來自安徽、河南的農民，彼時中關村的 CPU 批發生意 60％以上都由來自安徽霍邱縣馮井鎮的農民把持。與這些人混在一起，讓這些人認可絕不是件容易的事，馮軍必須從裏到外撕下原來的大學生的自己，讓自己真正像村裏人一樣。剛剛打進四海市場，那些攤主，不論大小都是爺，馮軍見人就點頭哈腰，賠笑臉，說好話。「馮五塊」的綽號裏可以看出某種對馮軍的譏笑。但馮軍畢竟是大學生，正因為到了底，立於底，甚至給底部的人墊了底兒，因此他也給最底部注入了高端的東西：那就是知識，倫理，善——善是最高的智慧。

　　馮軍推銷的鍵盤、機箱都是「小太陽」品牌，經過兩年的努力，他的誠信，他的「只賺五塊」的信條，擊敗了許多人，光是「小太陽」鍵盤每個月的銷量就達到三萬隻，佔了中國北方市場的 70％份額。此後，在中關村馮軍是第一個將彩顯、機箱、鍵盤品牌統一起來的人，統一都叫「小太陽」，後改為「愛國者」。「愛國者」名滿天下。2008 年 9 月 25 日，中國「神七」發射成功，「神七」艙裏記錄並存儲大量數據信息的錄音存儲裝置，就是由馮軍的華旗愛國者提供的。馮軍不僅以「馮五塊」的精神走在大地上，而且還上了天。

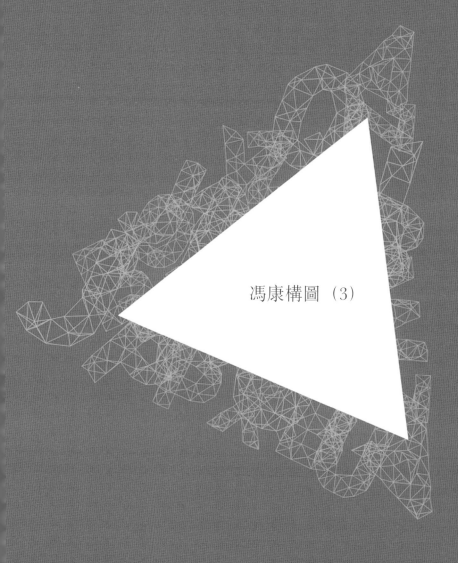

馮康構圖（3）

馮康學派之袁亞湘

「我叫袁亞湘，『亞』是因為排行老二，『湘』是由於來自湖南。我曾是農民，而且從心裏一直自認為永遠是農民。5 歲上學，11 歲休學一年，在家放牛。15 歲高中畢業後回村當農民。我很想當個詩人，可惜沒有天賦。18 歲考上湘潭大學，四年後考上中國科學院計算中心研究生，1982 年 11 月起，在劍橋大學應用數學與理論物理系攻讀博士，師從 M. J. D. Powell 教授。1988 年回到中國，在中國科學院計算中心工作。我研究非線性最優化，工作還算努力。愛打橋牌，現在有時也打。我不善於管理，也不想當官。但受命運的捉弄，曾管理過一個所，現在是無官一身輕，帶帶學生，想想數學，寫寫文章，悠遊世界，不亦樂乎……」

以上是袁亞湘風趣的自我介紹。百度的介紹就顯得正襟危坐得多：袁亞湘，中國科學院數學與系統科學研究院研究員，副院長，中國科學院院士、發展中國家科學院院士、巴西科學院通訊院士、美國工業與應用數學會會士（SIAM Fellow）、美國數學會會士（AMS Fellow）。現任中國數學會理事長、國際運籌聯盟副主席、亞太運籌學會主席。在非線性優化計算方法、信賴域方法、擬牛頓方法、共軛梯度法等領域袁亞湘做出了突出貢獻，在非線性規劃方面的研究成果被國際上命名為「袁氏引理」。

袁亞湘的自我介紹有一種雲淡風輕、優哉遊哉，須知袁亞湘的這個自我介紹是為 2011 年評選科學院院士提供的簡介。有人拿袁亞湘與馮康比，但事實上這就像拿古龍與金庸相比，袁亞湘讓人想到西門吹雪，馮康則是俠之大者，一代宗師。馮康為數學而生，一生只關注數學秘密，袁亞湘一手拂塵，一手撲克亦成為大家。兩人看起來如此不同，但有的東西又是相同的：那就是師徒的心性都已走得很遠，不能說一騎絕塵，但他們的內心旁人實在無法窺其堂奧。兩人在年齡上落差很大，簡直是兩個時代的人，但時代又讓他們穿越在一起。

20 世紀 60 年代，當袁亞湘還是一個放牛娃時，馮康已是中國「兩彈一星」最神秘的幕後英雄之一，同時獨立創始了有限元，成為世界級的數學家。在同一時空，他們一個已是武功蓋世，一個牧羊鄉間，但時間卻讓兩個遙遠之人越走越近，時間似乎安排着一切，到這位鄉村少年 18 歲考上湘潭大學，21 歲畢業，馮康已近在咫尺矗立在玉樹臨風的少年面前。

袁亞湘原要留校任教，按理對一個放牛娃，一個農民的孩子，留校當大學老師已是夢中的事，但已闖入數學王國的袁亞湘此時滿眼星辰，要進入更廣闊的天空，準備報考研究生。當時學校面對這個天才有兩派意見，學校最高領導認為湘大畢竟是小天地，把他留在學校會辜負他的天才。但數學系主任不捨，數學系缺人才，兩派意見最後合成一種意見：袁亞湘可以考研，但要考就考中國最厲害的老師，最厲害的老師就是中科院的馮康，否則就不讓考。

系裏小算盤是：馮康全國就一個，是最難考的，你袁亞湘雖說在湖南是最好的，但放在全國那可就難說了，湘潭大學怎麼能和清華北大比？不要說和清華北大比，就是湖南大學也比不了，那麼你考不上不就又回來了？可誰也沒想到袁亞湘考了中科院第一名，直面馮康。

袁亞湘到了北京，中科院，中國最高的科學殿堂，如同唐三藏一行到了雷音寺，他與馮康師徒二人見面，完成了時代穿越，一老一少，惺惺相惜。馮康對袁亞湘來說已頂了天，但袁亞湘沒想到恩師的天不是他預見到的天，恩師的天要大得多。馮康說：亞湘，你不要跟我學了，你出國吧，去劍橋吧。

袁亞湘蒙了，在報考研究生填表時，表上有一項是「你願不願出國」，袁亞湘填的是不願。你為什麼不願出國？恩師問，袁亞湘反問：您覺得我該不該出國？儘管蒙，這個反問是相當聰明的。恩師點頭：你當然應該出國，「國家閉關多年，需要人到國外見識，學習。不過，亞湘，你要出國，就別學有限元，要學有限元，就別出國」。1982 年，這話是如此絕對，豪邁，完全是世界視野，既看清中國的需要，也不妄自菲薄，馮康的意思是你要學我這行當，就用不着出國，我這兒就到頭了。那時中國有幾個科學家敢說這話？同時這又是怎樣的胸襟？放着自己的研究生不帶，送出國去，除了大師誰能做到？僅此一點，30 年後回憶起來，袁亞湘仍對馮康折服不已，感歎此種胸襟難得。

那時科學院的自主權很大，自己拿出錢於 1982 年選了 30 多個研究生，準備送出國做不同方向的研究。這 30 多個研究生組成了一個班，叫

作「出國預備生班」，預備了近十個月，其間主要是補習外語，袁亞湘是其中之一。

儘管並沒跟導師學有限元，但袁亞湘也視馮康為恩師，預備期間有一次由華羅庚與馮康共同邀請的英國劍橋大學的數學教授鮑威爾訪華，馮康會見時把袁亞湘引見給了鮑威爾教授，為日後袁亞湘負笈劍橋埋下伏筆。果然，十個月後鮑威爾教授成了袁亞湘的導師。高手找高手，大師找大師，馮康把國際上最牛的人請來，把自己最出色的學生推薦給他，如此高舉高打，焉能不出人才？

馮康以「飛鳥」的國際視野為袁亞湘確定了研究方向，「現在國內數學領域的『優化』問題相對比較弱，但『優化』將來會很有前途，所以，你要學這個方向」。現在看來馮康的確有着「飛鳥」的戰略眼光，所謂「優化」就是今天最熱門的「大數據」（Big Data）核心要解決的問題，而 30年前馮康就洞悉了未來。一個國家有這樣的人，是國家之幸。

大數據就是把所有信息整合起來處理，最後以最優化的方式服務人類。21 世紀以來，特別是進入 2012 年以來，大數據一詞越來越多地被提及，人們用它來描述和定義信息爆炸時代產生的海量數據。數據決定着未來的發展，大數據時代對人類的數據駕馭能力提出了新的挑戰，也為人們獲得更為深刻、全面的洞察能力，提供了前所未有的空間與潛力。在商業、經濟及其他領域中，決策將日益基於數據和分析做出。這將是一場革命，龐大的數據資源使得各個領域開始了量化進程，無論學術界、商界，還是政府，所有領域都將開始這種進程。

袁亞湘說，優化（Optimization），是應用數學的一個分支，主要研究在給定約束之下如何尋求某些因素（的量），以使某一（或某些）指標達到最優的問題。這類定式有時還被稱為「數學規劃」，譬如，線性規劃。許多現實和理論問題都可以建成這樣的一般性框架。比如設計飛機，那飛機的翅膀設計成什麼形狀，也是優化問題，不能拍拍腦袋就這樣了。為什麼現在世界上飛機都這個樣子？就是那個翅膀已經被科學家優化了。通常在馬路上開着車都很顛簸，但坐着飛機飛到天上根本就感覺不到，跟沒動似的。為什麼？就是科學不斷進步不斷優化。伴隨着計算機的高速發展、大數據時代的到來和優化計算方法的進步，規模越來越大的優化問題更加重要，並且具有了最為科學的預見性。

袁亞湘與馮康相差了40歲。「這就有點像一個家庭中爺爺跟孫子，」袁亞湘親切回憶此種情形時說，「按道理林羣院士、石鐘慈院士跟馮先生接觸得更多，是另一輩，但是中國這個傳統就是兒子輩怕老子輩，林羣、石鐘慈他們很怕馮康，但我不怕，『隔代親』，馮康跟我什麼都聊，像與孫輩聊天，充滿呵護，我也什麼都敢說。」的確，這是中國的特殊情形，或者說中國文化中特別富於人情味的一點。人性與人情還不同，人性中很多時候不含人情，但人情中一定包含人性。這也是中國文化的超越性。（當然，必須看到人情有時也抑制了人性、理性，時有變異。任何時候都不能盲目自豪，需要甄別、互補，才能發揚光大。）

袁亞湘到了劍橋，師從鮑威爾教授，其間與馮康保持着密切通信聯繫，

不斷匯報自己的學業進展、劍橋數學的研究動向……袁亞湘不負恩師馮康厚望，三年拿到博士學位，又在劍橋工作了三年。要不要在劍橋工作，怎麼工作，這些決策都是袁亞湘跟馮康寫信溝通的。馮康鼓勵袁亞湘在劍橋工作，這樣可以更深入地了解英國的計算數學的研究，將在國外最前沿的方法帶回國內，同時也可將所學付諸實踐。

袁亞湘在劍橋工作期間，馮康到英國訪問，順便去劍橋看望了袁亞湘。袁亞湘陪先生遊覽了劍橋的三一學院與聖約翰學院。劍橋郡本身是一個擁有大約十萬居民的英格蘭小鎮，小鎮有一條河流穿過，稱為「劍河」（River Cam，又譯「康河」）。劍河兩岸風景秀麗，芳草青青，架設着許多設計精巧、造型美觀的橋。劍橋大學本身沒有一個指定的校園，沒有圍牆，也沒有校牌。絕大多數的學院、研究所、圖書館和實驗室都建在劍橋鎮的劍河兩岸。撲面而來的融於自然中的歷史人文氣息讓師徒二人時時發出感慨。馮康談到早年學英語的經歷，1938 年蘇州中學的校圖書館被日本轟炸機狂轟濫炸，圖書滿天飛，燒毀的燒毀，散失的散失，但就是在這樣的情境下馮康在灰燼之中拾得一本英語殘書——《世界偉大的中篇小說集》，便在殘垣斷壁中津津有味地閱讀起來……

散步的時候，馮康談到籌建國家重點實驗室的事，準備為此一搏。國家重點實驗室是國家科技創新體系的重要組成部分，是國家組織高水平基礎研究和應用基礎研究、聚集和培養優秀科技人才、開展高水平學術交流、配置先進科研裝備的重要基地。國家重點實驗室的主要任務是針對學科發展前沿和國民經濟、社會發展及國家安全的重要科技領域和方向，開展創

新性研究。實驗室應在科學前沿探索研究中取得具有國際影響的系統性原創成果；或在解決國家經濟社會發展面臨的重大科技問題中具有創新思想與方法，實現相關重要基礎原理的創新、關鍵技術突破或集成；或積累基本科學數據，為相關領域科學研究提供支撐，為國家宏觀決策提供科學依據。實驗室科研用房應集中，並擁有先進適用的儀器設備和完善的配套設施，儀器設備統一管理，高效運轉，開放共享。

國家重點實驗室物理方面很多，化學方面也不少，人們認為數學不需要「實驗」，一直沒有，這是短視，甚至盲視。馮康向國家提出了申請，如果沒有馮康的戰略眼光，馮康的威望，當時很難想象能建立數學類的國家重點實驗室。在這個意義上說，馮康是這個至今在國際上頗有影響的數學類的國家重點實驗室的締造者。1988 年，袁亞湘一回國，便投入到籌建中國計算數學國家重點實驗室的工作當中，成為馮康的主要助手和實驗室創建者之一，負責起草了許多文件。實驗室光採購設備就花了幾百萬美金，在當時是個天文數字。

20 世紀 80 年代末到 90 年代，已是快 70 歲的人了，馮康還在不斷地學習，不斷求知，不斷創造。袁亞湘經常看到馮先生。袁亞湘印象最深的是一到週末老頭就挎着個書包去圖書館，是那種帆布的書包，還不是部隊那種，就是那種深藍或藏藍色的，就像普通人買菜所用的那種，反正一看就是帆布包。1982 年馮康還沒成家，孤身一人，最常去的就是圖書館。他踽踽獨行，背個書包……

馮康學派之余德浩

余德浩是馮康帶的第一個博士，1962 年考入中國科技大學，受教於關肇直、嚴濟慈。1978 年考入中國科學院計算中心，師從馮康，先讀碩士，接着是博士。從知道馮康，到在中國科大學馮康編的教材，到決定報考馮康的研究生，中間經歷了「文革」，一晃快 20 年了，馮康在余德浩的心中一直巍然屹立，高山仰止，且有種神秘感。那時馮康已從計算所到計算中心當主任，數學所在北樓，計算中心在中關村東樓，余德浩找到計算中心報了名。余德浩心裏一點底也沒有，馮康不像關肇直，關肇直是親自教過自己的先生，可以直接登門拜訪，對馮康他卻不敢。左思右想，回到密雲自己所在的工廠，挑燈給馮康寫了一封信，介紹了自己的情況。沒想到很快馮康就回信了，至今余德浩還記得那是一個很小的信封，是一個舊信封翻個面改的，重複使用。余德浩想象着一位大數學家將一隻舊信封拆開的情景，然後又黏好，寫上地址、名字，封好。那時舊信封翻用倒也是一個常見的行為，但馮康也如此余德浩沒想到。信箋也很小，是一種便箋，有中科院計算中心字頭。信中馮康告訴余德浩：「我們是嚴格擇優錄取，這點沒有什麼可以改變」。

這樣說有兩個意思，一是提到關肇直也沒用，二是也不會有任何人任何事影響錄取，唯一就是看你的本事。這樣最好——是余德浩最高興的。

初試、複試，一關一關，儘管緊張但也坦然，一切順順利利。初試沒見到馮康，複試見到了，前面坐着幾位主考老師，馮康坐在中心位置。複試的最後成績：余德浩第一。收到錄取通知單，余德浩心裏一塊石頭徹底落了地，十幾年的蹉跎歲月終於要結束了。

跟馮康讀書主要是討論班形式，每週都有討論班，然後是馮康在別處做做學術報告，讓弟子跟着聽。再有就是開會，包括去外地，像去廈門、桂林等全國許多地方開會，帶着他的碩士生博士生去。此外，馮康經常接待外國同行，或來訪或學術交流，馮康也總是讓弟子跟着，把弟子介紹給外賓認識。這為弟子未來出國深造、交流、訪學，都埋下了非常好的伏筆。

1978 年剛剛改革開放，國內的文獻資料比較少，一般科學家跟國外交流也比較少。但是馮康的地位與國際威望使他跟外國交往的機會多一些，那時馮康經常出國訪問，或者外賓來訪找他，雙向交流自然越來越密切。當年美國數學家代表團來訪，法國數學家代表團來訪都是馮康接待，他可用外語直接交流，三言兩語三五分鐘就讓外賓驚訝，雖然身體瘦小，但魅力與氣場很大，外國同行往往見他一面會留下深刻的印象，因此他的學生也跟着受益。中國的數學，當年就是因為有像華羅庚這樣，馮康這樣的大師，雖然閉關鎖國多年，但外賓一接觸就覺得中國還是有水平的。比如美國數學家代表團回去跟美國政府匯報介紹說，中國數學，儘管經歷了「文革」，水平還是不錯的。余德浩記得美國代表團特別提到了有限元，提到中國在與世界隔絕的情況下完成了有限元。而法國數學代表團的一個院士，

大數學家，跟馮先生一見面馬上就成了朋友，對有限元的評價相當高，打心眼裏佩服。馮康除了學術水平高，他的語言能力與善於表達也起了至關重要的作用。

余德浩剛考上研究生的時候，馮康就給了余德浩一大摞足有幾十本的外文版的文獻、參考書。除了英文的，還有德文、法文等。余德浩原本是學俄語的，但俄語資料少，主要都是英文、法文、德文、意大利文。這些資料很多都是馮康出國弄回來的。馮康水平高，翻一翻就知道怎麼回事兒，學生看起來就困難了，英語余德浩後來還湊合，德語、法語、意大利語就得查字典。余德浩在研究生期間在「北二外」又學了一年法語，學了一年德語，不學不行，不學那些書他沒法看。這樣下來，余德浩受益匪淺，後來他給自己的學生也準備了許多外文資料，對學生說有些東西看不懂也不要緊，看不懂跳過，揀有用的看。有可能現在不理解以後就理解了，現在不知道有什麼用，但以後用着了，起碼就知道有哪個文獻去哪兒查。唸研究生不是唸本科，一本書不用從頭到尾都要看懂。這些既是余德浩的體會也是經驗之談，而這一切又都源自馮康。

余德浩大學學的專業是應用數學，後來學的是計算數學，馮康叫余德浩跨兩邊，應用數學和計算數學。如果再細分的話，其中一個叫微分方程數字解法。微分方程數字解法有各種各樣的方法，馮康的領域或特長叫有限元，但當時叫邊界元，馮康把它歸在一類，叫「有限元邊界元方法」，余德浩主要搞的就是這個方向。而有限元邊界元方法裏頭有數學理論部分，

也有計算方法部分。數學理論部分可以歸於應用數學，計算方法部分就是計算數學，所以馮康讓余德浩跨兩邊。

余德浩知道有限元馮先生做了很多，學生再做也做不到多高，所以馮康讓余德浩跟他一塊兒做邊界元。余德浩做時還沒有一篇邊界元方面的文章，1986 年馮康發表了第一篇邊界元方面的文章，很短的一篇文章，就是在那個基礎上，余德浩把邊界元作為了自己的碩士論文來做。論文做出來後，跟馮康聯名在「中法有限元討論會」上宣讀了該論文。同時在《計算數學》雜誌上發表了論文，當時，這份雜誌是馮康剛剛創辦的一個英文版的計算數學方面的雜誌。

在中法有限元討論會上，馮康是會議主席，中法雙方舉辦的這個會議有兩個主席，在北京開的是第一屆，馮康把余德浩帶去參加這個會議。在那個會議上，馮康的主報告，就是師徒二人聯名的論文。框架是馮康給的，具體的演算部分是余德浩做的，馮康最後潤色改定。那次中法會議馮康最後一個發言，是那個會的壓軸戲、主報告，一個小時。由於是聯名，又是余德浩的碩士論文，等於馮康在國際場合推出了余德浩，當時影響非常大。報告以後，討論時有提問，有些問題是馮康叫余德浩回答的。那個會除來了一些法國教授，美國也來了一個教授，日本和意大利也各來了一個教授，《中國大百科全書》裏把那個會議都寫進了詞條。

1984 年余德浩唸博士的時候，馮康的研究方向轉到了哈密爾頓系統的辛幾何算法上去了，邊界元後面的工作就都由余德浩來做，等於再次給學生創造了一個很好的學術機會，給學生騰出了研究空間。

20 世紀 70 年代末 80 年代初，馮康住的房子很小，後來房子大了，有了一間房專門放書。余德浩還記得馮康房子很小的時候地上到處都擺着書，牀底下牀邊上都是書，一摞一摞的，甚至就連牀上也擺的全是書。余德浩記得到導師家都沒有坐的地方，只能站着跟導師說話，導師呢，撥撥書，坐在牀邊上，兩人就像在圖書館中，確切地說，在圖書館深處。馮康不像一個家的主人，更像是書中的主人公，或者馮康就是書。

馮康對研究生非常嚴格，余德浩做了研究生後，計算中心有老研究人員很佩服余德浩的膽量，因為一直傳說「馮康的學生很難畢業」。當時中關村 87 樓集體宿舍樓裏住着一位精神失常的中年人，就是馮康「文革」前的沒能畢業的老研究生。余德浩為此總是有點緊張，儘管感到老師對自己特別好。

1985 年余德浩取得博士學位，馮康建議余德浩出國，開拓國際學術視野。馮康親自為學生在英文打字機上打了兩封推薦信，一封是給美國的一位教授，是一位參加過中法有限元國際會議的美國有限元專家，是國際上有名的教授。一封是寫給德國洪堡基金會的。洪堡基金是國際上最著名的基金，每年向大約 6000 名具有博士學位、年齡不超過 40 歲、成績優秀的外國科學家提供獎學金，使其有一段較長的時間在德國進行科學研究工作。選拔委員會由 100 名各學科的德國科學家組成，在德意志研究聯合會主席的主持下負責對申請者進行選拔，不分國別，也沒有專業限制。20世紀 80 年代初給中國名額還不多，一年所有學科也就十來個人。當時公

派學者到德國做訪問，國家出錢是一個月 600 馬克，德國的其他一些基金會有的是 1000 馬克，洪堡基金會每月 2400 馬克。余德浩剛去時是 2400 馬克，不久就漲到了 2700 馬克。在德國訪問的學者包括留學生，都很羨慕拿到洪堡基金的人。

1987 年余德浩在德工作訪問期間，馮康應洪堡基金會邀請來到德國訪問、講學半年，這年馮康結婚，本來要帶夫人，但夫人因故未能成行。洪堡基金會為馮康準備了一間辦公室，供馮康進行專門研究。余德浩夫婦見到馮康，邀請馮康到瑞士一遊，三人一起坐船，拍了很多照片，去了日內瓦、洛桑、伯爾尼。非常神奇的是，馮康在伯爾尼的一個小山坡上遇到了多年未見的姐姐馮慧。兩人一個上山坡，一個下山坡，遠遠的誰也不知道誰，但是走着走着，就像穿越了時光，兩人走近了，停下，一個是姐姐，一個是弟弟！兩人不禁百感交集，都已是老人，多年未見，在異國他鄉碰上，像兩顆行星對接。

馮康完全不知道姐姐在歐洲，雖然姐姐知道他在德國，但不知道他到了瑞士。馮慧是葉篤正的夫人，葉篤正那時是世界氣象協會的會長，在日內瓦開世界氣象學會議，馮慧去美國看兒子，從美國回來繞道歐洲與葉篤正會合，本來是去日內瓦，到了瑞士後順便想到別的城市轉轉，就來到了伯爾尼，馮康也是順便到了伯爾尼，都是順便，彷彿冥冥中安排的「順便」，你從這頭，他從那頭，兩個人相遇，相視。他們在小山坡上聊了一二十分鐘，便又分開了。余德浩給他們拍了照片。此後馮康見到熟人包括外國人都常說到這個「小概率事件」，他非常興奮，不但跟余德浩要了

照片，連底片也要了去。

馮康學派之唐貽發

在馮康學派中，唐貽發算是最不出名的一位，僅僅是一名研究員，既不是院士，也沒當過所長、副所長。百度上的介紹也很簡單：1987 年復旦大學畢業，師從馮康院士，先後獲得碩士、博士學位。研究方向：動力系統的幾何算法。主要學術成果：在「多步辛算法存在性」「辛算法形式能量及其應用」「非線性 Schr dinger 方程、含時 Maxwell 方程辛計算」方面獲得有影響結果。條目很少，也很簡單，但學術上很重要。

唐貽發從小就熱愛數學，中學時就確立了當數學家的志向，大學考到了復旦大學數學系。還在上學時唐貽發就見過馮康，1985 年冬天，馮康來復旦講學，講的是「哈密爾頓系統的辛幾何算法」，馮康講完了，復旦教授蔣爾雄和柏兆俊都分別向馮康提了問題，問題與回答高深得大家都聽不大懂，蔣爾雄老師總結馮康報告，認為「觀點高超，給人全新的感覺」。唐貽發發現馮康講着講着就用手摸自己口袋，摸了半天。柏兆俊問馮康是不是想抽煙，馮康回答是的。

1987 年唐貽發復旦大學數學系畢業，決定報考中國科學院計算中心研究生。馮康已經退居二線，不再擔任計算中心的主任。1987 年 4 月，馮康再次應邀去復旦大學講學，彼時研究生考分正好已經出來，唐貽發也得知

自己已經被計算中心錄取，但導師未定。唐貽發的班主任鼓勵唐貽發去見見馮康。唐貽發儘管考了第一名，還是有點不敢去。班主任打氣說你一定要去找他，即使他不選擇你，也會給你建議一位導師，那也是很好的事情呀。

那天下午，是個難得的好天氣，在復旦大學招待所，唐貽發壯着膽子去見了這位已是 67 歲的數學權威。出乎唐貽發意料的是，自己此前的緊張完全多餘。唐貽發對馮康多少進行了研究，一開始問起「有限元方法」，馮康便笑了，對唐貽發說，儘管招生廣告上他的研究方向依然寫着「有限元方法」，但他現在的主要精力已經放在「哈密爾頓系統的辛幾何算法」，他在該年度有可能招一兩名這方面的碩士生。唐貽發表示願師從馮康，問可不可以，馮康乾脆地說了聲「可以」，接着又說了這樣一句：「你們復旦大學數學很強，計算數學也很強。你們的學生素質挺不錯的，很歡迎你們到中科院讀研。」接着問唐貽發：「你想跟我做這個新的方向，你的物理力學背景怎麼樣？有沒有流體力學、彈性力學這些方面的基礎？」

唐貽發只是在大一大二修過普通物理，剛剛才又修了一點理論力學，但馮康並沒有失望，興致未減，「我向你推薦一本書，就是 Arnold 的 *Mathematical Methods of Classical Mechanics*（《經典力學的數學方法》），這實際上是一本研究生教材，挺好的，你認真讀讀」。整個見面過程只有二十來分鐘，儘管唐貽發感到將來要學的東西還是挺多，很難，但馮康富於感染力的話讓他感到很大的鼓舞。而且唐貽發注意到，馮康自始至終根

本就沒關心自己考了第幾名。至於數學大師 Arnold 的那本《經典力學的數學方法》，限於當時的條件，唐貽發竟然一直沒有找到。

幾個月後唐貽發來北京正式入學，成為馮康的研究生。馮康送給了弟子一本《經典力學的數學方法》，並在第一頁上簽上了他的名字。快 30 年了，唐貽發對這本《經典力學的數學方法》記憶猶新，他還記得當時怎樣認真研讀全書的情景，書上列的習題他幾乎全做過，讀得都有一些磨損，尤其是書的外層，許多裂開的地方都拿質地好的白紙和膠水黏上了。

馮康極其欣賞 Arnold——弗拉基米爾·阿諾德，其人被公認為是 20 世紀最偉大的數學家之一，當過國際數學聯盟副主席。20 世紀 60 年代前後，阿諾德專注於哈密爾頓動力系統的研究，是 KAM 理論的創立者之一。KAM 理論是動力系統中最深刻、最困難的理論之一，其背景是太陽系的穩定性這個悠久的老大難問題。與此同時，阿諾德還發現了一個極其重要的現象，現在稱之為「阿諾德擴散」，大意是，在那些穩定的島嶼——不變環面之間，可能存在一些幽靈般的軌道，以近乎隨機的方式極其緩慢地漂移，但「阿諾德擴散」的機制至今仍不清楚。阿諾德的工作是繪製了一幅複雜系統的典型畫面：有序運動與無序運動交錯共存，不管在哪一個量級或層級上，一定會有不可預知、難以控制的信息隱藏在深不可測的黑暗地帶。大約也是這個時期，阿諾德對理想不可壓縮流體的運動方程給出了一個非常優美的刻畫。他把這個方程看作是保體積微分同胚組成的無窮維李羣上的測地線方程，清晰地揭示了流體運動內

在不穩定性的幾何根源。阿諾德有一個有趣的觀點認為，數學是物理學的一部分，物理學的本質是幾何。其名著《經典力學的數學方法》就是用辛幾何的框架，給經典力學來了一次脫胎換骨的轉化。這本書被稱為「幾何力學的《聖經》」。

1988 年前後，馮康與阿諾德在蘇聯、法國都有過交流。唐貽發還記得早在 1988 年夏天馮先生從歐洲訪問歸來，自己正好完成在中科院研究生院一年的基礎課學習回到所裏，見到馮先生帶回了阿諾德有關「辛幾何」方面的講稿（不是書是講稿），馮康讓他的研究生們馬上複印，人手一份。馮康比阿諾德大 17 歲，儘管年齡上有較大差距，但二人是有些淵源的。早在 20 世紀 50 年代，馮康在莫斯科 Steklov 研究所（相當於中國的中科院數學所）研習過兩年，他的導師是 Pontryagin（龐特里亞金），一位傳奇的盲人數學家，也做過國際數學聯盟副主席，稍晚弗拉基米爾 · 阿諾德也進入了 Steklov 研究所學習，導師是 Kolmogorov。Kolmogorov 與龐特里亞金年齡相仿，是 Steklov 研究所幾十年的同事，也都是國際著名的數學家。1988 年馮康歐洲之行途經莫斯科，最後一次見到了自己的導師龐特里亞金，也見到了阿諾德。

唐貽發跟了馮康六年，一些生活細節歷歷在目。因為有時幫忙拿信件之類，唐貽發多次碰到馮康用餐，馮康生活非常簡單，保姆常常給他做的就是雞蛋油菜加上一小碗飯，僅此而已。他以前對於錢是沒什麼概念的，但有一次居然問唐貽發：「小唐，這個月的工資發了沒有？」這是馮康有

了夫人之後。

「跟他在一起，」唐貽發說，「一些很簡單的事情會讓人悟出做人的深刻道理。有一次一位西班牙馬德里大學的學者 Vazquez 教授來訪，馮先生請客，在北海附近某個小餐廳吃飯。除了馮先生、Vazquez 教授，還有我們課題組的秦孟兆老師和我。」當時唐貽發是一位年輕的學生，是第一次和恩師吃飯，也是第一次和外賓一起用餐。當餐廳的招待問唐貽發想點什麼時，唐貽發腦子一片空白沒有主張，說了聲隨便，「要不就和前面的老師一樣吧」。這個時候，馮康嚴肅地對他說：「哎，你想要什麼就要什麼，不要把自己交給別人！」當着 Vazquez 教授的面，話很重，唐貽發永遠記住了這句話。有意思的是後來唐貽發兩度赴馬德里大學，與 Vazquez 教授一起工作。

1988 年冬天，唐貽發仔細研讀了阿諾德的可積哈密爾頓系統穩定性 KAM 理論的完整證明，隨後在他的碩士論文中將可積哈密爾頓系統的 Liouville 定理應用於三軸橢球面上的測地流。在對週期運動情況所進行的數值模擬中，唐貽發發現同樣是二階精度，不同於單步的中點格式（1984 年馮康發現它對哈密爾頓系統是一個辛格式），兩步的蛙跳格式。當唐貽發把這個情況報告給馮康和秦孟兆的時候，兩人都感到意外，但馮康很快接受了這個結果，並在一週一次的討論班上說：「現在看來，我們（指他和葛忠）原來那樣去解釋蛙跳格式是一個辛格式是不對的。」就是在那次討論班上，唐貽發問：「那麼，馮先生，您覺得應該如何去定義蛙跳格式甚至線性多步格式的辛性？」

這是對老師的挑戰，而大師從不需要唯唯諾諾。

甚至在飯桌上，馮康就給唐貽發指出過：挑戰是科學本身應有之義，科學本身即是一種靈魂，但沒有挑戰就沒有靈魂。馮康一生都在挑戰。

那天馮康當即在黑板上寫出了唐貽發的定義：「用步推算子來定義，把多步法看成是步步推進的同一個算子，多步法是不是辛的就看該算子是不是一個辛變換。」

在馮康的激勵之下，在對週期運動情況所進行的數值模擬中，唐貽發一鼓作氣地證明了：「在馮康新的定義之下，不僅蛙跳格式，而且所有線性多步格式都不是辛格式。」這是一系列大膽的質疑與證明。30 年後，唐貽發還記得那天他從下午 5 點多鐘用過晚餐後，在宿舍一直忙到凌晨 1 點徹底解決問題的時刻。第二天早上，唐貽發準備向導師報告，問在哪天，馮康讓弟子下午就去他家，在討論班上講。這次唐貽發講的時候，發現先生在認真做筆記。這是唐貽發跟馮康讀研究生六年在討論班第一次見先生記筆記，也是唯一的一次。唐貽發的確講得不錯，有突破。此後在導師的指導下，唐貽發完成了第一個研究工作。研究所得結果經過進一步推廣，相關論文《多步法的辛性》在 1991 年初完成初稿，1993 年初正式發表在美國的國際刊物 *Computers and Mathematics with Applications* 上，引起歐美同行的廣泛注意，人們在不同的學術交流場合會談論起「馮康的定義」和「唐貽發的定理」。

《多步法的辛性》也成為 1994 年唐貽發獲得去美國 Los Alamos 國家實驗室工作機會的引線。從 1991 年有人把尚未發表的《多步法的辛性》的

論文初稿帶到瑞士日內瓦大學，並交給了國際著名數值分析專家 Wanner 算起，Wanner 的學生 Hairer 在這個專題上花了相當長的時間和相當多的精力，直到 2008 年實質性地推廣上述結果（發表在中國人主編的國際刊物 *Journal of Computational Mathematicsomputers* 上），同時借此不斷完善了由 Hairer 和 Wanner 自己於 1974 年提出的 B- 級數理論。

唐貽發在辛算法上取得的這個成就，完全是在馮康指導和激勵下取得的，「馮先生前行，帶着我們探路，那個過程現在想起來還是那麼美妙」。除此唐貽發還另有感歎，「不僅數學，讓我震撼與永遠望塵莫及的是先生的語言能力。他不僅通曉六國語言，而且說起話來特別富有感染力、感召力，用現在的詞兒，也可以叫『霸氣』—— 是讓你心服口服的『霸氣』，征服力。80 年代末 90 年代初電子郵件還不是很通行時，我記得有一次他的好朋友 Lions（曾任國際數學聯盟主席、法國科學院院長）給他發傳真，用的法語，我親眼看到馮康也用法語回。馮先生曾對我說，他年輕時候在中央大學（南京大學前身）學習的時候，酷愛數學，在圖書館裹拿起感興趣的外文數學書就放不下，有時太投入，竟然忘記了這是公共書就在上面做起了推算和評論。不但看數學書，他還看外國原文小說，托爾斯泰，莎士比亞戲劇……他的修養、霸氣、語言能力，和讀過大量外國文學名著不無關係，蘇聯數學家有閱讀朗誦文學名著的傳統，馮先生承繼了這一傳統。」

手記十二：銅像永遠屹立

1980 年，中國科學院增補學部委員（後改院士），馮康與馮端以及他們的姐夫葉篤正同時當選，科學界一時傳為佳話。馮端是物理學家，像馮康一樣早年畢業於蘇州中學，就讀於中央大學。葉篤正正是中國現代氣象學主要奠基人、中國大氣物理學創始人。1980 年，當這三個人一同步入會場，科學界以掌聲表達了某種震撼，一門三院士，堪稱院士世家。

1993 年，73 歲的馮康還在科學探索上踽踽獨行，孜孜以求，考慮把有限元和辛算法結合起來。1998 年美國數學家 Marsden 和他的團隊建立了「哈密爾頓偏微分方程的多辛算法理論」，這一新算法，恰恰應了馮康的構思——「把有限元和辛算法結合起來」的構想。馮康的構想至今還在啟發着後人，他的銅像屹立在數學院由他開創的計算數學國家重點實驗室門口。

站在馮康的銅像前，感覺他一直在矚望着中關村。

矚望着東方，世界，人類。

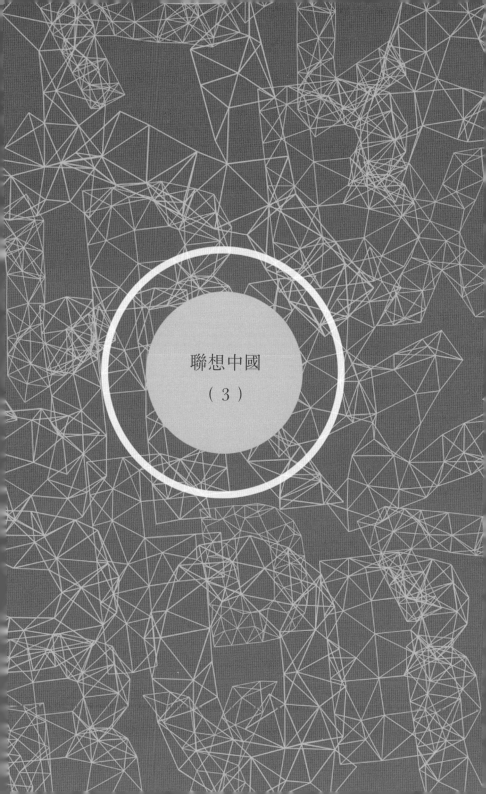

聯想中國

（3）

價格大戰

　　1995 年深秋，當康柏電腦宣佈降價 13％～ 25％，IBM 兩週之內做出了堅決的反應，把其系列電腦降價 20％，惠普電腦動作稍慢，但也在 11 月 1 日發佈了全球的新價格，這時候，已是「場上選手」的聯想電腦感到了一種「以其人之道還治其人之身」的寒氣。聯想成為新的選手靠的是價格撒手鐧，一再壓低成本，壓低價格，一路驍勇善戰，過關斬將，直殺到康柏、惠普、IBM 面前。現在這些資深的大咖出手了，年輕的聯想一下被逼到了牆角。不過，聯想電腦已不是一次兩次在牆角了，甚至習慣了牆角的位置。康柏和 IBM 這些無可爭議的「世界電腦之王」，這幾年突然發現自己要對付一個年輕氣盛、生命力極其頑強的對手，這個對手打不死、擠不垮，而且不僅打不死，一旦緩過來還主動冒出來叫板。

　　康柏和 IBM 宣佈降價不久，1996 年元月，被逼至牆角的柳傳志便看上去幾乎是自殺式地宣佈：聯想旗下的「奔騰系列」電腦全線降價，特別是其中的入門級「75 MHz」售價 9999 元。這是當時全世界電腦市場上第一款萬元人民幣以下的「奔騰」，被當時的媒體叫作 1996 年中國個人計算機市場的「一聲晴天驚雷」。

　　說是「驚雷」一點也不誇張，這個新的價格一出現在市場上，就在全世界電腦製造商中引起強烈不安。但是與以往不同的是，過去電腦市場上

的價格戰都是外國廠商特別敏銳，這一次他們卻有點莫名的遲鈍，一動不動，毫無反應，摸不準中國人這樣玩命降價到底要幹什麼，這還是生意嗎？生意總要賺錢呀，這還能賺錢嗎？倒是中國廠商最先接招，一窩蜂做出反應：4月10日，同創電腦宣佈其「奔騰75 MHz」售價9700元；4月12日，方正宣佈把「奔騰75 MHz」降至萬元。4月15日，浪潮宣佈把奔騰系列降價20%～30%。

柳傳志的愛將──主管聯想電腦銷售的楊元慶天天盯着各地銷售人員送來的報告，期待着這一回消費者會跟着聯想走，在勝負未分之前心裏不免緊張。而這時候聯想的倉庫裏還有一大批「486」呢，便開始賠本拋售。「奔騰」都萬元以下了，「486」還能賣多少錢？楊元慶的盤算是以「奔騰」的成功來彌補「486」的虧損。這樣風險很大，如果一擊不成，聯想就會損失慘重。結果出乎意料，萬元以下的「奔騰75 MHz」的訂單像雪片一樣嘩嘩地飄到了公司，降價的第一個月聯想電腦的日產量超過1000台，更為神奇的是他們的「486」也連帶着銷售一空，沒有了庫存，不僅以盈補虧，而且還有500萬元的淨利潤，整個公司歡呼雀躍。這一仗打得乾淨漂亮，載入聯想的史冊。

而直到那年夏天，無論是康柏、IBM，還是惠普，眼看着由聯想發起並引領的「中國電腦聯軍」的大舉反攻，卻意味深長地沒有任何反應，一直不可思議地按兵不動，不可思議仍把「486」賣到15,000元，「奔騰」的價格則在2萬元以上。或許他們不知道中國市場上究竟發生了什麼事？或者莫非外國廠商在醞釀什麼更大動作？種種跡象表明這是非正常的。其

實什麼也不是，楊元慶第一次發現原來外國品牌的決策機制也有不靈活、比較慢的時候，特別是在非正規作戰的時候，在不按常理出牌的時候。兵者，詭道也，這方面中國有的是經驗，一部《孫子兵法》滲透到中國人的基因、靈魂裏。

楊元慶得到柳傳志的真傳，既然一擊而中，那就絕不給對手喘息機會。事實上聯想的決戰計劃是一個連續的行動，柳傳志坐鎮中央，十年征戰，五十而知天命，此時 AST 已不在話下，聯想已將巨人肩膀踩於腳下，特別是下一代年輕幹將已完全能獨當一面，楊元慶、郭為、孫宏斌，個個都驍勇善戰。一代統帥下面必有一代名將，否則統帥也難稱得上統帥。柳傳志異常欣慰，江山有待，不過十年，聯想已借 AST 崛起，敢和康柏、惠普、IBM 叫板，楊元慶等甚至立誓不出三年超過康柏、惠普、IBM，成為中國第一。這些年輕人比自己還要野心勃勃，柳傳志頗感欣慰。戰功赫赫，驕兵悍將，必會滋長另一面：桀驁不馴。年輕將領不同於張祖祥、李勤等老一代將領，柳傳志愛之過甚也有兜不住的時候，孫宏斌就是一例，柳傳志不得不「痛下殺手」，這是後話。

1996 年，這年的 11 月，楊元慶發起第四次「降價戰」，把最前沿的「奔騰 133」也拉到「萬元以下」，全國各路銷售商高奏凱歌，留下了聯想歷史「四戰四捷」的傳奇。那一年只有陳紹鵬分管的廣東市場形勢一度不明，那可是電腦市場的最前沿，頗不易攻取，但是後來也出現了曙光：陳紹鵬和正道公司的總經理曹能業簽下了分銷協議，類似使其簽署城下之盟。曹能業的公司規模可是不小，而且極其不同尋常的是，曹能業本是康

柏的代理商。曹對康柏以及外國廠商面對中國市場變化多端表現得僵硬遲緩有諸多不滿，對聯想的「四戰四捷」卻知之甚詳，如數家珍，滿心都是對聯想微機的信任。陳紹鵬與曹能業簽下「分銷」協議（等於聯想又收穫了一大批代理商），兩人坐在同一輛車上出了廣州，向珠三角進軍，一路高奏凱歌。最遲從 1997 年開始，所有人都看出了聯想的兩大貢獻：一是挽救了國產電腦的頹勢，反敗為勝；如果沒有聯想在 1994 年、1995 年和 1996 年的努力，中國的個人計算機市場或許真的被外國品牌徹底壟斷了。二是楊元慶在微機事業部營銷方面大刀闊斧的改革，建立了高效率的分銷體系，將產品的方向直指家庭用戶，聯想微機事業部的「四戰四捷」，把聯想電腦的銷量提高了 101％，市場佔有率也超過了 10％，在中國市場上成為第一。

1998 年 5 月，聯想第 100 萬台電腦走下流水線，聯想為此舉行了大規模的慶典。這台電腦可以說是中國民族信息產業歷史上的一座豐碑，具有不同尋常的意義。楊元慶已不滿足在惠普學到的東西，開始屢屢地創出新招，策劃了在全國範圍內為聯想「找朋友」的活動，把每一個 10 萬台的用戶都找來參加慶典。慶典在新世紀飯店辦得轟轟烈烈，柳傳志記得那天是 5 月 6 日，他講完話，政府官員宣讀完賀詞，之後楊元慶宣佈將一台裝載着奔騰 II 處理器的「天琴 959 型」電腦贈送給了英特爾公司董事長格魯夫先生。格魯夫在講話中表示，要將這台電腦珍藏在英特爾的博物館裏。散會後，楊元慶和公司的高級經理、員工一起吃飯，飯桌上，他們由這 100 萬台電腦談到了 1994 年的艱難，談到了 1996 年的轉機，談到了 1997 年的

輝煌，想想這幾年來的酸甜苦辣，都不由自主地流下了眼淚。1998 年 9 月聯想與 IBM 簽署在軟件領域全面合作的協議，與用友公司建立了戰略夥伴關係，以合約方式向世界著名調查公司 IDC 購買市場報告，購買了金山公司 30% 的股份，成立了華東、華南、東北、西南總部。這一年柳傳志被美國《時代》雜誌評為「全球 25 位最有影響力的商界領袖」之一，排名第 14 位。

代理制

如果價格大戰（低價）是撒手鐧的話，那麼倘若沒有一個先進體系的保證，孤立的撒手鐧不僅沒有功效反而會殺傷自己。前面幾次提到的「分銷」概念便是撒手鐧的保證，正是分銷讓撒手鐧屢試不爽，無往不勝。

講到聯想成功的秘訣，必須說說分銷了。毫無疑問，惠普是第一個把分銷概念帶到中國的外國商家，當聯想成為惠普公司覆蓋全球銷售網絡的一部分時，由人及己，年輕將領楊元慶看到了「代理制」的整個面貌，進而也看清了分銷的商業秘密。彼時還是 1992 年，楊元慶不在微機事業部，而是在 CAD 部。CAD 是計算機輔助設備部的簡稱，實際上當時楊元慶主要是代理銷售惠普公司的繪圖儀。楊元慶從惠普繪圖儀的銷售中，看到了除去零售、批發之外的另一種銷售模式：代理和分銷。這種銷售模式有專

門的銷售渠道，有特定的顧客羣，而穩定的代理商和相對固定的銷售渠道則組成了一個龐大的銷售網絡。這非常重要，體系銷售的功效是呈指數增長的，缺少體系的銷售永遠是散兵游勇，做不大。楊元慶那時認識到他所帶領的 CAD 部實際上是惠普龐大的銷售網絡中的一個環節，而惠普以這種模式組建了自己的全球銷售網絡，以最少的人力佔據了最廣大的市場，賺取了盡可能多的利潤。楊元慶從中受到了啓發，開始構想以聯想為中心的銷售網絡。

楊元慶走馬上任 CAD 部總經理的第一個月，便與中關村的一家公司簽訂了代理分銷合同。這家公司承擔分銷惠普繪圖儀的責任，而聯想 CAD 部將營業額的 3% 返還作為回報。這是中關村第一份模仿性的代理合同，無論是對中關村還是對聯想都有着非同尋常的意義，因為從此中國 IT 業誕生了真正意義上的分銷商。開始的時候，人們因為對「代理」「分銷」感到陌生，對許諾的諸多好處將信將疑，但是有了第一家，就有第二家，這種銷售理念傳播很快，不久聯想 CAD 部將有意向代理的商家召集到一起，召開了一次小型的代理商會議，雖然參加的人不多，但是對楊元慶和聯想來說意義重大。因為正是從這次會議開始，楊元慶形成了新的營銷理念。正是後來將這種模式用於聯想電腦的銷售，從根本上改變了聯想電腦的命運。楊元慶以這種分銷的銷售模式使得 CAD 部的銷售業績持續上升，到 1992 年底比上一年增加了一倍，1993 年又比 1992 年增加了一倍。

正是因為楊元慶在 1991 年到 1993 年負責 CAD 部短短兩年時間裏所取

得的輝煌業績，讓他引起了柳傳志的注意，使柳傳志在聯想電腦最緊要的關頭，提拔他做了微機事業部的總經理，將聯想電腦的未來也押在了這個年輕將領身上。1994 年，楊元慶就任微機事業部總經理，對事業部大刀闊斧進行改革，第一個動作就是複製「惠普模式」——從直銷轉變成完全的代理制。

未選擇的路

楊元慶後來經常回憶他走過的偶然也是必然的道路。1988 年，楊元慶記得自己在中國科學院的自動化研究所一邊寫作畢業論文，一邊構思他的未來。那時他只有 24 歲，為自己確定的理想是到美國去拿一個計算機博士學位，然後到大名鼎鼎的矽谷找一份工作。許多同學已在矽谷紮下了根，讓他非常羨慕，他們召喚着他。20 世紀 80 年代末，一個名牌大學的理工生如果選擇待在國內，會被認為是匪夷所思的，因為絕大多數人都會選擇出國。上海交大那時有三分之二的同學在國外，矽谷的同學比北京多得多；科技大學更不用說，有時候還沒畢業教室裏的人就走得差不多了。從自動化研究所到美國矽谷的距離雖然並不遠，坐飛機也就是十幾個小時，然而在去矽谷之前，楊元慶還是需要先找一份工作，一方面留學需要資金，一方面自己的專業特別是英語還沒完全過關。他需要一塊跳板，首先想到了中關村。

1988 年聯想從來自全國的 500 個應聘者中公開招聘了 58 名員工，楊元慶只是其中之一。聯想公司是國內知名的高科技公司，與楊元慶專業對口，但當公司公佈他的工作崗位時，他覺得有點不可思議：公司給他的職位是銷售業務員，推銷別人的產品。雖然學習了七年的計算機專業知識沒有用上多少，但是楊元慶從銷售中學到了新的東西，那就是：效益來自市場，市場來自服務。多年後當楊元慶成為聯想集團的高層管理人員時，他提出的經營理念之一就是要把聯想做成「服務的聯想」。他最終沒去矽谷，留在了中關村，很難說這是一種偶然還是必然，很難想象如果楊元慶去了美國會怎樣，正像美國詩人弗羅斯特所寫：

> 黃色樹林裏分出兩條路
>
> 可惜我不能同時去涉足
>
> 我在路口良久地佇立
>
> 向着一條路極目遠望
>
> 直到它消失在叢林深處
>
> 但我卻選了另外一條路
>
> 它荒草萋萋十分幽寂
>
> ……
>
> 也許多少年後在某個地方
>
> 我將輕聲歎息把往事回顧
>
> 一片樹林裏分出兩條路

我選了人跡更少的一條

……

　　　　　　　　　　　　　　——弗羅斯特《未選擇的路》

內部事務

　　1996 年，正當楊元慶發起第四次「降價戰」，就連「奔騰 133」也拉到「萬元以下」，聯想電腦超過康柏、IBM 在中國市場佔有量居第一的時候，一天晚上楊元慶接到公司命令，讓他到集團「505」會議室開會。以往都是柳傳志打電話給楊元慶，這次是總裁室打的。「命令」很突然，並且非同尋常，要求楊元慶帶着他的全體高管——那些能征善戰的驍兵悍將一同前往。

　　「505」會議室是公司最重要的一個房間，公司幾乎所有重要決定都在這裏做出。不知道發生了什麼，會議室空氣緊張，只有楊元慶略感到什麼。楊元慶和他的驍勇戰將坐在鋪着深綠絨布的長條桌的一側，別人都有說有笑，嘻嘻哈哈——那陣子戰績輝煌，有理由高興，唯楊元慶若有所思。忽然大門洞開，柳傳志、李勤和曾茂朝三人嚴肅地走進來，表情嚴峻，目不斜視。

　　李勤、曾茂朝分坐兩邊，柳傳志在正對面的椅子坐下，連句寒暄

也沒有，上來就是一通劈頭蓋臉的斥責，把除了楊元慶之外的所有人都說蒙了。柳傳志一改以往的從容不迫、穩當大氣，簡直是失控地發飆了，這是從來沒有過的。柳傳志斥責微機事業部居功自傲，不顧周圍人的感受，說這話時目光慢慢直逼楊元慶，毫不留情地說你不要以為你得到的這一切都是理所當然！你的這個舞台是公司領導頂着巨大壓力給你搭起來的，這點你明白嗎？要是明白，就應該在各種力量的矛盾中，和大家和衷共濟，逐步確立你的地位，爭取更大的舞台，更大的天地。你不能一股勁地只顧往前衝，什麼事都來讓我柳傳志講公平不公平。你毫不妥協，要我如何做？柳傳志目光嚴冷，掃着其他人，又落在楊元慶身上。

楊元慶臉一陣青一陣白，一句話不說，低着頭，手心發汗。

柳傳志說到最後，當場宣佈兩項決定：第一，楊元慶一年內必須做出幾件妥協的事情來；第二，劉曉林即刻調赴企劃部就職。

楊元慶終於忍不住了，可只說了一句「我們一番辛苦，沒有想到……」就再也說不下去，眼睛血紅，淚水滾下，失聲大哭。滿屋子他的手下都傻了眼，一方面被柳傳志天威嚇傻，一方面又與楊元慶感同身受地委屈。劉曉林趕快表態，完全服從公司領導的安排到企劃部去工作，然後替楊元慶辯解，說楊元慶每天殫精竭慮，有時候固執己見也是為了公司利益。柳傳志不理睬劉曉林的說辭，只是把眼睛盯着楊元慶，沒因為楊元慶的失聲痛哭有任何表情鬆動，相反在等楊元慶表態。楊元慶喘息着，慢慢平靜下來，擦掉眼淚表示接受批評。

三位前輩起身離去，把一幫年輕人扔在了身後。

會散了，年輕人不願回家，一起出去散心，從中關村走到白石橋，後來又進了旁邊的一個小飯館，喝喝酒，說說話。年輕人長年在沙場上征戰，攻城略地，已不像同事，倒像兄弟，他們為楊元慶鳴不平，為部門鳴不平。

當晚楊元慶心緒難平，一夜無眠。

柳傳志也一夜難眠。

渡盡劫波

1990 年春天，柳傳志召開了一期幹部培訓班，表面上是要大家想想「聯想到底要辦成一個什麼樣的公司」的問題，實際上柳傳志要解決企業發展部經理孫宏斌的問題。在開班的講話中，柳傳志談到了震動全公司的企業部自己辦的《聯想企業報》，批評企業部經理孫宏斌以自我為中心的思想嚴重。此前柳傳志從《聯想企業報》上看到了宣揚企業部經理具有諸如聘人、裁人、任命分公司經理的權力等提法。培訓班上柳傳志堅決地說，企業部不能有自己的章程，只能有總裁室批准下的管理制度。

但孫宏斌並沒感到危險的來臨，甚至對批評頗不以為然。孫宏斌功勳卓著，企業部在公司也地位顯赫、非同尋常，應該說孫宏斌有理由驕傲。培訓班結束後柳傳志去企業部給孫宏斌及其下屬訓話，孫宏斌正好不在，

柳傳志先是肯定了孫宏斌的成績，但也批評管理上有幫會成分，缺少「大船」意識，而有「造小船」的潛在意識。結果讓柳傳志吃驚的是，剛說到這裏，下面便有幾個人站起來說，柳總，我們不是幫會，你說我們有幫會成分，能不能具體說一下？我們直接歸孫宏斌領導，孫宏斌罵我們愛聽，這與總裁何干？柳傳志真沒想到。

一個人說完了，便有另外的人跟上，秩序一時混亂，會議也就無法持續，竟是戛然而止。柳傳志非常吃驚，意識到問題性質已經不同，仰天長歎。

歎什麼呢？歎自己不完全是一個帥才？

事情發展到這一步不是別人的問題，是自己的問題。必須當機立斷，痛下殺伐，否則對公司將大不利。企業部如此犯上，說明了什麼？自己太寬懷了事實上反而會害了下屬，這是嚴峻的一課，很及時。

柳傳志找來孫宏斌，要孫宏斌把那幾個下屬開掉，試試水。

我不能開除他們，孫宏斌說。

果然如此。柳傳志已不意外，柔和地對孫宏斌攤牌道：小孫，你是要我，還是要他們幾個？這話相當厲害，一竿子到底，口氣上很親切，還是過去的「戰友」，卻是最後通牒。

孫宏斌說：我要他們……

過了會兒才解釋道：我要是把他們開除以後，我在這個部門威信何在？我沒法管了，我幹不了。如果他們真有問題，我肯定會開除他們。

又說：我對他們評價不壞，你並不了解他們，他們不過是給你提了點

意見就被開除恐怕不合適吧？你再想想。

　　孫宏斌比楊元慶來聯想早，1988 年就到了公司。那時柳傳志忙着香港的事務，他在提着 30 萬元港幣到香港成立合資公司之前，特意對北京的幾位管理層負責人發了話：聯想從現在開始不僅要大量招聘年輕人，而且要大膽提拔年輕人，提拔錯了不是錯，但是不提拔、不培養是大錯。柳傳志着眼聯想的未來，於是一大批剛剛畢業不久或者還沒有畢業仍在實習的年輕人加入了聯想，隨着聯想的飛快成長他們也飛快成長，從 1988 年到 1990 年出現了一批「娃娃官」，其中分量比較重的是楊元慶、郭為，第三個便是孫宏斌。

　　1990 年，孫宏斌被破格提拔為聯想集團企業發展部的經理，主管範圍是他在全國各地開闢的 18 家分公司。這個過程，聯想的老人們沒有參與，分公司的頭頭腦腦基本上都是孫宏斌任命，因此孫宏斌在分公司擁有很高的威信。但是聯想集團分公司除了聽從孫宏斌的管制，同時應該協調好與集團各個部門的關係，且後者比前者更重要。然而集團管理層發現集團對分公司正逐漸喪失應有的權威，管理層開始向柳傳志報告孫宏斌的情況。最後以一紙孫宏斌權力太大、結黨營私、分裂聯想、聯想要失控的理由將柳傳志從香港請回了北京，也才有了那期幹部培訓班。柳傳志回到北京之後馬上進行了調查，發現問題確實不是空穴來風：外地分公司的人由孫宏斌選任，財務不受集團控制，甚至有人希望孫宏斌帶領分公司獨立出去。柳傳志開始並沒把這事看得太重，雖然孫宏斌有些失控，但他也確實是不

可多得的人才，柳傳志相信如果將孫調到自己可監控的範圍之內，自己有辦法讓他成熟和聰明起來，如果他繼續不識抬舉，再對付也不遲。孫宏斌也是一個棱角分明，個性頑強，江湖氣濃重的人，這柳傳志不是不知道，而柳傳志的一個信條就是：如果有兩個人可供選擇，一個是平庸的好人，一個是能幹但有毛病的人，他不會選擇前者，而會選擇後者。甚至，柳傳志寧願找一個人看着後者，也要用後者。用危險的人是一種本事，柳傳志這樣以為。

孫宏斌超出了柳傳志的想像，再愛才如命，自己也必須檢討了。

孫宏斌拒絕了柳傳志，第二天，孫宏斌的企業部在北大勺園餐廳開會，聽說要開除人，屬下情緒激烈，羣情激憤，孫宏斌喝了酒也十分激動。有人說應該捲款走人，有人說趕緊獨立，把貨款轉移走。

企業部畢竟還是聯想的，還不是孫宏斌的一統天下，有人將此事報告給了尚未痛下決心的柳傳志。

柳傳志最後一次召見孫宏斌。孫宏斌企業部辦公的地方在中關村大街，與四通在同一棟樓裏，以往有什麼事都是柳傳志到企業部，這次柳傳志沒有，而是傳令孫宏斌到科學院南路老聯想辦公樓來。孫宏斌到來的時候，柳傳志並不知道孫宏斌的幾個下屬也尾隨到了總部，雙方都有準備，只是各自不知對方做了準備。總裁辦公室只有柳傳志一人，沒有其他元老，一對一，緊張，張力十足。孫宏斌推門進來，陽光瞬間射入，隨着門關閉，又瞬間消失。

讓人想到《教父》的某個場景。

中國的現實什麼都不缺，但卻缺失在文藝作品中。

柳傳志直言不諱，告訴孫宏斌，他已經知道勺園餐廳聚會的事情。孫宏斌也毫不隱諱地承認。

「不過這不是我的想法。」孫宏斌說。

「我已經領導不了你，你單幹吧。」柳傳志說。

柳傳志讓孫宏斌隨便挑一個分公司，願意去哪個都行。

「不必了，我走。」孫宏斌說。

兩人都夠義氣，也夠江湖。語言背後有太多東西，兩位誰都知道不是說的這麼簡單，答應與拒絕都不簡單。但不管怎麼說，柳傳志已仁至義盡。

4月7日下午，柳傳志出手，集合企業部全體人員宣佈：開除「勺園發難」最激烈的兩個人，封存企業部下屬的分公司賬號，請公安局的人保衛公司安全。柳傳志親自任企業部經理，孫宏斌即刻離開原職，到業務部去。

這是類似「緊急狀態」下的決定。會場氣氛肅殺，已宣佈被開除的人同企業部所有人一樣，把胳膊抱在胸前，以一種姿勢朝着柳傳志。室內香煙繚繞，許多人吸煙。孫宏斌大喝一聲：把手放下！抱着的手放下了。又喝一聲：把煙掐了！又都一同滅了煙。又喊：起立！都起立了，像斯巴達方陣。

不能不佩服孫宏斌的「帶兵」能力，能把一個部門帶成像斯巴達方陣一樣，整個集團絕無僅有，也難怪他成績斐然，戰功卓著，心高氣盛。

當然，這是最後的輝煌。

第二天柳傳志再次得到密報，企業部有人打算「捲款潛逃」，提醒柳傳志防範。柳傳志已了解到，孫宏斌領導的下面的分公司掌握着至少1700萬元的資金，倘若「捲款而逃」的事情真的發生，必將置公司於巨大財務危機和信譽危機之中。柳傳志向中國科學院保衛局報告了情況。顯然，這件事已經不再是公司內部的糾紛，有觸犯刑律之嫌，因此柳傳志又向公安局和檢察院報了案。同時派出20多個人星夜兼程，分赴各地查封分公司賬目。這些日子聯想專門為柳傳志請了一個身材高大的小夥子做貼身保鏢，時刻不離左右。

　　一切準備停當，這天集團繼續開會。孫宏斌還在為自己辯解、嘴硬，一直到聽到「停職反省」的決定之後，被帶出公司。開始是在西苑賓館，至少有兩個人看着。孫宏斌能吃能睡，看守孫宏斌的人並非完全開玩笑地對他說：看來你還真是個人物，吃東西還能吃得這麼香，還能呼呼大睡。

　　孫宏斌說：「我是累的，天天都累，難得清閑。」

　　幾天後，孫宏斌的幾個人得到消息，來到公寓樓。看守者和拯救者手持家夥對峙，一場衝突就要上演，孫宏斌站在房門口厲聲呵斥下屬，要他們馬上離開。

　　下屬聽話，默然離開。其中一個回到公司依然不服，此人雖來自南方，卻有着北方人的野性，開口閉口黑道白道，如何如何，甚至揚言要把內部的叛徒「卸掉胳膊」。此種狂囂之徒本不該柳傳志親自解決，但他激怒了柳傳志。柳傳志的性格中什麼都有，大正似邪，大邪似正。第二天柳傳志便主動地於中關村馬路邊上攔住了揚言者，柳傳志雖然沒穿黑衣服，但身

材魁偉，依然頗有一種老大的味道。他對被攔住的人說：「你要弄明白，邪不壓正，從現在起，公司任何一個員工出了事，我就認準了是你幹的。」那人把脖子一橫，翻了柳傳志一眼。

柳傳志說，你少給我來黑道那一套。你以為我是誰？我問你，你在街上走，忽然有個自行車把你撞了，你覺得這有可能嗎？撞了以後，你們打起架來，然後你兩人一起進了派出所，然後那個撞你的人很快就放出來了，你在裏面還得受一點苦，這有可能嗎？你在外面走路，有三個人黑天白天跟着你，你害怕嗎？那人越聽臉越白，當即表示要離開聯想，不再摻和任何事。

柳傳志當時說完甚至有點後悔，這是幹嗎呢？

但當時就是有一股勁兒，一股要把邪親自壓下去的勁兒。

有點像拚命，而幹企業就是要拚命，各種拚命。

1990 年 5 月 28 日，一清早，孫宏斌被北京海淀警方刑事拘留。10 天後正式逮捕，案由為挪用公款。公安調查發現孫宏斌曾將公司的資金轉移到另外一家公司，且數額不小。孫宏斌辯解說自己絕無「化公為私」的企圖，只是因為公司財務制度僵化，手續複雜，才要留下一筆流動資金，以便為公司做生意時「用着方便」。檢察機關也的確沒有發現任何證據顯示孫宏斌對這筆錢有貪污跡象，但儘管如此，擅自挪用公款也已構成法律問題。1992 年 8 月 22 日，在海淀看守所經過漫長的 27 個月後，孫宏斌接到了法院的刑事判決書，他因挪用公款 13 萬元被判處有期徒刑五年。

叱咤風雲的孫宏斌變成了一個囚犯，他住的牢房最多時住了 30 多個

人，他見識了另一個社會。每天的生活就是畫掉一個日子，一天一天地畫，因為他是清華大學的碩士——那時碩士還少，特別又是清華的碩士——人們驚異他會進來，因此他在監獄裏面挺受尊重，也學了不少黑話。四年後，1994年3月27日，孫宏斌刑滿釋放，走出監獄的大門時，他看到了自由世界的第一抹陽光。

在監獄中他得到的一切是：平和、冷靜，像個哲學家一樣思考問題。他出來後沒有在北京逗留，沒有與那些期盼和他見面的人喝酒、聊天，講述監獄中的生活。他已告別過去，當天就回到了天津。在獄中他就想好將來出去做房地產代理。辦執照時費了一番周折，不過這難不倒他。公司名字最終確定為「順馳」，英文意思是姓孫的人的公司。還是在孫宏斌走出監獄前，孫宏斌就與柳傳志在監獄外見了一面。那次監獄裏的一名教官派孫宏斌出去買個電腦軟件，孫宏斌找了一個人與柳傳志聯繫，說是想見一面。

四年了，柳傳志也沒忘記孫宏斌，在新世紀飯店樓頂上一家川菜館，柳傳志見了孫宏斌。沒帶任何保鏢，沒做任何防身準備，四年沒見，兩人相視片刻，目光裏兩人之中既沒有總裁，也沒有囚犯，只有時光與人。孫宏斌告訴柳傳志自己準備做房地產代理，柳傳志平淡地問孫宏斌有什麼優勢，孫宏斌同樣平淡地將自己的想法說出。酒打破了某種東西，孫宏斌也說出了自己的悔恨，碰了一下柳傳志的杯：我原來有一個誤區，我如果不那樣做，就不是我了。喝了一口，看着當年自己的頂頭上司：後來再想想，才覺得情況不是這樣，其實你不需要改變你的性格，你只是要把環境分析

得清楚一點，把事看得更明白，就有可能不至於把事情搞糟。柳傳志輕歎，碰了一下孫宏斌的杯。孫宏斌說，三年十個月的牢獄生活裏他天天在想這件事，現在有機會見面可以說說了。

聽上去像是道歉，又像傾訴。像是渡盡劫波仍是親人。

這是不可思議的場面，無論在柳傳志還是孫宏斌的一生中都絕無僅有。兩個人一個才 30 出頭，一個已年過 50。柳傳志對孫宏斌感歎地說，能在監獄裏面挺過來，不容易。「宏斌，你記住我說的話，以後，什麼時候你都可以對別人說，柳傳志是你的朋友。如果需要什麼幫助的話，我個人，包括李總，包括張總，我們都可以提供，入點股也行……」

但孫宏斌婉拒了柳傳志，也婉拒了所有願出錢幫他東山再起的朋友。他要從零做起。果然，沒幾年孫宏斌便東山再起，在房地產市場做得風生水起。柳傳志佩服孫宏斌，孫宏斌是個山峰，也是險峰。

柳傳志看得清楚明白，他不懼險，但儘量避險；他欣賞華山，也曾親臨，但更願坐在泰山上。

致楊元慶

往事記憶猶新，大風大浪之後，柳傳志對年輕人更加憐惜，孫宏斌之過其實也是自己之過，是內心深深的痛，那樣的事不能再發生了，特別是柳傳志準備將聯想的擔子將來交給楊元慶。

有些話得說給楊元慶，柳傳志於是深夜披衣提筆：

元慶：

　　來香港後，雖然任務繁重，但對你的情況仍不放心。自我檢查後，覺得這幾年和你溝通少，談的都是些你要解決的具體問題。客觀原因是你和我都忙，主觀原因是沒有特別注意我們之間溝通的重要性。我想利用邊角或休息時間寫信給你，用筆談的方式會比較冷靜。但我也不想很正式，只是拿起筆想到哪兒就寫到哪兒，還是自然感情的隨意流露，未必就邏輯性、說理性很強，一次談不完，下次接着再談。我喜歡有能力的年輕人。私營公司的老板喜歡有能力的人才主要是為了一個原因：能給他賺錢，有這一條就夠了。而國有公司的老板除了這一條以外，當然希望在感情上要有配合。誰也不願找個接班人，能把事做大，但和前任關係不好。開句玩笑，找對象如果對方光漂亮（相當於能力強）但不愛我，那又有什麼用？

　　聯想已經是一番不太小的事業了，按照預定的計劃將發展到更大。此刻不對領導核心精心加以培養，將來就一切都是空話。那麼我心目中的年輕的領導核心應該是什麼樣子呢？一要有德。這個德包括了幾部分內容：首先是要忠誠於聯想的事業，也就是說個人利益完全服從於聯想的利益。公開地講，主要就是這一條。不公開地講，還有一條就是能實心實意地對待前任的開拓者們——

我認為這也應該屬於「德」的內容之一。在純粹的商品社會，企業的創業者們把事業做大以後，交下班去應該得到一份從物質到精神的回報；而在我們的社會中，由於機制的不同則不一定能保證這一點。這就使得老一輩的人把權力抓得牢牢的，寧可耽誤了事情也不願意交班。

我的責任就是平和地讓老同志交班，但要保證他們的利益。另一方面，從對人的多方考核上造就一層骨幹層，再從中選擇經得住考驗的領導核心。另外，屬於「才」和「德」邊緣範圍的內容是，年輕的領導者要憑他的無私，和他對自己的嚴格要求，以及對他的夥伴的大度、寬容，自己有卓越的領導能力，還能虛心地看到別人的長處，不斷反省自己的不足……應有一系列優良品質使人心服。你知道我的「大雞」和「小雞」的理論。你真的只有把自己鍛煉成火雞那麼大，小雞才肯承認你比他大。當你真像鴕鳥那麼大時，小雞才會心服。只有贏得這種「心服」，才具備了在同代人中做核心的條件。當然在別的國有企業，都是上級領導欽定企業負責人，下面一般都是心不服的，所以領導班子很難團結。我如果不提前考慮這個問題，而像一般國有企業一樣到時候再定，也不是過不去，只不過在聯想進一步發展時，可能在班子問題上留下隱患。

我是希望向這個方向去培養你的。當你由 CAD 部調到微機事業部，並在當年就把微機事業部做得有顯著起色時，我的心中除

了對事情本身成功的喜悅以外,更有一層對人才脫穎而出的喜悅。在你開始工作後不久,諸多的矛盾就產生了。我是堅決反對對人的求全責備的。如果把一切其他人得到的經驗硬給你加上去,會使得你很難做。我們努力統一思想,儘量保證環境對微機事業部的支持。事實證明了你的能力和不達目的誓不罷休的上進精神。當事情進展到這一步,我應該更多地支持你發展優勢,同時指出你的不足,注意如何能上更高的台階。而你在這時候,應該如何考慮呢?我覺得應該總結出,自己真正的優點是什麼?自己的弱點是什麼?到底聯想的環境給了你哪些支持(這能使你更恰如其分地看待自己的成績)?主動向更高的台階邁進要注意什麼?當我心中明確了將來作為領導核心的人應該具備的條件以後,我對你要做的事是:

(1)加強對你的全面了解。你自己也要抓住各個機會和我交流各種想法。不僅是工作上的,應該包括了方方面面的。(2)加強和你的溝通,使你更了解我的好處和毛病,性格中的弱點,「後腦勺」的一面,這才能產生真正的感情交流。(3)互相幫助。但更多的是我用你接受的方式指導你改正缺點,向預定的目標前進。

以上的部分我是用了星期六的一個鐘頭和星期日的一個鐘頭寫的。馬上我又要外出了,我想信就寫到這裏。下面是我想從你那裏得到的信息:(1)你是不是真有這份心思吃得了苦,受得了

委屈，去攀登更高的山峰？（2）你自己反思一下，如果向這個目標前進，你到底還缺什麼？等你回了信後，我再接着寫。我還從沒有用這麼多時間給年輕人寫過信。

　　好吧，就此擱筆。祝你如意！

柳傳志

　　同樣一夜無眠、心緒難平，楊元慶第二天來到辦公室，意外地看到柳傳志給他寫的這封長信，再次心緒難平。只是這次與之前的不同，是一種經久不息的說不出來的東西，是理解、感動，對自己的重構。後來的許多年，楊元慶一直將這封信帶在身邊，時時打開看看。在孫宏斌事件後，柳傳志的人生境界提高了一大層，如同武功修煉到了一個「光明」的進境。

手記十三：泰山

　　柳傳志經歷了孫宏斌，選擇了楊元慶，這中間有着極大的跨度，將柳傳志的性格與胸襟差不多撑到最大，幾乎什麼都有。正因如此，柳傳志居高臨下地「狠狠」教訓了楊元慶，落點之準，塑人之深、之正，完全是泰

山氣象。是在經歷了華山之後，對泰山有了更深的認同。然而有時就是這樣，你必須先經過華山才能了解泰山，認知泰山，正如必須通過別人才能更深了解自己。沒經過孫宏斌這樣的華山，很難端坐於泰山。從 20 世紀 80 年代走到今天，長盛不衰的大公司並不多，海爾當然是一個，長虹是一個，萬科也是一個，新東方是一個，但它們的傳人似乎都沒像楊元慶這樣順理成章，廣為人知，已完全躋身企業家行列。接班人問題從來不是小問題，而是一種文化，最體現一個人的修為與境界。有人是華山，有人是泰山，有人二者兼而有之。

有趣的是中國有個企業家組織就叫「泰山會」，是中國民營科技實業家協會主管的一個非獨立法人機構，由知名企業的 CEO 或董事長組成，成員包括聯想控股柳傳志、四通集團段永基、阿里巴巴馬雲、萬通集團馮侖、泛海集團盧志強、遠大空調張躍、信遠控股林榮強、巨人集團史玉柱、百度李彥宏等十幾位，柳傳志任會長。這是個異常低調的組織，但影響力巨大，崇尚泰山文化，弘揚傳統文化精神，追求泰山的偉岸與高度、雍容與大氣，其中，無疑柳傳志起着相當大的作用。

• • ○   KV300   • •

1996 年王江民打了一輛黃色「面的」來到中關村，開始對計算機病毒展開攻擊。這種攻擊看上去與身體無關，相當前衛。計算機當時還是新事物，病毒就更是，更沒人想到有人對病毒無情攻擊。

　　王江民三歲時患小兒麻痺症，腿部殘疾。

　　「我只知道自己下不了樓，一下樓，就從樓頂滾到了樓梯口。」

　　因為下不了樓，小時的王江民每天只能守在窗口，看大街上熙熙攘攘的人羣，看不遠處的自由市場，看有軌電車、汽車、自行車，有時拿着一張小紙條，一撕兩半，將身子探出窗外，一撚，就往樓下「放轉轉」下去了。

　　小學一年級的時候，王江民的那條本就殘疾的不方便的腿，又被騎自行車的人軋斷了一次，好在不是好腿，再遭一劫倒也無大礙，王江民也只有慶幸軋的是壞腿。有一次王江民站在小橋上，看河裏的魚，被過路人不經意輕輕一碰就一頭栽到了水裏去。那種時刻王江民感覺自己特別輕，曾夢想練一種輕功，可惜沒有別人碰怎麼也輕不起來。後來王江民隨家人到了煙台，在煙台海邊礁石上釣魚，他那麼喜歡海，沒經驗，漲潮了，他卻回不到岸上。很快大海覆蓋了他，一如小兒麻痺覆着他的內心，那會兒兩者同一。王江民不會游泳，拚命往回掙扎，真急了，頭竟也能揚起來，連

水帶氣呼吸幾口，竟然潛回岸上。他又看到了大地、落日、雲，彷彿重生。更為不解的是，雖然飽嘗了苦澀海水，肚子與海倒好像有了某種共同點，因為裏面也全是水，但也從此學會了游泳。

會游了，這對他意義重大：幾乎沒有什麼事是不能做到的。

殘疾不應是一種思維，要反殘疾而行。

從此他開始反對自己，腿不好不能爬山他偏喜歡爬山，不能學騎自行車他偏要騎，不能幹什麼偏幹什麼，有些項目甚至比常人幹得還好，他常常摔得鼻青臉腫，眼冒金星，但是某種爆發力與速度驚人。

> 小兒麻痺，又稱脊髓灰質炎，是由脊髓灰質炎病毒引起的一種病，表現為弛緩性癱瘓，不對稱，腱反射消失，肌張力減退，下肢及大肌羣較上肢及小肌羣更易受累，但也可僅出現單一肌羣受累，或四肢均有癱瘓，如累及頸背肌、膈肌、肋間肌時，則出現梳頭及坐起困難、呼吸運動障礙、矛盾呼吸等症⋯⋯

王江民反對這一切，且看上去卓有成效。不僅身體上，智力上的反對顯得更加激烈，還是在小學四年級、年僅 11 歲時，王江民就無師自通攢出了雙波段八個晶體管的收音機、無線電收發機，以及電唱機，是 20 世紀 60 年代初的小無線電人兒。

但是初中畢業後，卻沒有工廠願意要他。就算白幹，不要工資，人家都不願意接收，沒人願要一個殘疾人，彷彿人們避他唯恐不及。

那個年代管殘疾不叫殘疾，叫「殘廢」，毫不客氣。很多人都是階級敵人，要無情打擊。「殘廢」不說有罪也基本是社會垃圾。王江民不怨社會，不覺得社會無情。無情是正常的，那個年代。但恨小兒麻痺，恨脊髓灰質炎，不明白這樣一種病毒怎麼可以將一個好端端的人變得如此扭曲、變形？

當然，什麼也攔不住王江民，壓迫深、反抗重，別的先跳過去不說了，單說 1989 年。王江民從事開發工控軟件，他開發的軟件（無師自通）機器因為常常感染病毒不能正常工作，用戶就認為王江民開發的軟件不行。那一年國內首次報道界定了病毒，而在此之前王江民就發現了「小球」和「石頭病毒」，只是之前沒有人指出那是病毒。一經定義為病毒，王江民有種本能的敏感，自身的病毒解決不了，機器上的病毒也解決不了嗎？難道病毒是自己一輩子的宿命？帶着種種與別人不同的心理，王江民使出渾身解數向病毒開戰。王江民特別有幹勁，比沒發現病毒之前還有幹勁，他覺得自己為此而生。

王江民先是用 Debug 手工殺病毒，然後是寫一段程序殺一種病毒。這時已進入 20 世紀 90 年代，王江民第一次編程序殺的病毒是 1741 病毒，殺一種病毒他就在報刊上發表一篇文章，公佈這段殺病毒的程序。那時 IT 精英大都是二十來歲的年輕人，年輕氣盛，一口英文，高學歷，高智商，幾乎是互聯網定製的一代，所謂「新人類」，與以往不同的人類。王江民是個異數，正因為是個異數，王江民與年齡無關，與時代無關，他自己獨立運行。事實上難道霍金不是我們時代的異數嗎？王江民無論年齡氣度也都是個異數。

但異數不是偶然的，與非同尋常的苦難有關。

王江民手到擒來寫了許多程序，殺了許多病毒，甚至於感到自身的體內也清爽了許多，自身也越來越像一台不斷被治癒的機器。寫多了殺毒程序，王江民覺得這些各自獨立的殺病毒程序用起來很麻煩，就把 6 個殺不同病毒的程序集成到了一起，命名為 KV6，後來發展到 KV8、KV12、KV18、KV20。

王江民開始參加計算機學術會議，他的到來多與病毒有關。那時中國人遇到的計算機病毒都是外國人編出來的，而所謂病毒也大多是程序員的惡作劇，不會真正破壞數據，對付起來相對簡易，改過來就行了。後來中國人編的病毒出來了，非常厲害，全無幽默感，不是閑得沒事惡搞一下，而是完全冷血，毫無背後的表情，完全是無表情的惡，而且最主要的是能真正地破壞數據。如此一來病毒世界大亂，以惡易惡，比着誰惡，第一代病毒設計人員被病毒殺死了。

到王江民第二次參加計算機學術交流會時，病毒問題已是滿城風雨，一些專家們的論調改成了「計算機病毒現在越來越厲害了，研究計算機反病毒不能隨隨便便研究，研究反病毒軟件，最後總要賣，如果賣，難免出現前面放病毒、後面賣軟件的惡性循環，情況難道不是如此嗎」？換句話說，反病毒專家可能正是病毒製造者。人們狐疑的目光投到王江民身上，開始從另一角度看。

的確，某種角度上看，王江民更像一個病毒製造者。

或者更像「病毒」。

這是王江民從沒想到過的悖論。

無論是國外，還是國內，王江民在會上面無表情地說，不可能發生反病毒的人編病毒的事情，從心理學上講不可能，從法律上這是犯罪行為。

而且，王江民說，能夠殺病毒也不見得就能編病毒，編病毒要考慮到方方面面的問題，比反病毒要複雜得多。王江民甚至承認反病毒的水平不如編病毒的人，通常人們認為正相反。

我是小兒麻痹患者，我會製造小兒麻痹病毒？（王江民沒說出這句話，說出來讓他痛苦，不說也同樣，但還是沒說。）

的確，存在少數這樣的患者。

但王江民不是，他的一生都不是。

一生都在反對，包括反對已形成的自身。

有一年，王江民收到了武漢大學籃球教研室寄來的變形病毒樣本，這種病毒很奇怪，王江民第一次遇到，也是中國第一次出現的變形病毒。這不可能是一個反病毒專家能造出來的，不，不可能，除非有個人像他自己一樣瘋了，王江民對這樣的病毒並不陌生，雖然從未見過。

王江民用了一週的時間也沒殺死病毒，用傳統的殺病毒方法根本不行，這讓王江民著迷。甚至，說句實話，他並不真的希望自己找到方法，他願自己一路都失敗下去。當然，同時他又竭盡全力，智慧呈指數增長。他戰勝了病毒，如同戰勝了自己，最終找到了「廣譜過濾法查毒」，後來又掌握幾個變形病毒樣本，在理論上歸納出了變形病毒的特性。王江民開創了

獨特的「廣譜過濾法」，收效明顯，並寫成論文，論文獲得了全國性的優秀論文獎。

王江民的 KV 系列殺毒軟件雖然兇猛，但也和其他殺病毒軟件一樣存在反應滯後的問題。當病毒剛出現尚未蔓延開來，能不能在報紙上一個星期公佈一次新病毒特徵碼，讓 KV 用戶自己升級？這接近防疫措施。王江民將自己的病毒防疫想法連同開放式、可擴充的 KV100 軟件一起寄給了《軟件報》，為它還起了個名字，叫「超級巡警」。《軟件報》認為這是一個很好的想法，1994 年 7 月 15 日首次發佈了《反病毒公告》。

KV100 在《軟件報》上一炮打響，在沒有 Internet 和光盤傳播的時候，報紙的《反病毒公告》發揮了巨大的作用。很多單位的主管要求計算機管理員把每一期的報紙都剪下來，把新病毒特徵碼加上去。王江民如同防疫站的首席科學家，聲名鵲起，令人信賴。

王江民第一次通過朋友介紹和華星公司接觸時，華星公司開始還沒特別意識到 KV100 的巨大價值，有一天一家國外大公司在中國分公司的 20 多台電腦突染病毒，硬盤啓動不了，如同腦癱，腦中風，「口眼歪斜，一聲不語」，靜得像死人一樣。公司員工都傻了，幾億元的合同打印不出來，急得要命，四處找人殺毒救急，包括找到國外最先鋒的反病毒軟件清毒都沒有解決問題。沒法子，該公司召集外圍技術支持的計算機公司開了一個會議，承諾誰幫助解決了這次問題，以後的硬件就從誰那兒買。作為該公司硬件供應商之一的華星公司長途電話打到了王江民這裏，同時還請了一

個美國反病毒專家，開價兩萬美元。王江民來到北京這家外國大公司時，正碰上美國專家在查解病毒。

作為「備胎」，王江民在休息廳等了一個多小時，幾次上廁所，身體不便，服務人員不知是否要上前扶助，王江民當然拒絕，他從不要人攙扶。特別是王江民現在已今非昔比，名聲在外，即使坐在輪椅上，他的氣度也是世界一流的。那時霍金已來過中國，其複雜的機器人般的風度已為人接受、崇拜。王江民雖然身體不穩，但自內而外都有一種氣度，一種奇特的修行來的自信。其實這類人全世界都一樣，身體反而成為他們的符號，抽象的符號。

帥氣的美國專家此時一點也不帥氣，在裏面一個勁兒地咆哮：「NO！NO！Format（格式化）！Format！」最後氣急敗壞地出來，與王江民正形成某種對比。王江民讓人信賴，似乎反而是他的超常所致。當然，當時的氣氛也很緊張，王江民對機器進行的每一個操作都被身旁站着的記錄員記錄在案。

王江民很快判定機器感染的病毒是火炬病毒，這個病毒發作只抹去硬盤分區表，不破壞數據。十分鐘，王江民讓病毒已經發作的機器，重新啓動了起來，20多分鐘，王江民指導該公司的人把20多台機器上的病毒全部清除乾淨。華星公司當場留下了20套KV100，並開始接受轉讓，銷售KV100。

之前KV100已轉讓很多家，為了避免KV200的市場混亂，王江民決定由自己統一發放激光防偽，統一市場，統一價格。這是很高明的舉動。

儘管如此，王江民清楚這種方法不可能徹底解決防偽的問題，為了捍衛自己的權益，王江民用升級的辦法爭取了主動：等硬盤分區表修復技術成熟後，王江民把 KV200 升級到了 KV300。也就是升級為 KV300 這一年，王江民乘着那時風行北京的一輛黃「面的」進軍中關村，以 50 萬元的資金注冊了自己的公司——江民公司。

不同於別人，王江民有備而來，資金雖然不多，但憑成熟技術吃飯，足以創業。當然，王江民的樣子本來也與眾不同，只是他的成熟與聲名足以讓人忽略他的不同。在北京向病毒宣戰與在煙台還是不同，北京，中關村，輻射全國，是全國的。到中關村沒幾天，王江民就注意到中關村商家喜歡「拼貨」，就是多家經銷商聯起手來加大進貨數額，求一個好的批發價格，王江民乘時跟進，將批發價定得很誘人，兩個「拼貨」的大單子下來，就掙了 100 萬元。這在煙台是不可能的，中關村的舞台太大了，到中關村僅一週他便旗開得勝。

問題不在於銷售，還在於病毒。或者病毒本身已不是問題，而在於病毒延伸出來的挑戰問題。比如，王江民反病毒，中國的那些寫病毒的人、製造病毒的人也在想方設法對付王江民。著名的「合肥 1 號」病毒作者在王江民剛到中關村不久，便向王江民下了戰書：居然將 KV300 解密，把「合肥 1 號」嵌入到了 KV300 之中，然後把帶有「合肥 1 號」病毒的 KV300 解密放到了 BBS 上傳播。病毒在 1997 年 1 月 1 日發作後，「合肥 1 號」病毒作者馬上就在網上大肆宣傳 KV300 中藏有病毒。製病毒與反病毒不在幕後，已到了台前。魔道之爭吸引了業界的高度關注，絕頂之上的「華山

論劍」真實地出現在 IT 江湖上。這是華山之約，王江民也如同溫瑞安筆下四大名捕之「無情」，雖殘疾，但風馳電掣，武功詭異蓋世，一招便將「合肥1號」制伏於 IT 業的華山之巔。

如果說這種時不時地挑戰還算正大光明，還算正常，那麼接下來王江民便有些哭笑不得了。王江民把「合肥1號」病毒殺了之後，「合肥1號」的作者開始旁門左道，完全不像一個大俠的作風，馬上在網上跳出來說：為什麼只有王江民能殺這個病毒，而別人殺不了？那是因為王江民自己編了這個病毒！這個病毒應該叫 KV300 病毒。此人搖身一變，把自己說成了王江民，如同混世魔王。這位混世魔王一邊叫嚷，一邊又炮製出了「合肥2號」病毒，這是最難解最厲害的 Joke 病毒，它有無數次變形，幾乎把加密學上的所有加密手段都用上了。王江民頭疼了三天，用破解密碼的方法才把它殺了。

混世魔王們惱羞成怒（當然不止一位），緊接着又出現「上海1號」病毒，「上海2號」病毒，「上海3號」病毒。王江民指塵輕舞，所到之處這些病毒隨之消隱。KV300 上海技術中心馬上就收集到了病毒的樣本，王江民立刻就把它殺了。「上海2號」把病毒發作的顯示信息改成了KV300C，但還沒有離開上海市就被王江民消滅了。接下來「上海3號」乾脆把病毒發作信息寫作王江民的漢語拼音字母「wangjiangmin」，惡心王江民，王江民把三個病毒歸納了一下，出了一組反「上海病毒」的廣譜代碼，這之後再沒有出現「上海4號」病毒，因為這個病毒的作者所寫的病毒格式，再怎麼改，再怎麼花樣翻新，也逃不出王江民那一串《葵花寶

典》般的「廣譜查毒代碼」。王江民完全封死了「上海病毒」的老巢，說白了就是殺雞取卵，絕了你的後。

王江民狠，這點王江民毫不掩飾。

幸好這種狠出現在王江民身上。

2010 年 4 月 4 日上午 10 點左右，王江民突然辭世，享年僅 59 歲。有人說上帝的電腦中毒了，所以帶走了王江民。上帝想跳太空步了，所以帶走了邁克爾‧傑克遜；上帝想看《地壇》，帶走了史鐵生……

手記十四：疾病與創造

最早殺毒軟件用的是 3.5 寸的軟盤，電腦還有軟驅，現在已沒有了。那時候我記得有許多殺毒軟件，有瑞星，KV300，金山，卡巴斯基，360，電腦管家是太後來的事了。我用過許多種，比較多的是瑞星，但有一天，我記得特別清楚，我的一位同事忽然給了我一個軟盤，說是 KV300，殺毒殺得特別厲害。一聽這名字就特別厲害，果然用起來也厲害，從此記住了 KV300。

殺毒軟件無疑是中關村的一個節點，而人們對病毒也有着太多記憶，可以說有了電腦不久就有了病毒，電腦與病毒似乎天然地同在。不過最初的時候，當我聽說電腦還有病毒很不理解——電腦怎麼會有病毒？

當時我完全不知道最厲害的殺毒軟件 KV300 是一位殘疾人做出的，不知道這個人一生都在與身體中的病毒作戰。無法證明脊髓灰質炎病毒與電腦病毒有什麼關係，或許根本沒關係。但疾病與人類創造力顯然又有着複雜的精神關係，這不完全是題外話。在中關村這樣的舞台上怎麼可能沒有疾病與創造的關係？王選是這樣，馮康是這樣，王江民也是這樣。

　　當然，深入探討就不在這裏進行了，留給讀者吧。

• • ○   Internet   • •

1995 年 5 月或 6 月，北京海淀區白石橋路口豎起一塊廣告牌：中國人離信息高速公路還有多遠？向北 1500 米。這條路通往中關村，頤和園，被中關村人稱作白頤路，廣告牌所在路口是白頤路的起點，自然也是中關村概念的起點。

　　這是中國第一則互聯網戶外廣告。廣告牌向北 1500 米，便是由中國互聯網先行者張樹新創建的中國第一家網絡公司：北京瀛海威。這一年中國共有四萬名網民通過瀛海威登上了 Internet，實現了與世界互通互聯。「信息高速公路」這一概念在當時非常新，也非常時髦，表明世界日新月異。它源自於托夫勒所著《第三次浪潮》，這部書在 20 世紀 80 年代風靡中國，裏面提到了未來社會是信息社會。現在信息社會的雛形已通過瀛海威呈現出來。

　　王志東也是在這一年上網的，但不是在瀛海威，而是在美國的時候。在加利福尼亞已聞名世界的矽谷，他在網上整整泡了三天，被網絡世界迷住了。在網上，世界的速度如此快，世界是平的，時間上也是共時的，甚至時差也不再有什麼意義，第三次浪潮，新浪潮，就在眼前，他已置身其中。

　　王志東那時正處在十字路口上，去美國之前有兩件事讓他頗受刺激，

一是結識了美國投資銀行家羅伯森的中國助手馮波，一是結識微軟的唐駿。馮波當時的一句話讓王志東腦洞大開：四通利方其實不是一家中國的軟件公司，而是一家總部設在中國的國際軟件公司。這話別人聽來那時可能還摸不着頭腦，卻一下點醒了王志東：他要按矽谷的模式辦公司。

後來成為微軟中國公司總裁的唐駿，當時是微軟總部 Windows NT 開發部門的高級經理，見到王志東時則說：我們現在正在做一個引擎，一旦我這個引擎做好了，你的「中文之星」就沒有必要存在了，到時候微軟視窗中文版和英文版會同時發佈，你過去是打時間差，以後沒有時間差了。

王志東以「中文之星」名滿天下，事業正在頂峰，是「二代中關村人」中最有影響力的風雲人物。唐駿的話讓如日中天的王志東看到了末日，無異於給他判了極刑，這非常殘酷。但唐駿是實話實說，沒有掖着藏着，當然，也是居高臨下，有恃無恐。王志東明白唐駿不是代表個人，而是代表微軟，過去王志東一直緊盯微軟，迅速成名，現在微軟要把他甩掉了。

王志東生長於中國南方水鄉，17 歲考入北大無線電系，大學二三年級他就開始在校外攢電腦，寫軟件，收入超過他的老師。王志東的故事就是從寫軟件開始的，那時校園詩人受到尊重，詩人們在寫朦朧詩，當時北大有海子、西川、戈麥等詩人，王志東則在另一片領域像哪吒鬧海一樣興風作浪，以寫軟件蜚聲校園，彷彿另一個時代的人。除了詩歌，當時軟件是

最前沿的東西。有一天有個陌生人帶着剛剛購買的北大電子排版系統和一台計算機找到王志東，告訴他這兩個東西不兼容，北大的軟件工程師們也無能為力，其中有的工程師還是王志東的老師。王志東三下兩下，沒費吹灰之力便破譯了軟件密碼，略加修改，兼容的事大功告成。電子排版發明人王選得知此事，又驚又怒，以為自己的密碼泄露，派人追查。當得知破譯他密碼的人居然是一個學生，反而頗有些驚喜。

20 世紀 80 年代，中國計算機技術的當務之急是建造一個成熟的中文操作環境。第一代軟件工程師在這個領域的一系列發明，把中關村迅速變成計算機時代的一面旗幟。但是直到 90 年代初技術的基本途徑仍然是把外來軟件程序加以「漢化」，其作用類似於把一本英文圖書翻譯成中文，但是因為軟件本身的更新速度快捷無比，令中文操作環境備感頭疼。當時那些長於「漢化」的程序員們，最怕搭載着新鮮功能的英文操作系統突然出現，這意味着，他們原來煞費苦心「漢化」來的舊版軟件，又將白費功夫。

王志東加入了王選的方正團隊。王選給了王志東極大自由：完全可以不上班，就在家辦公，也沒多少硬任務，完全沿着自己的興趣發展。王選是個愛才如命的人，特別是對奇才，因為他自己就是奇才。他知道奇才的困難，把王志東當成了年輕的自己，年輕的自己過了九九八十一難，他不想再讓奇才過自己過過的苦日子，不自由的日子，要讓王志東完全自由。

90 年代微軟的「Windows 95」橫空出世，統治了微機世界。王志東一

直關注這一新事物，他承認，在自己解開的無數軟件裏只有「Windows」讓他感到震撼。有一天王選對王志東說：「你有本事改我的東西，你敢不敢把微軟的東西也改了？」

其實不用王選說，王志東也在琢磨這件事。

本來就很宅的埋在電子世界裏的王志東，接受了王選的激將法後，從此更是大門不出二門不邁，打印機終日作響，不分晝夜，這種拚命勁也很像當年的王選，但當年王選那麼拚命卻吃不飽肚子，餓得渾身浮腫，以致患病。王志東營養沒問題，吃的更不用說，身體有無盡的能量。時代，時代真是不同了。打印機吐出來的程序一層層鋪在地上，房間漸漸成了打印紙的世界，白色的世界，油墨的世界，更是數字的世界。王志東席地鑽研，每天就生活在這個世界裏。就像關在自我設置的未來世界裏，或說是天堂囚室都未嘗不可，王志東就是這樣在一個人挑戰強大的微軟，巨無霸的微軟，與其說他屬於王選，不如說他更屬於比爾·蓋茨。當然首先應該感謝王選，是王選給了他以孤獨為王的條件。而蓋茨給了他目標、高度、難度。中關村有一種個人的精神，個人挑戰時代，個人挑戰命運，個人挑戰歷史，這種挑戰構成了中關村的神話。事實上中國埋藏着巨大的個人力量，只要有條件——甚至不必充分的條件就會釋放。

差不多 70 天後，也幾乎一身白的王志東走出白色世界，而身後卻是一派白色的狼藉。像一個白色的行為藝術家，王志東手上拿着「Windows 1.0」的中文版「視窗 1.0」。

他改寫了微軟，挑戰成功。這就是中關村，這就是王志東。儘管這個

成功無法在市場上應驗，無非是把 Windows 的英文變成中文，就像翻譯了一本大書，談不上什麼原創。但這一成功仍是革命性的：跟上了微軟的步伐，換句話說跟上微軟也就跟上了世界。問題也在這裏，王志東的「視窗 1.0」驚世尚未過去，中關村已出現了微軟的「視窗 2.0」，等王志東拿出漢化後的「視窗 2.0」，大街上又來了「視窗 3.0」。總這樣亦步亦趨嗎？市場不認馬後炮。

這個問題必須解決，必須與 Windows 同步。此時王志東已滿足於孤獨，決定以自己為中心創造，就像矽谷的那些才子們。時代不同了，孤膽英雄已無必要，王選非常理解，天高任鳥飛，放走了王志東。王志東創建了「四通利方」，決心解決「馬後炮」問題。王志東再次進入白色的世界閉關，繼續別人眼中的行為藝術。幾個月閉門不出，苦思冥想。但這一次卻毫無進展，毫無門道，有一段時間他瀕於絕望。但是蒼天有眼，對王志東這樣的挑戰者總會照拂一下。那一夜，夢中忽有一道電光石火劃過，王志東驚醒，一屁股坐將起來，望着想象中的蒼穹：啊！對！就是這個樣子！

他跳將起來，打開計算機，飛快地寫下一個小程序。王志東的想法是，不再篡改「Windows」的內部程序，而是只把自己的中文平台從外面掛上去，如同中國坊間武俠小說裏的一種武功叫「蠍子倒爬城」，他把自己的新程序叫作「陷阱技術」。這是他的「核心思想」，帶有原創性。簡單地說就是他在「Windows」程序上切開了一個缺口，當信息數據跑到這裏時，就會掉下來，而他預先設置的中文平台，則會張開雙臂擁抱這些數據，把它們轉換成中文，然後送回原來的地方，讓它們按照既定

流程繼續運行。

這是一個神奇的世界，是那個時代詩人難以想象的世界，很少中國人能進入到這裏，這是某種宮殿，王志東進入到這裏當了一回自己的王。王志東同期的校友詩人海子曾設想「做自己的王」，最終以山海關臥軌的方式進入黑暗王國，王志東卻科幻一般地在微軟「Windows」的核心建立自己的宮殿，成為只有一個人的王。而那個「陷阱」，或者說「掛鉤」的小程序總計不超過 60 行，是個很小的「宮殿」，但它深深地嵌入了微軟的內部，正應了計算機軟件世界裏的箴言：最簡單的就是最好的。當夜，王志東把它拿到「Windows 3.0」上，一舉成功。

他意識到這是一個了不起的創舉，堪稱偉大，於是激動不已，東方漸白仍無法入眠，毫無睡意，他彷彿同太陽一起升起，自己對着自己說：從來沒人做過這種外掛啊，全世界都沒有，我就是唯一。

唯一就是王。

第二天他又把它拿到其他各個版本上，百試百通，百試不爽，甚至還可以兼容各種型號的顯示器和打印機，這又是他沒有想到的。從王志東開始，個人計算機的「中文平台」從此成為一個獨立程序，亦叫「外掛程序」。從此王志東和所有軟件工程師，再也不必煞費苦心地亦步亦趨地篡改人家的程序。王志東給自己的發明起了個不中不洋的名字，叫「BDWin」，即「北大視窗」。

這是一個人對微軟的叫板。

全世界沒有第二例這樣的「一個人」。

王志東的外掛程序「中文之星」一經推出即在國內得到迅速普及，加速了中國的電腦應用，創造了輝煌的社會效益和經濟效益。據說「中文之星」第一個月就賺進90萬元純利潤，據說它的橫空出世，讓比爾‧蓋茨也大吃一驚，感歎中國有這樣的奇才。微軟的高層評論說，「中文之星」至少讓微軟的產品提早五年進入了中國市場。「中文之星」標價雖680元一套，但因為掛在「Windows 3.0」上特別好用，所以買家也不嫌貴。

　　微軟忍受了王志東三年，到1995年，微軟等進入中國的速度和力度都比想象中的大，微軟決定以後Windows中文版和英文版會同時發佈。唐駿提前告訴了王志東。這一告知中有許多不言而喻。

　　王志東明白。

　　王志東也明白自己作為一個程序員的生涯應該結束了，沒必要再像堂吉訶德一樣跟微軟玩了，他應有更廣闊的天地。

　　這也是「不言而喻」的一部分。

　　王志東遠走美國。他想起了馮波的話，四通利方不是一家中國的軟件公司，而應是一家總部設在中國的國際軟件公司。他要走矽谷公司的創業之路，要去找風險投資。那時中關村還沒人知道什麼叫風險投資，而王志東雖然知道一點，也是極其膚淺的。

　　那時中關村有類似的投資行為，但不叫「風投」，也沒有「天使投資」的概念，但事實上當初王志東與中國第一代程序員、時任四通公司總工的嚴援朝創辦四通利方公司時，便得到了這種投資。在關鍵人的牽線搭橋之

下，王志東見到了四通總裁段永基，憑着自己的才華與傳奇，成功說服了段永基為他未來的軟件公司也就是後來的四通利方提供了 500 萬元港幣的「天使投資」，無一分錢投入的王志東佔了新公司 20% 的股權。段永基還答應了王志東 3 個額外的條件：新公司有自主的人事權，四通不派一人進入；新公司只做軟件；員工嘗試配股權。

由於一直沒能物色到總經理人選，兩個月後作為創始人的王志東在嚴援朝的支持下，親自出任四通利方總經理。成立之初公司在中關村西南部的萬泉小學租用了一棟小樓，由於地處偏僻，王志東不得不在附近各個路口掛上公司的指示牌。公司的主要業務是以「中文之星」為核心開發中文軟件平台 Richwin，第一個版本的 Richwin 於 1994 年 3 月 20 日被開發出來，但僅僅一年之後微軟 Windows 中文版進軍中國的鐘聲便敲響了。

這鐘聲是終結或終結者的鐘聲。

世界總有一些聖地，比如耶路撒冷，比如麥加。

如果現代也有聖地，那就是矽谷，至少對王志東而言。

然而首次矽谷之行王志東便迷了路，不得不打電話求助朋友報告方位，說是在第一大道。朋友很詫異，這附近哪有第一大道啊？他頗不服氣，對着話筒字正腔圓道：「One Way！牌子上寫的 One Way！」也就在那時，王志東第一次接觸互聯網，在機場隨手買來的雜誌上就有賬號，回到酒店連上了電話線，很容易地升級了本地操作系統，並從一個

廠家的網站獲取了最新資料。

在線升級現在看很普遍，王志東嗅到了不一樣的氣息，在矽谷的工程師為互聯網亢奮歡呼時，他嗅到了這東西代表未來。從 1995 年至 1997 年找到第一筆風險投資，王志東三次來到矽谷，通過學習接觸了解，他發現國外風險投資家絕大部分不了解中國，更不了解中國的 IT 業。

兩年中王志東又花了很多時間和精力去說服風險投資，讓風險投資去多了解中國、中國的文化、中國的經濟、中國的政治。另一方面，王志東還要再回過頭來說服國內的股東，讓他們去接受風險投資的一些理念，之後還要說服公司內部的員工，讓他們去相信風險投資的進入對公司的發展會非常重要，非常必要。這兩年王志東差不多成了風險投資的理論家、中國問題專家，而王志東自己也學到了如何跟外國人打交道，學到了真正的矽谷模式、西方資本市場的規則。

也正是在這個過程中，王志東的想法越來越成熟，他決定跨越時空的間隔、文化的障礙，為全球華人建立一個共同的網絡平台。這一舉動的影響力超越了想像，那時台灣與大陸經濟有往來卻不密切，若論互聯網產業，島內處於技術輸出階段，一直領先大陸，突然間要由一家大陸公司創建全球最大的華人網站，幾乎是不可思議的事。

為建起這個網絡平台，四通利方收購了一家美國公司。當時這家公司有不少具有台灣背景的華人，台灣地區用戶增長最快的網站便由他們設立。然而與風險投資商們的談判異常艱難，投資商拒絕王志東對四通利方 1500萬美元的評估。然而就在王志東筋疲力盡認為談判已毫無希望時，投資商

有一天不知嗅到了什麼，突然接受了他的條件。市場或資本也有幡然醒悟的時候，戲劇性的時候。

應該說最終是中國的巨大市場起了作用。

1997 年 10 月，華登投資公司、RSC、艾芬豪國際集團為王志東的四通利方提供了總值為 650 萬美元的風險投資。此次融資後，華登系佔了四通利方大部分股份，而王志東的股份則稀釋成 13%。華登系的投資點是中文互聯網，在資本方的要求下，到 1997 年四通利方已基本完成了互聯網轉型。然而，有一點讓資本方不能容忍的是，四通利方相對落後的管理體制。此前四通利方已被媒體批評為「家公司」：王志東自任總經理，他的夫人劉冰主抓財務。在資本方的壓力下，還在融資談判時期，王志東即決定交出財權。

1997 年 1 月 1 日，美國人馬克被聘請為四通利方的財務總監，作為第一個進入中關村的美國人，馬克的引進在中國業界引起轟動。在以後的時間裏，王志東又在資本方的建議下，在他 30 多人的公司裏設置了分管技術、銷售和行政的 3 位副總，來分散原先掌握在總經理手中的權力。

四通利方開始大步向互聯網轉型，此時公司內部由留法學生汪延負責的利方在線已經運營了一年。利方在線經過 1998 年世界杯之後聲名鵲起，並逐步轉變為四通利方的主要部門。1998 年 9 月 26 日，王志東在北京皇冠假日酒店，第一次見到了時任華淵中文網站 CEO 的姜豐年。這次會面成為催生「新浪」的直接原因。會面中，姜豐年與王志東兩人一見如故，姜豐年得知四通利方也有訪問量很大的「利方在線」，立即提議兩家合併。

王志東將一年前估值 1500 萬美元的四通利方，重新估值為 3000 萬美元，這一「天價」仍被姜豐年接受。

又經過九天談判，10 月 27 日，雙方簽約，華淵以 1 股換利方 0.38 股的形式，同意被四通利方購併。合併之後的新公司，由姜豐年出任董事局主席兼執行官（CEO），王志東出任總裁。在協議簽完之後，姜豐年問王志東：「合併後的網站叫什麼名字？」此時，姜豐年的策劃人已經根據華淵的英文名稱「SINA」的譯音取名「賽諾王」，並且印刷品即將付印。王志東當時沒有回答。第二天，一夜未眠的王志東告訴姜豐年，新網站的名字叫「新浪」。

因為「新浪」的辦公室不僅在美國，在香港、台北、北京、上海、廣州很多地方都有，所以當時王志東的時間分配基本是每個月在美國矽谷那邊待一個星期，香港待一個星期，北京待一個星期，剩下一個多星期的時間，就分配給台北、上海、廣州、紐約、洛杉磯，基本上成了浪跡天涯的「空中飛人」了。正應了馮波所說，這不是一家中國公司，而是一家總部設在中國的國際軟件公司。

這是一個夢，但實現了。從一個天才的程序員，到著名的新浪創始人，是一個怎樣的夢？在這個意義上，中關村已不僅僅是中關村。

中關村也是世界。

手記十五：去日留痕

　　Windows 95，「中文之星」，新浪，三者既是記憶，又是當下，幾乎本身就有穿越性質。而一個人同時與這三者有關，也算神奇中的神奇。對王志東來說時勢造英雄一點不過分，那時微軟 Windows 一推出，難題就擺在了中國面前，如何讓 Windows 中文化？這時時勢需要王志東，結果就有了王志東，有了王志東將自己關了整整 70 天破解 Windows 的佳話。那 70 天王志東的世界變成白色的，滿地白紙之中站着王志東，出來時拿着「Windows 1.0」中文版的王志東，也幾乎是一身白。當時王志東的樣子讓人想到「西門吹雪」。如同 IT 界的西門吹雪挑戰了微軟，並且挑戰成功，古龍的小說不是沒有道理，生活中就有這種孤傲的人。

　　就是這樣一個高手居然又創辦了「新浪」，在瀛海威倒下之後讓中國互聯網再度崛起，大舉前進，直到在美國上市。但中國 IT 人都不應該忘記瀛海威，它是先驅者，倒在了黎明前。但相信現在有不少寫作的人，像我一樣最早在網上推出作品也是在瀛海威。我還記得在白石橋路口瀛海威入網的情景，交了入網費，填寫了家裏的座機電話號碼，買了調製解調器，回家後我的世界就變了。我清楚地記得那就是 1995 年，撥號，清晰地聽到 Windows 95 界面「撥號圖標」發出的節奏很快的撥號聲。我上到了瀛海威

的「咖啡廳」（聊天室），進入了論壇的若干個欄目，其中居然有個欄目叫「網絡文學」。那應該是中國大陸第一次使用「網絡文學」概念，我也第一次把紙上的作品重新錄入貼進了這一欄目。一年以後瀛海威做了一個「網絡文學」光盤，名叫「去日留痕」，收入了我貼在網上的作品，至今我還保留着這張中國最早的「網絡文學」的光盤，同樣我還保留着那時的許多聊天的內容。當時我為自己取的網名叫「kefesi」。瀛海威停止運營後，1998 年我沿用了「kefesi」IT 名注冊了新浪郵箱，現在這個郵箱仍可使用。

關於互聯網的回憶太多了，真可謂「網」事如煙。2000 年 9 月 13 日，我清楚地記得這一天，我的長篇小說《蒙面之城》在被傳統文學雜誌拒絕後登錄新浪，開始連載，一個月點擊量達 50 萬次。50 萬次那時是天文數字，然後它又被傳統大型文學雜誌《當代》接受，並獲得了 2001 年第二屆《當代》文學拉力賽總冠軍。翌年又獲老舍文學獎長篇小說獎。傳統文學與網絡文學在我身上對接、交匯。人不能兩次踏進同一條河，但我那時感覺一次踏進了兩條河。

《蒙面之城》三個月後連載完，2000 年 12 月 15 日 15：26，我在連載後面貼上了《傳統的寂寞——致新浪網友》一文：

　　——像當初預感的那樣，這些天出版商找上門來，希望出版《蒙面之城》。不是一家，我有了選擇權。我尊敬的阿來先生的《塵埃落定》曾走了 13 家出版社，歷時四年，偶然被相中，證明是部傑作。但現在埋沒的還有多少？ 13 家出版社加起來一共有幾個人

看了《塵埃落定》？幾個人決定一部可能是傑作的命運。但這個時代過去了。當然，對於有些作家或作者仍可堅持過去的方式，遵循凝神與寂寞的感覺，歷經時間沉澱，手中握有傑作，對公共空間不屑一顧。

——各有各的方式吧。

——有人問我有無稿費？我說沒有。但我得到的遠比稿費珍貴得多，我不是說現在就要得到稿費了，這毫無疑問，我是說在公共空間連載的日子裏，讀者的心情、平等的參與、批評與真知灼見，使我體會到一種徹底的平等、自由與互動的現代人際關係。寂寞文人在寂寞的時候滿腹幽怨，一旦出位，就擺架子，要求仰視，得到補償，這是必然的心理，甚至是官場的心理。事實上妾婦意識存在於我們每個被壓抑與寂寞的人身上。

——公共空間——互聯網正在教育我們，改變着我們。

——網上衝浪，機會均等，無怨無艾，交流自由，得失平常。理性不僅來自知識、學養、書本，也來自血液、習慣、日常。這種改變的深刻含義我認為不亞於啓蒙、80 年代。更深刻的變化正在發生着。

——話扯遠了，回到作品。我的另一個體會來自寫作本身。我也一樣在讀網上自己的作品，也站在讀者角度批判自己。我感到深深的不安。我看到自己所犯的錯誤，許多地方生硬、牽強、不合情理、不到位。我甚至有時停下後面的修改去彌補前面的缺

陷，好像急於遮醜。一部長篇小說是一次歷險，充滿誤區、岔口、俗套、積習、陌生界域以及力不從心。

——此外很遺憾的是，我發現原來的結局徹底不能要了，得重寫，這使我相當吃驚。而我還沒想出新的結局，連載已直逼城下。我看不到馬格這個人的歸宿，無法給他安排一個結局，就像我對自己的未來並無真正的把握。我曾想殺死馬格，或讓他自裁，但無論怎樣精心策劃都更像是一場謀殺或拖殺。那麼還能有什麼結局，他才 27 歲？至於「支線人物」更未及想好。好在這是公共空間，人們不僅看到創作結果，還看到創作過程，並且參與進來。我想這就是現代寫作。

——我同樣告訴出版商，作品還沒完成，至於何時能完成，我也不清楚。

——我想，我主要想表達的已經表達了。但無論如何還是需要一個結局，哪怕是一個階段性的結局。但仍不容易。感謝眾多網友給予我的鼓勵、批評、建議。我希望繼續得到，以不斷完善，有個可以接受的結局。我再加把勁吧，讓我們一起來，屆時我將把一個修改後的完全版打包放在新浪網上。

——這裏我特別感謝的是網友 teeming 先生、阿 lulu_500 先生以及黑雪 01、玄武巖、wengjw123、iceburg15、wuhoya、泡泡茶、formb、zicq、麥齊爾、sflii、waiiya 等諸位先生。你們不懈的關注無疑將構成本書不可分割的一部分。

——感謝新浪提供的空間。

17 年過去了，它們仍在網上，仍要感謝新浪。

感謝王志東，感謝他的傳奇。

感謝 22 年前，坐落在白頤路上的瀛海威。事實上我與中關村同樣有着不解之緣，我是中關村的一部分，或者我們都是。

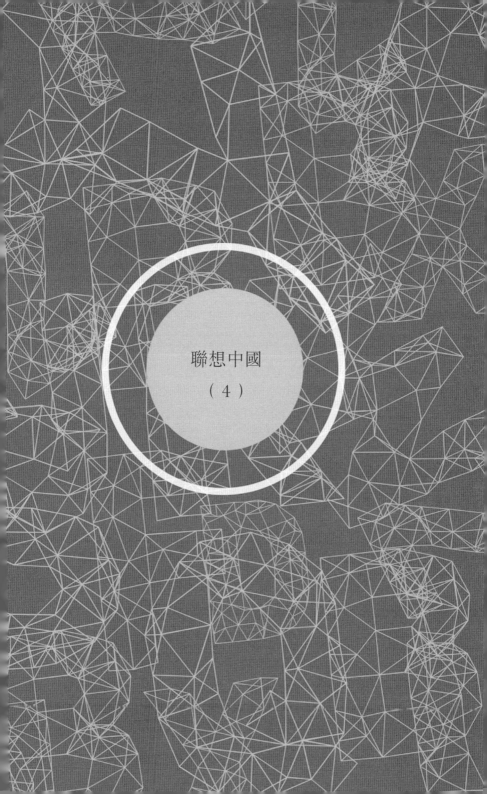

聯想中國

（4）

蓄　勢

2004 年聯想儘管蜚聲世界 PC 市場，但收購 IBM 全球 PC 業務，許多西方媒體並不看好，一方面認為聯想是「蛇吞象」，一方面認為「花錢買了包袱」。有媒體發問：「聯想為什麼要選擇購買 IBM——這個美國標誌的但正在『製造虧損』的業務？」還有報道甚至尖刻地指出：「穿上王子拋棄的外衣，青蛙就能變成王子嗎？」

美國 IT 諮詢公司首席分析師羅伯·恩德利甚至有點幸災樂禍，稱：「這宗交易是給惠普和戴爾兩家公司的聖誕禮物，我從來沒見過這兩家公司如此興奮。IBM 即使在美國也是一個非常獨特的公司，文化整合本身非常困難。惠普和康柏合併時調動了上千人的隊伍參與整合事宜，聯想顯然並不具備同一水平的資源……」競爭對手戴爾公司董事長邁克·戴爾直言不諱地說：「這將是一次失敗的收購。我不看好這次收購，戴爾公司對 IBM 的 PC 部門絲毫沒有興趣……我並不認為聯想收購 IBM 的 PC 部門和以前那些失敗的併購有什麼不同。」

事實上，在中國，人們聽到這個消息也有許多懷疑。儘管聯想在中國名聲已經很大，但畢竟是關起門來說話，怎麼能同全球巨無霸 IBM 相比，怎麼聯想就能吞了 IBM 的全球 PC 業務？吞得下去嗎？甚至有人懷疑這是假新聞。

那時中國人習慣了外資外企進來，經常自豪地稱世界 500 強多少已進駐中國，有多少大企業合資了中國企業，怎麼聯想就突然逆天了？不久柳傳志有一次到北大 MBA 講課，講到收購 IBM 之事，下面也是一片懷疑之聲，沒人相信聯想會收購成功，相信的只有三個人，其中有兩個還是聯想的學員。甚至收購的當晚中央電視台採訪柳傳志，主持人沈冰也一再問要是失敗了怎麼辦？問得柳傳志很無奈。那時的某種心態不無道理，人們首先是不習慣。

　　說起當初，事實上當柳傳志麾下大將楊元慶乍一提出來收購 IBM 全球 PC 業務，柳傳志也很驚訝，心理上也不習慣。那時楊元慶是聯想的CEO，柳傳志是董事長，已不管具體經營。不過這等「逆天」的大事還是要柳傳志拍板，他認為可以研究，但先不要做決定。楊元慶找來了麥肯錫、高盛兩家公司進行了初步分析，認為可行。柳傳志還是不放心，時代雖然發展到這步了，但如何邁出這一步還是要非常講究。這不是平常的一步，是歷史性的一步。歷史有時就是這樣，當它到來的時候許多人都不知道，只有極少數人在研究路徑，與歷史下棋。

　　柳傳志召開了董事會，會上除柳傳志、楊元慶作為提議人外，所有與會董事一致否決了收購案。否決並非沒道理，主要是，一、買了 IBM 牌子後，外國人會不會認，人家還當是 IBM 嗎？二、買 IBM 買的不是工廠，那邊沒有工廠，都是銷售團隊、研發團隊，實際買的是人，當時 IBM 在全世界有 40 萬名員工，光律師就有 200 多個，PC 這塊業務你中國人買了，人家都走了，不伺候你中國人怎麼辦？三、買完後中國人當領導，老外在

中國市場決戰的時候有些打法不錯，但是你中國人領導，人家聽嗎？這三個問題是最大的問題。否決對楊元慶他們打擊很大，他非常憤怒，向柳傳志發問不抓住這個機會聯想怎麼發展？怎麼國際化？不國際化怎麼和對手競爭？這話也對。

楊元慶他們那麼堅持，因為楊元慶知道科學院領導和老同事代表，這些董事其實主要還是聽柳傳志的意見。最後柳傳志拍板：買與不買暫時不定，但是麥肯錫、高盛的進一步諮詢可以進行，幾百萬美元諮詢費可以付。這個決定至關重要，它顯示了柳傳志的某種性格：既照顧了大家不安的情緒，也為未來的行動埋下伏筆。

經過價格不菲的可行性分析，前兩個問題有了解釋，問題不大，第三個問題是五年後公司能否由一個中國人來進行管理。楊元慶做董事長這沒問題，但董事長的作用沒有 CEO 大，通常中國把董事長看成市委書記，CEO 看成市長，實際在真正的治理結構中是 CEO 負責。但只能讓楊元慶做董事長，先請老外當 CEO，主要是怕一上來經驗不足楊元慶折在裏頭，比如假定這個業務頭兩年做不好，外國人又不太聽話，業績不好，一般都是把 CEO 給炒了。在柳傳志看來讓老外做 CEO，就是讓楊元慶先看清楚 CEO 是怎麼運作的，以退為進，即蓄勢，就像柳傳志後來辦公室那頭向後的牛。

IBM 的老板想把他們原來的 CEO 留下，出任併購後的聯想 CEO，這也是當時 IBM 的條件之一，但後來柳傳志經過調查，發現這個人不是一個能幹的人，接觸中也覺得此人比較平庸，於是就想換掉，在 IBM 高

管裏另挑一位。還是美國人當，沒有質的改變，但沒想到 IBM 的談判老闆大發雷霆，堅決反對。電話打到了柳傳志家，柳傳志開着免提，由 IBM 大中華區的總經理周偉坤現場翻譯，同時柳傳志的電話還開着另一條線，與自己美國那頭的談判代表保持着聯繫，實際是個電話會議。電話通了很長時間，美國人把換人的問題說得很嚴重，火氣很大，明確對柳傳志說：你要不用原 CEO，併購這事就別談了。周偉坤翻譯的時候，把許多難聽的話省略了。柳傳志後來才明白過來，IBM 做這件事的時候，辦公室政治起了至關重要的作用，一定是這個 CEO 是個棋子，進行了某種交換。但當時柳傳志堅持換人，電話談了幾次，最後 IBM 的老闆專門又叫周偉坤底下給柳傳志帶了一句話：這次你們先用，半年以後你們怎麼處理跟我無關。柳傳志明白了，同意了。這就是談判，特別是跟美國人的談判，往往就是這樣。果然，半年後換掉了那個 CEO，沒任何節外生枝。

阿梅里奧

第二個 CEO 是從戴爾請來的，原是戴爾的一個高級副總裁，叫阿梅里奧，是個猶太人，非常能幹。應該說，一個 30 億美元營業額的中國公司併購了一個 100 億美元營業額的公司，是相當有挑戰性的，管理起來有很大的難度。但此人個性很強，行事非常強勢。另外，阿梅里奧是個典型的職

業經理人，任期五年，如果他把公司業績帶到了一個新的高度，他就是美國最牛的 CEO，而公司每年的利潤增長、公司股價將是衡量他的一個最重要指標，所以他把精力主要放在這個上面。但是這之後的幾年，電腦行業裏發生了巨大的變化，個人買電腦的增長量超過機構買電腦的增長量，而聯想併購 IBM 的主打產品是 ThinkPad，是一個高檔產品，主要是為機構所用。如果不開發出面對消費類客戶的產品的話，那聯想就沒法跟惠普、戴爾競爭，所以一定要開發。但是要開發就要有投入，光 IT 系統的投入，支持個人消費電腦就得七億美元，要花三年時間，別的不說，光是這七億美元的錢從哪兒來？當然都得是從利潤裏邊減。比如原來是五億美元的利潤，一年要花出 2.5 億就得減成 2.5 億，而且這麼一做，公司本身的利潤受到影響以後對股價也會有影響。作為職業經理人的阿梅里奧當然不願意減利潤往裏投。

阿梅里奧堅決不這麼做，楊元慶努力說服，阿梅里奧完全不聽。矛盾就此產生，楊元慶是對的，阿梅里奧也是對的──作為職業經理人。不得已楊元慶在董事會裏邊提出一個折中的要求，他親自來做消費類電腦，讓 CEO 做原來的業務。董事會有兩個美國人，雖然份額比較小，但牌子比較大。阿梅里奧私下就找了美國老板介紹了情況，美國人一聽，覺得這個楊元慶是胡鬧，董事長怎麼能直接做業務呢？就堅決站在阿梅里奧一邊。柳傳志雖然覺得楊元慶正確，但這樣兩軍對壘，針鋒相對，你死我活一向不是柳傳志的作風。柳傳志勸楊元慶，別這麼愣，少安毋躁，靜待時機。會上柳傳志也沒表現出支持楊元慶的態度，因為一旦表

態，柳傳志這麼重的分量，矛盾就會變成了中國人和美國人的矛盾，再要把這矛盾往前推一步，扣一擰緊，後果難以想象，可能就是萬劫不復了。

即使柳傳志沒表態，CEO阿梅里奧也開始動作頻頻，有意無意地讓公司裏的一些中國骨幹員工感到位置下移，而楊元慶又不好干預。聯想的劉軍和陳紹鵬這些高管，在柳傳志的心目中都是可以培養為全面帥才的，但是阿梅里奧在向董事會匯報工作的時候，卻把他們排除在最高16人名單之外，柳傳志異常傷感，心裏邊掉眼淚，但是忍住了，他不能爆發，他知道一旦他爆發了，後面沒法收拾。另外由於文化上的碰撞、摩擦，也使得許多中國員工那種主人翁意識受到很大挫敗，不少人甚至離開了聯想。

柳傳志看在眼裏，劍時時已準備出鞘，但要一擊必中，沒這樣的把握他是不會出手的。這就是柳傳志。能忍，忍得有時候讓他覺得自己特別冷酷。正好，差不多就到了2008年，金融危機出現，公司大虧損。危機就是機會，柳傳志出手提出換CEO。柳傳志找到美國的兩位董事──其中一家是TPG原始創始人，TPG是美國排在前十位的大投資公司，也是創始合夥人，對方提出由楊元慶換下阿梅里奧。兩位關鍵人物、美國董事認為楊元慶沒有這個能力，但柳傳志這次態度堅決，雙方進行了一週不分日夜的交流。

美國人也是很固執的，最後柳傳志亮出底線，說要不拿到股東大會討論？美國人明白，中方股份佔得高，真到那一步，對大家都不好。美國人

最終提出解決辦法：要求柳傳志當董事長，他們才同意楊元慶當 CEO。

柳傳志早在 2004 年已不再擔任聯想董事長，把棒交給楊元慶，創辦了聯想控股。柳傳志很不情願當這個董事長，聯想控股的事業正開啓，千頭萬緒，但是他答應了。接下來就是找阿梅里奧談話，當時所有人都以為將會發生一場驚天動地的爭吵，因為阿梅里奧嗓門大，性格倔，但也知道柳傳志不好惹，柳傳志能忍，但一旦真怒起來勢不可當，絕不含糊。誰也沒想到談話不到一個小時，兩人手握着手笑眯眯地出來了。阿梅里奧宣佈退出，不當總裁。

四張照片

撤換了阿梅里奧，楊元慶出任 CEO，柳傳志出任董事長。這樣一來柳傳志在這個跨國公司真正建立了一個中西方共同融合的班子，柳傳志讓楊元慶按照自己的想法幹，拿出相當的利潤進行研發，開拓個人消費電腦，楊元慶不再僅僅是職業經理人角色，還是考慮長遠戰略的企業領導者。聯想那時的國際化程度已經非常高，每年的營業額有 70% 來自於海外，在 160 個國家和地區有業務，在所有這些國家和地區沒有派一個中國人，全是國外的團隊。2009 年，中央電視台採訪柳傳志，說聯想已到懸崖邊上了，柳傳志說聯想就是我的命，我要義無反顧地復出。柳傳志復出沒幹別的，就是抓文化，抓中國當代文化與西方文化的融合，抓

價值觀建設，抓思想，這非常重要。思想工作在國內行之有效，在國外也一樣，柳傳志相信。

每年聯想都有誓師大會，柳傳志與楊元慶一塊兒去歐洲，參加歐洲團隊的誓師大會。大會在法國開，都是歐洲經理級以上的人，到會有 200 多人。這一年不同尋常，董事長、CEO 都是中國人，這個影響很大。按聯想的規矩開會遲到是要罰站的，但跟外國人不能輸出這個文化。柳傳志到了會場，下面人坐得稀稀拉拉的，看着兩位中國人，又正值金融危機，企業大虧，有種說不出的氣氛。這不是在國內講話，是種考驗。柳傳志明白，不要說罰站，你能講什麼？這些人會聽你的嗎？特別是聯想虧損這麼多，前景難料，說不定底下人已準備找出路。再有，你一個中國董事長，無非是講一些中國式的說教，這種心理，很容易從人們的竊竊私語中，從眼神中讀出來。柳傳志環視了一會兒，沒多說什麼，在大屏幕上放了四張照片，一一講解。照片講完，下面鴉雀無聲。

柳傳志講的第一張照片是當年聯想辦養豬場的事，1988 年的時候，中國物價飛漲，聯想怕員工吃不上肉，專門辦了養豬場。計算所有個叫馬金剛的工人是個山東人，公司就給了他十萬塊錢，讓他到山東辦養豬場，定期往北京運，分給聯想的員工。第二張圖片是八九十年代創業的那些老員工在歐洲旅遊面帶微笑的照片，這些退休的員工都有股權，拿着豐厚的退休金，非常快樂。第三張圖片是聯想的 72 家房客，是針對新員工的，就是 90 年代大學畢業生到聯想來以後沒房子，老的計算所的員工是有指標的，憑工齡能排上隊，但新員工沒有，於是聯想跟中國銀行協商，首創了有首

付、有按揭、由聯想貸款擔保的模式，讓 72 個新來的員工有了住房。第四張照片是年輕人在聯想的發展平台⋯⋯

柳傳志講完，宣佈散會，沒多說一句話。

柳傳志用四張照片傳遞出聯想「以人為本」的企業文化，這些故事發生在中國──「如果好好幹，這些故事也會發生在你們身上」。

第二年柳傳志再次來到這裏，情況已完全不同，會議主持人是一個光頭的小夥子，等柳傳志進來時全場已經坐滿，坐得黑壓壓的，整整齊齊，光頭小夥子對走進來的中國董事長說：柳總，今天不是您等我們，是我們等您，我們都準時來了，有很多早就到了。主持人說完，全場響起熱烈掌聲。

柳傳志笑容滿面。

柳傳志復出僅僅兩個季度，聯想業績大幅攀升，到了年底翻了一番，不僅如此，員工的薪酬也進行了調整，過去阿梅里奧最關注的是他個人薪酬的調整，柳傳志復出後，特別是公司好轉後，將利好像胡椒麪兒一樣撒下去，所有員工都能有調整，換句話說，柳傳志說到做到，所言非虛。實力與魅力，柳傳志在兩個方面同時贏得了國際化的聯想，贏得了國外所有團隊的肯定。

楊元慶的作風也完全不同，阿梅里奧當 CEO 時非常強勢，他想要在巴西做一個企業，是買還是自己建，他提出了自己的意見，然後讓四十幾個副總裁，在全世界的電話會議上提意見。那些副總裁，分佈在世界各地，大多數根本不知道情況，能提什麼意見，多半都說 Yes，然後阿梅里奧拿

到董事會上說，我們希望花這錢買這個。像這樣的事，柳傳志一聽就明白怎麼回事，當然不批。

楊元慶當上 CEO，柳傳志幫楊元慶重新建班子，完全是中國人的做法，聯想的老做法，新班子九個人，除了楊元慶，四個中國人、四個外國人，都各居重要崗位。班子一個月在某一個地方聚上三天，或者在莫斯科，或者在巴黎，或者在新德里，或者在悉尼，或者在約翰內斯堡，總之在世界重要的市場上，一天調查市場，兩天開會，大家多碰頭，互相了解，共同研究公司往哪個方向發展，每個人有什麼擅長。聯想過去在國內就是這麼做的，大家團結一致，集中智慧，這是典型的中國人的做法。楊元慶的新班子大家相互了解半年左右，幾乎人人都知道了各自的特點，敢於說話了，每個人每一塊的責任到哪兒，都非常清楚，跟以前的 CEO 做法完全不同。從這以後，偌大的公司完全像一個人一樣，業績大幅度攀升，以至翻番，聯想的增長線遠遠高於同行的平均線。如今聯想光賣電腦一項每年就有 480 億美元的營業額，而中國的市場份額已接近飽和，佔聯想增長額比例也不多，主要的利潤和營業額都來自海外。

在併購 IBM 全球 PC 業務之前，聯想在中國市場雖是第一大計算機廠商，但是並不具備獨特的核心競爭力，成本控制上比不上直銷起家的戴爾，技術創新上又遠不是以標新立異著稱的蘋果電腦的對手，但是通過整合 PC 鼻祖 IBM 的資源，聯想一舉完成了全球化的升級，經過十年打拚一躍成為行業內的全球第一，世界 500 強之一。另外，或許更為重要的一點是，聯

想併購 IBM 全球 PC 業務的成功，不僅是企業的成功，也是企業文化的成功，思想的成功，價值觀的成功。中國不僅融進了世界，也為世界貢獻了獨特的人文經驗。

手記十六：《蓄勢》

在柳傳志藍色全景辦公室裏，有一小尊青銅藝術品，名《蓄勢》。是一頭青銅牛，精緻，低調，總是處於全景落地窗的逆光之中。通常以牛為對象的雕塑都是「不用揚鞭自奮蹄」的奔牛，拓荒牛，《蓄勢》的姿勢非常罕見，不是向前，而是向後，縮姿，像拉滿弓的箭。顯然這是柳傳志的自我鏡像，是柳傳志的創意訂製，因為我從未見過。一頭躬身的牛，與一頭奔牛，哲學上顯然不能同日而語，前者有着巨大的蓄勢力量，引而不發，高度警醒，應該說是中國文化中最深湛的部分。

柳傳志的閱讀從《毛選》四卷出發（歷史形成），後來十分廣博，全球視野，經驗與閱讀的交互，在他身上形成了許多平易又深邃的東西。第一次採訪，作為小說家我禮節性地送給了柳傳志我的近作《三個三重奏》，沒指望他會讀。當然如果他讀了我也不太覺意外，甚至覺得真有可能。第二次採訪是一個星期之後，我已忘記書的事了，當我邁進融科信息藍色大廈時，我覺得自己太文藝了，完全打消了念頭，結果柳傳志真的讀了。接

待人員將我帶到柳傳志辦公室，辦公室沒人，讓我稍等，稍等時接待者告訴我柳傳志讀了我的小說，不僅讀了還推薦別人讀。柳傳志從一個小門出來，滿面笑容（顯然聽到在談論我的小說，而且和第一次採訪時的正經表情完全不同）走過來對我說，他已全部讀完了我的小說，要先跟我談談我的小說，有幾個問題「請教」，「請教」兩字說得很有趣，有種妙不可言的東西。

真正讓我驚訝的是柳傳志的「請教」還真有些「專業」。《三個三重奏》近 40 萬字的篇幅，即使在專業讀者那裏也被認為是一部先鋒小說，形式小眾，三條線索交織，構成立體空間，被認為是一部立體小說，普通讀者讀來會有一定障礙。此外小說主題不確定，人物性格鮮明但思想複雜，非傳統的「非黑即白」，網上有讀者稱看不懂。柳傳志的「專業」在於認為小說不僅「三重奏」，還有一重奏，在理清了三條線索之後，問我譚一爻是否也算一個重奏？沒等我回答便說「你的小說應該叫《四個四重奏》」。艾略特已經有了《四個四重奏》，我不能再叫這名字，我對柳傳志說。柳傳志又談到對小說主人公杜遠方（一個國企企業家）的理解，讚揚我沒把杜遠方（包括他的罪業）簡單化，甚至在能力上把自己與杜遠方相比，毫不謙遜地說杜遠方的本事他都有，說得十分大氣，頗有惺惺相惜之口吻。然後談及了小說語言，說語言不好的書他不看，看書他首先看語言。關於我的書談了差不多半個小時然後才開始採訪，採訪變得異常輕鬆，彷彿我們已相識多年。談完興致不減，來到十八層一間同樣全景的小餐室，柳傳志說我寫到了酒，請我小酌，繼續閒聊我的小說。或許我應感

謝那部小說，感謝書，說實話沒想到像柳傳志這樣的企業家如此迷書，戀書，會被書改變。

　　俠之大者，自然容易跨界，不知為何想到這句話。有時候走在路上會忽然想柳傳志會讀一部先鋒小說，還是覺得不可思議。中關村還有多少不可思議？如果說中關村是中國的縮影，30 年的變化不可思議，那麼聯想也可以說是中關村的縮影，30 年過來將自身變成世界，一樣不可思議。而這之中還有多少細微的不可思議？在這個意義上，作為一個小說家，我還在門外。

　　還有太多的門等待人去打開。

·

• • ○ 萬物的指紋 • •

光　年

　　西班牙哲學家奧德嘉‧賈塞特在《生活與命運》中說，你關注什麼，我就能說出你是誰；你凝視什麼，你就是什麼。這樣說多少有些誇張，不過像許多誇張一樣，在允許範圍內。如果說你凝視什麼，心目中就會有什麼，或許更確切。當鮑捷從外面走進來，或者如果在視頻上，他走上講台，你一眼就會發現他的眼睛與眾不同。這種不同如果你不了解他，也不會覺得有什麼特別，如果你了解他，則會認可奧德嘉‧賈塞特的哲學。他的眼睛很黑，時而有點眯，類似近視那種，但絕不是近視，如果你了解他的話卻會感到裏面有一種黑科技的東西。

　　黑科技待會兒再說。先說鮑捷，1983 年生人，可看他的眼睛不像 1983 年生的，眼光倒像有一光年那樣悠長。在一個視頻上，他說：2011 年 5 月 10 日，亞美尼亞的天文學家蓋瑞特發現了一顆名叫 HD82943 的恆星吞下了它的一顆行星，其過程相當於太陽吞下地球。這顆恆星的體積也大體和太陽體積一樣，它吞下的行星相當於木星質量的兩倍。HD82943 恆星距離地球 78 光年⋯⋯

　　他講的時候你似乎可以看到他眼睛裏無垠的星空，如果不是習慣性地眯一下，你會覺得就在浩瀚的星空裏，但一眯，相當於經過一光年，立刻把你帶回現場。但事實上鮑捷研究的東西不是光年，而是一種完全

相反的東西：量子點，一種頭髮絲的十萬分之一的東西。無限遠與無限小，又有着某種相關性。鮑捷說，正是通過無限小的量子點光譜，人們觀測到了 78 光年外的恆星吞噬自己的行星。而一個經常盯着量子點光譜的人，盯着頭髮絲的十萬分之一的人，他的眼睛無法不時時瞇一下，就彷彿光年的變動。

黑科技

鮑捷，山西太原人，典型學霸，中學以後每年參加全國化學比賽，得獎，拿名次，保送上了清華大學化學系，但是當年清華大學還是讓他參加了高考，以此看看他的全面實力到底如何，結果從未參加過高考複習的鮑捷總分數上清華仍綽綽有餘。考試、競賽只是令鮑捷更興奮，更有一種巔峰狀態，他認為這種狀態是一種巨大的快樂。在清華讀了四年後，鮑捷毫無懸念地出國，到了美國布朗大學讀博士，越過了碩士，四年的 Ph. D（學術研究型博士學位，對其認識範疇的理論、內容及發展等都具有相當的認識，能獨立進行研究，並在該範疇內對學術界有所建樹）之後在麻省理工學院讀博士後。博士階段鮑捷做的是飛秒的激光，1 飛秒是 10 的負 16 次方秒，一個激光束的打開只有幾個飛秒，在幾到幾個飛秒之間觀察它們的分子振動，並捕捉它們。在麻省理工學院的博士後階段，鮑捷開始進入到量子點研究，即另一種納米材料，突進到這

方面研究的世界最前沿。1 飛秒是 10 的負 16 次方秒，一個納米是 10 的負 9 次方米，二者一個是時間一個是物質，卻在無限可分之中有着必然的聯繫，甚至是一個問題。也就是說量子點集中了時間與物質雙重的屬性，這雙重的屬性就是量子點光譜。

2014 年 31 歲的鮑捷回到清華大學，在電子系做教授，任博士生導師。他把在美國就開始做的項目帶到清華，2016 年便上了中關村黑科技的名單。黑科技與日本動漫有關，也是網絡新名詞，一般是指遠超現今人類科技或知識所能及的範疇，看上去違反自然原理的科學技術或者產品，如高達的 GN 粒子，幽能，暮光。後來用於形容靠近人身體的高科技產品，指高科技泛濫之後演變出來的更先進的技術以及創新、軟硬件結合等，包括基於現有技術的改進升級和該產品的使用體驗，它們不可思議，已在研究中，將出現在人們的生活中。目前上榜的黑科技有：飛行汽車，快遞機器人，增強現實，智能頭盔，馬丁飛行包，諸如此類似乎不可能的事物，都被稱為黑科技。最著名的黑科技的大師要算是兩年前就任谷歌工程總監的科學家雷‧庫茲韋爾，此人擁有 19 個博士頭銜，現在每天服用 150 片維生素補充劑，並且每週通過靜脈注射各種維生素，營養補充劑，以及輔酵素 Q10、磷脂醯膽城，穀胱甘肽等物品藥物，等待生命延續技術取得巨大進展，以獲得「永生」的機會，其臉色已有金屬的質感。雷‧庫茲韋爾預言，未來 15 年時間內計算機將超越人類，屆時計算機將比人類更聰明。黑科技與我們通常所說的黑料理、黑煤窯、厚黑學完全無關，只是一種否極泰來的形容。

量子點

　　2016 年 6 月，一篇題為《中關村裏的黑科技——量子點：納米材料領域的「新貴」》的文章登上 Internet，說的便是鮑捷從麻省理工帶回來的量子點光譜項目到中國後進一步完善，準備進入商業操作模式，鮑捷也因此不僅僅是清華大學最年輕的博導、教授，還是 QDChip 公司創始人兼董事長。有趣的是這篇文章沒有一點誇張的口吻，甚至有點給小學生科普的味道：用手機拍一下，你就能知道，一杯牛奶是否變質？今天的 PM2.5 的指數是多少？這是可能的，現在這種可能正在變成現實。實現這種可能的是清華大學的 QDChip 團隊，鮑捷作為創始人、博導，帶領團隊採用了新型量子點納米材料和納米技術，製作出手機攝像頭大小的可放在手機上的「量子點光譜照相」，讓普通人可以隨時隨地對各種物品做出分析、鑑別、判斷。事實上早在這篇黑科技報道的一年前，2015 年 7 月 13 日，中央電視台新聞頻道便以專題的形式報道了鮑捷的成果，兩者時間不同，內容如出一轍。

　　那麼這項量子點納米技術配上隨手拍的手機意味着什麼？說起來還真有點黑科技的味道：意味着世界將變得真實，假的無處藏身。先不要說別的，先就拿真與假來說，在我們的日常生活中，我們逛超市逛自由市場買東西的時候，最常見的心理問題就是懷疑、狐疑：這東西真的假的？是否

可信？有沒有問題？真像說的那麼好嗎？超沒超標？是不是轉基因的？真的綠色嗎？確定不了的情況太多太多了，上當時也太多，有時生工商部門的氣，生監管部門的氣，覺得人心不古。實事求是說，光靠監管部門管是管不過來的，更不要說是權力就有可能尋租交換產生漏洞。但如果全民監督呢？比如每個人「都可以隨時隨地，對各種物品做出物質分析、判斷」，這是可能的嗎？鮑捷提供了可能。

手機拍一下，你就知道礦泉水是不是真的，大米是不是洗白的，油會不會是地溝油，雞蛋真的是柴雞蛋嗎？這麼紅的西紅柿是否催熟的？能吃嗎？嗯，這奶粉可是給孩子吃的，真的沒有三聚氰胺了？紅酒真的是拉菲嗎？茅台嗎？五糧液嗎？手機拍一下，你就知道家具是否環保，房間的塗料是否綠色，新裝的房子是否甲醛超標，有沒有放射性物質？至於對收藏界，這技術簡直是對全民的解放，你再不用擔心打眼，買到假的、高仿的，不用去鑑寶欄目，不用四處找專家、高手，電視上的專家（本身都有真假問題）將退出電視，你就是最權威的專家，你就是元青花的專家、宣德爐的專家、青銅器的專家、吳道子的專家、張旭的專家、懷素的專家，倪瓚的專家、八大山人的專家，是不是和田玉、籽兒玉？是不是真的蜜蠟、沉香、綠松石？甚至可以挑戰嘉德拍賣行、索斯比拍賣行，他們拍賣的東西是否假的？每個人都可能成為環保監測員，手機拍一下就知道河流的污染程度，污染源來自哪兒，游泳池或游泳館的水是否氯超標？你還可以自我體檢，自我監測：血壓如何，血糖如何，血脂如何，胃臟如何，是否有病變，有無幽門螺旋桿菌……

太多太多了，多到你會懷疑鮑捷是真的嗎？

我們有權提出這樣的疑問，因為有點不敢相信，因為要是真實現了那就太好了，我們有疑問是因為我們太渴望了。事實上真假問題不簡單是一個市場問題，也是一個倫理問題，社會文明程度問題。如果人人都能辨假識假，真就會成為常識，成為自然，我們的整個精神生態就會升級。社會倫理的頑疾被科技迎刃而解不是沒有先例，20 世紀七八十年代，甚至到了 90 年代，缺斤少兩始終是一個揮之不去的頑疾，從倫理角度解決倫理問題已完全不可能，一桿秤的高低、裏面的文章、秤砣的秘密，準星的文章，所謂買的不如賣的精，就包含了秤上的千古文章。但是隨着 20 世紀 90 年代之後電子秤普及（之前人們手中先有了一個小電子秤）徹底從根上解決缺斤少兩的問題，現在人們在市場上誰還想過這個問題？還有這方面的焦慮嗎？一絲一毫都沒了。消費者不再擔心了，商家也再不打這方面的主意了。

頭髮絲的十萬分之一

好吧，我們再探討一下鮑捷的「喜大普奔」[1] 可能。

看看中央電視台新聞頻道 http：//qdspec.ee.tsinghua.edu.cn/news.

---

[1] 網絡用語。指一件令人歡樂的好事，值得奔走相告共同慶祝。

html 是怎麼說的：

「手機拍一下，就能知道：一杯牛奶是否變質？今天的 PM2.5 的指數是多少？自己身體是否健康？這樣的功能已經遠遠超出了傳統意義上的拍照範疇，但卻即將成為現實。實現這些功能離不開一種被稱為量子點的納米材料。量子點由有限數目的原子組成，形態為球形或類球形，直徑在 2～20 納米之間。量子點材料是近年來極為熱門的新興納米材料，由於非常微小，通常被製成溶液形態，從本質上來說，它其實就是一種可在微小範圍內進行調控的光敏半導體晶體。

「量子點納米材料的特性，最神奇的是它可以根據晶粒直徑的大小改變自身的顏色，在幾個納米到十幾個納米的範圍內，它都會呈現不同的顏色。你可以把它想象成任何一個物體，我們把它掰一半，顏色就會變，再掰一半，它顏色又會變。再一個特性就是它具備良好的水溶性，由於量子點非常微小，它的厚度大概只有人頭髮絲的十萬分之一大小，所以把量子點製備成溶液，可以更直觀地看出量子點會根據大小的變化，顯示出顏色的不同。」

鮑捷說：「首先把量子點溶液進行特殊加工，因為它非常微小，所以使用它要像打印機裏的墨水一樣，把它打印到芯片上，形成一個陣列的薄膜，這就形成了量子點元器件構造。接著，把這個量子點元器件與手機攝像頭裏面用的檢測器陣列，簡單附和在一起，就形成了一個很簡單的光譜議。」

光譜儀之所以神奇，離不開光波這樣的特殊介質。光波是由原子內部

運動電子產生的，因此，不同的物質發射的光波也不同，鮑捷說：「這就好像是與生俱來的身份證，是辨別物質最簡單也最準確的方式。通常人的眼睛可以分辨的光波範圍被稱為可見光，物質時時刻刻發出光波，大多數不能被人分辨（一幅畫，一個瓷瓶，一粒米都會發光，萬物都有光，光反映着物的本質），光譜儀可以像五官一樣幫我們感知世界，是我們可以分辨所有光波的眼睛。人有指紋，物質也有指紋，光波就是物質的指紋，兩個肉眼看上去一樣的物體，在光譜儀的眼睛裏顏色完全不同，正是基於這樣一種特別的能力，光譜儀可以捕捉物的指紋。」

一個蘋果磕碰過並且已經放置了一段時間，而另一個蘋果完好無損。在光譜儀的眼裏，它們會是什麼樣子的呢？當光譜儀照在完好蘋果上，光波數據傳到手機後，通過波形與波谷的比對，它會告訴你，鮑捷說，這個蘋果已經成熟，現在吃沒有問題；而照向另一個有些磕碰的蘋果時，通過比對，它會告訴你，這個蘋果不太好，建議換另一個好的蘋果。你想知道蘋果的糖分嗎？是否打了農藥？生長在何地？什麼樣的土壤？以此類推，你想知道什麼就能知道什麼。

比如皮膚癌，有五分之一的白人一生會得皮膚癌，比如美國人特別喜歡曬太陽，會把皮膚曬成那種棕色，但是這種曬讓他們全身都長斑、痦子，這個痦子裏面很多就會癌變。紫外線有不同的顏色，有更紫的，也有更紅的，更紫的這些顏色，會對人體造成傷害，更紅的紫外線則高幾個級，同樣一份能量過來打到皮膚上，它能造成一千倍至一萬倍的傷害，所以得知道這裏邊的能量分配法。量子光譜儀正好就可以用這種模擬，看這個時候

紫外線的短波長含量，提示你接受的劑量很多了，這個時候不應該再曬了。另一方面是檢測，你全身幾百個斑、痦子，你怎麼知道哪個癌變呢？這個東西很難檢測，最準確的辦法是在這個斑點上、痦子上刮下來一小塊肉，當然很小了，在顯微鏡下去看，時間會非常長，斑這麼多，人又這麼多怎麼看得過來？但現在，鮑捷眯了一下眼說，你拿手機照一照，掃一掃就知道了。

鮑捷的眼睛幾乎就是光譜儀，裏面有多少光年？多少可分性？如此年輕的眼睛瞬間又彷彿如此古老，超越地球的古老。鮑捷，不僅是中國人、世界人，還是宇宙人，這個過程從他早年參加奧數、化學競賽，從科技小組就開始了，直到激光、飛秒、量子點，然後飛回到手機，將來他的科研成果隨時在所有人身邊，將世界變得真實。這是一個怎樣的人？

鮑捷說，人類可以從數據中得到信息，信息可以轉化為知識，幫助人類獲得智慧。面對龐大繁雜的數據，大量的傳感器可以幫助人類捕捉信息，量子點光譜傳感器在不久的將來會成為智慧的金字塔之堅實的基礎。

2015 年鮑捷的科技成果發表在美國最權威的《自然》雜誌，同年他被評為年度中國十大新銳科技人物，他的成果被評為年度十大創新成果，提名理由是：「他在國際上首先提出光譜儀微型化的全新方法——量子點光譜儀，將現有光譜儀體積及造價同時降低 2～3 個數量級並保持高性能，為光譜儀植入智能手機、便攜設備或作為智能傳感器等開闢了一條新的道路，被列為『顛覆性技術』之一。該成果在科研產業、醫療健康、國防、

日常生活應用等方面潛力巨大。」

這些身外榮譽同鮑捷的眼睛比都不值一提。

因為他眼睛看到的不是常人看到的，是大到 78 光年之外恆星吞噬自己的行星的現象，小到頭髮絲的十萬分之一的事物。

目前蘋果、三星、LG 都在跟鮑捷談，花落誰家、怎麼落尚不得而知。

手記十七：新一代人

在中關村四海大廈的咖啡廳，我到這裏之前的十分鐘，鮑捷已坐在那兒。我們沒見過面，也沒約定任何見面標誌，反正會在同一空間，打個電話就行了。午後咖啡廳只有三兩個人，有兩個還是一起的，正在說話，那個背影無疑是鮑捷。

鮑捷很年輕，一看就是 80 後，但同時也很「老」，因為他的眼睛。

他的眼睛有點眯，但不是近視，我說過像光年。這種有光年的不時眯一下的眼睛還不老嗎？他來到咖啡館走了多少光年？

至今我仍堅持鮑捷博士生活在兩種時間裏，一種是自然時間，一種是永恆時間，更多時候是兩種時間的交替：現實的與光年的。鮑捷像吳甘沙、趙勇以及後面將要提到的程維、柳青一樣，是新時代中關村的大神級人物。他們不同於陳春先，甚至也不同於柳傳志，他們彷彿讓柳傳

志一代變成冷兵器時代的大神，不是個人對個人的超越，是時代對時代的超越。即使他們本身也頗不同，鮑捷更科技或黑科技。他們同樣不同於卓越的數學家馮康，也不同於年輕的馮康學派。在鮑捷身上你會發現不可能的、不可思議的東西，時間之外的東西。類似外星人，或正在走向外星的地球人。

他不在五行中，又穿越於此，代表着中關村所延展的最遠的空間。

可能之外的可能。

• • ○   車庫咖啡 • •

陌生來客

2011 年，雨後的中關村時陰時晴，當那雙虹打在西區的玻璃幕牆時，「在這兒 -IM」的 CEO 熊尚文帶着《華盛頓郵報》記者 Vivek Wadhwa 來到海淀圖書城小街上的車庫咖啡。他們是不速之客，既非創業者，更非投資者。當然，來這兒的什麼人都有，不一定都是這兩種人，而開門迎客是老北京的傳統，因此蘇菂還是以北京人的敞亮性格歡迎客人。此時車庫咖啡開業不到半年，人滿為患，每進來一個人蘇菂都笑臉相迎，熱情交流，最多一天交流過將近 30 個團隊。迄今已交換名片達七八千張，聊過上千個團隊。蘇菂習慣性地將熊尚文與 Vivek Wadhwa 也當成了一個團隊，幾乎是貫口地介紹着車庫咖啡的故事。

「創咖啡」源於美國，統稱「車庫咖啡」。美國矽谷的很多傑出的企業起步都和車庫有着重要關聯，惠普、蘋果、戴爾、谷歌、YouTube 的初創無不起源於此。在矽谷，車庫幾乎成了低成本高科技創業起步的代名詞。作為記者、專欄作家的 Vivek Wadhwa 自然對這些非常熟悉，不熟悉的是車庫文化到了中國，具體來說到了北京小夥子蘇菂這裏，規模變得如此龐大：滿眼的電腦，經營面積達 800 平方米，差不多有半個足球場大，眾多創業者與投資者在這兒交流想法，摩擦生電，每天這裏都在舉行着夢想交易會。Vivek Wadhwa 甚至沒有像通常那樣記錄、錄音，而是一直在

聽，不時環視一下四周，以致蘇菂認為 Vivek Wadhwa 只是在中國閑逛，覺得這兒新鮮，或者想在中國投資也未可知。那時蘇菂滿腦子就是這些。說到「high」處蘇菂問美國人，你們美國有這樣的模式嗎？沒有，Vivek Wadhwa 聳聳肩說，但你做的這種風格很美國人。Vivek Wadhwa 說得很實在，一點也沒有顯出他同時還是美國著名專欄作家的身份。

美國人走了，德國人又來了，這次是三個人，依然是不速之客。三個德國人在門口晃了一會兒，坐在門邊的座位上，要了兩杯咖啡。蘇菂像對任何人一樣上前打招呼（用英語）。兩個用德語交談的德國人也用英語告訴蘇菂：他們是德國《明鏡週刊》記者。蘇菂不知道《明鏡週刊》是怎樣一個有名媒體，甚至不知道有這樣一家媒體，旁邊一個創業者告訴蘇菂《明鏡週刊》是歐洲最大的媒體之一，在世界上很有影響。德國人很嚴謹，一看就是有備而來，帶着長槍短炮，微型筆記本已打開，和美國人頗為不同。蘇菂這次沒馬虎，也沒由着北京人的性子侃大山[1]，而是認真地、字斟句酌地回答了每一個問題。《明鏡週刊》不久用了七頁報道了車庫咖啡，文中提到蘇菂也問了德國記者一個問題：作為德國記者你們為什麼要來北京、中關村、車庫採訪？記者告訴蘇菂：這個世界下一個能夠超越矽谷的地方或許就在中國，在北京，在中關村……

---

[1] 侃大山：長時間沒完沒了地説一些瑣碎、不恰當的話。

夢之空間

　　車庫咖啡外觀風格低調，差不多是隱藏在圖書城步行街一家賓館的二樓，沒有顯眼的標誌，昭示這裏不是情侶場所，而是「上班」場所。穿過簡陋賓館的大堂，爬上 20 階花崗巖樓梯，推開吱嘎作響的摺頁木門，車庫咖啡就毫無車庫重金屬質感地出現在眼前，灰色牆紙包裹的牆壁，垂着十幾盞吊燈的黑色棚頂，桌椅散發着原木味道，布藝沙發柔軟舒適，燈光柔和，安靜舒服的開放環境裏，天花板是刷黑的裸露管線，地面是紅色的普通瓷磚。無線麥克風裏的演說，混合濃濃的咖啡香，混合年輕人創業的夢想和對成功的渴望。一間玻璃隔斷的書房，為來自於互聯網行業裏的創業成功人士的捐贈，創客們都可以翻閱，尋找靈感。四個獨立的會議室，頗具藝術感的星空牆繪展示着夢想。

　　吧台旁的招聘牆是最具人氣的角落，幾十張手書或打印的招聘啟事依次排列，互聯網農業、互聯網醫療、互聯網社交……這裏是一個「互聯網+」的創意田，「創業、成功、夢想……」混合在一起，是原生詞語的盛宴。有的信息甚至於來自上海、廣東、深圳，招聘者經常來北京親自坐鎮車庫，有的一週就要來一次，直到找到一拍即合者。大門的右邊是公告欄，蘇菂和投資界大佬、政府高官的合影顯示着背景強大，同時也有車庫組織的週末郊遊告示。

車庫咖啡東邊隔幾堵牆的寫字樓 18 層是創新工場，向南半站路是微軟，再右轉是騰訊，往北轉過一個街角就到了新浪和愛國者——車庫咖啡佔據的這個位置，無疑正是中國互聯網行業的最敏感地帶。

花上二十幾元錢，來一杯美式咖啡或一杯綠茶，就可在這兒工作一天，最主要的是可以結識更多創業者，有機會見到天使投資人。而搭建這樣一個成本低廉、聚合創業者和投資人對話的開放平台，正是車庫咖啡的經營者蘇菂所期盼的。這裏提供打印、複印、掃描、名牌製作服務。以每小時 5 元的價格提供移動測試機，有投影儀、桌面觸屏等設備，甚至還有按摩椅給大家放鬆。週一到週五 13：30 到 14：00 是創業午間半小時，給創客們分享交流、尋求資源、結交朋友的專屬時間。那些樂於在這裏尋找有潛力的項目和創業團隊，為他們提供資金支持的投資人，通常會在這裏度過非常愉快的時光，會有人非常願意與你分享創意、設計、規劃和夢想。在這間「車庫」，隨時可以看到兩個或幾個陌生人坐在一起交談甚歡，甚至可以看到一張桌前圍聚一圈人，他們大談技術難題、市場趨勢，談如何與投資人交流，談創業團隊的成功案例。

從地鐵 4 號線中關村站 A 口出來，到中關村創業大街，20 分鐘內要步行穿過四條街。一路走過，可以看到中關村的歷史變遷，就像走過傳統電子產業的沒落和互聯網產業創新的歷史，可以看到在數字時代已稍有久遠感的地標分別是中國電子商貿曾經的造富工廠，如今已門可羅雀的海龍大廈、e 世界這些中關村最初的門面建築，新一代的地標是理想國際大廈，它匯聚了新浪、優酷土豆、愛奇藝等當下中國互聯網品牌企業，從 e 世界

到 e 時代，這條路還會誕生新的地標，主角也許就是創業大街裏那些年輕人。

午後，你會看到短短的創業大街清潔安靜，三三兩兩的青年男女背着雙肩包邊走邊談，路牌提示着街道兩側四層建築裏入駐的單位——黑馬會、創投圈、3W 咖啡……很容易歸納這些咖啡館的共同標簽：簡單、前衛、任性，極具誘惑力。小街很安靜，安靜得像明信片，而咖啡館裏卻不同，無論規模大小，都座無虛席。人們有的專注於筆記本電腦上的圖形代碼；有的三三兩兩交流議論；有的在小型交流會上拿着話筒激情演說，同樣充滿創造激情的聽眾或傾聽或激情地提問，每天如此。而無論在幹什麼，都有一個共同點：年輕，高學歷，朝氣蓬勃。一年前，這條只有 200 多米長的步行街的名字還是海淀圖書城。如今，那些堆滿圖書的飛馳的小推車不見了，幾十家圖書商店被幾乎相同數量的咖啡館取代，咖啡香取代了書香，銷售平台也變成了夢想平台。

開風氣之先的車庫咖啡依然低調、寬容、來者不拒，蘇菂也像往常一樣熱情，每天都泡在已有四年歷史的車庫，和每一個來這裏的創業者聊天，然後根據他們的優勢和特點把他們介紹給投資人，同時也向其他團隊推薦他們的業務。最忙的時候一天聊到晚，十幾個小時，店裏的每一個人他都知根知底。

北京孩子

　　蘇葯，1979 年生於北京西城區，生長在知識分子家庭，但讀書一點不刻苦，貪玩，容易想入非非，不安分，任何新潮事物都能吸引他，最終上了北京一個很普通的大學。雖然讀的是熱門的電子系，仍然不刻苦，任性，自主，想幹什麼別的都不放眼裏。大一時他的兩個沒考上大學的高中同學在西單百腦匯賣電腦，蘇葯也迷上百腦匯，挨門挨店問人家要不要兼職的銷售，他覺得做銷售挺好玩，也很前衞，最終聯想在北京的一個代理看中了蘇葯，讓他來試試。蘇葯應聘了，沒有底薪，賣一台提 100 塊錢。兼職的第一天憑三寸不爛之舌便賣了一台，很是開心，發現了自己的銷售潛能。銷售作為一個概念，那時已在許多青年人那裏被接受，銷售是一門學問，是許多後來的大企業家、商業奇才的起點，聯想的成功與崛起很大程度上取決於銷售理念、策略與能征慣戰深諳消費心理的銷售隊伍。而且，這是真正的戰場，你說服一個客戶就感到自己的一分價值，就覺得洞悉到什麼，那種滿足非常具有現場感，也非常激發人，這不是學校能給予的。因此無論觀念還是實戰，蘇葯都確認了自己的價值定位。事實也不負蘇葯對自己的確認，他銷售業績越來越好，越來越出色，最多曾一天賣了 15 台電腦，一天就拿到了 1500 塊提成，這在 1998 年稱得上巨資了。即便今天，有多少人一天能掙 1500 塊錢？算

下月薪就近 5 萬，年薪就是 50 萬。

　　對於某種心性的人，或者有別才的人，的確不必按部就班上學，就算上了大學也還可以退學。蘇葯雖然沒退，和退學也差不多了，很多時間泡在電腦城，賣電腦時覺得特別過癮，特別舒服，每天都有成就感，口才練得非常好，待人接物也頗為練達，對客戶的心理把握也越來越準確。在蘇葯看來每個客戶都是自己的一面鏡子，可以照出自己的不同方面，包括細微的方面。大學還沒畢業，蘇葯便開始了第一次創業。在兼職過程中，蘇葯認識了幾個同樣銷售成績不錯的兼職，也都是大學生，同齡人，都挺有自信，於是大家決定一起開一家店。四個人在西單租了一個 16 平方米的店面，開了一家公司，月房租 6750 元，當時已算是挺貴的了。地點在西單一個五層賣場的五層，四個人湊了三萬多不到四萬塊錢。

　　世上哪有第一次創業就順利的，各種不測風雲都會使一棵幼苗夭折，然而沒有幾次挫折人也不可能變得強大，這就是事情的辯證法。他們幹了不到 5 個月，雖然生意不錯，但整個賣場因為蕭條冷清物業倒閉了，他們沒倒，還賺了錢，但是覆巢之下豈有完卵，他們也就跟着倒了。有趣的是，大學畢業時蘇葯的實習簡歷填的就是自己的公司，四個人都寫的是自己公司的實習簡歷，自己稱「該同學在工作期間的表現異常優秀」，然後蓋了自己公司的一個章。而別的同學的實習簡歷都是求着公司給自己多說好話，好在求職時用得着。

　　他們不用，儘管是自己評自己，他們所言不虛。經過磨煉蘇葯對自己的銷售才能深信不疑。讓蘇葯高興的是，他的第一次創業總體來說，時間

雖短可還是賺了錢。正在贏利的買賣因為外界原因而不得不關閉也讓蘇菂體會到，創業中有不可控因素。

2001 年，富士康富本主板進入中國市場，蘇菂加入這個團隊，擔任華北地區渠道經理，每月基本工資 2000 元。蘇菂並不避諱這些經歷，「其實渠道經理就是業務員，是最低的職位了。」蘇菂頗有調侃精神。諸多成功者都有一個相似的經歷，從最底層幹起，這或許證明着，最基礎的工作往往夯實着人生的底座。其後蘇菂也換過幾次工作，直到趕上中國互聯網發展的大潮，蘇菂加入當時小有名氣的網站 8848，這是蘇菂第一次進入互聯網公司。從普通的渠道銷售到從零開始建立起南京分公司，8848 成為蘇菂深入了解互聯網的一個起點。蘇菂進入 8848 的時間點，也恰好見證了第一波互聯網從光華灼耀到泡沫破滅的過程，8848 最終也以倒閉收場。這段經歷給予蘇菂的職業體驗，無疑是深刻的。時至今日，提及過往，蘇菂最感激的還是在 8848 的那段歲月。前 8848 CEO、現光芒國際 CEO 呂春維是他在私下聊天常常會提及的名字。呂春維給予了蘇菂很多信任與支持，這大約是送給正在前行的年輕人最寶貴的鼓勵吧。

2006 年，蘇菂加入北京藍汛（ChinaCache），藍汛主要業務是提供智能 CDN、CDN 加速、網站加速，對象是像新浪、搜狐、優酷、土豆這樣的互聯網公司，藍訊正在招兵買馬，蘇菂也因此成為團隊最早的成員之一。這是蘇菂創業車庫咖啡之前的最後一份工作，也應該算是積累人脈最重要的一份工作。工作最初是做銷售，第三個月，蘇菂簽下光

芒國際的大單，給他最多信任和支持的正是呂春維。蘇莇一個月簽下幾百萬元的合同，事業取得開門紅的他開始在藍汛嶄露頭角。在享受成就感的同時，他也深感在互聯網行業積攢下的人脈對事業有重大幫助。蘇莇多年來廣交朋友、廣結善緣的性情開始為自己帶來回報——他很快成為藍汛的銷售主管。

蘇莇為藍汛工作了五年，這五年也是互聯網第二次大潮的快速發展階段。因為工作的原因，蘇莇接觸的基本都是各個公司的 CTO 和 CEO，其中不乏很多初創的團隊，蘇莇看着他們發展和成長，也在這個過程中目睹了很多企業的生生死死，起起落落。比較熟悉的 6.cn 和開心網都是在其初期只有幾個人的時候就成了蘇莇的客戶，如今都已名聲在外，而蘇莇在藍汛的銷售業績也因為他的很多客戶而快速增長。蘇莇離開前已是藍汛的銷售總監，離開時他已經一個人做到了一年 4000 多萬元銷售額，他帶領的三個人那年幹了 7000 多萬元，等於完成了整個公司四分之一的業績。

包括對客戶的判斷，蘇莇都是比較準確的，58 同城規模還很小的時候，開心網初創的時候，蘇莇都看好他們未來的發展，後來果真發展得很好。到 2010 年，銷售業績已經滿足不了蘇莇的成就感，蘇莇與北京藍汛公司提出做戰略投資。公司也很支持蘇莇，成立了戰略投資部。這個部門就蘇莇一個人，每天他像見客戶一樣不斷地見早期創業團隊，正是在這個過程中蘇莇發現和做銷售一樣，北京太大了，創業者太分散，每天只能見幾個創業團隊，時間完全不夠用，於是產生了一個後來影響了

中關村甚至影響了世界的想法：北京是否應該有一個創業者集中的地方？如果有，效率可就非同一般了。矽谷沒有這樣集中的聚集地，北京難道不能有嗎？

這個想法讓蘇菂興奮，一個人只要努力，總有一種東西非你莫屬。什麼是你自己？那些非你莫屬的東西才是你，構成了你。在尋找的路上，只要是沿着自己的內心，千迴百轉，總有一種獨特的東西在那兒等着你。但如果你一輩子按部就班，你也永遠只是別人。那年9月，蘇菂找到他在藍汛工作時的第一個客戶林先珍。林是SP時代樂樂互動的創始人，也是58同城最早的投資人，他把內心想要做一個創業集中地的想法和林和盤托出，得到了林先珍的認同，林決定支持蘇菂的想法。這是很重要的支持，因為林本身就是個投資者。之後蘇菂又找到彼此熟悉的聯眾創始人鮑嶽橋，鮑已經做了多年的早期天使投資，也認為可行，於是三人一起把想法逐漸細化。

說幹就幹，儘管當時還在藍汛，但心已飛了，腿也像長了輪子。蘇菂跑遍了中關村西區幾乎所有的物業。之所以選在西區，是因為這是中國科技人才最集中的地方。「哇塞」的趙徑文、「微拍」的胡震生、「今夜酒店特價」的鄧天卓，這些道兒上的重要朋友也都在選址和模式上給蘇菂出了很多的建議。

之所以最後選擇做「共享辦公式」咖啡廳，倒也不全是受矽谷創業故事的影響，主要也是之前蘇菂接觸過的無數團隊都是在上島、星巴克等咖啡廳，既然「咖啡」是一種「高科技」的方式，那麼能否在上島、星巴克

概念上，提供一種更適合創業的辦公條件，有更專業的辦公設備？這樣可以實現創業者最大限度的聚集？在這個意義上，「共享辦公式」咖啡廳，第一，就不一定需要臨街，不一定非有通常的商業情調，且臨街房租金太貴，沒這個必要；第二，與此相關，面積一定要大，至少在500平方米以上，這樣面積雖大租金還會便宜。

蘇菂鎖定了海淀圖書城那條街。由於電子閱讀興起，海淀圖書城已今非昔比，十分蕭條。蘇菂看中了街邊一棟冷清賓館的二樓，賓館對面是家文體用品店，東邊是海碗居炸醬麵，西邊是賣衣服的。因為蕭條，又是二樓，800多平方米，租金不貴，每平方米每月兩元的租金，簡直太便宜了，轉遍整個西區沒比這更便宜的了。不過一打聽這兒的情況，蘇菂也有點打鼓，這裏以前幹什麼衰什麼，上一家也是一個俱樂部，開業三四個月，欠了8000塊錢電費走了。再上一家是一個韓國人，在這開網吧，生意剛好起來「非典」來了，韓國人跑了。蘇菂不相信這些，不過身邊一個自稱風水大師的朋友還是主動請纓過來看了看，對蘇菂說這兒風水雖然一般，但你行，你壓得住。所謂風水先生更多像心理醫生，積極的暗示倒也沒什麼不好的。

萬事俱備，只欠合同，2010年12月底，蘇菂與賓館一簽完房屋租賃合同，即快馬加鞭裝修，快裝修好了名字還沒最後定下來。這期間蘇菂去了一趟美國。為期一個多月的美國之行，蘇菂差不多有一半時間是在位於加利福尼亞的帕拉阿圖和聖何塞之間幾十公里的狹長地帶走過。著名的矽

谷，是每一個互聯網從業者心中的聖地，蘇葑也不例外。駕着車飛馳在高速路上，兩邊綠樹葱蘢飛逝而過，蘇葑彷彿能夠嗅到無處不在的、由創業精神所帶來的自由的味道。必然的，蘇葑拜謁了位於美國加州帕洛阿爾托市（PaloAlto）愛迪生大街 367 號那幢著名的「車庫」。這是 60 多年前惠普的兩位創始人曾經奮鬥過的地方，房間內的陳設一如以往，暗色調的古舊傢具泛着猶如油畫般的光澤。蘇葑覺得，那是某種精神內核的力量。緩步慢行間，他的腦海中翻騰起自己在中國的馬路上奔波創業的場景，在飛機與鐵路的交換轉合間他看到一雙雙閃着對成功有熱切希望的眼睛，以及一個個迫切想要證明自己的年輕背影。

回國後蘇葑正式注冊了公司，公司名字叫「創業之路咖啡有限公司」，但不能就這麼叫呀。有一天，正一籌莫展，忽然蘇葑在看微博時看到一個關於美國矽谷車庫裏出現著名企業的帖子，不禁想起自己的美國之行，靈機一動，簡直水到渠成，何不就叫「車庫咖啡」？名字很美國化，同樣也很中國，很北京，很中關村。這就是世界，你中有我，我中有你，世界是相互作用的，夢想孤立而偉大，唯我獨尊是一種中世紀的思維方式。開放的世界，別人永遠是題中應有之義。在這個咖啡館故事背後，是今天中國經濟社會在世界背景上幾個重要而宏大的主題：科技創新，經濟轉型，大國競爭。當然，還有資本市場，創投、風投、天使，如果缺失了一個強大的資本市場的支持，一切都無從談起。

車庫咖啡創造了這樣一個大型而又日常化的平台，國外沒有，似乎中國人特別擅長集貿市場式的想象，只不過這裏交換的不是商品而是思想。

一個大型的夢想集市，既具體又抽象，看不見摸不着，卻產生着思想的火花。它本身就是一個大的夢想，又容下了星辰般的「小」夢想。

但如同任何新的或發展了的事物，開始總是因為過於新奇而遭逢不理解，不習慣。800 平方米的營業面積，100 多個座位，開始時空空如也、冷冷清清，蘇菂就像一個樂隊指揮，下面卻沒有樂隊，或者只有想像中的樂隊。

對任何一個夢想者、創業者，這都是可怕的。

莫小翼

總得有暖場的人。蘇菂做投資時接觸過兩個團隊，知道他們在找辦公室，就對他們說反正這兒也沒什麼人，和辦公室差不多，座位任你們挑，你們來吧。這樣 800 平方米的房子總算有了點人氣。兩個團隊一個有四個人，一個有兩個人，再有是還在裝修時就來了的幾個人——像無家可歸者，蘇菂每天跟這幾個人大眼瞪小眼，一個月跟做夢似的過去了。蘇菂開始懷疑自己，質問自己這條路是否行得通？心想梧桐樹做好了，怎麼就是飛不來鳳凰？

蘇菂在網上查資料，看國外有沒有類似的模式，也學習學習，看看自己的梧桐樹是不是有什麼問題，結果竟然發現找不到一棵和自己相同的樹，沒有相似的模式，無從學習。同時每天在自己的微博上去宣傳、

推廣，寫東西。有一天，終於有個人出現在門口。經過一樓漆黑的走廊，上到二樓，突然有一張臉在張望，蘇茚激動極了，就好像在荒漠裏看見一汪泉水。

開業最初的半個月酬賓，檸檬水免費供應，那幾個像無家的客人就只喝檸檬水，連喝了 15 天，為首的叫莫小翼。到了第 16 天，蘇茚終於忍不住問：「你們怎麼還不點東西？」莫小翼告訴蘇茚，團隊的資金不夠租辦公室，只夠他們四個人在車庫待三個月。為了省錢，他們租住在東五環外的東壩平房裏，一個月的租金加水電費才 200 多元。為了來車庫，要坐兩趟公交，再換乘地鐵，在路上要耗費將近兩個小時。如果三個月之內拿不到投資，這個團隊很可能要散夥。

是的，他們只是像無家可歸者，但他們的確是創業者，並且的確是蘇茚的客人，是他的「樂隊」成員。

莫小翼，23 歲，杭州人，到北京時正值春天。北京城楊花柳絮飄揚，不是他印象中的北京，地方太大，空氣太乾，乍暖還寒……這樣一座北方城市實在不適合南方人。不過，這裏所有的缺點足以讓一個優點全部彌補了，那就是北京是一個移動互聯網創業的好地方。

2010 年，新一輪的創業潮湧起，大部分人認為，這次創業潮的陣地會是移動互聯網。一個有力的佐證是，中關村一家和李開復有關的移動互聯網創業項目孵化公司——創新工廠成立了。和莫小翼一樣，那些尚未畢業、即將畢業和剛畢業的大學生不斷聚集在移動互聯網旗下，開始了夢想之路。他們大部分是做技術出身，以軟件開發為主，在移動互聯網的產業鏈上開

發出各種各樣的應用。

　　莫小翼是他們中的一員。來北京快一年了，和大部分工科男生一樣，莫小翼老實得過分，至少看上去如此。害羞，說話聲音不高，語速慢。工作的時候，會一整天都窩在辦公桌上，休息的時候喜歡拖着同事一起打網遊，當然一星期裏，也就只能休息一天。莫小翼花了半年的時間結識能夠共同創業的人，並最終組成四個人的創業原始團隊。2011 年春節前，莫小翼辭去工作，3 月，他的創業團隊便迫不及待搬進了還在施工的車庫咖啡，當聽說這兒為創業者服務，真是太好了，哪等得及開業。直到開業的第十五天，他的團隊在這兒還沒花過一分錢。而他們已經享受一整天的辦公環境以及共享 iPhone、Android、平板電腦測試機、投影、桌面觸屏等設備。

　　這天是 4 月 15 日，莫小翼和平時一樣坐在自己的專座上，一邊工作一邊按揉太陽穴。沒想到平時比較緘默的蘇菂從會議室裏走出來，朝自己招手了。莫小翼一愣，慢慢才反應過來蘇菂是要給他介紹投資人，這位投資人如雷貫耳，是在圈內鼎鼎大名的林欣禾。然而，莫小翼才結結巴巴說了五分鐘就被迫中止了，因為另一個鼎鼎大名的人來了，號稱「最成功的域名投資者」的蔡文勝來了，兩位名人是朋友，打斷了莫小翼羞怯的講話。這個小插曲讓莫小翼很沮喪，他訕訕地回到了座位上，他覺得自己可能搞砸了創業項目的第一筆投資。那天晚上，莫小翼在微博上寫道：真有些不淡定了，做了不該做的事，腸子都悔青了。第二天在漫長的前往車庫的公交車上莫小翼還在想着昨天的事情，蘇菂的電話來了。

莫小翼沒想到還能見到林欣禾，不過這次地點改在了咖啡館主體中特意隔出來的書吧。「你要做什麼？你需要多少錢？我可以佔多少股？」這是林欣禾從頭到尾問莫小翼的三個問題。當時莫小翼連個 PPT 都沒有準備，因為根本沒想到能再見投資人，但好歹還是介紹完了自己的想法和團隊。莫小翼團隊的名字叫蔥頭，很網絡化，兩個月之後，林欣禾出價 200 萬元，買下了蔥頭團隊開發的軟件。

當新浪前 COO、58 同城創始人林欣禾投資莫小翼團隊的消息開始在互聯網圈子裏風傳後，車庫咖啡的人流量有了第一次井噴式增長。創業者在這裏看到融資的希望，投資者在這裏看到了好項目，他們在車庫咖啡找到了聚合點，而這正是蘇菂的努力的方向。蘇菂本來已經做好了虧損兩年的準備，沒想到半年之後，收支就開始約略持平。僅靠一天一杯咖啡是掙不了錢的，還好，有周邊產品支撐，車庫咖啡定製的 T 恤、杯子、樓道廣告牌，一個月會有幾萬塊錢的收入。但這並不是蘇菂所看重的，他最看重的，還是車庫咖啡所營造的互助的氛圍與適合創業的環境。

烏托邦

在與創業者的交流過程中，蘇菂明顯感覺到創業者尋找志同道合的合作夥伴的重要性，於是，蘇菂每個月在車庫推出求賢會，幫助各個項目小組招募人才。除此之外，在車庫咖啡內，還常常舉辦沙龍或講座，主題均

圍繞創業或投資，包括技術探討、法律實務。此外，週一到週五，每天下午1點半到2點之間，是固定的「caseshow」時間，給創業者機會，在眾人面前介紹項目，由業內知名投資人或參與者點評。

蘇菂逐漸將「車庫咖啡」的服務項目增加了300餘種，與30餘家大型公司達成聯合服務協議。「車庫咖啡」被中關村管委會評為「創新型孵化器」。中關村管委會也加入到為「車庫咖啡」的初創人員提供服務的行列中來，為「車庫咖啡」的創業團隊注冊公司提供綠色通道。每月有兩天創業者可以在「車庫咖啡」提交申請，然後再由「車庫咖啡」幫他們注冊公司，省去諸多煩瑣的程序。另外蘇菂與微軟達成合作，為每個入駐「車庫咖啡」的創業團隊提供三年免費的微軟正版軟件服務，基調公司也會每年為創業團隊每人提供三份全年測試報告，還有免費阿里雲「雲計算存儲和寬帶」，免費的遠程安卓全機型測試服務、移動App真機雲測試平台……大大優化了「車庫」的辦公環境。

更為緊要的是，經過一段時間的溝通，「車庫咖啡」與農業銀行聯合推出「大行德廣伴您成長」的服務項目，為早期低資金公司開設快速通道，提供綜合性金融服務，並在開戶結算、電子銀行、金融諮詢等方面給予相應的優惠。這是一次金融的創新，每年只需繳納1200元，就可以為初創團隊省下幾千到幾萬元。這些，對於初創的企業而言，都是實實在在的幫助。

有人說蘇菂不是一個創投家，而是一個罕見的理想主義者，一個天外來客，而一位熟知他的朋友說：蘇菂就是想把車庫咖啡打造成一個烏

托邦，一個理想的庇護所。有朋友幫車庫咖啡算過賬，三個人的團隊，每天的咖啡消費，一個月算起來也就 1000 多元，如果租用辦公場所，光租金在中關村附近至少要 4000 元以上。在這裏打印材料 0.2 元一張，會議室租用十元一小時，基本上是提醒價，免費 Wi-Fi 速度快到驚人，創業成本在這裏降到很低很低。對創業者來說，特別是對三無創業者——無經驗、無資金、無人脈，還有比車庫咖啡更天堂，更形而上，更烏托邦的嗎？

創業者

2011 年，80 後女孩安琦在倫敦讀完高中、大學後，決定到北京創業。創業者都有一種夢想，希望自己的一款產品能夠改變世界，影響公眾的生活。當時她想做手機應用的一款產品，產品與美食相關，前前後後幾個月時間，花了幾十萬，才意識到創業不是做夢，意識到手機上除了系統自帶的應用程序，基本上都是大公司的產品，大體被微博、微信壟斷着，小團隊做產品要想出類拔萃、佔據到用戶手機的第一屏，可能性太小。

意識到這一點，安琦很痛苦，幾十萬元投在裏面卻看不到一點希望。她還算是有點資金的，但嚴重缺經驗，在對程序一竅不通的情況下去做產品，找的程序員也不太靠譜，錢是同媽媽借的，媽媽是她的天使投資人。

但是安琦沒有放棄，她想起一個著名的故事，當年舊金山不是有金子嗎？大家都去淘金了，其實可能只有極少的人能淘到金，但後來旁邊賣水的人賺到了錢。

安琦決定改做產品設計。創業最初，她常常泡在車庫咖啡裏，發現很多的團隊都在做自己的產品，待得久了，會發現很多產品都沒有設計或者缺乏設計。一款產品，如果設計很差，用戶體驗也不會好，甚至包括用戶體驗設計，以及前段的 VI 設計，這些都沒有。

在她眼中，車庫咖啡如同一個高速運轉的創業交流樞紐。各路投資人、創業團隊濟濟一堂。星期二、星期天有投資人演講專場，例如蔡文勝、李開復等經常在此出現。晚上的主題活動非常豐富，比如 IT 龍門陣，來的都是圈裏知名投資機構，他們的合夥人來講投資意向、投資偏好、公司策略，接下來就有五個創業團隊上去做路演，介紹自己的團隊、產品，有意向的投資者就會自己過去和你聊。安琦本身是學過美術專業的，在視覺設計這方面有優勢，決定做一個以互聯網設計軟件為主的公司。

有趣的是，在車庫，安琦認識了另外一個常來車庫的創業者。這名創業者來找安琦的團隊設計一款產品，結果，單接成了，也把人給接走了，安琦和這個青年成了情侶，成為車庫咖啡裏必然的一段佳話，至今被人津津樂道。創業艱難，安琦慶幸二次創業能和現在的男友互相扶持着走下去。安琦常跟朋友說，如果你真想明白了，你可能創不了業。仔細想一想，創業風險跟成本，你沒法去衡量。創業中的風險實在太大了，所以真正聰明的人其實不會去創業，但是為什麼還有人會去創業呢，那是因為他們骨子

裏不想過一種今年已經知道明年拿多少錢的生活，按時上下班，放假去旅遊的這種「別人的生活」。創業是一種生活方式，她需要這種方式，這種方式就是她，否則她不知道自己是誰。

即使是創業者裏面也有形形色色的人，而且即使是咖啡館，哪怕是創業咖啡館也仍有着咖啡館本身的特點：那就是敏感。這裏有理想主義者，投機家，無政府主義者，活動家，創業者，偶爾的詩人，記者，意欲逆襲的碼農——編碼的農民——異常孤獨的人。無論 3D 打印、比特幣（虛擬貨幣），還是 O2O、VR，每一個行業的大熱流行都從這裏開始，並演繹着這個時代的傳奇。在比特幣界，後來成為大腕，甚至登上了達沃斯論壇的二寶，原來在山西平遙賣牛肉，在平遙古城是個 80 後少當家。那年二寶告別平遙，走出「古代」，「穿越」到國際化的北京尋找夢想，落腳點便是車庫咖啡。在平遙，二寶就在網上聽說了車庫咖啡，聽說那是個夢想的驛站，而所有有夢想的人都是不安分的人，本質上都是漂泊者、流離者，都想有個驛站，紮堆的地方，蘇菂的車庫咖啡就是這麼個地方。二寶來車庫咖啡是準備研究怎麼在淘寶上賣牛肉，他跟他媳婦兩個人，媳婦還懷着他第三個寶寶。夫妻倆開着一輛超長的商務車，後面還帶着酒吧，前邊也有，車身長達七米，要是凱迪拉克能值個三四百萬元。但這輛車實際上是長城公司生產的，30 萬元一輛，當時就出了一批，就是麵包車改的，外賓不懂長城品牌，覺得他特別有實力。

二寶送了車庫咖啡一大箱牛肉，所有人都吃了，隨便吃，都說好吃，

白吃還有不好的？二寶很高興。二寶操着總是降調的山西話，跟蘇药探討平遙牛肉能不能早上先鹵完，中午送到吃坊，有沒有人愛吃？生意怎麼做，他媳婦到車庫被新世界迷住了，對牛肉不再感興趣，在網上做了一個叫《洋洋訪談》的節目，媳婦叫金洋洋，別看懷着第三個孩子，比二寶可新潮多了。節目就是一個新浪微博賬號，金洋洋用這個賬號每天拿着一個小麥克風，或者拿一個小手機，採訪車庫做比特幣的人，你覺得比特幣最近是什麼情況，你的看法是什麼呀，每天堅持採訪一個人，人氣竟然越來越旺，慢慢地在比特幣圈成了一個有影響的人。車庫當時有不少玩比特幣的人，大名鼎鼎的李笑來是當時國內比特幣的傳播者和最大持有者，在車庫一待就是半年，是車庫咖啡最活躍的傳奇人物。好多人被他影響，跟隨他做了不同的方向，其中就有二寶的媳婦。

　　二寶媳婦生第三個孩子的時候，二寶就幫他媳婦，每天現場採訪，慢慢所有的人也都認識他了。二寶也看着這好玩，比賣牛肉好玩多了。他一投入做得比他媳婦大得多，沒事就開着那輛帶酒吧的加長車到全國轉，叫比特幣中國行，車上貼着大橫幅，去各地見比特幣愛好者。一來二去他還搞了比特幣媒體、比特幣礦廠，是全世界最大的比特幣礦廠的投資人，他自己的礦廠在國內的發電量很大，是比特幣綜合諮詢網站的股東，在圈子裏也算很厲害了。二寶去達沃斯論壇參加討論更有意思，他是應達沃斯論壇主席之邀參加虛擬貨幣討論，全場來賓都是西服革履，底下站的也都是西服革履，唯有二寶穿着大背心、褲衩、拖鞋，拿着一個小包就上去了，還侃侃而談。跟達沃斯主席合影也是這模樣，在蘇

葯看來整個一個山西土豪，蘇葯看着二寶拿回來的照片幾乎崩潰，差點沒對二寶說：你沒說你是車庫咖啡的吧？事實上二寶還真提到了車庫咖啡……提到比特幣也可以在北京的車庫咖啡流通，比如要一杯咖啡。無論如何，蘇葯還是很開心的。

孟德原來是一名鄉村老師，文化不高，腦子活泛，長得很執拗，在安徽倒買倒賣二手挖掘機，賺了點錢。賺了錢之後南下去深圳賣山寨手機，這是 2010 年的事。沒想到變化如此之快，2011 年趕上小米出來了，山寨手機都不見了，對孟德影響很大，一下利潤沒了，也就賠光了。不過在做山寨手機的過程中孟德就發現移動互聯網是個好東西，於是就把以前賺錢買的車、買的房賣了。本來 20 萬元的車賣了五萬塊錢，拿着這五萬塊錢到了北京，往車庫一紮，不走了。

孟德跟蘇葯談項目、想法，蘇葯覺得不靠譜。

第一孟德沒技術背景，第二也不懂產品設計。孟德承認，然後孟德開始自學產品，沒人教，準備無師自通，一個月下來畫了一個產品原型圖出來。孟德搞的是安卓智能電話，就是想把安卓系統放到固定電話上，幫助商家進行打進來的數據統計。想法不錯，可蘇葯還是覺得不靠譜，蘇葯身邊也有朋友做這方面的，做得已經很不錯了，蘇葯覺得進入市場的機會不是那麼好。不過孟德只是自學了一個月就開始做產品原型設計，用軟件開始產品原型搭建，還別說，有模有樣的，學得特別認真，這一點打動了蘇葯，儘管事實上不靠譜。

孟德天天早出晚歸，有一天，蘇茚問孟德住哪，孟德一說蘇茚嚇了一跳，住在洗浴中心大廳。孟德原住車庫門口的一家洗浴中心，兩個月之前這家剛關了門，就搬到了另外一家，有點遠。這麼說孟德故居沒了？蘇茚喜歡跟孟德開玩笑。你就不能租個房子？洗浴中心多鬧呀，合租也可以呀，蘇茚說。孟德說住洗浴大廳划算，一天60塊錢，又辦了張最貴的會員卡，對半折，一天折合30塊，又能洗澡，又能睡覺，還有一頓自助夜宵，一頓早點。孟德一天就吃這兩頓，早晨使勁兒吃，一天不用吃了，能頂到夜宵。天天睡大廳，空氣潮濕，旁邊磨牙的，打呼嚕的，說夢話的，打夢拳的，打嗝放屁的，天天這樣，你怎麼受得了？孟德受得了。孟德說：省錢。為省錢什麼都受得了，這讓蘇茚很感動。蘇茚給孟德介紹了一份工作，做銷售，是蘇茚朋友的一個公司，月薪5000元。孟德第一個月開了工資，請蘇茚去洗腳，一進門一大排服務員向孟德問好，跟孟德打招呼，他天天住那兒，都跟他太熟了，早上走的時候：沈老闆慢走，晚上回來：沈老闆回來了，一口一個老闆，孟德一點也不謙虛地笑納。孟德姓沈，蘇茚喜歡像叫曹操一樣親切地叫他孟德。

孟德打了兩個月工，賺了點錢，銷售的時候老是琢磨自己的事，總是沒心思幹，學了點銷售後又回到洗浴中心、車庫咖啡，做自己的項目。

孟德在車庫泡了一年半，也在洗浴中心住了一年半，身上有一種怪味兒，說不上來。也不是洗浴中心的味兒，就是潮乎乎的，他自己不覺得。他離開車庫後車庫還隱約有他的味兒。大家懷念那股味兒，因為那是一種鼓舞人的味兒，因為大家都在堅持。那是一股墊底的味兒，堅忍的味兒。

孟德去了廣州，走時什麼也沒說，也沒告別。創業是一種生活，不一定非要成功，不成功很正常，十之八九都不成功。太聰明的人不會去創業，因為看到的都是險象、未知、不確定，總是喜歡走已被證明成功的路，不會去犯錯誤。但創過業和沒創過業是不一樣的，如同打過仗和沒打過仗不一樣，而大聰明不是靠天賦而是在實踐中撞擊出來的。所以孟德的離開是正常的。誰也沒想到一年以後，孟德突然給在廣州出差的蘇菂發來一條微信，告訴蘇菂他剛剛收到了一份投資意向書。微信聊起來，孟德說現在又轉回到他最擅長的東西——二手挖掘機，投資機構認可他的方向。投資機構還是國內非常有名的一家早期投資基金，那個經理是三菱重工出來的，對挖掘機很懂。孟德說，和以前不同，這次是用移動互聯網賣二手挖掘機，現在的團隊已有幾十人了。

他又回到原來的本行，但經過車庫的洗禮，又不全是原來的本行了。

車庫咖啡創辦不過一年的時間，蘇菂隨口就能說出 100 個創業者的故事：

31 歲的譚思哲昵稱「道長」，從湖南偏遠鄉村徒步來京，在湖南鄉村他發現農民沒有信用卡，不會用淘寶。於是，便想做一個比淘寶更簡單易用的電商工具，讓農民的土特產品有更好的銷路。「道長」說如果想零成本創業，車庫是一個很好的開始。在厚重的鬍眉下，「道長」的聲音格外細長。

「車庫」開業 15 天後「老泡」劉寶青便成了這裏的常客。劉寶青做的產品是「口袋博物館」和虛擬體驗店，利用遊戲技術，通過手機全方位立

體展示藝術品。他說故宮有 100 多萬件藏品，但是拿出來展示的可能只有幾千件。99%的東西都藏在深閨，通過這種展示，可以很方便地看到。

25 歲的廉芷霖少言寡語，車庫靠窗的一個角落是他的專座。土黃色的外套皺巴巴地套在身上，濃密的頭髮被灰垢塑成帽子一般扣在頭上，電腦屏幕上是他的團隊研發的女性社交平台。

廉芷霖是河南人，大學畢業到上海做程序員，工作兩年，月薪從 8000 元漲到 1.5 萬元，不算富足，卻也不差。但內心的一個念頭始終揮之不去，單調的上班族生活再也壓抑不了創業的衝動，於是辭掉工作，只身一人來到北京的車庫咖啡，將積攢的十幾萬元投入到創業中。廉芷霖有時覺得孤獨，他的生活裏只有程序、產品、找錢，沒有業餘生活，沒有女朋友。

張達林 24 歲，是個蘋果控，蘋果筆記本、iPad、蘋果手機。家裏三代經商，家境殷實。三代單傳的他本可以繼承家業，卻在大學畢業後創業，他不喜歡家裏的生意，認為傳統手工業必定衰敗，家族的產業守不住也做不大，他需要有自己的事業。張達林大學主修計算機，在音樂方面很有天賦，會擺弄十幾種樂器，他要開發一種軟件，讓每個喜愛音樂的人都能生活在自己的音樂世界，普通人學作曲要三年，他的軟件可以三分鐘就教會你怎麼作曲、錄製，然後把作品放到網站上，讓所有人聽得到。這就是張達林的夢。

同時，車庫咖啡迅速躥紅於各色媒體：科技博客、地方媒體、中央媒體，包括國外媒體，《華盛頓郵報》，德國的《明鏡週刊》……2012

年的 5 月 27 日，車庫咖啡上了中央電視台《新聞聯播》的頭條，那是央視《新聞聯播》第一次頭條播創業服務，用了六分鐘，開場畫面就是車庫咖啡。

美國人怕什麼

比爾‧蓋茨曾經在他的日記中寫道：人生是一場火災，一個人能夠做也必須去做的，是竭力從這場火災中搶救出點兒什麼東西來。毫無疑問，創業者的內心都燃燒着夢的火焰，不管在美國的矽谷還是北京的中關村，總有年輕不安於現狀的心創造着一個又一個夢想，一個又一個驚奇。中國、美國、世界，30 年前的差距不可同日而語，那時誰也想不到今天的中國會成為世界第二大經濟體，經濟文化與世界聯繫如此密切、交互，完全處在一個平台上。2012 年 3 月，經濟學家祁斌在北京大學光華管理學院做了一次題為《未來十年——中國經濟的轉型與突破》的講座，三次提到車庫咖啡，稱車庫這樣的咖啡館在美國都沒有，矽谷的風險投資家和創業者是一對一地溝通，中國人很聰明，搞了個「集體相親」。祁斌的報告提到了《華盛頓郵報》記者在訪問了車庫咖啡後寫的一篇文章《美國人應該真正害怕中國的什麼》。

文章發表於 2011 年 9 月 27 日《華盛頓郵報》，也就是在跟蘇菂聊了一個多月之後，並配了一張照片：一個在天安門廣場的中國人，戴着一副

京劇臉譜，藏在一面五星紅旗後面。祁斌認為：「標題和配圖的隱喻是，已經成為全球第二大經濟體的中國，仍然在轟轟隆隆地前行，隱隱不安的美國社會想知道，中國經濟的推動力是什麼？中國經濟有什麼秘密武器？」

文章的大意是，美國決策者對中國研究人員發表的學術論文和申請的專利數量大幅增加感到害怕。文章認為美國的決策者擔心中國是對的，但是卻擔心錯了對象，美國人不應怕中國的專利、論文，也不應怕中國的GDP，這些沒什麼可擔心的。美國人真正應該害怕中國的是：中國的年輕大學生從中國的頂尖學府畢業，正在走出校門，走向市場，開始創業，他們已經成為或者即將成為企業家。中國人已發現了美國的秘密，這是可怕的。什麼秘密？科技和資本的結合。正是這個秘密，使得美國高科技產業在過去幾十年獨步天下。

其實這個現象早就發生了，早在陳春先時就發生了。

蘇菂一個多月之後才知道自己上了美國的報紙，一個外地朋友打電話告訴蘇菂，說車庫咖啡已揚名美國。蘇菂忙忙叨叨，想了半天，已想不起和美國人都說了什麼。和德國人講的印象比較深。蘇菂再次知道自己上了美國報紙的事，是一年多以後祁斌的講話，有人把講話稿發給了蘇菂，蘇菂再次回想起那個偶然的一天，「在這兒 - IM」的 CEO 熊尚文帶着 Vivek Wadhwa 來到車庫咖啡的情景。

手記十八：中關村，北京

蘇菂剃光頭，穿和尚衫，布鞋，不用開口，一看就是北京範兒，讓我這個北京土著看了特別親切，一下想起自己小時候，想起許多街坊鄰居。但實際上蘇菂和我小時的北京人並不同，有一種濃濃的老北京氣息中的現代性、前衛性，但反過來也可以說有一種現代性、前衛性中的濃濃的老北京味兒。也就是在中關村能找到這種奇怪的混合，在別處還真沒見過。

我生活的 20 世紀 70 年代尚在「文革」中，政治掛帥、滿大街的口號，其實並沒有多少北京味兒。相反倒是眼前的蘇菂有革過「文革」的老北京味兒，而他的現代性、前衛性也不是我能具有的。這是中關村的北京人，我必須承認我們之間的差異。蘇菂讓我想到《茶館》中的王掌櫃，車庫咖啡讓我想到《茶館》，當然是一種恍惚的想象，事實上似是而非，完全不同。或者其他都相似，但最根本的不同在於王掌櫃身上有一股謙卑，甚至悲涼，蘇菂沒有，完全沒有，相反倒有一股銳氣。之所以又頑強地想到王掌櫃，確切地說是于是之扮演的悲劇意味的王掌櫃，就在於非本質的相似，即一招一式、一舉手一投足的北京味兒。哪怕是在談論黑科技、A 輪融資、比爾·蓋茨、移動 App。比如蘇菂開門迎客的那股張羅勁兒，表情、口氣、分寸，那種熟練程度、血液裏的習慣，都太像王掌櫃了。雖然王掌櫃沒接待過洋人，但如果接待也絕對會像蘇菂一樣，始終有一種彷彿被酒浸過的東西，

綿長醇厚。

當然，畢竟時代不同了，蘇菂身上的那股熟透了的暮氣要少得多，或者說完全沒有，非常陽光。蘇菂是讓北京人感到妥貼的小夥子，沒有蘇菂這樣的小夥子，中關村這樣的地方就缺少一種北京味兒、本土味兒，也會缺少一種融合感。中關村加老北京，這種混合性、複雜性，是別的地方不會有的。因此車庫咖啡也特別體現北京的包容性，它讓五湖四海的人在這兒都變成了北京人。

是的，車庫咖啡不僅是高科技、風投、融資這些中關村固有的東西，也是各種夢想的集散地。這裏有着明顯的烏托邦氣氛，這裏有理想主義者、投機家等各色人等，有大學生，有海歸，有賣牛肉的，鄉村教師，搞藝術的，倒騰挖掘機的，有大咖，風險投資家，媒體記者，老外……北京具有全國性與世界性，而全國性、世界性正是北京的特性，體現不出這些來就不能真正體現北京。車庫咖啡是北京的，又是當今中國的一個樣本。

• • ○　　　　　　　　　　　分享或共享　• •

國家行政學院

2016 年 5 月 26 日，國家行政學院，1983 年出生的年僅 33 歲的程維在這裏做題為「分享經濟發展中國」的報告。下面坐着 400 多名比他年長得多的政府官員，有的就是他的直接領導。據公開的數據資料顯示，33 歲的程維是繼阿里巴巴創始人馬雲之後，第二位登上國家行政學院大講堂的互聯網企業家。就在昨天，5 月 25 日，他剛剛從貴陽大數據峰會回來，此前他還去了達沃斯。他是滴滴出行的創始人，無論是滴滴的年齡，還是程維的年齡，一開始都成了台下官員熱議的焦點，但進入報告後人們又很快忘記了他的年齡。報告顯示，一個新的時代在這個年輕人身上已經誕生：移動互聯網經濟時代。

四年前，程維還是一個在寫字樓、CBD 派發廣告的人，如今，特別是在收購 Uber 之後，滴滴的估值已有 350 億美元之巨，即使在互聯網界也少有，即使在全世界也罕見。已經與年齡無關，年齡對程維來說是一個傳統概念。

「中國很有可能是全球分享經濟的領軍國度，」程維侃侃而談，「工業時代並不是我們引領的，但是我們相信分享經濟時代的中國，很有可能超過美國和歐洲。我們還是以滴滴為例，Uber 在美國並沒有改變美國人出行的基本習慣，美國人出行還是自己開車為主，美國買車很便宜，

油也便宜，自己開車出行成本只有七美金每次，但美國人力成本很高，司機貴，所以打車成本大概要 21 美金每次，打車是自己開車成本的三倍，所以美國是沒有錢的人自己開車，有錢了才僱一個人，不管出租車還是僱別人給你開。Uber 在美國出現之後把 21 美元打到了 14 美元，但是依然要比自己開車貴，因為 Uber 的司機也是很高的人工成本。整個北美的移動出行發展得比中國早兩年，他們已經發展了六年。整個北美 Uber 和 Lyft 所有的公司加起來一天只服務了 200 多萬人次，但是中國為什麼只有四年不到的時間，一下子就有 1300 多萬人次，而且增長速度遠遠高於美國？」

程維提到中國面臨着國際競爭，國外企業把中國的企業當作開疆拓土的對象，美國的競爭對手 Uber 找上門來，在滴滴的辦公室傲慢地指出滴滴只有兩條路，一條路是接受 Uber 投資 40%，一條是被征服，那時 Uber 征服了美國，征服了歐洲，他們已有 500 億美金的估值規模，到中國來手上拿着幾十億美金虎視眈眈中國市場。兩年前，程維說，無論滴滴還是快的都還是游擊隊，並到一起在他們眼裏也像是一支衣冠不整的軍隊，如果不接受，他們必然會在中國投入超過十億美元的資金，把對手打得雞犬不寧。總之如果不接受收編，就會被打敗。這不是談判，程維看得非常清楚。程維對 Uber 說，1840 年開始第一組列強來到中國時也是開出了同樣的條件，要不然割讓香港、開放廣州，要不然就打到紫禁城。程維說今天的中國互聯網不是幾十年前了，他給 Uber 談判代表畫了一個圖，邊畫邊說，「你比我們早三年創業，現在是 500 億美金，我們晚你幾年，但我相信這是一個

淘寶和亞馬遜的故事」。

挑戰非常嚴峻，僅僅 2015 年第二季度 Uber 就在中國燒了四億多美金，Uber 的 CEO 親自來華坐鎮，在中國待了 70 多天。程維整裝應戰，這個 30 出頭的年輕將領像研究作戰地圖一樣，認真地研究到底中國和美國的企業有什麼樣的差異，到底怎麼樣於競爭中在本土打敗對手，甚至為未來在全球競爭中尋找可能可行的制勝機制。程維發現美國企業的打法，跟美軍的打法幾乎是一樣的，因為不是在本土作戰，它必須要覆蓋全球，因此注重空軍力量。也就是說 Uber 首先是資本戰、輿論戰、營銷戰，某種意義上，這是空中力量，地面部隊並不強。程維發現因為不在本土，他們地面部隊全都相當於海軍陸戰隊，強調跟空軍的協同，強調單兵作戰的能力。真是一模一樣的打法。

怎麼去打？程維請教了三位前輩企業家，先問了一下老成謀國的柳傳志，在程維看來柳總是打過最漂亮的戰役的，柳總對程維說，必須發揮本土的優勢──游擊戰，拖住他。程維又去問了騰訊的 Pony 馬總，他說正面拉開架勢，殲滅他。接着去問了阿里巴巴的馬雲，馬總說帝國主義都是紙老虎，你拖他兩年他自己會出問題的。三人說法不一，到底是正面 PK，還是游擊戰？還是放開他？而程維覺得時代不一樣了，打法也該不一樣……

這就是國家行政學院請到的人，並且，如此年輕。

沒人質疑他的年輕，反而只有感慨。

從痛點開始

　　2012 年，北京王府井，程維訂好了一家餐館與江西來的親戚用餐。下午 5 點，那邊已到機場，正在打車，程維把用餐時間定在了 7 點，時間很富餘，結果等到 8 點，接到親戚的電話，問程維能不能去接他們。程維哭笑不得，自己要去機場至少還要一個小時，但是親戚說打不到車。程維那時在阿里工作，杭州北京兩邊跑，經常因為打不到車誤機，對打車已產生恐懼，所以特別理解親戚，但是一時毫無辦法。勸親戚下決心坐機場大巴吧，可親戚在機場很暈，一時找不到大巴，只好一邊拿着電話，一邊找指示牌……另一次是在杭州，程維去參加一個會議，不過五六公里，下着雨，程維一路招手打車一路走，最後落湯雞似的到了會場，會結束了。

　　程維出生於江西鉛山縣河口鎮。他的父親是一名公務員，母親是一名數學老師。程維的學習成績一向很好，中學就讀於鉛山一中。2001 年高考，以優異的成績考入北京化工大學。2005 年大學畢業，順利進入阿里巴巴旗下 B2B 公司工作。與其他大學畢業生一樣，程維從底層幹起，從事銷售工作。短短三四年，晉升為區域經理，是當年阿里巴巴公司最年輕的區域經理。2011 年，程維升任支付寶 B2C 事業部副總經理，負責支付寶產品與商戶的對接。此次職業轉換之後，程維開始從銷售負責人轉向產品經理，互聯網視野更加開闊，不到一年時間眼看着一家合作公司飛速成長，連續換

了三個辦公場地，公司人數從幾十人擴張到 1000 多人。移動互聯網發展如火如荼，外人不明就裏，程維則清清楚楚。

2012 年是移動互聯網發展的元年，這年像蘋果手機、三星手機這樣的智能手機越來越便宜、開始普及，在那之前都還是諾基亞的天下。智能手機意味着在身上有一個終端就可以連上互聯網，可以隨時定位你在哪裏，不需要在屋子裏面有一個電腦才能夠上網。正是因為硬件的發展，還有 4G 網絡的普及，使一些創新的業態成為可能。程維看到此時不創業更待何時？在移動互聯網這個日新月異的平台上，每個人都在一個起跑線上，這個時代如果不創業一定會後悔。一代互聯網前沿的人都有這個感覺，包括英特爾中國研究院的吳甘沙，這是一個共同的現象，說明時代與個人的平衡有着某種超現實性。

在辭去阿里巴巴支付寶副總經理之前的九個月，程維想到了六個項目，最後都沒有做。創業需要衝動，但不能一直只靠衝動，最後一定要形成自己對商業的判斷。衝動是一種慾望，商業判斷是對慾望的矯正，兩者是一對矛盾，這時候直覺起着至關重要的作用。直覺是一種積累與沉澱的結果，往往可以超越慾望與理性，產生本原的東西。程維的目光從外部世界回到自身，回到內心深處：什麼是讓自己最痛苦的事情？什麼事是他生命之中的痛點？他想到吃飯、穿衣、住房，對自己都已不是頭疼的事。唯有出行，一次次在風中僵立，一次次誤機，這是他最大的痛點，那麼就從痛點開始。

打車軟件

2012 年 6 月 6 日，程維離職的第二天，就創辦了北京市小桔科技有限公司，創業項目是打車應用軟件，名稱為「滴滴打車」。程維出資十萬元，他原先在支付寶的同事後來成為天使投資人的王剛出資 70 萬元，公司便啓動了。儘管從痛點開始，也就是說創業的原點沒問題，但痛點之為痛點就因為它也是難點，當然不僅是程維的難點，也是社會的難點。出租車行業，人們詬病已久，卻一直沒有改觀，為什麼？程維問了身邊所有的朋友，做一個打車軟件怎麼樣，幾乎所有人都覺得他在發燒，即使贊成他出來創業的人也不同意他搞什麼打車軟件。大家覺得中國沒有誠信體系，你叫到車車也未必會來，他看到有個人要去機場他可能接別人走了，車來的路上可能你看到別的空車你也不等他。另外，多數司機沒有智能手機，那時候出租車司機只有 10% 的人能掏出一個蘋果或者三星的手機，大多數是諾基亞，沒有智能手機就裝不了軟件。再者那時也還沒有在線支付，並不習慣叫一個車直接就可以付車費。打車雖然能用一卡通了，可也不普及，而且司機習慣只收現金，拒絕這種互聯網的方式。還有就是政策風險。

「我每天都在問自己，這個事能不能做？我反覆考量，不停地問自己，即使我已經做上了，沒有回頭路了，還是不停地懷疑自己，磨礪自

己，」程維說，「在貴陽峰會，在達沃斯，在國家行政學院……面對難處而沒有懷疑，怎麼可能呢？但我也知道，創業者一般都不是思想家、戰略家，相反都是冒險家，很少有創業者一開始就把什麼都想清楚了，想清楚了你也就不會幹了。而你所謂想清楚的東西實際是處在變化的東西，誰能想清變化呢。而創業者就是求改變。市場基礎不成熟，不能做，這是通常想清楚了的人的思路，但恰恰是在市場基礎不成熟的情況下，創業才可能成功。當智能手機已經普及了，司機和乘客這些用戶的習慣也教育好了，市場已經成熟了，這時候，你再做打車軟件，基本上也就沒有機會了。」

不想那麼多了，先從能做的做起，逆水行船，逆勢而上，先把打車軟件開發出來。這是能做的，能做的就去做，先不要管別的。人生的痛點總要解決，這是沒有錯的，方向不錯，那就做，做一程是一程。這是所有創業者的路，這時候的創業衝動是必不可少的。

擺在程維面前有兩條路，要麼自己組織團隊開發打車軟件，要麼外包。現建自己的研發團隊是創業傳統的老路，程維決定外包，找技術合夥人，這也是互聯網做企業的方式。程維看了好幾家外包，其中一個自稱 E 代駕的軟件是他們做的。既然做過 E 代駕，應該可以，程維就去跟他們談，報價有十萬元的，有八萬元的，也有六萬元的。程維想了一下，要了八萬的。當時程維還根本不知道技術分 iOS 端、安卓端、前端、後端。兩個月後出來，產品交付幾乎不能用，只有 50％響的概率，就是說用戶呼叫兩次，司機師傅那裏可能響一次。但是急於上線，也只能湊合

用了。當時，北京有 189 家出租公司，滴滴定的目標是兩個月內安裝軟件突破 1000 個司機。結果 40 天裏，沒有一家出租車公司願意簽約。每天早上線下的同事信心滿滿地出發，晚上灰心喪氣地回來。每天他們都會被問到同一個問題：你們有沒有交通委員會的紅頭文件？政策風險來了，這是第一關。

誰敢惹政策風險？在中國政策是沒的說的，但程維想試試。這就是年輕人，年輕的希望也正在於此，時代的進步有時也正在於此。北京不行，政策太嚴，就想換個城市試一試。覺得深圳應是個比北京開放的城市，結果，還是碰到一樣的問題。正當努力到無望的時候，上天又開啓了一扇窗。到了第 49 天的時候，一個線下奔波的同事給程維打電話，說有一家出租車公司願意合作。是昌平一家小出租車公司，只有 70 輛車，叫作銀商出租。當時對方也不知道滴滴能做什麼，就是跟滴滴的兄弟喝酒喝高興了，趁着酒勁兒答應了。

這是一道曙光。一家簽約之後，再去推廣就可以說你看銀商都和我們合作了，你要是不和我們合作，人家的司機賺錢多，回頭你們的司機就都跑到人家那裏幹去了。曙光就是起這個作用，可以引領光明。接下來一個星期，線下的同事又簽了四家出租公司。慢慢的，出租車公司有了，接下來是組織司機培訓。程維親自培訓司機：說自己是阿里巴巴出來的，阿里巴巴大名鼎鼎，誰都知道，許多司機都在淘寶上買東西，有的家人還在淘寶上開店。程維說自己雖然是出租車行業的門外漢，但是做互聯網很久了，在阿里幫很多行業提高了效率幫他們賺了錢。滴滴的軟件可以提高打車效

率，幫司機賺更多的錢。程維覺得自己講得很誠懇，但下面的司機抽煙的抽煙、聊天的聊天，根本不聽，他們最討厭的就是開會，耽誤時間賺錢，他們被各種機油汽油推銷騙過錢，覺得滴滴是新型的騙術。

北京 100 個司機中那時只有不到 20 個人有智能手機，一般每天只能裝七八個。有人一天裝了 12 個，打來電話已非常高興，說是獲得了巨大的突破。是重大突破，但想想反更覺得淒涼，因為計劃是兩個月裝 1000個，一天就算裝 12 個，公司什麼時候能做起來？但時間不能再拖了，必須要上，硬着頭皮上，能響就行。交通委還是要去，不去不行，不管行不行，工作要去做，至少求得理解，或者哪怕是了解也行。程維親自去交通委員會演示，因為是新事物，交通委的人很是好奇，所有人盯着看，好像等待外星人的來電，結果，程維呼叫了兩次，30 秒鐘過去了也沒響。要是響了該多神奇，多有說服力，程維覺得自己像是騙子，當時就想鑽到地洞裏去。好在交通委的人還真不錯，找來毛巾直給程維擦汗，讓他別着急，喝點水。程維要不是在阿里巴巴幹過，並且是一名高管，可能當時真的會被轟出去。後來程維再去演示就帶了兩個手機，哪個響演示哪個。

技術外包不靠譜，必須找到技術合夥人，移動互聯網創業沒有技術合夥人怎麼行？為了找到技術合夥人，程維無所不用其極，先找了支付寶的同事，讓同事幫拉了一個程維認識的在北京工作的技術人員名單，然後一個個地找他們談，但是沒有一個願意出來。程維想到一個堂哥在老家開網

吧，是計算機系畢業的，問堂哥有沒有同學在北京工作的、願做技術合夥人，也沒有。有天程維看到有關搜狗和騰訊的新聞，心想，大公司有變動的話，通常就有技術人員會跳槽。程維立馬去了騰訊、百度，約人吃飯喝咖啡，可無濟於事，沒人願加盟。程維偶然加了一個微信羣，裏面有一個人自稱是獵頭，問程維想找什麼樣的人，說了之後對方就再沒消息了。努力到無路可走，上天就會給你一扇窗，這是程維後來常說的一句話。一個月後，突然有一天，正是那個獵頭給程維打來電話，說手裏有一個人選，約程維趕緊見面，這個人就是滴滴現在的 CTO 張博。人和人有時真是有緣，程維一看見張博就知道他是自己要找的那個人。張博見到程維也是，一下子惺惺相惜。跟張博談完，程維非常興奮，興奮極了，一出門口，就給天使投資人王剛打了一個電話，說張博是上天賜給我們的禮物。甚至 80 萬元的前期資金已瀕臨告罄、A 輪融資尚無着落，也沒影響程維的興奮情緒。

不過，跟張博談完，程維還是向王剛發出了注資的請求。在創業融資上，無論程維還是王剛實際都缺經驗，滴滴僅僅做出了一個演示和勉強上線的產品，就要融資 500 萬美元。主流 VC（風險投資）都找遍了，有二十幾家，但是沒有一家願投，事實上也不能全怪投資人沒眼光，他們要的價格跟公司階段不匹配也是原因。

一直沒有訂單，沒人叫車，就算張博技術再高超，也解決不了這又一個重要問題，沒有最重要的問題，每一個都重要，環環相扣。也就是像程維這樣的年輕人敢初生牛犢不怕虎地闖，敢九死一生，敢絕處找路，像攀

嚴一樣。有一天一位司機找到偏遠的滴滴公司，當着程維的面兒摔手機，說程維是騙子，一天十幾個 M 的流量，卻沒有一個訂單。沒有訂單，還要走流量，打車軟件安靜得像不存在一樣，像一個癡人說夢。很多司機師傅為省流量根本就不再開軟件，有一天，程維看軟件，發現北京只有 16 個司機在線，地圖上就亮了 16 盞燈。

沒有訂單，就找人去打車，不能讓這些星星之火滅了，要給力，要加油。什麼是九死一生，這就是，就像打吊瓶一樣。招聘打車的人，這是從來沒有的，也是逼到這份兒上了，也就程維想得出來。程維面試了第一個人，應聘的人問工作是什麼，程維說就是打車，我每天給你 400 塊，你就繞三環打車。來人瞪大眼睛，難以置信，難以理解，還有工作就是花錢的？真是新鮮。不要去遠地方，程維叮囑來人，資金有限，省着點花。程維本以為這是世界上最輕鬆的掙錢的活兒，來人也這麼覺得，可是幾天下來，打車人自己卻很痛苦。你根本不知道這種事的痛苦——我早上出門要設計路線，打到了三元橋，想換一輛車卻沒別的地方，因為那個司機師傅也不走，還等着再拉一個，我在三元橋無事可幹，想走又不能再打他的車，怕一上車被看出我是一個託[1]兒。你以為當託兒好受呢？可是不輕鬆！程維說，你實在不願幹就去發傳單吧，我也去。程維去了國貿，親自發傳單，現場幫人下載軟件，現場叫滴滴。結果不一會兒那位去了北京西站發傳單的人打來電話，他在西站的一個天橋下，剛把傳單拿出來，就被

---

[1] 託：託是幫腔者的意思。指幫助某個人蒙騙另外某些人。

人摁住了，現在他在派出所，被當成上訪的了。程維沮喪極了，再次問自己，這樣幹行嗎？

如此難，卻出現了競爭對手，且比自己強大，這既是壞事，也是好事，說明公司的方向不錯，大家都看到了未來，大家一起改變現在。第一個對手是搖搖，搖搖做專車，創業之初就拿到了紅杉資本和真格基金的 350 萬美元 A 輪融資，350 萬美元與 80 萬元人民幣比，資金是滴滴的 100 倍。搖搖在電台做廣告一出手就是 30 萬元，介紹自己的打車軟件，這仗沒法打。程維一籌莫展，一位負責後勤的人說他有辦法。程維就愛聽這話，一說什麼事，誰有辦法，創業初期這是最讓程維高興的事。當時流行購物節目，都會在結束後接一句：即刻起撥打電話×××。負責後勤的同事就出主意，說我們接着搖搖後面做一個：現在撥打電話×××即可下載安裝。反正司機師傅也分不清搖搖還是滴滴。結果有趣的是，等到兩週後搖搖開會的時候發現沒什麼人去，他們打電話問司機，司機說，我們已經安裝好了啊，不是撥打電話×××就可以安裝了嗎？

這當然有點雞賊，但程維困難得也顧不了那麼多了。

搖搖租下了機場的攤位，程維囊中羞澀，只能租火車站一個攤位，工作人員穿着工服站在那裏幫司機安裝軟件。絕大多數司機不懂什麼是智能機，工作人員就挨個兒問，是不是諾基亞的（諾基亞是功能機），要不是就拿過來，給他們裝軟件，然後給他們一張宣傳單，讓他們回去看怎麼用。這個時候所有的細節都要考慮到，比如在廁所旁邊，就要考慮是這個人進去的時候發傳單，還是出來的時候發傳單。進去的時候發，出來的時候那

張傳單就沒了。

有些事，就是這樣難，需要這樣堅持。

在廁所邊上堅持：「嗨，是智能手機嗎？」

「什麼智能手機？」

「噢，對不起。」

「是呀。」

「好，給您看看這個，包您賺錢。」

獨角獸

2012 年夏天的一個下午，北京國貿三期寫字樓下走過三位白領，這三位白領相當於程維所說的「天窗」，其中一位白領對另外兩位說，我用一個打車軟件叫到車了，很方便，推薦給你們。此時，一名其貌不揚的中年男子正與她們擦身而過，這位女白領可能至今也不會想到，自己風中飄過的一句話，加速決定了互聯網創投界的一樁投資。這名男子，正是剛與程維見過面的朱嘯虎。幾天前朱嘯虎在滴滴的新浪微博上跟程維聊了幾句，然後兩人見了面。朱嘯虎叫了滴滴到了滴滴偏遠的辦公地，程維正忙着，匆匆一面後，讓朱嘯虎等了半小時。朱嘯虎說要投資，可程維沒有一點興奮，甚至朱嘯虎說要投 200 萬美元程維也沒興奮起來，因為不相信此人，或者說嚴重懷疑。另一點可疑的是，朱嘯虎幾乎沒任何討價還價，全部答

應了程維的條件。或許這是個山西煤老闆？樣子像，口音不像。談話不過半小時，朱嘯虎走後程維基本斷定這是個騙子。一個星期後，財務告訴程維 200 萬美元到賬上了，程維傻了，有點眼前發黑，但瞬間又看到天上開了一扇窗，窗口站着其貌不揚、說話簡單的朱嘯虎。此時他的兄弟還在火車站絕望奮戰。

程維幾乎流淚，覺得天在助他。

200 萬美元，他碰壁碰得早已不敢想，這真是個天上掉下的大餡餅。

程維一下跳起來！像一個已倒地的拳擊運動員。

「半小時決定投資」的朱嘯虎，卻是一位自稱「理性」的投資人。在金沙江的官網上，對朱嘯虎的介紹是這麼寫的：此人投資方向是互聯網、無線和新媒體。朱嘯虎曾和團隊賣軟件，創業七年，公司做到千人規模後選擇離開，加入了金沙江創投。朱嘯虎投過一些知名案例，電商領域投了夢芭莎和蘭亭集勢，分類信息領域投了百姓網，團購領域投了拉手。

他不常出席活動，2008 年出道到現在，網絡上有關於他的視頻報道不到十段，非常低調，幾近神秘。他幾乎是暗中關注新浪潮，找獨角獸，他潛水到了滴滴的微博，一直關注這家最新公司，看他們怎樣掙扎，他清楚中國互聯網創業在過去 15 年裏，每隔三年就有一個空間。此時，又一個空間出現：在 O2O 新領域中國的 VC 們又開始了新一輪的瞄準、射擊動作。O2O，即 Online to Offline/ Offline to Online，即「從線上到線下」或「從線下到線上」，簡單的理解就是打通線上與線下，將線上的流量轉化成線下的消費，就是說將線下的商務機會與移動互聯網結合。朱嘯虎像秘密的

獵手，瞄準了滴滴，這個獨角獸。

事情就是這樣神奇，在你最困難的時候，在你要支撐不住的時候，卻有人在盯着你，這種遊戲，或者說這種分工，在互聯網時代越發傳奇。獨角獸是投資行業，尤其是風險投資行業的術語（顯然受到遊戲影響），指的是那些估值超過十億美元的創業公司。並不是說這家公司一年可以賺十億美金，甚至公司也可能正在虧損，快支撐不住。支撐不住不是方向不行，技術不行，而是資金問題，而這在 VC 看來根本不是問題，或者說正是他們的槍口。

朱嘯虎知道 2010 年，美國打車軟件 Uber 獲天使投資，第二年又獲總額為 6400 萬美元的兩次融資。朱嘯虎看到了打車領域的機會，在見程維之前，他已經把這個領域所有公司都見了一遍，在朱嘯虎看來易到做專車市場不好切：看了快的，判斷該項目是「沒有 CEO」的。直到在媒體上看到了滴滴的報道，然後在微博上搜程維，潛水，最終約見程維，短暫溝通之後，確認程維就是他要找的獨角獸，程維的胸襟、膽識、頭腦超出預期。但是，當時朱嘯虎並沒多說什麼，惜語如金，只是問了幾個問題，接受了程維的所有條件，然後打錢。

朱嘯虎扣動扳機的手法非常簡練，像夢一樣。

朱嘯虎說，「我在出行領域關注了很長時間。早在 2010 年時，我們對本地出行就非常看好。一開始在易到第一輪的時候我們就關注了，然後他們 A 輪想要投資，甚至也簽了投資協議，但盡職調查後沒有投資。一個原因是，那時司機的智能手機普及率很低，易到為了拓展司機羣體，想給司

機贈送手機，但是這樣做，拓展成本很高，效率比較低。讓我們擔憂的另一個更關鍵的問題是，那個時候感覺做打車軟件的時間點還不到，所以最後沒有投資。後來我們又接觸了搖搖招車團隊。當時，搖搖團隊已經在北京有不少用戶，但接觸下來發現，團隊太弱，互聯網思維也不對。比如，在當時用搖搖招車必須先注冊，還要充值，完全不是互聯網思維，所以感覺這個團隊從長遠看也不行。同期，在杭州，陳偉星（原快的打車CEO）也在孵化一個項目，便是後來的快的打車。

「2012年11月，我看到滴滴打車，就在微博上約程維聊一聊，見了他聊了半個小時發現，程維團隊確實想得很清楚，什麼該做什麼不該做。團隊的士氣包括過去的BD和地推經驗正好匹配這個業務，所以談了半個小時就基本定下來了，程維提的條件我們完全答應了。後來我才得知，見我之前，他已經見了至少20家VC，但沒有一家給他投資。我見了他半個小時就決定投他，他以為我是騙子。當天我去見完程維，回到國貿，走在路上的時候，樓下走過來三個白領，其中一個人很興奮地對她的同事說我昨天用滴滴打到車了。這更讓我覺得，打車軟件是個高頻剛需應用，而且具有高度病毒傳播特性，一定要投。」

而就在朱嘯虎把200萬美元打入滴滴賬上前幾天的一個晚上，程維在辦公室的沙發上將就了一夜，閉着眼，半睡半醒，各種問題紛至遝來，不斷地在眼皮黑幕上跳出來，腦子裏像吃了跳跳糖。低頭揉了揉太陽穴時，一抬頭發現眼前多了個大鬍子少年，看上去就彷彿增強現實一般。程維拉過椅子坐了下來，看了眼左手腕上印有蘋果logo的手錶，直面手錶鏡面上

的鬍子少年，少年說：

「說吧，時間不多，有什麼困惑快說吧。」

程維愣了一下，很快認同了，一點也不覺得虛幻。

「我們做不下去了，投資方都不看好這個模式，現在現金只夠花一個星期了，快發不出工資了，我還繼續扛嗎？」

大鬍子少年說：「要不了多久，你會發現許多人排隊給你塞錢。」

「我排了很多隊跟人要錢。」

「你要做的是盡力搶到市場第一。」

程維苦笑了下，「第一又如何？讓大家都用手機打車，這個想法一開始挺讓我激動的，真正去做，第一個月就壓根沒有出租車公司跟我們合作。我擔心拿下司機群體這件事根本不可能。」

「這個問題也不打緊。智能手機未來會便宜很多，而且，如果有個手機就能多掙錢，司機不會猶豫的。一個司機掙了錢，其他人也會效仿。司機多了，顧客打車成功率也會更高，整件事是有網絡效應的。你要做的就是熬到那個拐點。」

「問題是，按現在的狀態，不到半程我們就會趴下。這個工程太大了。」程維有些灰心，鏡中的自己還是太年輕了。

「你想去的地方，其他人也想去。」大鬍子少年神秘地說，「我只能說這麼多，你自己體會。」

程維說：「好吧。可是你知道出租車行業其實是非常封閉的，市場規律很多都不適用，我擔心過不了政府那一關。」

鏡中裝扮成大鬍子的少年說：「政府也會根據市場調整，尊重市場規律。相信我，你們是可以合作前進的。」

　　「最初想做打車，是因為想讓打車更方便。現在看來，就算全中國的出租車司機裝了我們的軟件，也就這樣了。本來出來創業想幹一番大事業，可打車這件事，能做多大呢？」

　　「打車只是起點，真正的征途是巨大的交通市場，說到底，把一個人或者一堆貨從某個點移到另一個點，這是計算機最擅長解決的問題。十年之內，現實世界的交通肯定會大變樣，你有機會趕上這波潮流，放手去做吧。」

　　「最後一個問題，剛才說的這些，都是真的嗎？」

　　「你說呢？」

　　屋裏重歸寧靜，只有電腦風扇的低鳴，程維茫然片刻，慢慢睡去。

2012 年那場雪

　　接下來的好運是 2012 年那場雪。

　　在國家行政學院，程維說，創業之前，我跟我們的一個創始人一起去了一次八大處。我絕對不是一個迷信的人，也沒有再去還願。我覺得你如果真的全力以赴，會有好運氣的。是的，身邊不斷地會有貴人，他們加入我們、幫助我們。

「會有很多偶發的事件，像 2012 年北京那場雪。」

北京這個超級堵車的城市，一場雪加上風讓多少人對出租車翹首以盼，但你卻看不到一輛空車。災難常常蘊含轉機，對滴滴就是這樣。11 月 3 日這第一場雪，滴滴第一次單日突破 1000 個人叫車，看着軟件，地圖上佈滿星光一樣的燈盞，程維和他的小夥伴們樂翻了，他們都是年輕人，平均年齡只有 24 歲，他們歡呼，雀躍，他們就是年輕的中國。雪裏能打到車，還不用額外付費，很多白領在微博上分享着超出期望的喜悅，滴滴打車傳遍微博，滴滴一下火了。微博即是移動互聯網的速度（不久微信更快，徹底將人共時地聯起來），某種意義上這也是發展的速度。此外，2012 年那年雪還特別多，幾天便下一場，彷彿是天助滴滴，彷彿有一個比朱嘯虎還高的人注視着滴滴，注視着城市、芸芸眾生。

「以後得去拜天，去天壇。」程維開玩笑地對小夥伴們說。

滴滴的數據一路走高，使用打車軟件的人越來越多，一傳十十傳百，讓它成為 2012 年跨年的一道最靚麗風景。滴滴創造着傳奇，人們享受着傳奇。當然，競爭對手搖搖招車也是那個多雪的冬天的受益者。這家公司產品推出比滴滴早，融資比滴滴順利，而且和滴滴的早期目標一樣，讓更多的出租車司機安裝上自己的軟件，在火車站、機場等出租車聚集點推廣產品。滴滴佔領了除首都機場 T3 航站樓以外的所有重要據點，搖搖則跟一家機場第三方公司簽了協議，把控了三號航站樓。

T3 航站樓地點很特殊，每天的出租車吞吐量超過兩萬，相當於北京其他聚集點車輛數量加一起的總量。這是一個至關重要的陣地，沒有佔領這

裏始終是程維的一塊心病、一個關卡，一個無名高地。不拿下這個制高點就無法掌握戰爭的主動權，就不能說自己是勝利者。但程維考量再三，還是沒有採用跟搖搖一樣的方式去找第三方合作，主要是擔心這種合作有不確定性風險。後來，果然，機場管理部門接到了投訴，搖搖的這個推廣點被取消了。當搖搖再去瘋狂地尋找其他出租車入口時，滴滴異常艱苦地守住了自己的陣地。滴滴在北京的約車數據逐漸超過了搖搖，且利用這次逆襲搖搖的機會，開始了 B 輪融資。

此時滴滴受到了很多 VC 的追捧，其中包括騰訊。因為滴滴不想在 B 輪的時候就站隊，所以一開始沒想拿騰訊的錢。不過騰訊已像朱嘯虎一樣看準了年僅 29 歲的獨角獸程維。在騰訊副總裁、騰訊產業共贏基金董事、總經理彭志堅的努力撮合之下，程維和王剛有了一次跟馬化騰面談的機會。進門之前程維與王剛達成默契，就是不給騰訊領投的機會。現場，程維分析了移動出行的各種可能發展情況、滴滴對於騰訊的價值，另外提出對公司控制權的問題，想以此逼退騰訊，讓馬化騰知難而退。馬化騰像朱嘯虎一樣大氣地基本答應了滴滴的所有條件，包括不干涉公司業務的獨立發展和不謀求控制權，只有一條，馬化騰希望能佔有更多的股份。幾次和騰訊的人打交道，程維得出了騰訊正直、簡單和友好的印象，這很難得。不過對於從阿里離開的人來講，接受騰訊還是要過心裏這道坎兒的。但是程維也清楚地看到如果不拿騰訊的錢，另一個強勁的競爭對手「快的」已經拿了阿里的投資，如果騰訊等不及，轉身去投了搖搖，滴滴將會非常被動。此外滴滴的優勢在線下，如果如日中天的

微信的強大入口不為滴滴所用，滴滴就失去了一個最好的戰略資源；還有滴滴也需要一個強大的夥伴去一起面對政策的不確定性，活下去，不要被下狠手是最重要的。

程維與王剛在一個足療店裏（不是昌平那個）進行了最後的討論，出來走在夜晚寂靜的街上時，他們做出了最終的決定，接受騰訊。王剛傾向於騰訊跟投，程維傾向騰訊領投，最後王剛妥協了。那是一個多麼美好的夜晚，正是那個從足療店出來的晚上，他們決定了滴滴強大的未來。

燒　錢

2013 年 4 月，滴滴打車接受了騰訊的 B 輪融資。

2014 年初，接入微信支付後，滴滴如虎添翼，程維看到機會，想做一次促銷推廣，比如給司機和乘客補貼。最初程維找騰訊要幾百萬元的預算，騰訊回覆說：你們的預算太少。結果騰訊給的不是幾百萬元，是幾千萬元，真是太給力了。騰訊在資金的視野上把程維撐得很大，心也越來越開闊，結果補貼讓滴滴的成交量暴漲，而一個星期的補貼後來已經過億元。

巨頭創造巨頭，在馬化騰與程維之間十分典型。

同時也是非常典型的移動互聯網經濟。

滴滴數據的暴漲給了競爭對手們不小的壓力，就在程維決定即將停止補貼的前一天，快的和支付寶也加入戰局，開始對乘客和司機進行補貼。因為滴滴的補貼取消，形勢迅速逆轉，滴滴的交易數據大幅下滑。對手出手的時間也異常精準，是一場反攻，一次逆襲，在你撤退時。

　　程維召開了董事會，嚴峻地宣告：「兩週以後，快的的數據可能開始超越我們。」所有的董事、投資人，都驚呆了。「我們面臨着一個重大的抉擇：是否馬上跟進補貼？」這事必須召開董事會，是程維決定不了的。所有投資人本能的反應都極不願意燒錢，沒人希望看到我剛投資你，很快錢就被燒光。程維說他正在開發「紅包產品」，該產品更成熟、性價比更高，程維說出他的想法：在一個月之後再進行新型的紅包補貼。王剛和朱嘯虎表態，儘管是我們發動的這場補貼大戰，但是必須立即進行有力反擊，一個月後再反擊，市場份額可能變成 7：3，主動權將拱手讓予對方，滴滴有可能在市場上消失。

　　董事會做了一個推演：我們再次發起補貼時，如果快的不是六天而是一個月後才反應過來，市場數據對比將是 7：3 甚至 8：2。一旦這種局面出現，網絡效應會產生，乘客覺得呼叫沒有司機應答，司機覺得平台裏沒有乘客使用，將會產生強者愈強，弱者愈弱的結果。這時候對手再用十倍的代價，也未必能追上滴滴，它的結局是很難拿到融資並最終出局。反之亦然。

　　很快大家就達成了一致，一定要讓騰訊繼續參與補貼。此前的補貼全是騰訊買單，後來達成的方案是騰訊和滴滴各拿 50%。馬化騰很爽快地表

態：不論是一個月後補貼還是下週一補貼，CEO 做決定。

程維當機立斷：下週一開始補貼！

快的背後是誰？阿里，馬雲，程維的老東家。

有點像《封神榜》了，一方是通天教主，一方是元始天尊。

下面程維補貼 10 塊，呂傳偉就補 11；程維補 11，呂傳偉就補 12。天上的雲鬥，地上的格鬥，殺得天昏地暗，乘客司機陽光普降，蔚為壯觀。當補貼提高到 12 元時，馬化騰（通天教主）以多年運營遊戲的經驗，出了另一個主意：每單補貼隨機，10 塊到 20 塊不等，這樣對方就無法跟進了。程維立即採納了這一雲間的方案。馬雲（元始天尊）也自有應對，一來一往，價格大戰根本停不下來。到了 4 月，打車幾乎免費了，差不多了，應該停下來了，但如果一方不停就停不下來，形成囚徒困境。程維和快的打車的呂傳偉都在看對方，卻停不下來，甚至越戰越猛，但雲間的「通天教主」與「元始天尊」事實上已有所溝通，兩人從沒紅過臉，下面無論戰得多酣，他們都一如既往的平靜。

程維先降了一點，呂傳偉馬上跟進；呂傳偉再降一點，程維馬上跟進，如此補貼一步一步降下來，到了 2014 年 5 月 17 日，雙方同時宣佈停止補貼。這一媾和為後來的合併打下了基礎。

這場大戰雖然沒有勝利者，但也沒有失敗者，而對整個出行行業則是一次巨大的衝擊，對未來出租車體制改變也是決定性的：人們適應了網上約車，出租車行業作為一個傳統行業，一下跨進互聯網行業，從隊尾一下站在隊頭。要說這是天翻地覆的改造一點都不過分，傳統出租車行業，弊

端多多，有目共睹，為世人詬病已久，就是解決不了。但是在移動互聯網的撬動下，一個小小的軟件，四兩撥千斤，解構並重生了這個行業。而程維經此一役，跨越式地迅速成熟，不但把他的幾個VP激發得相當不錯，董事會成員的熱情也調動得十分得當。程維儼然已是互聯網界最年輕的帥才。沒有比時勢更年輕的，時勢也必然造就這個時代的代表，這個時代的如此年輕的英才，有時就像遊戲中的人物。

程維在國家行政學院說：移動互聯網讓手機變成了千元機、百元機，很多非互聯網人羣，像司機這樣的藍領也可以使用互聯網，3G變得非常穩定，非常便宜，這個大門就打開了。很多人講補貼大戰，程維說，在我看來1.0的互聯網是免費經濟，淘寶、360用免費顛覆了付費企業，今天也是一樣，只是競爭更充分了，免費已經不管用了。2.0是補貼時代，更低門檻獲取用戶，更快教育用戶，所以整個行業在兩年多時間裏完成了高速的發展、競爭和整合……

她好得讓人緊張

「看到柳青，我感到緊張，無論能力人品，柳青都好得讓人緊張。」程維與呂傳偉大戰之後，見到了同樣像來自天上的柳青。不要說她身上的光環，就是她本身也足以讓程維眩目。有點不敢看柳青，他對王剛感歎。儘管緊張得不敢看柳青，程維還是拒絕了柳青。柳青，名門之後，柳傳志

之女，美國高盛亞太區董事總經理，年薪 400 萬美元。

柳青高中時受比爾・蓋茨 1996 年出版的《未來之路》影響，心隨所願地考入北京大學計算機系，畢業後順理成章進入哈佛大學，繼續攻讀這一專業。2001 年在高盛香港兩個月的經歷讓她對投資行業心生嚮往，從此改變了想成為一個傳奇程序員的理想。2002 年，正值「互聯網＋」泡沫破滅，高盛錄取新員工名額從 30 名銳減到 6 名，名校生間競爭慘烈。在經歷了 18 輪面試，最後一輪時甚至高歌了一曲 *My Heart Will Go On* 後，柳青成了高盛亞洲區最底層的分析師。柳青工作出色，在高盛的經歷被她認為是一個重新塑造自己的過程，12 年後，她成了這家百年投行歷史上最年輕的董事總經理，已到這行業金字塔的塔尖。

2014 年 6 月的一個晚上，在北京數字山谷一家小餐館裏，柳青與程維一起用餐。柳青提出高盛投資滴滴，儘管不太敢看柳青，但程維卻拒絕柳青。而且這已是他們第三次見面，第三次拒絕。柳青佯裝慍怒：「不讓我投，是不是想讓我給你打工？好吧，我把我自己投進來吧，我給你打工吧！」

當然是氣話，說笑，也越發顯得美麗。

大戰之後 33 歲的程維，雖青澀，但已無所畏懼。

一顆鋼心給柳青留下深刻印象。

在決定投資滴滴之前，柳青就對滴滴有透徹了解。最開始柳青希望撮合程維和呂傳偉合併，柳青與騰訊、阿里雙方關係都很緊密，如果能夠撮合成功，她可以代表高盛以一個很好的價格與恰當的身份投進來。早在數

個月前，2013 年底的時候，柳青就撮合過一次滴滴和快的的合併談判。談判在杭州機場舉行，但是沒有成功，此時兩家公司正劍拔弩張，在市場上爭強好勝，對股權比例等問題完全達不成共識，合併擱淺，柳青深感遺憾。柳青對兩個人都看好，或者說看好網約車這個行業。夢想無法實現，她準備單投程維，也未果。

這是沒想到的，甚至也太沒面子。

柳青一句佯裝的氣話，程維倒認了真。當程維把想挖柳青的想法告訴董事會成員時，王剛和朱嘯虎都難以置信，兩人都認為程維是個志存高遠不給自己設限的 CEO，支持他尋找牛人加盟，但敢挖柳青還是超出了他們的想像。

董事會研究後，程維展開了攻勢。他打電話給柳青，說他們開過董事會，他對她的話是認真的。柳青大吃一驚，毫無準備，就像對方突然表白。程維約柳青出來。被動時程維不敢看柳青的眼睛，主動時程維平靜地凝視柳青。

他們整整聊了一個星期。

「如同熱戀一般，每天超過 16 個小時交流。」王剛說。

柳青後來對《福布斯》記者說，加入滴滴是找到了召喚，看到了正在徹底改變出行方式的未來巨大的可能。另外，和一個從骨子裏散發着變化荷爾蒙的年輕團隊一起成長，是一件絕對值得珍惜的事情。

這是實話實說。柳青在決定加盟之前與程維的團隊有過一次出行。那是兩人談了一個星期後，柳青還沒決定下來，程維說：

「我們一起去一趟拉薩吧。」

非常好的主意，並且說走就走，馬上訂了機票。

一共七個年輕的高管，大多二十來歲，加上柳青，一起飛到了西寧，然後馬不停蹄租了兩輛車，進入高原，計劃用三天開到拉薩。他們中間沒有一個人去過拉薩，程維也沒去過，不知道拉薩在哪裏，就是有一個模模糊糊的艱難而又令人嚮往的目標。這是典型的互聯網思維，年輕人的思維，甚至電遊思維。

第一天他們到了青海湖。原計劃是住宿的，但天還沒黑就繼續往前走，結果下雨，又是山路。好不容易開到了一個小村莊，有個小賓館，名叫黑馬河賓館，他們進去卻又馬上被嚇了出來，因為裏面都是狗。繼續走，那一天他們一共開了 1700 公里，好不容易找到了一個高原上的小賓館。兩個司機都發燒了，司機跟程維與柳青說：其實我早不行了，我一路上都是方向盤頂着胸口開過來的。

在那個孤立的藏式小賓館，八個人吸了 3000 塊錢的氧氣，第二天等開到了喜馬拉雅山底下，前面就是聖城拉薩了，八個人全哭了。什麼也不用說了，這就是創業路，程維對柳青說，我把命交給了司機，就是信任他們。

在拉薩，柳青給程維寫了一篇很長的短信說：決定了，上路了。

出於對高盛的不捨，在高原上，柳青大哭一場，給團隊的每位成員分別寫了封長信，作為對 12 年高盛投行生涯最後的告別。

全球投行排名前五名的分別是摩根大通、高盛、花旗、美銀美林、摩

根士丹利。柳青是國際著名投行的高層，行走在雲端；滴滴是個草根創業公司，幹的是和司機、乘客打交道的苦活累活，未來也有極大不確定性，她放棄高盛投進來出乎所有人意料。從投行到創業公司，這樣的人不在少數，柳青的特殊之處是她的職位是最高的，付出的代價也是最大的。

柳青自己則把這個選擇形容為「一切歸零」。

柳青也有一顆鋼心，與程維無異，只是12年這顆鋼心一直在雲中。一個能夠放棄400萬美元年薪投入草根的人有一顆什麼心呢？可不就是鋼心嗎！程維對柳青說，滴滴一半的收入都給你，行不？

這是鋼心對鋼心說。

Stephen Zhu 曾和柳青在高盛共事四年，後來也來到滴滴，成為滴滴的戰略部總監，Stephen 說柳青是高盛文化的傳承者，對於所有事情都要求做到極致，業務上非常激進，對自己要求很高，行事高蹈，從沒失敗過。也正因為如此柳青不擔心自己別的，擔心的是自己能否融入草根團隊。Stephen 注意到柳青從高盛人身邊消失了足有半年之久，毫無音信，以近乎失蹤的方式，努力地適應加入滴滴後的自由落體的感覺，以此消除自己的投行崇尚精英的氣質，以及對草根底層的戒懼感。出差時，她主動從頭等艙降到經濟艙，住宿從奢華的四季酒店降到漢庭連鎖酒店，就連奢侈品牌的皮包也被小心藏起來。

儘管畢業於北大、哈佛，計算機科班出身，曾夢想是一名程序員，但柳青並不是典型的科技界人。意識裏害怕失敗的心態讓柳青一開始用力過猛：她徹夜不眠，回覆所有的微信、電郵，儘量去滿足所有人的要求，四

處刷存在感，但其實有些事情未必是公司當前最重要的事情，也未必是應該把自己累得半死的事情。柳青幾乎是手忙腳亂，為忙而忙。程維給了柳青許多心理上的撫慰，教柳青每天早上列出一天最重要的三件事情，克服做事的衝動，尋找工作的節奏感。

柳青漸入佳境，慢慢找到經營企業的感覺。無法不和以前的生活對比：做投資就像遊牧民族狩獵，幾個人騎上馬，就可以出征，完成了一個項目再尋找下一個目標；經營一家公司則像經營一家農場，需要事無巨細地關照所有人和細節，努力耕耘方能迎來收穫。這種轉變幾乎是一種浸潤式完成，沒錯這就是我想要的團隊，我也一定能在其中發揮出我更大的價值。冰雪聰明，加上指點，柳青有許多隨時隨地的感悟，並且會告訴程維。

沒有人比柳青更適合滴滴二號人物的角色，2014 年 12 月，柳青以自己的資源和人脈，把所有對行業有興趣的投資基金全都拉了過來，三個星期內便拉來了 7 億美元融資，是中國移動互聯網史上最大的一筆融資之一。

滴滴的這筆融資完成後，快的也不甘示弱完成了幾乎相同數額的融資。融資之後，是繼續角力，還是握手言和，共同面對其他競爭者，兩家公司由於有了柳青的存在，開始進行更有誠意的溝通。在此過程中，柳青成了關鍵人物。因為和馬雲、馬化騰、劉熾平相熟，和快的團隊也互相信任，柳青主導的這場被媒體稱作「情人節計劃」的合併談判開始，在一個基本框架下，戰略股東的協調難度是最大的，柳青出色地完成了斡旋的角色。

合併順利進行，在翌年初的協議簽署儀式上，程維留下12個字：打則驚天動地，合則恩愛到底。

程維宣佈：「我們完成了一件互聯網歷史上都沒有人做到的最成功的合併，因為互聯網歷史上還沒有競爭到這種程度的對手完成了合併。」只用了兩三個月，合併後快的和滴滴迅速完成了產品的排兵佈陣，並把整個團隊完全融合在了一起，雙方管理層無一人離職。瘋狂工作正在帶來回報，至2015年2月滴滴的估值已經上升到了百億美元，用戶量突破1.6億。在加入公司六個月後，柳青也由COO升任總裁。在宣佈升任柳青為總裁的公開信中，程維寫道：「柳青在加入滴滴的半年時間，幫助公司完成了當時非上市公司最大一筆7億美元融資，並帶領專車、PR（公關關係）、GR（政府關係）團隊浴血奮戰，殺出了一條血路。」

由於柳青的到來，公司的觸角開始伸到專車領域。這一產品由打車軟件向汽車租賃公司購買或租賃運營車輛，私家車主也被允許成為專車司機，從而繞過了出租車傳統行業的管制。半年時間，滴滴便獲得40萬專車司機用戶。出租車司機睜開眼睛就要交份子錢，而專車司機不用。租車行業認為自身利益遭到了侵犯，陸續有地方政府查處專車司機，至2015年5月，專車和出租車司機對峙街頭、公安成立專項活動查處專車的場面愈演愈烈。

北京大學中國經濟研究中心教授周其仁評論這一現象稱：「看到滴滴，就像當年看到小崗村一樣。」1978年，安徽小崗村18名農民冒着極大風險，在土地承包責任書上按下手印，拉開中國改革開放的序幕。37年之後，滴

滴，這家移動互聯網創業公司，意外地成了促進中國深水區改革的一股強大外力。

如同父親柳傳志曾提出的「不做改革的犧牲者」一樣，柳青也並不喜歡突出自身的「變革者」身份，像父親一樣，柳青極其明智地意識到：在新舊制度犬牙交錯的環境中，滴滴必須創新，但又不能與各方勢力直接對抗。多年投行經歷，讓柳青習慣以客觀、冷靜、慎密的思維回答任何問題。在和政府溝通中，柳青也多強調作為技術公司滴滴能為政府提供的價值。柳青總是對地方官員說：「我們未來將推出滴滴指數，這裏面會有很多城市的大數據，我們會和政府一起來策劃未來整個大城市交通的佈局。」

雙夢：一站式出行平台

「滴滴與快的合併那一天，我們發現，出租車司機已經從最不互聯網化的一個羣體，變成了整個中國移動互聯網程度最高的羣體，絕大多數的出租車司機都會熟練地使用移動終端。」在國家行政學院，說到專車，程維說，「最早打車軟件解決租車行業信息化的問題，後來的專車和快車意在推動出租車行業的市場化，出租車行業不夠市場化最大的問題是什麼？第一是價格不反映供需，第二是服務並不決定司機的收入。出租車整體服務不好，並不能怪司機，那些服務好的司機，他並不能比服務不好的司機收入高，反倒是那些偷奸耍滑的、繞路的司機能賺到更多錢，這個收入分

配和激勵的機制是失靈的，好的司機不會被鼓勵，壞的司機不會被懲罰，所以服務會越來越差。所以我們推出了專車、快車服務，我們希望能夠讓服務好的司機賺到更多的錢。

「我們並沒有用很多的隊長去管理他們，」程維說，「我們只是根據每一單乘客的評價去決定這個司機的收入，如果你獲得差評，就像淘寶上面你買東西獲得差評一樣，這個差評會影響到你未來的收入和訂單；如果你被嚴重投訴，你就要離開這個平台；如果你被表揚，你是服務最好的司機，你就會優先得到訂單，用這樣的機制鼓勵好司機。如果很多人叫車，這個時候車少就應該漲一點價，這樣會選出最著急要走的用戶，同時激勵更多司機過來接單。比如原來我住的上地，幾年前並沒有那麼繁華，也不好叫車，但是慢慢地一些互聯網公司起來以後，開始有很多人叫車，那這個地方就會慢慢地有很多的訂單，而且車少價格就會漲上去，或者晚上九十點下班時候很多人叫車價格會高，很多的司機就會被鼓勵來到這個地方，它是一種根據供需關係自然調節的工具。」

33歲的程維說：如果只有職業司機，不管怎麼調節，高峰期都是叫不到車的，這令我很困擾。直到有一次我拜訪了北京大學的周其仁教授，我問他怎麼能在高峰期保障用戶打到車。他說這是一個典型的經濟學問題，叫「潮汐需求經濟學」。類似的問題還有春運和黃金週旅遊，像潮汐一樣，用戶需求一波一波，高峰期供應都會出現瓶頸。大家想一想，三亞到底要建多少酒店，能夠讓十一和春節來三亞的所有遊客都能住上酒店，如果黃金週期間都能住上的話，平峰期這些酒店會大量地空置，這是不經濟的，

這些酒店不可能一年只服務兩週的時間。

包括鐵路也是一樣的。程維說，「如果春運期間所有的票都能夠很方便地買到，平峰期的時候這些列車和鐵軌又怎麼辦，注定是大量虧損的，如果只從經濟學的角度，我們怎樣解決這樣一個經濟學的問題呢。周教授跟我講，他說唯一的解法就是『共享經濟』，我們看看酒店是怎麼解決的。首先，是根據平峰期的需求建立職業的酒店，保證平峰期的時候這些酒店 70% 有人入住。在高峰期的時候，酒店價格要漲上去，同時把大量臨時的家庭旅館補充進來，他們平常幹別的，但是在黃金週的時候，他們可以把家裏面空餘的房間或者不住的房子在黃金週期間共享出去，等到黃金週結束後又去做別的事情。這是把整個社會閑置的資源整合起來，隨着市場的潮汐自然而然地調節供應的模式，這就是滴滴一直在講的『潮汐』。

「所以不可能只有全職司機，在高峰期大家出行的需求是平峰期的 5 倍。高峰期大家都要出門，平峰期都在單位、家裏。如果高峰期車是夠的，大家都能夠坐上，平峰期的時候這些職業的司機就在那裏閑着，他是賺不到錢的，養活不了他自己。所以我們開始引入大量兼職的司機，今天滴滴的專車、快車有近 80% 是兼職司機。我們還有順風車，順風車在中國現在有 700 萬輛注冊，你在上班的路上自己一個人開，或者還有空座位，我們幫你找到跟你順路的人請他們跟你一起走，它就像三亞的家庭旅館一樣，在高峰期的時候，把那些並不是職業酒店的家庭旅館，並不是職業司機的白領的資源分享出來，能夠讓大家一起拼車順利地出

行。在 2015 年，滴滴和快的合併之後我們推出了專車服務、快車服務、順風車服務。滴滴的夢想是讓出行更美好，我們希望能夠建設一個中國最大的一站式出行平台，用互聯網把路上所有的交通工具都連接起來，統一調度，互相分享。把出行需求搬到互聯網上，把所有的供應搬到互聯網上，通過一個雲端的大數據智能交通引擎統一匹配和調度，提高整個城市出行的效率，提升每一個市民和司機的體驗。就像今天坐飛機一樣，有多少人要出行，有多少架飛機，每個航線設定，都是精確調度的，這樣使得整體的效率最大化……」

2015 年 1 月 29 日，基於程維過去一年卓越的創新變革表現，他被《中國新聞週刊》評為「影響中國 2014 年度新經濟人物」。頒獎詞這樣評價程維：「他是一個顛覆者，依仗一塊小小的手機屏幕，撬動板結了幾十年的利益格局；他是一個改良者，用一個客戶端，同時提高了從業者的積極性和消費者的舒適度。他是 2014 年度互聯網改變實體消費的翹楚，精準抓住了城市上班族打車難的痛點。他是科技改變生活的鮮活例證，告訴無數創業者，創新的步伐永遠要跟隨消費者的脈動。」

2015 年 5 月 22 日發佈會上，作為滴滴的代言人，柳青穿着一襲白裙，向公眾提出了未來 3 年的「潮汐戰略」：如同不可能為了黃金週建設更多酒店一樣，為了高峰期而投放更多的出租車也不現實，因此，滴滴希望專業運力能夠滿足平峰期 80% 以上的需求，高峰期到來時，則整合更多運力，滿足用戶臨時出行的需求。在此基礎上滴滴出行業務線進一步得到梳理：出租車業務將引進評價體系，為乘客提供更好的服務；專車領域，將為

有較高需求及特殊訂製需求的乘客推出名為 ACE（Absolute Comfortable Experience，極致體驗）的增值服務。

柳青宣佈：2015 年 5 月 25 日起，快車將補貼十億元人民幣，在全國 12 個城市推出每週一次「全民免費坐快車」的活動，以此抗擊來自 Uber 的競爭；順風車產品已招募超過 60 萬名司機，將鼓勵用戶共享出行；代駕事業部成立，目標是在年底成為中國最大的代駕服務平台。柳青說，程維以及整個滴滴出行團隊的理想是：在整個交通被互聯網化的過程中，包括在公交、租車以及其他垂直交通出行的領域實現互聯網化，建立一個全球最大的一站式出行平台。

是的，這是程維的夢想，也是柳青的夢想。這兩個人可以說是移動互聯網產業時代的絕配，兩人互相欣賞，互相補充。始終沒將自己股份賣出的王剛說，程維和柳青兩個人都是罕見的聰明、正氣、果敢，程維草根出身，從底層的銷售員一步步成長起來，對市場的敏銳度、深入一線的執行能力，是柳青缺乏的；柳青出身名門，具有大家風範、國際視野、廣闊的人脈、呼風喚雨的能力又是程維缺乏的，所以，他們這個組合很快見到了化學反應和疊加效應。

「程維是一個極有遠見、抱負和魄力，又願意為夢想付出的人。他腳踏實地又目標高遠，當時非常打動我，」柳青直言不諱地對記者說，「後來的一切都在印證當初的感覺。我和程維是最好的朋友，我們惺惺相惜。在這一代年輕企業家裏，程維在格局、心胸、眼光、能力等方面都是上上乘。」

程維對柳青的評價則只有一句話：「她的一切都如此完美。」

已不是「好得讓人緊張」。

戰 Uber

回到 2014 年 6 月，程維怎麼也沒想到拒絕柳青之後不久，7 月的一個午後，Uber 的創始人、CEO 卡拉尼克闖上門來。卡拉尼克不請自到，條件是要麼滴滴接受 40％投資，要麼 Uber 大舉進軍中國。卡拉尼克作風強悍，即使在美國也被媒體形容為「一個強盜般的壞小子」，特別是在準備戰鬥時，卡拉尼克的臉就像一個拳頭。而創始於 2010 年的 Uber 也是互聯網新科「征服者」形象，四年時間不僅征服了美國也征服了歐洲，彼時已在全球 60 個國家和地區超過 340 個城市開展業務，不僅有着 500 億美元的估值，手上還拿着幾十億美元。Uber 最初的創立如同童話一般，2008 年一個風雪交加的夜晚，卡拉尼克和他的朋友加雷特・坎普（Garrett Camp）在巴黎街頭等出租車。由於一直沒等到，他們當時就發誓一定要推出革命性的應用軟件解決這個問題。很簡單：按個按鈕就能叫到車。兩年後，雨中的程維也一樣。或許正因為同樣，程維開門送客，讓卡拉尼克玩去。

卡拉尼克的到來當然和柳青無關，儘管 Uber 背後有高盛的影子。不，柳青再生氣也不會叫美國人來，否則她不會說把自己投進來。

程維非常敏感，這是他的天賦。

儘管如此，程維還是不寒而慄。雖然有馬化騰──這個中國出行市場背後的「通天教主」，但卡拉尼克是全球背景，背後有諸多資本大鱷。所以必須抓住一線的機會，一線的可能，而這可能就是柳青，柳青那句話。

　　Uber，卡拉尼克，是程維與柳青長談一週的背景。

　　也是駕車上西藏的背景。

　　生與死的背景，走向極致的背景。程維後來無法想像如果當初沒有柳青加盟滴滴會怎樣。特別是柳青說服了馬雲，這一大強援，這個「元始天尊」，加上馬化騰，再加上柳青，卡拉尼克來了，但已與 1840 年不能同日而語。

　　有趣的是 Uber 不僅有美國的資本，也在中國獲得了包括海航集團、中信證券、中國人壽、萬科、民生銀行等的投資，滴滴也獲得了蘋果的巨額投資（十億美元，此舉不僅刷新了滴滴的單筆融資紀錄，同時也是一個標誌性的事件），而馬化騰的資金也有相當的國外背景。梳理兩者的融資歷史，不難發現一些共同的身影：如中國人壽、環球老虎基金和高瓴資本，都同時投資了滴滴和 Uber。卡拉尼克有 1840 年的態度，卻已回不到那個時代，全球化不是非此即彼，而是你中有我，我中有你。而程維拒絕 1840年的態度同樣是一種歷史態度，事情就是這樣攪纏在一起，資本、意識形態、個人風格等等。這個時代絕不能用一種觀點統攝，沒有比真實更複雜的，而真實最大的敵人是簡單。

　　大戰就這樣開始了：Uber 攜 20 億美元的複雜資本進入中國市場，滴

滴準備了同樣充足，甚至更充足的投資，程維借達沃斯論壇宣佈，滴滴拿到了包括蘋果在內的 30 億美元的投資，柳青真是了不起。雙方都有充足的彈藥，2015 年 Uber 推出「人民優步」後，對司機與乘客都進行了補貼，Uber 訂單量迅速增長，僅 2015 年上半年 Uber 在中國就燒掉了近 15 億美元。滴滴燒掉的一樣多，甚至更多，有評論將兩者的「燒錢大戰」比喻為「核戰爭」。

Uber 初期進展順利，很快覆蓋了中國 21 個城市，其推出的低價專車「人民優步」成了攻取中國市場的主要戰略手段。Uber 中國區戰略負責人柳甄一開始曾向媒體表示，Uber 拼車產品「人民優步 +」在中國的試運營堪稱完美，五個城市的拼車運量均已超過舊金山；通過共乘模式，拼車產品真正實現了經濟效益和社會效益的完美結合。Uber 通過做減法來提高產品的效率，讓兩輛車需要完成兩個人的出行任務，簡化到一輛車可以搭乘多個乘客，提高效率的同時降低成本。滴滴從打車起步，彼時已經發展成出租車、專車、快車、順風車、代駕、巴士、試駕等七條產品線，形成了立體作戰體系，覆蓋全國超過 400 個城市。

程維不僅在本土繼續與 Uber 貼身肉搏，兩刃相交，而且還通過聯合海外的「夥伴」構築了針對 Uber 全球業務的包圍圈（這哪是 1840 年），相繼投資了東南亞打車應用 GrabTaxi、美國打車應用公司 Lyft、印度本土最大打車服務提供商 Ola。這三家均是 Uber 在當地有力的競爭對手，滴滴向上述三家共注資約 4.8 億美元。而通過與 Lyft 的戰略合作，中國用戶前往美國出行時，可以直接通過滴滴出行使用 Lyft 在美國的租乘服

務，美國用戶在來到中國時也可以通過 Lyft 應用使用滴滴出行在中國提供的服務。

卡拉尼克坐鎮北京，自稱準備要申請中國國籍了。程維也去了美國，把高管留在美國，帶着幾撥人到矽谷學習一線互聯網公司，好幾撥人了解他們的組織體系、組織結構，他們的思路是什麼樣的，他們的人才結構怎麼樣，滴滴從游擊隊迅速變成了正規軍，彈藥充足，甚至超過對方，即便在營銷上也不輸給對手，並且開始在資本上不輸給對方。當然，也看到自身不足。程維發現，對方最大的優勢是人才和思路，人才是滴滴最大的瓶頸，中國沒有那麼多的大數據和機器算法的科學家。不過矽谷一線的互聯網企業，像 Uber，像 Facebook，裏面 20% 的工程師是華人，程維留下的CTO 和一個代表團在矽谷把這些華人工程師請到一起跟他們交流，最終帶回了幾十個高級人才。

資本的大包抄大迂回與人才的引進，這種外線作戰相當成功，不僅讓卡拉尼克在中國疲於奔命，對自己的大後方也顧慮重重、心神不寧。卡拉尼克在接受《財經》雜誌訪問時坦白地承認：「滴滴的存在，讓我每晚少睡兩小時，思考如何同它競爭的問題。」在難以撼動滴滴的情況下，卡拉尼克情緒低落，甚至換了另一種思維，認為滴滴的規模大於 Uber，訂單量多於 Uber，在每單補貼相同的情況下滴滴也會燒更多的錢。卡拉尼克算過一個數字，那就是每單補貼四美元，Uber 日均訂單量為 100 萬單，一共需要補貼 14.6 億美元，而滴滴的日均單量和虧損數字絕對超過 Uber，這讓卡拉尼克多少感到安慰。

並不是所有的資本都有耐心讓你去持續燒錢，況且滴滴和 Uber 背後有很多共同的出資方，共同的投資方打一場燒錢戰頗有些詭異，自然不能長時間支持這種怪誕的「內耗」。當 Uber 的規模越來越大，卡拉尼克承認補貼很難持續，不能一直補貼下去……特別是蘋果和 Uber 在其他市場一直是合作夥伴，但蘋果一下向程維投下十億美元巨資，與滴滴站在了一起，至少說明蘋果認為 Uber 在中國前景不妙。當滴滴收編了卡拉尼克的中國業務，有評論說蘋果這一舉動壓垮了 Uber 繼續掙扎的希望，並分析了原因，指出 Uber 本身以連接司機和用戶為主，但中國市場不是非常成熟的市場，用戶對補貼的熱情比對服務高得多，這種所謂帶有一定遠景的打法並不如直接的補貼更符合市場胃口。與此同時，滴滴通過更加簡單直接的方式「跑馬圈地」。可以說，Uber 從剛剛進入中國市場的時候就已經與「本土」的市場規則背離，將全球成熟市場的經驗套用到非成熟的市場，期待後者會接受更好的、更為先進的方式，這是許多跨國企業常犯的「經驗主義」的錯誤，只不過在互聯網領域，犯錯的代價會大。同時 Uber 後期又採取了一條截然相反的路徑，比對手更加瘋狂地補貼，似乎是「本土化」的調整，但實際上已經透露了卡拉尼克的「圖謀」：想在短期內對滴滴進行施壓以獲取談判籌碼，對產品和服務的改進已經不關注了。

　　滴滴與 Uber 和談的「謠言」2016 年 5 月就傳出了。7 月 28 日，中國交通運輸部等 7 部委發佈了全球範圍內第一部國家級的網約車法規──《網

絡預約出租汽車經營服務管理暫行辦法》，宣佈網約車合法。8月1日便傳來了滴滴出行和Uber的合併消息，從開始的猜測，到當事方「辟謠」，再到最後的確認，劇情在一天內幾經反轉。程維當天在微博發佈的消息（不如說是公佈最後的戰績），滴滴將收購Uber在中國的品牌、業務、數據等全部資產並在中國運營。滴滴將向Uber投資十億美元，Uber將取得新公司20％的股權，合併之後的新公司估值將高達350億美元。當今競爭並非你死我活、誰消滅誰，而是分享、共享。

　　硝煙散盡之後，可以清晰地看到，在世界範圍之內，這一次網約車的合法化使中國的行業管理站到了全世界的最前沿。在美國，網約車發展比中國還要早兩年的地方，可到今天還在一個州一個州地立法，而在整個歐洲，除了倫敦以外，絕大多數城市網約車還在被當成洪水猛獸一樣被禁止，整個歐洲反而在「閉關鎖國」地阻擋移動互聯網時代的到來。當然，一切並不平坦，太平坦了也不一定好。需要博弈，唯博弈才能使複雜性趨向平衡。

手記十九：創業，創新，不會止息

　　從 2016 年 7 月 29 日到 2016 年 10 月 8 日，兩個多月的時間，網約車的命運經歷了過山車式的起伏，交通部《網絡預約出租汽車經營服務管理暫行辦法》出台，一直處於懸念中的網約車合法化，引來一片歡呼；北上廣深等城市的《網約車管理細則徵求意見稿》對司機、車輛、牌照的限制，又使網約車前途未卜。

　　就在本文落筆之時，一切還都懸而未決，包括滴滴出行的命運。但這就是中關村：探路中的中關村，實驗的中關村，前沿的中關村。滴滴崛起於中關村，滴滴大廈坐落在中關村科技園數字山谷，不管它的命運如何，它走過的道路都體現着中關村的精神：創業，創新，百折不撓，銳意進取。因此滴滴的創新故事不管結果如何都是有趣的，都深刻反映着我們的時代。

　　面對嚴峻挑戰，滴滴豪情不減，充滿溫和與理性，幾乎讓人感到他們依然握有未來。10 月 21 日，在美國老牌雜誌《名利場》舉辦的「2016 年新成就峰會」上，滴滴總裁柳青與阿里巴巴總裁邁克爾·埃文斯（Michael Evans）和彭博新聞主持人艾米麗·張（Emily Chang）進行了對話，對於部分「做空中國」的觀點，柳青做出了回應，呼籲「世界應從前排真正了解中國經濟的增長動力」。

　　據中新網消息，柳青在對話現場表示，科技創新已經成為中國經濟增

長的引擎，新經濟和共享經濟為中國的轉型提供了重要的緩衝墊。柳青援引麥肯錫的研究稱，互聯網創新為中國 GDP 做出的貢獻高達 7%〜25%，而且這已經成為系統的自上而下的政策。互聯網和共享經濟對中國 GDP 不僅貢獻極快增速，且已經開始深入改造傳統行業核心，互聯網企業日益成為中國和全球創新前沿。柳青介紹了騰訊和阿里巴巴爭相殺入「互聯網＋政務」，滴滴也在各地推進「互聯網＋交通」，比如近日在貴陽落地的「中國網約車大數據交互共享中心」，進行大數據應用合作、網約車管理探索等。對話中柳青提到不久前見過一位滴滴明星司機，這位曾是中國最大鋼鐵企業武鋼集團的員工，現在通過這個職業讓家庭保持收支平衡。柳青認為這就是真實的中國。

柳青還回應了近期國內各地出台的網約車新政，在她看來中國的中央政府最先正式在國家層面給予共享出行合法地位，這是一個更大的支持創新的戰略的一部分。柳青說雖然發展快，但共享出行在全球都處於萌芽階段，「我們理解各地的監管者需要面對城市管理的挑戰，也需要面對調整應對的挑戰。我們正和地方政府積極地交流，並且很有信心，決策者們會趨向符合社會和百姓利益的政策。」從柳青的談話中可以看到溫和、信心，這也是中關村價值的一部分。

2016 年 11 月 1 日
晨光 - 太陽城

後　記

　　從 2015 年 4 月開始的有關中關村的閱讀，到田野調查，寫作，以及最後的完成，時間不覺已過去快兩年。正如在序言中我就提到，這對我是一個全新的過程，改變自己的過程。離開了熟悉的自己，變成一個陌生的自己，穿行於中關村的高樓大廈，見各種各樣的人，寫從未寫過的文字，幾乎是另一個人了。非虛構是一種條件寫作，面對的全部是已知條件，每天每時每刻你都知道該幹什麼；更像一種勞動，很少有未知的，想入非非的，漂浮的，自由翱翔的時候，因此很累。但這累是值得的，甚至是必須的，因為收穫太豐，不但完成了改變，出現了一種新的文字，也彷彿在未來虛構的袋子裏裝了滿滿的東西。

　　很顯然，沒有方方面面的幫助不可能完成這次田野調查與寫作，感謝中國科學院、北京市委宣傳部、中關村管委會、北京出版集團北京十月文藝出版社，感謝武艱、胡曉東，侯健美、鄭俊斌，劉航、董長青、宋英英、叢中笑、韓敬羣、韓曉征，感謝所有我讀過的相關書的作者，感謝所有接受我採訪的人，感謝時光賜予我的一切。

附　錄

中關村大事記

1980 年

10 月 23 日，中科院物理所研究員陳春先等科技人員，在中關村創辦了第一個民辦科技機構北京等離子學會先進技術發展服務部。此前 1978 年至 1980 年陳春先先後三次訪問美國，參觀了矽谷、128 公路，受到啓發，北京等離子學會先進技術發展服務部的成立也使陳春先被譽為「中關村第一人」。

1981 年

4 月 16 日，中共中央、國務院轉發國家科學技術委員會（簡稱「國家科委」）黨組《關於我國科學技術發展方針的匯報提綱》（中發〔1981〕14 號），首次提出對科技成果實行有償轉讓，並提出要制定稅收優惠政策、

價格改革等措施鼓勵科技成果的轉讓。

7月8日，由北京大學王選主持研製的中國第一台計算機激光漢字照排系統原理性樣機（華光Ⅰ型）通過國家計算機工業總局和教育部聯合組織的鑒定。

1982 年

12月22日，中科院計算機研究所王洪德辭去公職，與7名科技人員一起自主創業，在中關村創辦北京京海計算機機房技術開發公司（簡稱「京海公司」）。京海公司實行科研、工程、技貿和生產相結合和「自籌資金、自願組合、自主經營、自負盈虧」的機制。

本月新華社北京分社派記者寫了一篇題為《研究員陳春先搞技術擴散試驗初見成效》的報道並將其刊登在《新華社內參》上，向中央領導同志反映了「北京等離子體學會先進技術發展服務部」的活動、成績及社會爭議等情況。

1983 年

1月7日，國務院副總理方毅在《新華社內參》有關陳春先的報道上批示：「陳春先同志的做法完全對頭，應予鼓勵。」

1月8日，中共中央政治局委員胡啓立批示：「陳春先同志帶頭開創

新局面，可能走出一條新路子，一方面較快地把科研成果轉化為直接生產力，另一方面多了一條渠道，使科技人員為四化作貢獻。一些確有貢獻的科技人員可以先富起來，打破鐵飯碗、大鍋飯。當然還要研究必要的管理辦法和制定政策，此事可委託科協大力支持。如何定，請耀邦酌示。」

同日，中共中央總書記胡耀邦批示：「可請科技領導小組研究出方針政策來。」13 日國務院科技領導小組辦公室主任趙東宛批示：「在我們制定制度和政策時可按胡耀邦同志指示精神把陳春先同志的意見考慮進去。」25 日中央人民廣播電台報道了中央領導對陳春先創辦「服務部」的批示精神，明確指出，陳春先帶頭搞技術擴散，服務部的大方向完全正確，應當予以支持。

5 月 4 日，中國科學院北京市海淀區新技術聯合開發中心（簡稱「科海公司」）在海淀區四季青公社成立，陳慶振任開發中心主任。科海公司按照「事業單位、企業管理、獨立核算、自負盈虧」的原則運行。中科院副院長葉篤正、海淀區委書記賈春旺等出席成立大會。

5 月，王永民研究發明的「五筆字型」漢字編碼方案通過鑒定。該輸入法後來成為專業錄入人員使用最多的輸入法。

1984 年

1 月 4 日，中關村規劃開發辦公室草擬了《中關村科技教育、新興產業開發區規劃綱要》。該《綱要》建議在海淀區以中關村為中心，劃定 80

平方公里的地域，建立「中關村科技教育、新興產業開發區」。

11 月，中科院計算技術研究所投資 20 萬元人民幣，由柳傳志等 11 名科技人員創辦了中國科學院計算技術研究所新技術發展公司（聯想集團前身）。

1985 年

3 月 13 日，中共中央發佈《關於科技體制改革的決定》。《決定》指出：「要在全國選擇若干智力資源密集的地區，採取特殊政策，逐步形成具有不同特色的新興產業開發區。」「當前科技體制改革的主要內容是運行機制、組織結構和人事制度。」「科技體制改革的根本目的是使科學技術成果迅速地廣泛應用於生產，使科學技術人員的作用得到充分發揮，大大解放科學技術生產力，促進經濟和社會的發展。」

12 月，北京大學王選等完成的計算機激光漢字編輯排版系統被評選為 1985 年首屆中國十大科技成就之一。

1986 年

5 月 10 日，海淀區政府決定成立北京四通集團公司，為區屬處級企業，由區政府直接領導，歸口區計劃經濟委員會管理，經濟性質為區屬城市大集體企業。

11 月，經海淀區科委批准，成立北京市海淀永明電源技術研究室，這是電子一條街上第一家個體科技企業。

1987 年

3 月 24 日，四通集團與日本三井物業株式會社合資經營的北京四通辦公自動化設備有限公司獲准成立，這是電子一條街上第一家中外合資科技企業。

10 月，太極計算機公司的 NCI-2780、太極 2220 超級小型計算機和微型超級小型計算機進入批量生產，這些產品具有技術先進、用途廣泛的特點，在電子一條街上享有很高的知名度。

1988 年

7 月 1 日，清華大學科技開發總公司正式成立，清華大學常務副校長張孝文出任總公司第一屆董事會董事長。

12 月 6 日，王文京創辦的用友財務軟件服務社成立，這是一家個體從事計算機軟件開發的科技企業（後來轉為私營科技企業——用友財務技術有限公司）。

1989 年

3 月 2 日至 6 日，北京市新技術產業開發試驗區參加了在香港舉辦的北京市新技術、新產品洽談會。試驗區 21 家公司共 23 個攤位參加洽談，簽訂合同 300 萬美元，這次洽談會是試驗區向外向型發展所邁出的新的一步。

7 月 16 日，中共北京市海淀區委北京市新技術產業開發試驗區企業工作委員會成立。

1990 年

5 月 4 日，北京市副市長陸宇澄在海淀區永豐鄉主持召開首規委辦公室主任、市科委主任等參加的北京市新技術產業開發試驗區永豐基地規劃建設現場辦公會。會議認為高技術產業是北京市經濟發展至關重要的產業，在永豐地區建立高新技術產業基地，作為全國最大的智密區——中關村地區的延伸和輻射是非常必要的，會議原則同意在永豐鄉規劃和建設試驗區基地。

12 月 20 日，北京新技術產業開發試驗區外商投資企業協會成立。

1991 年

1 月 17 日，北京市常務副市長張百發，副市長陸宇澄在海淀區東北旺鄉上地村召集 26 個有關單位參加的現場辦公會，決定建設北京市新技術產業開發試驗區上地信息產業基地。

10 月 21 日，全國首家信息產業基地試驗區 —— 上地信息產業基地奠基，基地面積 1.8 平方公里，位於東北旺鄉上地村。

1992 年

5 月 28 日，試驗區召開企業股份制改革試點工作會議，標注試驗區的股份制工作拉開序幕。

11 月 4 日至 6 日，聯想公司研製的國內第一台 586 微機在第十六屆技術交流會上出台亮相。

12 月 11 日，第一家合資企業股份制改制完成，北京隆源實業股份有限公司宣告成立，是年，試驗區技工貿總收入突破 100 億元，提前 7 年實現 2000 年發展目標。

1993 年

2 月 18 日，「北京方正集團暨北大方正集團公司成立大會」在北京香格里拉飯店召開。國務院副總理朱鎔基和中央政治局委員李鐵映等來信、來電祝賀。

7 月 13 日，清華紫光集團成立大會舉行。該公司是由清華大學科技開發總公司改組成立，是集技工貿於一體，以科技開發為基礎，以信息產業、環保產業和醫藥產業為支柱的多元化發展的高新技術企業集團公司。張本正擔任總裁。

10 月 18 日，北京華旗資訊數碼科技有限公司成立。這是一家從事電腦外設、移動存儲、數碼娛樂、信息安全、電子教育以及新興領域等多方面的綜合性高新技術企業。馮軍任經理。

12 月 31 日，聯想公司董事會決定，按中科院 20%、計算所 45%、聯想職工 35% 的股權比例分紅，1995 年起正式實施。由此，聯想員工有了 35% 的分紅權，並成立了相應的持股會。

1994 年

1 月 4 日，北大方正舉行方正彩色電子出版系統新成果發佈會，該會標誌着高檔彩色電子出版系統投入實際應用。

1月17日，北京試驗區與美國海斯‧柯利律師事務所聯合召開「中國科技企業海外融資工作國際會議」，拉開了試驗區海外融資的序幕。

2月24日，聯想集團的（香港）聯想公司在香港成功上市。

1995年

1月4日，北京北大青鳥通訊技術有限責任公司註冊成立，註冊資金為1000萬元人民幣。王陽元任董事長。

12月22日，中關村海關在海淀區知春路落成並正式開關，這是國家科委、海關總署批准成立的首家國家高新技術開發區海關。

1996年

1月9日，國務院副總理李嵐清在中科院院長周光召陪同下視察聯想集團。外經貿部部長吳儀、電子工業部常務副部長劉劍峰、中科院副院長胡啟恆、北京市副市長胡昭廣等陪同視察。

8月，歸國留學人員張朝陽創辦了ITC愛特信電子技術公司（北京）有限公司（搜狐公司的前身）。該公司是在MIT媒體實驗室主任尼葛洛龐帝和美國風險投資專家愛德華‧羅伯特的風險投資支持下創建的，成為中國第一家以風險投資資金建立的互聯網公司。

1997 年

3 月 2 日至 4 日，國務院知識產權辦公室在北京召開全國企事業單位知識產權保護試點工作會議，北京大學、清華大學、用友財務軟件公司、北大方正、聯想集團 5 家單位被確定為首批知識產權保護試點單位。

6 月 25 日，清華同方股份有限公司正式成立，註冊資金為 5.75 億元人民幣，由清華大學企業集團代表國家控股。該公司立足信息電子與能源環境產業。

1998 年

3 月 29 日，中關村西區第一個建設項目——海龍大廈舉行奠基典禮。

5 月 8 日至 12 日，首屆中關村電腦節在海淀區中關村地區舉辦，電腦節由北京市新技術產業開發區試驗區管委會、海淀區人民政府主辦，海淀試驗區管委會承辦，電腦節主題是：「中關村——推進中國信息化」。電腦節活動有：開幕式，主題報告會，軟件精品展，科普和法律諮詢活動等。

1999 年

5 月 1 日，第二屆中關村電腦節的大型展覽會在「北京矽谷電腦城」

的「電腦與健康」專館隆重揭幕，同時宣告作為中關村西區開發第一樓的「北京矽谷電腦城」落成並正式投入使用。

7 月 2 日，中關村科技園海淀園與清華大學簽署合作協議書，決定合作建立海淀園工程碩士研究生培養工作站和合作創建清華創業園。

10 月 16 日，北大生物城奠基典禮舉行。

10 月 26 日，北京市教委批准在海淀園創辦中關村創新研修學院。

2000 年

1 月 3 日，「中關村創業大廈」揭牌，這是海淀創新基地建設啟動的第一個規模最大的高新技術企業孵化器建設項目。

6 月 20 日，上地信息產業基地北區建設啟動。

7 月 28 日，海淀園「數字園區」電子政務系統開通。

12 月 20 日，中關村科技園重點工程中關村軟件園正式奠基。

2001 年

2 月 22 日，作為「數字北京」重要組成部分的「海淀園數字園區建設與政府管理模式轉型」項目通過專家評審，這是全國第一個具有國際水平的開放交互網上電子政務系統。

7 月 10 日，全國第一枚具有自主知識產權的實用 32 位 CPU 芯片 ——

「方舟－I」在中關村面試，它結束了中國 IT 產業主要依靠進口芯片組裝的歷史。

2002 年

7 月 27 日，全國首家留學生人員工會 —— 北京市留學人員海淀創業園工會聯合會成立。

8 月 13 日，美國霍尼韋爾公司在海淀園投資設立「霍尼韋爾（北京）技術研究實驗有限公司」，從事計算機軟件的研究開發和生產。

2003 年

1 月 10 日，中關村航空科技園開園。

2 月 28 日，北京市首家產權經濟公司 —— 中海源產權交易經紀有限公司成立。

6 月 23 日，中關村金融中心正式開工。

12 月 9 日，科技部正式宣佈聯想集團「深騰 6800」超級計算機研製成功，此舉標誌着中國在高端計算機系統的研究方面達到了新的水平，國家 863 計劃取得又一重大成果。

2004 年

2 月 24 日，國家科技部火炬中心選定海淀園為科技型企業走出去「一站式」服務的首批試點單位。

10 月 30 日，以大唐電信為主的 TD-CDMA 產業聯盟成立。

12 月 8 日，聯想集團宣佈收購 IBM 全球台式電腦和筆記本電腦業務，與 IBM 組成戰略聯盟。

2005 年

3 月 2 日，AVS101 高清解碼芯片研製成功，標注着海淀園 AVS 產業化取得階段性重大成果。

6 月 6 日，海淀園的 10 家孵化器在中關村創業大廈共同發起成立「海淀園創業孵化共同體」。該共同體是由清華孵化器、北大孵化器、北航創業園、海淀創業中心等 10 家孵化器組成的創業孵化平台。

9 月 3 日，中關村「V815」民族品牌推廣活動在海龍電子城舉行。本次推出的「V815」產品主要有數碼相機、筆記本、掃描儀、高清電視、軟件等五大類，都是具有自主知識產權的民族品牌。聯想、紫光、華旗資訊、凱誠高清、中關村科技軟件、亞都科技等 10 餘家民族品牌展示了各自的經典產品。

2006 年

3月2日至3日，由中關村管委會、科技部火炬中心、中科院北京分院、市科委主辦的「第11屆中關村項目推介暨投資洽談會」在北京世紀金源大飯店舉辦。

9月7日，新東方教育科技集團在紐約證券交易所上市，成為中國首家在海外上市的職業教育企業。

2007 年

4月23日，美國微軟公司董事長比爾·蓋茨宣佈，微軟亞太研發總部入駐中關村西區並建設微軟大廈。

8月16日，北京銀行與中關村科技園區管委會在北京銀行大廈簽訂「戰略合作框架協議」。協議本着「政策引導、金融支持、優質服務、爭創一流」的宗旨，進一步深化金融戰略合作關係，優化園區投融資體系。

11月5日，中國最大的互聯網搜索公司百度憑借單股價格超過400美元，成為美國納斯達克首個市值超過1000億人民幣的中國互聯網公司。

2008 年

5 月 6 日，微軟中國研發集團在北京中關村廣場舉行微軟中國研發集團總部大樓奠基儀式。

5 月 13 日，由柳傳志、段永基、王文京、王小蘭、馮軍、嚴望佳等 50 位中關村科技園區知名企業家發起成立了我國第一個企業家天使聯盟——中關村企業家天使投資聯盟。

9 月 3 日，漢王科技推出首款「電紙書」，將電子閱讀器、手寫識別及電腦繪圖合而為一。

2009 年

3 月 13 日，國務院《關於同意支持中關村科技園區建設國家自主創新示範區的批覆》（國函〔2009〕28 號）發佈。明確中關村科技園區的新定位是國家自主創新示範區，目標是成為具有全球影響力的科技創新中心。

12 月 4 日至 6 日，「創新中關村 2009」主題活動在海淀展覽館舉行。主題活動圍繞「創意」和「創新」兩條線索，舉辦創新中關村 2009 主題活動啓動儀式、中關村創新展、中關村創新產品及技術發佈、中國創意大賽、第十二屆中關村電腦節等五大活動。

2010 年

1 月 5 日，世界知名商業雜誌《福布斯》中文版發佈「2010 中國潛力企業榜」，中關村有 33 家企業入選，其中入選兩次及以上企業 14 家，九強生物技術公司連續 5 次上榜。

12 月 2 日，雲計算創新聯盟、診斷試劑創新聯盟、高技術服務業（鋼鐵行業）創新聯盟等三大行業知識產權創新聯盟在亦莊園成立。

2011 年

2 月 22 日，《國家發展改革委關於印發中關村國家自主創新示範區發展規劃綱要（2011－2020 年）的通知》（發改高技〔2011〕367 號）下發。《綱要》指出，「到 2020 年，示範區創新環境更加完善，創新活力顯著增強，創新效率和效益明顯提高，總收入達到 10 萬億元」，「力爭用 10 年時間，建成具有全球影響力的科技創新中心和高技術產業基地」。

5 月 6 日，「中關村雲服務平台授牌大會」在中關村軟件園舉行。會上，推出了百度在線網絡技術有限公司的「雲計算服務中心」等首批九大典型雲服務平台，推介了北京華勝天成科技股份公司的「雲計算數據中心服務平台」等 20 項中關村雲計算重大創新技術產品和服務。中關村管委會主任郭洪等出席。

2012 年

4 月 12 日，中國工商銀行北京分行、中關村管委會共同舉辦「『信貸創新中關村』工商銀行專場暨中小企業科技金融服務走進中關村活動儀式」。儀式上，工商行北京分行與中關村管委會簽署《戰略合作框架協議》。

7 月 7 日，微軟在北京微軟亞太研發集團宣佈，在中國的首個創業加速器——「雲加速器」正式啓動。加速器將向獲選項目提供免費辦公空間、Windows Azure 雲計算平台、辦公軟件以及創業指導等。

8 月 15 日，品牌中國產業聯盟主辦的「2012 年度中關村十大系列評選活動新聞發佈會」舉行。評選共設置 2012 中關村十大年度人物、十大海歸新星、十大卓越品牌、十大新銳品牌、十大創新成果、十大創新標準、十大創投案例、十大併購案例、新銳企業十強、十大年度新聞等 10 個榜單。

2013 年

5 月 7 日，樂視網信息技術（北京）股份有限公司推出樂視 TV 超級電視 X60，成為全球首家正式推出自有品牌電視的互聯網公司。

9 月 5 日，「小米 2013 年度發佈會」舉行。客戶和媒體代表 1000 餘人參加。北京小米科技有限責任公司發佈小米 3 代手機和小米電視。

9 月 6 日，由中科院承擔的國家重大科研裝備項目「深紫外固態激光

源前沿裝備研製」通過驗收，使中國成為世界上唯一能夠製造實用化、精密化深紫外全固態激光器的國家。

2014 年

10 月 20 日，由中關村民營科技企業家協會主辦的「以協同創新引領京津冀協同發展高端研討會」在中關村示範區展示中心召開。會上，中關村管委會主任郭洪發表「以協同創新引領京津冀協同發展」的主題演講。

10 月 22 日，中關村管委會、海淀區政府共同召開「中關村智能硬件產業聯盟成立大會」。聯盟由北京京東世紀貿易有限公司、百度在線網絡技術（北京）有限公司、北京小米科技有限責任公司等 21 家企業共同發起成立。中關村管委會主任郭洪等出席。

2015 年

5 月 7 日，國務院總理李克強視察中關村創業大街，並與創業者們座談交流。國務院副總理劉延東、北京市委書記郭金龍、科技部部長萬鋼等領導陪同，中關村管委會主任郭洪參加。同日北京眾創空間聯盟在京成立。

8 月 5 日，中關村國家自主創新示範區金融業務服務工作委員會成立。

9 月 8 日，2015 年百度世界大會在京舉行。

11 月，中關村國際創客中心啟動暨簽約儀式在海淀園舉行。

人物索引

馮康（1920—1993） 數學家，中國科學院院士，中國現代計算數學研究的開拓者，獨立創造了有限元法，自然歸化和自然邊界元方法，開闢了辛幾何和辛格式研究新領域，為組建和指導我國計算數學隊伍做出了重大貢獻，是世界數學史上具有重要地位的科學家。菲爾茲獎得主、中國科學院外籍院士丘成桐教授在清華大學所做題為「中國數學發展之我見」的報告中提到，「中國近代數學能夠超越西方或與之並駕齊驅的主要原因有三個，主要是講能夠在數學歷史上很出名的有三個：一個是陳省身教授在示性類方面的工作，一個是華羅庚在多複變函數方面的工作，一個是馮康在有限元計算方面的工作。」

馮康原籍浙江紹興，1920 年生於無錫，少年時代家居江蘇蘇州市。1939 年考入中央大學電機工程系，兼修物理、數學主課。1945 在上海復旦大學擔任數學物理系助教，1946 年到清華大學任教，1951 年至 1953 年在蘇聯斯捷克洛夫數學研究所進修，受教於蘇聯著名數學家龐特里亞金。1954 年發表《廣義函數論》長篇綜合性論文，應華羅庚教授的建議，建立了廣義梅林變換理論。上世紀 50 年代末至 60 年代，中國計算數學剛起步，

馮康帶領一個小組的科技人員走出了從實踐到理論，再從理論到實踐的發展中國計算數學的成功之路，1965 年馮康在《應用數學與計算數學》上發表的論文《基於變分原理的差分格式》，是中國獨立於西方系統地創始了有限元法的標誌。1978 年至 1987 年任中國科學院計算中心主任、研究員，1980 年至 1993 年任中國科學院院士。1985 年至 1990 年任中國計算數學學會理事長，1993 年逝世於北京。

陳春先（1934—2004）　四川成都人，中國著名核物理學家，1952年至 1958 年留學蘇聯，1959 年至 1966 年在中科院物理所從事理論物理、激光新型半導體等新領域的研究開拓工作。1970 年至 1986 年發起國內核聚變研究，在中科院物理所建立了國內第一個托卡馬克裝置（6 號），後來在合肥建設成功中科院的核聚變基地，該基地直到現在規模和水平上均為國內之冠。1978 年「文革」後第一批被破格提拔為正研究員（教授級），同時提拔的還有陳景潤等；參加了第一屆全國科技大會；第一批經國家學位委員會審定為博士生導師。1978 年至 1981 年三次訪問美國，提出要在中關村建立「中國的矽谷」，並身體力行成立了「先進技術服務部」，推進了中關村高新技術企業的發展，被譽為「中關村民營科技第一人」。1986 年調離了中科院，全力從事新技術產業的開發。1997 年 10 月被聘請為北京市科委科技創業中心高級顧問，1998 年起與美國矽谷的企業家和科學家共同發起成立金門橋科技發展中心，集中全力推進新技術產業重大項目的開發。2002 年發起創立了創業諮詢機構：陳春先工作室，2004 年 8 月

9 日淩晨病逝。

王洪德　1936 年生，1956 年畢業於哈爾濱電工學院，進入中國科學院計算所。1957 年被劃成了右派，1979 年任計算所第四研究室供電空調系統組組長。1982 年 12 月 22 日，46 歲的王洪德「帶」走八名工程師，創辦了北京市京海計算機開發公司。京海公司創辦一年，就實現產值 800 萬元。1986 年，京海成立了實業總公司，當年實現銷售收入 5000 餘萬元。1987 年京海集團成立，1999 年京海年產值達到 9.2 億元。2001 年京海成立了北京第一家民營科技企業孵化器有限公司，三個月後孵化企業就達到 49 家，廣源大廈也被北京市政府正式命名為北京市高新技術產業孵化基地。

2003 年王洪德宣佈退居二線，選擇在粵東惠州建設小商品批發商城，開始了自己人生的又一次創業歷程。在開業三年時間裏，惠州義烏小商品城經營面積達到 12 萬平方米，商戶 6000 家，小商品種類達 60 餘萬種；累計接待海內外客商 600 餘萬人，累計交易額逾 30 億元。2009 年 2 月，科技部中國民營科技促進會、科技日報社在人民大會堂舉行了紀念改革開放 30 年暨中國民營科技創新發展表彰大會。作為對一個時代的總結，柳傳志、尹明善、郭廣昌、任正非、張瑞敏、段永基、王洪德、史玉柱、李登海、劉永好等十人被評為「中國民營科技發展功勳企業家」。

柳傳志　1944 年生，江蘇鎮江市人，聯想控股股份有限公司董事長，聯想集團創始人。1967 年畢業於中國人民解放軍軍事電信工程學院，1984

年創辦聯想，突破了長期禁錮科研人員頭腦的傳統觀念，走出了一條具有中國特色的高科技產業化道路。他推動了聯想集團對 IBM 全球 PC 業務的併購，使聯想集團成功躋身於國際舞台，也為中國企業「走出去」積累了寶貴經驗。歷任聯想集團總裁、董事局主席、名譽董事長。2009 年 2 月，重返聯想集團董事長崗位，幫助公司順利渡過了最艱難時期，徹底扭轉了局面。在他的帶領下，聯想集團在參與國際競爭中取得全面勝利，成為全球領先的 PC 企業。2011 年 11 月，柳傳志卸任聯想集團董事長職務，將個人精力專注於聯想集團的母公司聯想控股的全新事業。

在柳傳志的領導下，聯想控股已經成為橫跨實業與投資的大型綜合企業，打造出了多家優秀企業。其中，聯想集團已成為全球最大 PC 公司及世界第二大的 PC 及平板計算機公司，於 2014 年第四季度成了世界第三大的智能手機製造商。位列世界 500 強；君聯資本、弘毅投資和聯想之星已成為中國投資行業的領先品牌。

與此同時，聯想控股採用「戰略投資＋財務投資」雙輪驅動的創新商業模式，打造價值不斷成長的投資組合。戰略投資業務分佈於 IT、金融服務、創新消費與服務、現代農業與食品以及化工與能源材料五大板塊，財務投資業務主要包括天使投資、風險投資及私募股權投資，覆蓋企業成長的所有階段，致力於在更多領域打造出一批領先企業，貢獻於中國經濟。柳傳志是第八屆和第九屆全國工商聯副主席，清華大學經管學院顧問委員會委員、北京大學光華管理學院 EMBA 榮譽導師、中歐國際工商學院首任中方客座導師。

王選（1937—2006）　出生於上海，計算機文字信息處理專家，計算機漢字激光照排技術創始人，被稱為「當代畢昇」。1958 年畢業於北京大學數學力學系，1965 年與陳堃銶、許卓羣等同事進行 DJS 21 機的 ALGOL 60 編譯系統設計工作，1967 年研製成功，在幾十個用戶中推廣，ALGOL 60 編譯系統成為國內最早得到真正推廣的高級語言編譯系統之一。1969 年起，因身體狀況不佳，只拿勞保工資長期在家養病。1975 年，王選投入到「748 工程」，即漢字信息處理系統工程研製工作中。作為技術總負責人，領導中國計算機漢字激光照排系統和後來的電子出版系統的研製工作，這一系統處於國內外領先地位，使中國沿用了上百年的鉛字印刷得到了徹底改造。1981 年開始，王選便致力於研究成果的商品化工作，使中文激光照排系統從 1985 年起成為商品，在市場上大量推廣。

1988 年後，王選作為北大方正集團的主要開創者和技術決策人，提出「頂天立地」的高新技術企業發展模式，積極倡導技術與市場的結合，闖出了一條產學研一體化的成功道路。1994 年當選為中國工程院院士，1995 年加入九三學社，1995 年 7 月，北大計算機研究所與北大方正共同成立方正技術研究院，王選任院長，同年任方正（香港）有限公司董事局主席，建立起中遠期研究、開發、生產、系統測試、銷售、培訓和售後服務的一條龍體制，2006 年病逝。

王永民　1943 年 12 月生於河南省南陽市鴨河工區貧農家庭。1962 年考入中國科技大學無線電電子學系。1978 年至 1983 年以五年之功研究並

發明被國內外專家評價為「其意義不亞於活字印刷術」的「五筆字型」（王碼），以多學科最新成果之運用、集成和創造，提出「形碼設計三原理」，首創「漢字字根週期表」，發明了25鍵四碼高效漢字輸入法和字詞兼容技術，在世界上首破漢字輸入電腦每分鐘100字大關並獲美、英、中三國專利。1983年後又以15年之力推廣普及，使之覆蓋國內90%以上的用戶；1984年榮獲「五一勞動獎章」、「國家級專家」、「全國優秀科技工作者」等稱號。1988年4月成為國務院特別命名的十名「全國勞動模範」之一。1994年後陸續發明「98王碼」「閱讀聲譯器」「名片管理器」等五項開創性專利技術。

　　1998年2月發明了中國第一個符合國家語言文字規範、能同時處理中、日、韓三國漢字、具有世界領先水平的「98規範王碼」，同時推出世界上第一個漢字鍵盤輸入的「全面解決方案」及其系列軟件，成為我國漢字輸入技術發展應用的里程碑。2004年6月26日，王永民經過五年研究，開發完成了包含5項專利在內的數字系列漢字輸入法，引發我國漢字輸入技術的數字化革命，使我國當前普遍存在的手機、電話機、程控機「漢字輸入難」的問題從根本上得到解決。

　　王緝志　1941年1月26日出生。高級工程師。父親是中國著名語言學家王力。1957年考入北京大學數學力學系，1963年畢業，獲得數學力學學士學位。1980年，參加武鋼一米七軋機引進工程計算機控制系統的安裝調試工作，後被該工程指揮部授予「技術專家」稱號；1984年，

在澳大利亞產的微型計算機上開發成功中文處理系統，其論文被 1983 年中文信息國際研討會選用。1986 年 4 月「M1570S/SC 彩色打印漢字卡的研製與推廣應用」獲得海淀區科學技術進步一等獎。1986 年 10 月，「中英文打字機」在第二屆全國發明展覽會上榮獲銀牌獎。1987 年 9 月，「四通 MS-2401 中外文打字機」在第三屆全國發明展覽會上榮獲銀牌獎。1988 年，獲北京市政府頒發的「有突出貢獻的專家」榮譽稱號。1990 年 4 月「電子打字機外觀設計」獲國家專利。1991 年 6 月，「一種小屏幕文字處理設備中的顯示方法」獲國家專利。1992 年 11 月，被國家科學技術委員會、中華全國工商業聯合會、中國科學技術協會、中國民辦科技實業家協會等四家單位聯合授予「中國優秀民辦科技實業家」稱號。1996 年 6 月，以「向電腦系統輸入目標語言的方法及專用裝置」向國家專利局申請了專利並取得了申請號。曾任北京市海淀區人大常委會委員、中國中文信息學會理事、中國高技術產業研究會理事、中國民辦實業家協會理事等職。

馮軍 1969 年出生，陝西人，中關村最早一批「個體戶」之一。1992 年畢業於清華大學土木建築系，1993 創立華旗資訊數碼科技公司，1997 年創建品牌——愛國者。2006 年度榮獲「CCTV 中國經濟年度人物年度創新獎」。現任華旗資訊集團總裁，愛國者集團董事長，愛國者歐途歐（北京）網絡科技有限公司董事長。全國政協委員、民建中央委員、達沃斯「世界青年領袖」。

馮軍於 1992 年從清華大學畢業後，砸了自己的「鐵飯碗」，開始了他在中關村的創業夢，他曾拉板車、賣電腦機箱。13 年後，歷經風雨的馮軍，成功地將「愛國者」打造成了一個響亮的民族 IT 品牌：在馮軍的帶領下，華旗資訊營業額連續十年每年保持 60% 的穩定增長。愛國者移動存儲產品、MP3、顯示器穩居國內市場前三位。華旗資訊在國外已擁有十多家分公司，全面進軍國際市場，將愛國者建設成為令國人驕傲的國際品牌！2006 年，獲得 CCTV 中國經濟年度人物唯一年度人物創新獎。2008 年 3 月 24 日，作為 2008 北京奧運會火炬接力中國高科技第一人，在北京奧運會聖火採集當日，在雅典進行聖火傳遞。2009 年，榮獲「知識產權創新發展突出貢獻人物」和「年度推動和影響中國品牌領袖人物」稱號。2011 年，榮獲中國品牌創新大會「2011 中國十大創新人物」獎。

王江民（1951—2010）　　北京江民科技有限公司（江民殺毒軟件）創始人兼總裁。中國著名的反病毒專家、國家高級工程師、中國殘聯理事、山東省煙台市政協委員、山東省肢殘人協會副理事長。

　　1951 年王江民出生於上海，三歲因患小兒麻痺後遺症而腿部殘疾，人生賦予他的似乎是一條不可能成功的路：初中畢業後，回到老家山東煙台的王江民從一名街道工廠的學徒工幹起，刻苦自學，成長為擁有 20 多項創造發明的機械和光電類專家。1988 年，王江民接觸計算機，意識到要搞光機電自動化必須依靠計算機來控制。1989 年，王江民花 1000 多元自己買了一台中華學習機，第二年又買了一台 8088 PC 機。王江民首先學的是

BASIC 語言，工作是開發工控軟件，但用戶的機器因為感染病毒常常不能正常工作，就認為王江民開發的軟件不好。這種情況逼着王江民解決病毒問題。王江民先是用 Debug 手工殺病毒，跟着是寫一段程序殺一種病毒，第一次編程序殺的病毒是 1741 病毒。王江民有一個很好的習慣，就是殺一種病毒就在報刊上發表一篇文章，公佈這段殺病毒的程序。後來，王江民覺得這些各自獨立的殺病毒程序用起來很麻煩，就把 6 個殺不同病毒的程序集成到了一起，命名為 KV6，後來發展到 KV8、KV12、KV18、KV20 直到 KV300……2010 年 4 月 4 日上午 10 點左右，王江民心臟病突發，搶救無效去世，享年 59 歲。

王志東　1967 年生，廣東省東莞人，新浪網創始人。1989 年 5 月，王志東進入王選教授領導下的「北京大學計算機技術研究所」工作，主要項目「中文多窗口圖形支撐環境」，同年 12 月通過了部級鑒定。1991 年 6 月，獨立研製並推出國內第一套實用 Windows 3.0 漢化系統「北大中文窗口系統（BDWin 3.0）」，是北大方正 1991 年七大新產品之一。離開北大方正後，1992 年 4 月創辦「新天地電子信息技術研究所」，任副總經理兼總工程師。1992 年 5 月，獨立研製並推出全球第一套實用 Windows 3.1 中文平台「中文之星（Chinese Star 1.1）」，次年 2 月研製成功其海外版與升級版「中文之星 1.2」。「中文之星」一經推出即在國內得到迅速普及，加速了中國的電腦應用。

1993 年，王志東創辦四通利方信息技術有限公司。1997 年為公司引入

650 萬美元的國際風險投資，成為國內 IT 產業首家引進風險投資的企業。1998 年 12 月，完成與美國華淵公司的合併，創建新浪網，擔任新浪網首席執行官兼總裁，並率領新浪成為首家成功在美國 Nasdaq 上市的中國網絡公司。1999 年 7 月，新浪網登上中國互聯網信息中心公佈的中文網站排名之首。2001 年 12 月 3 日，王志東創建北京點擊科技有限公司，致力於融合軟件、互聯網、通信三大現代技術，研發能為廣大信息化用戶提供協同應用環境的協同軟件。

鮑捷 1983 年生，山西太原人，2006 年畢業於清華大學化學系，2010 年在美國常青藤盟校布朗大學化學系獲得博士學位，並在麻省理工學院繼續博士後研究。2013 年起，鮑捷先後任布朗大學兼職助理教授，加州理工學院訪問教授及首席研究員。同年，鮑捷加入清華大學電子工程系，任博士生導師，入選國家「千人計劃」青年千人。2012 年鮑捷在國際上首次提出量子點微型光譜儀的新方法，該方法可實現對現有光譜儀體積和造價的幾個數量級的大幅降低，並作為第一發明人、第一作者及通信作者在《自然》雜誌發表了該工作，並受到 CCTV「新聞直播間」近八分鐘的專題報道及包括美國國家廣播公司與《自然》雜誌在內的數十家國內外主流媒體及科技媒體的報道。迄今獲得的榮譽及獎項包括教育部高等學校科學研究優秀成果獎之「青年科學獎」，饒毓泰基礎光學獎，「2015 年度中國十大新銳科技人物」，「2015 年度科學中國人年度人物」，中關村十大創新成果等。鮑捷所創立的公司以「讓中國引領世

界進入一個光譜信息化的世界」為目標，帶領團隊積極推進微型光譜技術的產業化。

蘇菂　1979 年 5 月生，畢業於北京聯合大學電子信息專業，北京創業之路咖啡有限公司創始人。2006 年加入 ChinaCache 藍汛，剛開始是做銷售，憑藉自己在互聯網行業積累的人脈和多年的經驗，三個月內簽下光芒國際的大單，隨後又簽下了幾百萬的合同，很快成為藍汛的銷售主管，曾任藍汛的投資總監。

2011 年 4 月，蘇菂獨立創辦車庫咖啡。車庫咖啡在海淀圖書城步行街一家賓館的二樓，專注創業服務，集聚各類創業羣體和資源，利用車庫咖啡開放辦公空間，孵化早期創業項目團隊，採取實體＋虛擬＋流動三種孵化模式，打造早期創業平台。目前車庫會員共 50 家，項目方向涉及電商、社交、遊戲、本地服務等多個領域，已有 10 家獲得融資、10 家進行團隊融合、50 家產品上線。車庫咖啡的創辦引發全國創業咖啡興起，如雨後春筍發展，蘇菂本人也獲得 2013 年度北京青年五四獎章。2014 年蘇菂又創辦了 you+ 國際青年社區，這是一個面向現代都市青年的連鎖生活社區，商業模式是租房，重新改造之後向青年人出租，讓社區為更多早期創業者提供服務，讓年輕人提高生活質量和社交質量。

吳甘沙　1976 年生，江蘇南通人，馭勢科技聯合創始人、CEO，致力於研發最先進的自動駕駛技術，以改變這個世界的出行。吳甘沙曾任英特

爾中國研究院院長，英特爾中國研究院的第一位「首席工程師」。2000 年加入英特爾，先後在編程系統實驗室與嵌入式軟件實驗室承擔了技術與管理職位，其間參與或主持的研究項目有受控運行時、XScale 微架構、眾核架構、數據並行編程及高生產率嵌入設備驅動程序開發工具等。2011 年晉升為首席工程師，同年，他共同領導了公司的大數據中長期技術規劃。在英特爾工作期間，他發表了十餘篇學術論文，有 25 項美國專利（十餘項成為國際專利），14 項專利進入審核期。

2015 年，吳甘沙決定冒一次險。他和四名同事決定從英特爾中國研究院離職創業，而他選擇的創業領域是汽車智能駕駛。因此創立了自動駕駛系統服務公司——馭勢科技。開發智能汽車有兩種模式：一是像寶馬那樣，花時間憋大招，突然在某一天推出爆款；二是像特斯拉那樣，先推出初級版本的產品，讓客戶先用起來，然後在客戶使用中不斷收集數據，打磨技術。吳甘沙選擇了後者——馭勢將從企業級市場入手，將公司承載巨量計算的黑盒子、雙目攝像頭以及無人駕駛解決方案銷售給那些對新技術感興趣的無人駕駛汽車品牌。

程維 1983 年出生，江西上饒人，滴滴出行董事長兼 CEO。2012 年，程維在北京中關村創辦小桔科技，推出手機召車軟件滴滴打車。2015 年 2 月，滴滴打車與快的打車進行戰略合併。2015 年 9 月，滴滴打車正式更名為「滴滴出行」。2016 年 8 月，滴滴出行收購 Uber 中國，程維加入 Uber 全球董事會。

經過四年時間發展，滴滴目前已經成為中國移動互聯網領域的領導者，全球最具價值的科技初創企業之一；也從單一的出租車召車軟件發展成為全球最大的一站式移動出行平台，為四億用戶提供全平台的出行解決方案，包括出租車、專車、快車、順風車、代駕、租車、試駕及公交等服務。公司持續在移動出行產品創新和市場拓展方面保持領先地位，並榮獲達沃斯全球增長企業殊榮。2015 年，程維當選為達沃斯論壇輪值會議主席，並被《財富》雜誌評選為「全球四十位青年商業精英」之一，與滴滴出行總裁柳青並列「中國四十位青年商業精英」之首，並被新浪財經評選為中國十大年度經濟人物之一。2016 年，程維當選為《財富》「2016 年度全球商業人物」。

中關村筆記

責任編輯：潘宏飛
封面設計：陳小巧
排　　版：漢圖美術
印　　務：林佳年

著者　　甯　肯

出版　　開明書店
　　　　香港北角英皇道 499 號北角工業大廈一樓 B
　　　　電話：（852）2137 2338　　傳真：（852）2713 8202
　　　　電子郵件：info@chunghwabook.com.hk
　　　　網址：http://www.chunghwabook.com.hk

發行　　香港聯合書刊物流有限公司
　　　　香港新界大埔汀麗路 36 號
　　　　中華商務印刷大廈 3 字樓
　　　　電話：（852）2150 2100　　傳真：（852）2407 3062
　　　　電子郵件：info@suplogistics.com.hk

印刷　　美雅印刷製本有限公司
　　　　香港觀塘榮業街 6 號海濱工業大廈 4 樓 A 室

版次　　2020 年 4 月初版
　　　　© 2020 開明書店

規格　　16 開（210mm×145mm）

ISBN　　978-962-459-187-3

本書繁體字版由北京出版集團北京十月文藝出版社授權出版